dtv

Reihe Hanser

Seit Urzeiten gibt es den kreisrunden Hügel auf der Wiese hinter dem Beckmann-Hof, und nie hat ihn jemand für außergewöhnlich gehalten. Bis sich plötzlich Archäologen dafür interessieren – und kriminelle Raubgräber, wie ein Spezialist der Kripo vermutet. Von all dem ahnt Kathrin, die 13-jährige Tochter der Beckmanns, nichts, als ihr oben auf dem Hügel ein altertümlich gekleidetes Mädchen erscheint. Leon, der Sohn der Archäologin, die sich als Urlauberin bei den Beckmanns einquartiert hat, glaubt Kathrin zunächst nicht – bis ihm am selben Ort ein junger Krieger gebenübersteht. Beide spüren, dass der Hügel ein gefährliches Geheimnis hütet. Aber wie sollen sie das den anderen erklären? Die beiden haben keine Wahl: Sie müssen sich selbst in Gefahr begeben, um die leichtfertigen Erwachsenen zu retten.

Dietlof Reiche, 1941 geboren, lebt als freier Schriftsteller in Hamburg. Seine Jugendbücher wurden vielfach ausgezeichnet, ›Der Bleisiegelfälscher‹ etwa mit dem Deutschen Jugendliteraturpreis. Zuletzt erschien von ihm in der *Reihe Hanser* ›Das Geisterschiff‹ (dtv 62175).

Dietlof Reiche

Keltenfeuer

Deutscher Taschenbuch Verlag

Über die Kelten gibt es eine Menge gelehrter Bücher. Keines jedoch war für mich derart anregend wie ›Kelten – Versuch einer Gesamtdarstellung ihrer Kultur‹ von Helmut Birkhan. Ohne dieses Buch hätte ich ›Keltenfeuer‹, so wie es nun vorliegt, nicht schreiben können.

D. R.

Für Rosemarie

Das gesamte lieferbare Programm der *Reihe Hanser*
und viele andere Informationen finden Sie unter
www.reihehanser.de

In neuer Rechtschreibung
Juni 2006
Deutscher Taschenbuch Verlag GmbH & Co. KG,
München

Umschlagbild: Dieter Wiesmüller
Satz: Satz für Satz. Barbara Reischmann, Leutkirch
Druck und Bindung: Druckerei C. H. Beck, Nördlingen
Gedruckt auf säurefreiem, chlorfrei gebleichtem Papier
Printed in Germany
ISBN-13: 978-3-423-62269-1
ISBN-10: 3-423-62269-5

Prolog: Der Hügel

Das Geräusch, von dem sie geweckt wird, hat Kiumara niemals zuvor gehört.

Sie liegt stockstill und horcht in die Dunkelheit.

Es ist ein Sirren.

Ein durchdringendes Sirren, bösartig wie das einer Hornisse.

Aber es ist keine Hornisse.

Einmal, weil das Sirren laut ist. Nicht übermäßig, aber doch so, dass es von einer wenigstens faustgroßen Hornisse stammen müsste. Vor allem aber: Es müsste eine Hornisse sein, die wie eine Libelle in der Luft steht und die Flügel schwirren lässt.

Denn das Sirren verändert sich nicht – es ist ein vollkommen *gleichförmiges* Sirren.

Ein solches Sirren gibt es nicht. Jedenfalls nicht in der Welt, aus der Kiumara kommt.

Also ist sie drüben in der *anderen* Welt.

Aber die andere Welt, so hat der Druide verkündet, wird ihrer bisherigen ähnlich sein. Zwar weit entfernt von der Heimat. Und es werden einige Sommer seit Antritt der Reise vergangen sein. Aber es wird eine ähnliche Welt sein.

Und es wird eine *helle* Welt sein.

Doch rundum ist es dunkler als die dunkelste Nacht. Sie liegt in undurchdringlicher Schwärze …

Und da begreift Kiumara.

Sie ist nicht mehr in ihrer bisherigen Welt. In der anderen Welt aber auch nicht. Sie ist noch …

Hastig tastet sie nach rechts. Dort, neben ihr auf der Dachsfelldecke, müsste ihr Schwert liegen. Und da ist es. Sie kann die sieben Rillen am Griff fühlen. Und links von ihr? Die seitliche Lehne des Ruhebettes mit der gewebten Decke darüber.

Sie liegt noch unten in der Erde.

Sie ist in der Kammer aufgewacht. In der Kammer, in die man sie gelegt hat, weil sie ihrem Stamm als Wegbereiterin in die andere Welt vorausreisen soll, in die neue Heimat des Stammes. Zusammen mit Mágurix …

Ist Mágurix noch bei ihr?

Kiumara liegt still und steif. Nicht, dass sie sich fürchtete. Ein Mädchen vom Stamme der Remi kennt keine Furcht. Aber die Antwort auf ihre Frage wird ziemlich entscheidend sein. Zum Guten oder zum Schlechten.

Kiumara horcht in die Dunkelheit. Das Sirren hört nicht auf. Es scheint sogar lauter geworden zu sein. Und es fängt an zu schmerzen. Gleichförmig und durchdringend bohrt es sich in die Ohren. Es klingt bösartig und bedrohlich. Was wird geschehen, wenn sie nach Mágurix ruft? Sie muss vorsichtig sein. Aber sie muss auch Gewissheit haben. Kiumara atmet tief ein.

»Mágurix?«, flüstert sie.

Angespannt lauscht sie. Das Sirren ist wirklich lauter geworden. Aber falls Mágurix drüben auf seiner Liege wach ist, hat er ihr Flüstern durch das Geräusch hindurch gehört. Seine Ohren sind scharf wie die eines jungen Ebers. Und natürlich müsste auch er geweckt worden sein. Kiumara horcht.

»Mágurix ist hier.«

Langsam atmet Kiumara aus. Sie spürt, wie sich Wärme

in ihrem Körper ausbreitet. Mágurix ist mit ihr. Er ist ihr Reisegeschwister und der Jüngere. Sie hat ihn zu behüten. Wäre er ihr auf der Reise zur anderen Welt verloren gegangen, hätte sie sich rechtfertigen müssen. Aber Mágurix ist mit ihr.

Und auch er hat geflüstert. Er hat, der Großen Mutter sei Dank, erfasst, dass in dieser Lage Kampfgeschrei und blindwütiges Dreinschlagen nicht die Tat eines Helden wäre, sondern die eines Narren.

Sie flüstert: »Was denkst du? Was ist das für ein Geräusch?«

»Das dünne Kampfgeschrei eines Feindes, der zu feige ist, sich zu zeigen. Erscheint er, wird Mágurix ihn vernichten.«

Gute Mutter! Ein Knabe noch, aber so großmäulig wie ein vom Met trunkener Krieger. Doch dass dieses Geräusch das Kampfgeschrei eines Feindes ist, das mag stimmen. Was für ein Feind aber? Wer könnte ... Es hat sich verändert! Aus weit geöffneten Augen starrt Kiumara in die Dunkelheit.

Plötzlich ist das Sirren angeschwollen. Und es klingt nun schrill.

Sie fasst nach ihrem Schwert, fest umklammert sie den Griff. Und dann schließt sie die Augen. Alle Kraft der Wahrnehmung soll sich in den Ohren versammeln ... Da! Etwas ist von der Kammerdecke gefallen, ein Erdbröckchen, ein Steinchen. Und wieder ... Und da bricht das Kreischen los. Das Sirren hat sich in heulendes Kreischen verwandelt, wie mit Dolchen sticht es in die Ohren, tobt messerscharf durch den Kopf und sticht und sticht ...

Mit einem Mal ist es still.

Das heulende Kreischen ist verstummt, lediglich in Kiumaras Kopf hallt es noch nach, dann aber schweigt es auch dort. Sie lauscht in die Dunkelheit ... Und da ... Das Kreischen beginnt erneut. Aber es klingt jetzt anders, nicht so laut, weniger schrill, fast zahm. Wieder fallen Erdbröckchen und Steinchen, das Kreischen wird leiser – es verschwindet! Nicht lange und es ist verklungen.

Und nun? Hat der Feind sich zurückgezogen? Vielleicht sogar aufgegeben? Oder kommt das Kreischen wieder?

Da ... ein Brummen. Ein tiefes Brummen, wie das eines Bären. Nur dass kein Bär so anhaltend und gleichförmig brummt. Es ist nicht hier in der Kammer, auch nicht in der Erde, sondern draußen ... draußen auf dem Hügel. Mit einem Mal hat Kiumara den Rundhügel vor Augen. Sie hat zugesehen, wie er über der Kammer aufgehäuft worden ist. Der Gang in die Kammer wurde natürlich erst nach ihrer und Mágurix' Abreise zugeschüttet. Wie mag der Hügel jetzt aussehen? Wie lange überhaupt sind sie ... Das Brummen ist plötzlich verstummt.

Stille.

Der Feind will sie zermürben, keine Frage. Tief atmet Kiumara ein und aus. *Was ist das für ein Feind?* Was wird er als Nächstes tun?

Zuerst nichts.

Es bleibt still. Nicht ganz allerdings. Täuscht sich Kiumara oder hört sie Stimmen? Menschliche Stimmen? Angestrengt lauscht sie. Aber diese Laute sind so schwach, dass es auch ein Rauschen in ihren Ohren sein könnte. Kiumara wartet.

Da ... wieder ein Geräusch. Ein schleifendes diesmal. Leise zuerst, dann lauter – kommt er zurück? Schleicht der Feind sich an, um sie jählings wieder mit dem heulenden Kreischen zu überfallen? Kiumara liegt still und steif. Die Finger in die Ohren stecken ... Nein! Dazu wird sie der unsichtbare Feind nicht bringen. Sie wird standhalten ... Wieder fallen Bröckchen zu Boden. Dann Stille.

Kiumara hält die Augen fest geschlossen. Versammelt die Kraft in den Ohren. Wappnet sich gegen das Kreischen ...

Und da schlägt es ein.

Ein Blitz flammt auf, gleißendes Licht schießt in die Augen, gleich muss der Donner kommen, aber er kommt nicht ... Und es war auch kein Blitz. Das gleißende Licht bleibt, brennt sich durch die geschlossenen Augenlider ...

Was ist das?

Hell wie die Sonne ... Ist es Sulis, die Göttin der Sonne? Doch nie hat man gehört, dass Sulis unter die Erde reist. Nein. Dieses Licht kann nicht die Sonnengöttin sein.

Das Licht kommt vom *Feind*.

Er will sie blenden. Jetzt auf keinen Fall, um der Großen Mutter willen, die Augen öffnen. Kiumara liegt mit zusammengekniffenen Lidern. Ihre rechte Faust umklammert den Griff des Schwertes. Dass sie kämpfen wird, ist keine Frage. Ob sie siegen wird, weiß sie nicht. Doch sie weiß: Sie und Mágurix sind ihrem Stamm in die andere Welt vorausgeschickt worden. Kommen sie dort nicht an, ist der Stamm der Remi verloren. Sie beide müssen erfüllen, was ihnen aufgegeben ist.

Sie *müssen* siegen.

Dieser Feind, der das Licht in ihre Kammer geschickt hat, muss besiegt werden.

Kiumara liegt mit zusammengekniffenen Augen, die Faust um den Schwertgriff geklammert. Und so, alle Fasern zum Kampf gespannt, leistet sie einen Schwur. Bei allen Göttern, bei denen der Stamm der Remi schwört, gelobt Kiumara:

Ich werde siegen.

An sich hätte Harry Molder jetzt zusammenpacken und abhauen können.

Er hatte auftragsgemäß die Bohrung niedergebracht, so weit, bis der rotierende Meißel in einen Hohlraum stieß. Daraufhin hatte er umgesteuert, das Gestänge wieder herausgedreht, die Stützfüße hochgeschwenkt und das Bohrgerät einige Meter zurückgefahren. Sein Job war beendet. Und wenn er sich mit dem Abbau des Geräts beeilte, konnte er noch vor Tagesanbruch zurück in der Firma sein.

Andererseits interessierte ihn schon, wie das hier weiterlief.

Vielleicht stellte sich ja sogar heraus, was diese Nacht- und Nebelaktion eigentlich sollte.

Okay. Er würde sich beim Abbau Zeit lassen und zusehen, was die beiden machten. Er fing an, den Bohrmeißel abzuspannen.

Die beiden waren ein Mann und eine Frau.

Sie hatten, während Harry Molder die Bohrung niederbrachte, eine Art Zelt zusammengesteckt, es dann über das Bohrloch gestellt, darauf eine Reihe von Geräten aus ihrem Wagen geholt (der wie Harry Molders Laster unterhalb des Hügels auf einem Feldweg geparkt war) und ins Zelt geschafft: einen Klapptisch, mehrere Laptops, eine augenscheinlich umfangreiche Kameraausrüstung und ein dünnes Kabel. Das Kabel fiel Harry Molder auf, weil es in weiten Schlingen zusammengelegt war, so als dürfte es keinesfalls geknickt werden. Jetzt hantierten der Mann und die Frau im Zelt. Am Eingang drang ein wenig Licht nach außen, obwohl die beiden sich große Mühe gegeben hatten, ihn dicht zu verschließen.

Harry Molder schüttelte den Kopf. Verrückter Job, das hier. Er war Bohrmeister bei Brendel & John, Brunnenbau, und hatte schon alle möglichen Aufträge abgewickelt. Denn Brendel & John bohrten nicht nur senkrechte Schächte für Brunnen, sondern auch waagrechte, für Abwasserkanäle etwa, mittels Erdraketen, was manchmal ganz hübsch knifflig werden konnte.

Dieser Job heute Nacht war überhaupt nicht knifflig.

Ein paar Meter nach unten, noch dazu mit dem kleinstmöglichen Durchmesser, und fertig. Bohrtechnisch gesehen ein Klacks. Kitzlig vielleicht bloß, weil Harry Molder nicht vorher zum Gelände hatte fahren dürfen, um es zu inspizieren.

Damit hatten die Merkwürdigkeiten angefangen.

Er hatte beim Chef protestiert und zur Antwort bekommen: »Sie tun genau das, was die Auftraggeber wollen.

Alles andere ist Ihnen egal. Auch wer diese Leute sind, geht Sie nichts an. Und es interessiert Sie nicht die Bohne, was die machen, kapiert? Sie stellen keine Fragen, Molder.«

Wenn der Chef so was anordnete, hatte er seine Gründe. Finanzielle meistens. Harry Molder fragte also nicht. Nicht, warum die Leute wussten, dass er eine Schicht aufgeschütteter Steine zu durchbohren haben würde. Und auch nicht, warum er das Gerät im Dunkeln einrichten musste. »Kein Licht!«, hatte der Mann befohlen. Okay, ein Harry Molder hätte notfalls jeden Handgriff auch blind ausführen können, aber es war eine sternklare Nacht, kein Problem also. Nur verrückt.

Dabei machten die beiden einen ziemlich normalen Eindruck. Zwar kommandierten sie ihn herum wie einen Hilfsarbeiter, aber bitte. Auf alle Fälle schienen sie genau zu wissen, warum sie gerade diesen Hügel angebohrt haben wollten. Harry Molder hatte jetzt den Drehmeißel abgespannt und legte ihn behutsam in die Gerätebox.

Der Hügel war ein bisschen merkwürdig. Offenbar exakt kreisrund mit einem Durchmesser von schätzungsweise dreißig Metern, dabei maximal drei Meter hoch. Mitten in einer weitflächigen Wiese gelegen, die mal hätte gemäht werden müssen. Auf dem Hügel selber schien aus irgendeinem Grund das Gras nicht recht zu wachsen.

Und dann der komische Steinhaufen.

Haufen war eigentlich nicht das richtige Wort. Sah eher aus wie eine Pyramide. Eine runde Pyramide aus aufgeschichteten Feldsteinen, die hier auf dem Hügel herumstand. Vorhin beim Zurücksetzen des Bohrgestells war er dagegen gefahren, nur leicht, dem Gerät war nichts passiert. Bloß von der Pyramide hatten sich zwei, drei Steine gelöst. Warum stand auf dem Hügel wohl …

»Mein Gott!«

Die Frau. Das hatte die Frau gerufen. Und zwar ziemlich laut. Jetzt war es wieder still. Nicht ganz allerdings, aus dem Zelt kam Stimmengemurmel … Keine Fragen stellen – in Ordnung. Aber ein bisschen zuhören, das wenigstens musste erlaubt sein. Leise ging Harry Molder hinüber zum Zelt.

»Mein Gott. Sehen Sie sich das an. Das ist eine Sensation! Das wirft alle bisherigen Erkenntnisse über den Haufen. Solche Figuren sind noch nie in einem Keltengrab gefunden worden. Wie lebensecht sie sind!«

»Und von wann sind die?« Das war der Mann. »Fünfhundert vor Christus?«

»Ziemlich genau. So wie ich es vorhergesagt habe. Und die Grabkammer ist nicht zusammengestürzt, was ich ja wegen der eingesunkenen Stelle befürchtet hatte. Und offenbar ist die Kammer auch nicht ausgeraubt worden. Was für ein Fund!«

»Da liegt ein Schwert. Und die Betten scheinen aus Metall zu sein. Sieht ziemlich wertvoll aus, das Zeug.«

»Zeug?! Sehen Sie an der weiblichen Figur den schweren, offenen Halsring? In sich verdreht, mit verzierten Endknäufen – ein herrliches Schmuckstück! Und aus massivem Gold. Allein der Wert dieses Rings ist unschätzbar. Und wie klar das alles zu erkennen ist. Erstaunlich.«

»Gar nicht erstaunlich. Hat mich einen Packen Scheine gekostet, dieses Kabel machen zu lassen. Außen ein Ring von Glasfasern, die Licht nach unten transportieren, und innen ein Bündel Glasfasern, die das Bild nach oben leiten. Funktioniert wie bei einer Darmspiegelung.«

»Ach, tatsächlich? Stellen Sie sich vor, ich weiß, was ein Endoskop ist ... Was war das?!«

Harry Molder hielt den Atem an. Hatte er ein Geräusch gemacht? Nein, wohl nicht, drinnen rührte sich nichts. Vorsichtig wechselte er das Standbein. Ein altes Grab war das. Er hatte ein altes Grab angebohrt. Mit wertvollen Sachen darin. Was hatten die zwei damit vor? Moment ... Die Sendung im Fernsehen neulich ...

»Was haben Sie denn?« Der Mann.

»Die männliche Figur. Ich, äh, dachte einen Augenblick lang, sie hätte geblinzelt.«

»Geblinzelt ...?«

»Das ist natürlich Unsinn.« Die Frau lachte, und es klang etwas verlegen. »Vermutlich die Aufregung.«

»Vermutlich. Aber geben Sie's zu. Es war eine geniale Idee von mir, den Hügel auf die Weise zu untersuchen.«

»Na ja. Aus Ihrer Sicht vielleicht. Aus meiner Sicht ist und bleibt es ein unzulässiger Eingriff.«

»Ach was. Haben Sie sich nicht so.«

»Bei der Grabung wäre ich ohnehin auf all das gestoßen. Auch ohne Ihre Hilfe.«

»Irrtum. Ohne mich und mein Geld würden Sie gar nicht erst zum Graben kommen. Das sollten Sie bitte nicht vergessen.«

»Ich hätte mich trotzdem nie darauf einlassen sollen.«

»Haben Sie aber. Und nun haben wir *den* Coup gelandet. Ein bisschen mehr Begeisterung, wenn ich bitten darf.« Dann sagte der Mann: »Das Loch schließen wir ja wieder. Kein Mensch wird was merken. Und jetzt wär's eine gute Idee, das Blabla einzustellen und die Fotos zu schießen.«

Vorsichtig, einen Schritt nach dem anderen ertastend, schob sich Harry Molder hinüber zum Bohrgerät. Das war ja ein Hammer. Von wegen verrückter Job. Zwei Leute, die geheim hielten, wer sie waren, das Bohren ohne Licht, die wertvollen Sachen im Grab und vor allem die Fernsehsendung neulich – das alles hieß: Dies war kein verrückter Job. Sondern ein krimineller.

Der Mann und die Frau wollten das Grab plündern.

Raubgräber nannte man solche Leute. Na, der Chef würde sich wundern ... Wundern? Natürlich nicht. Der wusste Bescheid! Wenn er den Chef wegen dieser Sache anginge, könnte sich ein gewisser Harry Molder arbeitslos melden. Also würde derselbe schön die Schnauze halten. Und mal ehrlich: Es ging ja bloß um altes Zeug, das keinem gehörte. Weil keiner davon wusste, würde es auch keiner vermissen. So sah's mal aus. Harry Molder begann, das Bohrgestänge zu demontieren. Aber ein Verbrechen war's trotzdem, diese Raubgräberei. Es gab sogar extra Polizeidienststellen, die so was verfolgten ...

»Sie sind ja immer noch da.« Die Frau war aus dem Zelt gekommen.

Auch der Mann kam heraus. »Sie sind ja immer noch da«, sagte auch er. »Wie wär's denn, wenn Sie ein bisschen voranmachten?«

»Bin ja gleich fertig.« Harry Molder zog das untere

Segment der Bohrstange ab. Fertig würde er in der Tat bald sein. Mit den beiden Raubgräbern, mit der ganzen Geschichte. Etwas musste er allerdings vorher noch erledigen.

Er musste telefonieren.

Er würde es gleich von unterwegs tun, dann konnte er die Sache abhaken und war raus aus der Geschichte.

1. Kathrin

Vor langer Zeit erhob sich hier auf dem Kalten Berg eine uralte Burg. Deren Mauern waren über die Maßen mächtig und erstreckten sich so weit in die Runde, dass wohl zehn mal tausend Menschen darin wohnen konnten. Es war aber die Burg der bösen Königin. Eines Tages sprach sie: »Fort! Ihr alle müsst fort. Ein jeglicher verlasse meine Burg!« Und wie auch die Menschen baten und bettelten, sie mussten auf der Stelle fortziehen aus ihrer Heimat und all ihre Habe hinter sich lassen. Die ward nun der Königin zu Eigen und sie lebte in Saus und Braus. Da ergrimmte der Himmel und sandte Flammen herab auf die Burg. Und die Mauern loderten und glühten wohl vierzig Tage und Nächte lang, so dass roter Feuerschein lag überm ganzen Land. Die Königin aber wurde in den Kalten Berg verbannt. Dort sitzt sie bis auf den heutigen Tag und sinnt auf Böses.

Volkssage aus Osthessen

Der Deutz fing nach einer knappen halben Stunde an zu stottern.

Bis dahin hatte er brav brummend seine Runden um den Hügel gedreht, so als wäre er ein ganz normaler Traktor. Aber das war er nicht. Wenigstens nicht, wenn Kathrin ihn fuhr. Saß der Vater auf ihm, machte der Deutz niemals Zicken. Bei ihr immer. Er war ein Traktor, der etwas gegen zwölfjährige Mädchen hatte. Zumindest gegen Kathrin.

Sie hielt an, kuppelte die Zapfwelle zum Kreiselmäher aus und stellte den Motor ab. Fing der Deutz an zu stottern, kam zweierlei in Betracht: Entweder klemmte der Schwimmer im Tank oder es war Dreck im Filter der Kraftstoffleitung. Stocherte Kathrin zuerst im Tank, um den Schwimmer zu lösen, war es der Filter. Schraubte sie erst den Filter auf, war es der Schwimmer.

Seufzend klappte sie den Deckel des Werkzeugkastens hoch, holte den siebzehner Ringschlüssel heraus und kletterte nach unten. Und da, als sie den Ringschlüssel auf die Verschlussschraube des Filters setzte, hatte sie eine Eingebung. Rasch kletterte sie wieder nach oben und schlug mit dem Schlüssel auf den Tankdeckel. Das tat sie mehrmals und kräftig. Darauf startete sie, gab Gas – und der Motor lief rund. Sie warf den Schlüssel in den Kasten, kuppelte die Zapfwelle ein und fuhr vorsichtig an. Brummend setzte sich der Deutz in Bewegung.

»Na also«, sagte Kathrin. Zwar glaubte sie nicht wirklich, dass der Deutz sich ab jetzt manierlich benehmen würde. Aber vielleicht tat er's ja doch, dann schaffte sie die Wiese bis mittags. Und da lohnte es sich noch, in die Stadt zum Schwimmbad zu radeln. Heute war der erste Ferientag und die anderen hockten bestimmt schon auf der Liegewiese beisammen.

Kathrin blickte zurück, wo der Kreiselmäher das geschnittene Gras als einen Endloshaufen hinter sich ließ. Hoffentlich ging jetzt alles glatt. Wie den Deutz hatte der Vater auch den Mäher gebraucht gekauft und Ersatzteile waren schwer zu kriegen. Wenn ein Stein eines der Schneidmesser schartig schlug, war das meistens eine teure Sache.

Es passierte immer wieder einmal. Denn im Wiesengrund tauchten plötzlich Steine auf, die vorher unter Garantie nicht da gewesen waren.

»Sie wachsen«, meinte die Mutter. »Anscheinend wachsen sie irgendwie nach.«

»Unsinn«, sagte der Vater. »Sie kommen von unten aus der Erde.«

»Aber warum bleiben sie da nicht?«, fragte Michael. Er war acht und wollte immer alles ganz genau wissen. »Warum kommen sie hoch?«

Doch da konnte der Vater bloß die Schultern heben. »Weiß ich auch nicht.«

Kathrin hatte mal zu wissen geglaubt, warum die Steine hochkamen. Als kleines Mädchen war sie sich da ganz sicher gewesen. Sogar noch, als sie so alt war wie Michael.

Jemand schickte die Steine nach oben.

Sie blickte, während der Deutz in die nächste Runde ging, zum Hügel und versuchte, ihn mit den Augen von damals zu sehen.

Da lag er, kahl und massig. Mit gerundeter, ebener Kuppe, als hätte ein Riese ihn geformt und geglättet.

Und innen im Hügel, da saß, schwarz gewandet und düster, die Königin und sann auf Böses.

Es war die böse Königin, die immer neue Steine nach oben schickte …

Das glaubte Kathrin natürlich nicht mehr. Außerdem wusste sie jetzt, dass der Sage nach die böse Königin in den Kalten Berg verbannt worden war und nicht in den Hügel. Doch als ihr der Großvater damals – sie ging noch nicht zur Schule – die Sage erzählte, da war sie noch nie am Kalten Berg gewesen. Den Hügel jedoch kannte sie von klein auf, man konnte ihn von ihrem Zimmer im Dachgeschoss sehen, und fraglos war die Wohnung der schwarzen Königin darin.

Sie blickte zu ihm hinüber. Kahl und gerundet, wie er war, nahm er sich eigenartig fremd auf der Wiese aus. Nicht ganz geheuer sozusagen. Wenn irgendwo eine Königin saß und auf Böses sann, dann dort drinnen. Richtig mulmig konnte einem bei dem Gedanken werden …

Kathrin schüttelte den Kopf. Schluss jetzt mit diesen Kleinmädchengeschichten! Sie sollte sich lieber auf ihre Arbeit konzentrieren.

Fast die Hälfte der Mahd hatte sie nun geschafft, und die Kreise, die sie um den Hügel fuhr, wurden immer größer. Sie stellte sich vor, wie die Wiese von hoch oben aus der Luft aussah. Wie eine Spirale zog sich das Band geschnittenen Grases, das der Kreiselmäher unverdrossen hinter sich ließ, rund um den Hügel. An einer Stelle wurde die Spirale senkrecht durchtrennt. Das war der Feldweg, der vom Hügel zur Straße führte. Von oben sah es aus, als hätte jemand ein geheimnisvolles Muster auf die Wiese gezeichnet. Jemand? Sie, Kathrin, hatte das getan! Also, wenn alles glatt lief, dann machte es richtig Spaß, mit dem Deutz rund um den Hügel zu brummen.

»Total unwirtschaftlich!« Im Frühjahr war der Mann von der Genossenschaft gekommen, um den Vater zu beraten. »Jede Menge ungenutzte Fläche. Lass den Hügel abtragen, Beckmann, und du kriegst … Augenblick …« Er fing an zu rechnen. Aber der Vater hatte abgewinkt. »Kann ich nicht bezahlen. Und wenn ich's könnte – das bringt doch nichts, aufs Ganze gesehen. Wir haben dann noch immer zu wenig Land.«

Außer der Wiese am Hügel besaßen sie drüben auf der anderen Straßenseite die Weide, wo ihre beiden Kühe grasten, dann ein paar Felder auf dem Kalten Berg – es war zu wenig, um davon leben zu können. Also fuhr der Vater jeden Morgen in die Stadt zur Brauerei, wo er als Getränkefahrer arbeitete. Und im vergangenen Herbst hatten die Eltern im Haus eine Ferienwohnung eingerichtet. Aber bis jetzt bloß zweimal vermieten können. Allerdings wurde heute wieder jemand erwartet: eine Frau Professor. »Mit Sohnemann«, hatte die Mutter gesagt. »Da kriegt der Michael ein bisschen Gesellschaft.« Und dann geseufzt: »Solche Feriengäste machen immer einen Haufen Mehrarbeit. Ich weiß wirklich nicht, ob sich das rentiert.«

Manchmal jedoch hatte die Familie direkt Glück: Die Abrechnung der Genossenschaft für das vergangene Jahr war überraschend hoch ausgefallen. Nicht übermäßig, aber doch so, dass der Vater zu Kathrin sagte: »Deine Chancen stehen nicht schlecht.« Zum Geburtstag in vier Wochen hatte sie sich ein neues Fahrrad gewünscht. »Was meinst du?«, hatte der Vater die Mutter gefragt.

»Hm.« Mehr war dazu von ihr nicht gekommen. Aber es war kein »Nein« gewesen. Und das hieß, dass die Chancen tatsächlich nicht schlecht standen. Vielleicht klappte es ja wirklich in diesem Jahr.

Kathrin atmete tief ein. Der Deutz zog friedlich brummend seine Bahn und die Sonne schien. Mit einem Mal roch Kathrin das frisch geschnittene Gras. Bestimmt würde sie die Wiese bis mittags fertig gemäht haben. Und dann konnte sie ... Klong!

Kathrin stoppte sofort.

Sie kuppelte die Zapfwelle aus und stellte den Motor ab.

Es war still.

Irgendwo zwitscherte ein Vogel, der Deutz knackte leise, aber sonst war es still. Kathrin saß, die Hände auf das Lenkrad gelegt, und dachte: Bitte lass es was andres sein! Aber sie wusste, dass es passiert war.

Und das »Klong« hatte ganz besonders hässlich geklungen.

Langsam kletterte sie vom Deutz. Aber vielleicht war es ja doch nur ein Stein von der kleineren Sorte. Vielleicht war ja bloß ein Schneidmesser angeschlagen und man kriegte beim Eisen-Meyer sofort ein neues. Vielleicht … Sie griff nach der Abdeckung am Kreiselmäher – und zögerte. Dann, mit einer raschen Bewegung, klappte sie die Abdeckung hoch. Und da lag er.

Es war wirklich kein besonders großer Stein. Aber er hatte es geschafft, ein Schneidmesser komplett von der Kreiselscheibe abzuschlagen. Und wie es aussah, hatte die Scheibe selber auch etwas abbekommen. Die war hin. Der Vater musste sie gegen eine Ersatzscheibe tauschen.

Und das hieß: Ihr neues Fahrrad konnte sie in den Wind schreiben.

Verdammt! Sie sah zum Hügel. »Zufrieden, Frau Königin? Eine wirklich super gelungene Bosheit! Echt.« Dann wurde ihr klar, dass sie laut gesprochen hatte und blickte sich um. Allein auf weiter Flur, natürlich. Trotzdem: Mit der Königin zu reden sollte sie sich gar nicht erst angewöhnen. Aber unheimlich war das schon. Vorhin hatte sie an die böse Königin gedacht und prompt …

Schluss jetzt!, befahl sich Kathrin wieder. Was trödelte sie eigentlich hier herum? Das Geburtstagsfahrrad war futsch, da biss die Maus keinen Faden ab. Aber wenn sie sich beeilte, war sie noch vor zwölf bei den anderen im Schwimmbad. Also ab nach Hause. Doch vorher musste sie den Stein wegbringen. Sie kniete sich hin und zog ihn unter dem Kreiselmäher hervor. Ein neuer Wacker für die Pyramide.

Alle Steine, die im Beckmann'schen Wiesengrund auftauchten, wurden auf den Hügel geschafft. Wohin denn sonst? Zum Wiesenrain? An den Feldweg? Nein. Sie gehörten auf den Hügel und dort auf die Pyramide. Da störten sie nicht und waren ordentlich versorgt. Außerdem konnte jeder sie sehen. Die Familie Beckmann zeigte sozusagen ihre Steinesammlung her. Schaut mal, die haben wir alle auf der Wiese erwischt.

Der Stein war schwerer, als er aussah, und Kathrin hatte zu tun, bis er auf dem Deutz neben dem Sitz verstaut war. Für die Fahrt zum Hügel wechselte sie auf den Spiralkreis der vorigen Runde, nahm den Grasschnitt zwischen die Räder und folgte ihm, bis sie auf den Feldweg stieß. Auf dem fuhr sie bis an den Hügel. Dort wuchtete sie den Stein vom Deutz, schleppte ihn hoch zur Pyramide und ließ ihn erst mal auf den Boden plumpsen.

Aus der Ferne wirkte die Pyramide nicht besonders hoch. Vermutlich, weil sie ziemlich breit und gedrungen angelegt war. Aber als Kathrin nun dicht davor stand, musste sie, um die oberen Steine zu sehen, den Kopf ins Genick legen. Wer damit angefangen hatte, die Pyramide zu bauen, wusste keiner. Irgendein Beckmann war irgendwann auf die Idee gekommen, drei Steine auf die Erde zu legen und einen vierten obendrauf. Und Generationen von Beckmännern hatten daran weitergebaut.

Kathrin stand vor der Pyramide, und plötzlich wurde ihr bewusst, wie lautlos es hier oben auf dem Hügel war. Kein Vogel zwitscherte, kein Blatt raschelte ... Es war vollkommen still. Totenstill, kam ihr in den Sinn – seltsamerweise. Denn was hatten Tote mit dem Hügel zu tun? Aber gespenstisch war diese Stille schon ...

Doch jetzt sollte sie zusehen, dass sie nach Hause kam. Kathrin hob den Stein hoch, machte drei Schritte – und blieb stehen.

Da lagen Steine.

Da lagen drei Steine auf der Erde, die dort nicht hingehörten. Wer hatte ... Nein. Die waren aus der Pyramide herausgerutscht, dort war die Lücke. Zum Glück waren nicht noch andere nachgekommen.

Kathrin legte ihren Stein wieder ab. Dann packte sie die drei Steine in die Lücke. Das machte sie so, dass auch für ihren Stein noch Platz blieb. Sie wollte ihn hochheben – und da beschlich sie ein Gefühl, als würde sie beobachtet. Als sähe ihr jemand aus der Nähe zu ... Rasch wandte sie sich um. Niemand war hinter ihr. Natürlich nicht. Aber das Gefühl war deutlich gewesen ... Hastig hob sie den Stein hoch und wuchtete ihn in die Lücke zu den anderen. Aufatmend machte sie sich auf den Weg hinunter zum Deutz.

Sie war genau bis zum Fuß des Hügels gelangt, als das Gefühl sie wieder überkam. Nein, dieses Mal würde sie sich nicht umdrehen ... Moment mal ... die Lücke! Die Steine *konnten* nicht von selbst aus der Pyramide gerutscht sein. Jemand war auf dem Hügel gewesen. Kathrin drehte sich um …

Und da stand jemand.

Da stand, an der Pyramide, eine Frau … Nein, ein Mädchen. Groß, rotes, zu vielen Zöpfen geflochtenes Haar, langes Kleid mit Gürtel.

Und das Mädchen stützte sich auf ein Schwert.

Zuerst war Kathrin nur verblüfft. Wo kam die denn her …?

Doch plötzlich ging ihr auf: Von nirgendwo! Unmöglich konnte dieses Mädchen sich über die Wiese dem Hügel genähert haben, ohne dass Kathrin es gemerkt hätte.

Eine Erscheinung … Die böse Königin. So stark hatte Kathrin an die gedacht, dass sie ihr nun als Phantom erschien … Unsinn! Die Königin war schwarz und düster. Und außerdem gab's so was wie Phantome nicht.

Kathrin schloss die Augen. Kniff fest die Lider zusammen, zählte einundzwanzig, zweiundzwanzig und riss die Augen wieder auf …

Da stand das Mädchen.

Kathrin starrte hinauf zu der rothaarigen Gestalt im langen, gegürteten Kleid, die unbeweglich stand, auf das Schwert gestützt – und die Kathrin beobachtete. Eindeutig hatte sie den Blick auf Kathrin gerichtet.

Ein Phantom, das sie fixierte …

In diesem Moment fühlte Kathrin den Wind. Es war bloß ein sanfter Windstoß, aber sie spürte ihn im Haar. Und da, ein wenig verzögert, bewegten sich die Stirnlocken der Gestalt oben auf dem Hügel … Eine eingebildete Erscheinung, deren Haar sich bei einem echten Windstoß kräuselte …?

Nein – dieses Mädchen war Wirklichkeit. Es musste sich hinter der Pyramide versteckt haben, bevor Kathrin gekommen war. Aber warum? Und was war das für eine Verkleidung? Dieses altertümliche Kleid, knöchellang und grün-braun gewürfelt? Mit einem Gürtel aus goldgelben Plättchen, die durch Ringe verbunden waren. Wirkte wie aus Metall gemacht, war aber bestimmt aus Kunststoff. Unter Garantie auch der dicke, offene Halsring, der so komisch verdreht war. Das Schwert allerdings sah echt aus. Richtig schwer. Und gefährlich scharf.

Kathrin holte tief Atem. Und rief: »Hey! Du da!«

Das große, rothaarige Mädchen rührte sich nicht. Unverwandt, vom Hügel herab, fixierte es Kathrin.

»Hey! Hörst du nicht?«

Das Mädchen stand, ohne sich zu rühren.

Und da ging Kathrin los. Ohne zu überlegen, nur aus dem vagen Das-wollen-wir-doch-mal-sehen-Gefühl heraus marschierte sie los, den Hügel hinauf, auf die Gestalt dort oben zu.

Die hielt den Blick weiter unbeweglich auf Kathrin gerichtet und umgekehrt sah auch Kathrin sie an. Und sie sah: Im Gesicht dieses Mädchens war keine Freundlichkeit. Es war ein ernstes und hartes Gesicht. Und die Augen standen auch keineswegs still. Sondern gingen wachsam hin und her. Kathrin begriff plötzlich, dass mit diesem Mädchen nicht zu spaßen war. Unwillkürlich blieb sie stehen und dachte: Mit der sollte man sich besser nicht anlegen.

Und genau als Kathrin dies dachte, geschah es: Das Mädchen bewegte sich.

Es hob das Schwert, nur ein wenig, wandte sich der Pyramide zu, machte zwei, drei Schritte ... und verschwand.

Und zwar in der Pyramide.

Es war in die Pyramide *hineingegangen.*

Kathrin schüttelte den Kopf. *Das gab es nicht.*

Aber sie hatte es ganz genau gesehen.

Kathrin sah hinter sich, hinunter zum Fuß des Hügels. Da stand im hellen Sonnenlicht das vertraute Gespann: der Deutz, fest und sicher auf seinen breiten Reifen, hinter ihm der Kreiselmäher. Sie blickte wieder hoch zur Pyramide.

Das Mädchen war weg. Und natürlich hatte sie sich getäuscht. Einen Moment lang nicht richtig aufgepasst oder so was. Es *konnte* gar nicht anders sein, als dass dieses Mädchen *hinter* der Pyramide verschwunden war. Dort stand es nun. Und wartete. Auf sie ...?

Wieder blickte Kathrin zurück. Sie könnte jetzt einfach hinunter zum Deutz gehen, nach Hause fahren und – sich dort das Hirn zermartern, wer dieses Mädchen gewesen war. Und warum sie, Kathrin, vor ihm abgehauen war wie ein erschrecktes Huhn.

Sie sah zur Pyramide.

Das Schwert hatte *gefährlich* ausgesehen.

Na klar. Und sobald sie hinter die Pyramide kam, würde das Mädchen zuschlagen, zack, einfach so. Schluss jetzt!

Kathrin ging mit raschen, festen Schritten den Hügel hinauf, dachte nicht mehr nach, nur kurz ging ihr durch den Kopf, dass sie im Notfall ja wegrennen konnte, sie war die beste Fünfzigmeter-Läuferin der Klasse, aber das war nun wirklich Quatsch und da stand sie auch schon vor der Pyramide.

Und wenn das Mädchen nun doch …? Plötzlich fühlte Kathrin ihre Haut ganz dünn werden, so wie damals, als sie klein war und Freddy Krüger unter der Kellertreppe gelauert hatte. Sie schüttelte den Kopf. Und trat hinter die Pyramide.

Das Mädchen war nicht da …

Hatte sich blitzschnell zur anderen Seite verzogen, spielte Verstecken … Nein. Das tat es ganz bestimmt nicht! Trotzdem umkreiste Kathrin die Pyramide, erst in die eine Richtung, dann in die andere.

Das Mädchen blieb verschwunden.

Kathrin schloss die Augen. Es gab zwei Möglichkeiten. Die erste: Das Mädchen war tatsächlich in die Pyramide *hineingegangen.* Was man ausschließen konnte. Blieb die zweite: Kathrin sah Gespenster. Sie hatte eine Erscheinung gehabt. Von der sie, zugegeben, sehr wirklich angesehen worden war und deren Haar sich im Wind gekräuselt hatte. Aber das hieß ja nur, dass ihr Hirn in der Lage war, ihr ein sehr echt wirkendes Phantom vorzugaukeln.

Dort drüben hatte es gestanden, das Phantom, auf sein Schwert gestützt. Kathrin ging zu der Stelle … Aber … Was war denn das? Sie ließ sich in die Hocke nieder.

Vor ihr im Boden war eine Vertiefung.

Es war ein knapp fingertiefes Loch, das nach unten spitz zulief.

Das Loch befand sich genau dort, wo das Phantom sein Schwert auf die Erde gestellt hatte.

2. Kiumara

Sie war in einer Welt aufgewacht, die fremd war. Aber auch vertraut.

Es war eine Welt, in der es solche Dinge gab wie sonnenhelles Licht unter der Erde. Aber es war auch ihre alte Heimat. Die sich allerdings verändert hatte.

»Wie verändert?«, fragte Mágurix von seiner Liege herüber. Vermutlich saß er aufgerichtet, Kiumara hatte es rascheln hören. »Wie sieht der Hallberg jetzt aus?« Auf dem Hallberg hatte die Wohnstätte des Stammes der Remi gelegen.

»Der Berg ist niedriger geworden«, berichtete Kiumara in die Dunkelheit hinein. »Sehr viel niedriger. Und alle Häuser sind verschwunden. Auch die Ringmauer.«

»Das wundert Mágurix nicht. Es war ein sehr großer Brand.«

»Ja, das war es.« Trotzdem fand Kiumara es seltsam, dass keinerlei Trümmer zurückgeblieben waren. Sogar von der damals so mächtigen Ringmauer schien es keine Reste zu geben. Stattdessen war der Hallberg von Feldern überzogen, ungeheuer weiten, auf denen nur eine einzige Art von Getreide wuchs, und zwar so gleichmäßig und dicht, als hätte die Große Mutter selber das Saatkorn ausgeworfen.

Doch bewohnten keine Götter diese Welt. Sondern Menschen. Das war nun restlos sicher.

Schon bevor das gleißende Licht in die Kammer gedrungen war, hatte Kiumara sich das gedacht, schon als sie Geräusche gehört hatte, die vielleicht Stimmen waren. Kein Zweifel jedoch blieb nach dem Schrei, ausgestoßen von einer Frau, nach diesem »Maigod!«, das Mágurix um ein Haar dazu gebracht hätte, aufzuspringen und nach dem Licht zu schlagen (was Kiumara mit einem scharf gezischten »Liegen bleiben!« verhindert hatte). *Menschen* hatten versucht, sie zu blenden. Menschen waren ihre Feinde.

Aber warum griffen diese Menschen sie an? Was hatte diese Feinde bewogen, sie und Mágurix zu wecken?

Was auch immer: Sie mussten um jeden Preis wieder einschlafen. Damit sie ihre unterbrochene Reise fortsetzen konnten.

Sie, Kiumara, war als Tochter Segumaras, der Fürstin der Remi, auserwählt worden, dem Stamm der Remi in seine neue Heimat vorauszureisen. Dazu Mágurix als Ziehsohn des mächtigen, allzu mächtigen Miletumagnum. Erreichten sie das Ziel nicht, käme auch der Stamm niemals dort an. Und würde in alle Winde zerstreut.

Deshalb *mussten* die Angreifer besiegt werden. Und das *würden* sie! Kiumara hatte es sich geschworen.

Jedoch würde es ein schwerer Kampf werden. Ein Kampf, der nicht nur Mut, sondern große Klugheit und Umsicht erforderte. Denn die Welt draußen war voller Fallstricke.

Und der Feind war unberechenbar. Das wusste Kiumara jetzt.

Sie wusste es, seit sie draußen auf dem Hügel dem Mädchen gegenübergestanden hatte …

Einige Zeit, nachdem das gleißende Licht aus der Kammer verschwunden war, hatten Kiumara und Mágurix es wieder brummen gehört, zweimal nacheinander. Und jedes Mal war das Brummen leiser geworden, als entferne es sich, und war schließlich ganz verklungen.

Dazwischen hatten sie Stimmen aufgefangen. Aber auch die waren nun verstummt.

Nach einer Weile sagte Mágurix laut: »Die Feinde haben sich feige davongemacht.«

»Sprich leise!«, zischte Kiumara. Wenn man hier unten Stimmen von oben auf dem Hügel zu hören vermochte, konnten umgekehrt auch Laute hinaufdringen. Und vielleicht lauerten dort noch immer Feinde. »Um der Großen Mutter willen, sprich leise.«

»Mágurix wird die Feinde verfolgen«, flüsterte er nun. »Er wird sie vernichten.«

»Nur immer langsam.« Kiumara seufzte innerlich. Dieser Hitzkopf machte alles noch schwieriger. »Lass mich erst einmal überlegen.«

Zweifellos war ihre Lage schwierig. Das geringste Problem war noch, dass sie wach geworden waren. Kiumara richtete sich ein wenig auf und tastete zur Wand über der Lehne. Dort musste das versiegelte Bronzefläschchen hängen. Und da hing es.

»Es kann sein«, hatte Kóndurix, der Druide, ihnen mit auf den Weg gegeben, »dass ihr zur Unzeit erwacht. Dann nehmt von diesem Trank und ihr werdet wieder einschlafen.« Kiumara ließ sich zurück auf die Liege sinken.

Doch hatte Kóndurix auch gesagt: »Es kann überdies sein, dass ihr euren Schlaf verteidigen müsst. Dann tretet als Außengänger in die Welt, welche es auch sei, und kämpft.« Und nach einer Pause: »Aber tut das nicht leichtfertig. Denn je öfter ihr euch als Außengänger zeigt, desto schwerer wird es euch fallen, wieder einzuschlafen. Also geht sparsam damit um.«

Kiumara flüsterte zu Mágurix hinüber: »Ohne Not sollen wir nicht nach draußen gehen, das weißt du doch. Wir warten erst einmal.«

»Die Feinde greifen bestimmt wieder an. Warum sie also nicht gleich verfolgen und vernichten?«

»Weil wir nicht wissen, wie viel Zeit wir dafür brauchen.«

Denn auch das hatte Kóndurix ihnen eingeschärft: »Nicht nur die Zahl eurer Außengänge ist bemessen. Sondern auch *die Spanne der Zeit*, während der ihr in der anderen Welt bleiben dürft. Für wie lange euch dies jeweils gestattet sein wird, ist jenseits von Menschenwissen. Wenn es Zeit ist, den Ort des Schlafes wieder aufzusuchen, werdet ihr es kurz zuvor spüren.« Und Kóndurix hatte gesagt: »Gelingt euch die Rückkehr nicht, seid ihr für immer in die andere Welt gebannt. Entfernt euch also nicht zu weit von der Kammer.«

Kiumara rief sich das ernste Gesicht von Kóndurix ins Gedächtnis und entschied: »Wir warten ab.« Und Mágurix hatte sich gefügt.

Es war eine lange Wartezeit geworden.

Wie viele Stunden oder gar Tage sie still auf ihren Ruhebetten gelegen hatten, wusste Kiumara nicht. Es war ohnehin gleichgültig. Manchmal musste man eben geduldig warten. Bei der Jagd zum Beispiel. Oder im Kampf. Ein Feind konnte sich für lange Zeit tot stellen und plötzlich losschlagen.

Einige Male glaubte Kiumara, dass die Feinde sich endgültig zurückgezogen hätten und der Zeitpunkt gekommen sei, den Schlaftrunk zu nehmen. Doch jedes Mal drangen da Geräusche in die Kammer herab, die gefährlich klangen. Ein fernes, durchdringendes Summen etwa. Oder auch ein Grummeln, wie von einem Gewitter hinter den Bergen. Allerdings klang das Grummeln *gleichmäßig* und *anhaltend*, genau wie das Summen. Offenbar taten das viele Geräusche in dieser Welt.

Und dann war da wieder ein Brummen gewesen.

Zuerst hatte es leise geklungen, allmählich aber lauter und lauter, es schien näher zu kommen, war am Ende ein tiefes Brummen, das nur einmal für kurze Zeit verstummte, aber sonst stetig anhielt. Plötzlich wurde Kiumara klar, dass es den Hügel umkreiste – wie ein Wolfsrudel, das abwartete, bis die Beute genügend geschwächt war, damit man sie angreifen konnte.

»Mágurix hat es gewusst«, sagte er. »Die Feinde sind zurückgekehrt.« Kiumara hörte es von drüben leise klirren: Er hatte nach seiner Streitaxt gegriffen. »Mágurix wird hinausgehen und kämpfen.«

»Das wirst du nicht!«, sagte Kiumara scharf. »Ich bin die Ältere, ich habe den Vortritt. Ich gehe.«

»Mágurix kommt mit. Er lässt Kiumara nicht alleine kämpfen.«

»Bevor wir kämpfen, müssen wir wissen, was uns draußen erwartet. Das werde ich erkunden. Alleine. Muss ich dich daran erinnern, was Kóndurix gesagt hat?«

»Auch Mágurix will wissen, wie es draußen aussieht. Es ist besser, wenn er vor dem Kampf den Kampfplatz gesehen hat.«

Das war richtig. »Also gut. Aber wir gehen nacheinander. Erst ich, später du.«

»Mágurix will ...«

»Hast du verstanden?!«

»Ja«, kam da von ihm. Aber es hatte zögernd geklungen.

Kiumara ließ das auf sich beruhen. Sie musste sich konzentrieren. Wie hatte der Druide sie unterwiesen? »Und so werdet ihr zu Außengängern: Lasst die Gedanken wandern, an einen Ort, zu dem sie von alleine streben. Lasst diesen Ort schwer werden in euren Gedanken. Noch schwerer. So schwer, dass er euch in sich hineinzieht. Und dann tretet aus diesem Ort hinaus in die Welt.«

Kiumara schloss die Augen. Du musst deinen Körper leicht machen, erinnerte sie sich. Lass ihn schweben. Du spürst in dir lediglich ein Strömen. Und nun befreie deine Gedanken von ihren Fesseln. Gib sie frei. Lass sie gehen ... ein aus Steinen aufgetürmtes Mal erscheint ... schwer ist es ... sehr schwer ...

Kiumara macht einen Schritt – und ist im Hellen.

Zum Schutz vor zu viel Licht hat sie die Augenlider fest zusammengepresst, aber hell ist es trotzdem, und sie spürt die Wärme der Sonne, aber auch ein wenig Wind. Und es riecht wie im Sommer, wenn die Mägde Futtergras sicheln. Blinzelnd öffnet sie die Augen. Sie ist nicht so geblendet wie befürchtet, und sie sieht, dass sie neben dem steinernen Mal steht, das ihr die Gedanken gezeigt haben.

Und sie hört das Brummen.

Rasch blickt sie sich um. Die Hügelkuppe – wie niedrig sie ist! Und dort die Grube – warum hat man den Eingang nicht ordentlich zugeschüttet? Aber ... Wo ist der Schutzwall? Der Wall aus heiligen Steinen rund um den Hügel – er ist vollkommen verschwunden! Eine weite Wiese umgibt jetzt den Hügel, mit Kreisen ... Futtergras ist das. In Kreisen zu einem endlosen, vollkommen gleichförmigen Haufen zusammengetragen. Offenbar können in dieser Welt nicht nur Geräusche, sondern auch Dinge *anhaltend* und *gleichmäßig* sein – so wie das Brummen. Aber woher kommt es? Das Mal versperrt ihr die Sicht. Vorsichtig schiebt Kiumara sich an ihm entlang und ... Was ist das?!

Dort unten über die Wiese rollt ein Wagen. Ohne Zugochsen oder Pferde.

Kiumara schüttelt den Kopf. Einen Augenblick lang war sie verwirrt. Aber nur, weil man darauf gewöhnlich nicht gefasst ist – auf Magie. Denn natürlich handelt es sich hier um Magie. Was sie dort sieht, ist nichts anderes als ein magischer Wagen.

Und dieser Wagen ist es, der das tiefe Brummen von sich gibt. Er fährt auf überaus breiten Rädern und an einer Deichsel zieht er einen zweiten, kleineren magischen Wagen hinter sich her. Und der ist ebenfalls zum Staunen. Denn aus dem kommt der endlose Haufen Futtergras.

Und auf dem vorderen Wagen sitzt ein Mädchen.

Das heißt – ob es sich um ein Mädchen handelt, ist nicht sicher. Dafür spricht, dass ihr blondes Haar geziemend lang ist. Dagegen, dass sie offenbar Hosen trägt; das tut keine Frau, die stolz drauf ist, eine zu sein. Aber das Gesicht ist wie das eines Mädchens fein geschnitten.

Vielleicht eine *cumal*, eine Sklavin? Darauf deutet hin, dass sie Feldarbeit macht. Aber einer Sklavin würde man wohl auch in dieser Welt keinen magischen Wagen anvertrauen. Zu leicht könnte sie damit fliehen. Ein unfreies Bauernmädchen? Ja, das mag sein ... Es sieht her.

Das Bauernmädchen wendet den Kopf, blickt herauf zum Mal, und Kiumara fährt zurück. Sie wartet eine Zeit lang und schiebt sich dann erneut behutsam vor. Das Mädchen blickt wieder geradeaus, offenkundig hat es Kiumara nicht bemerkt. Das ist gut. Zeige dich dem Feind nur, wenn du mit ihm kämpfen willst. Dieses Mädchen dort unten ist natürlich nicht ihr eigentlicher Feind. Das kann es schon deshalb nicht sein, weil die Ehre einer Edlen es Kiumara verbietet, mit unfreien Bauern zu kämpfen. Aber möglicherweise steht das Mädchen ja im Dienste der Feinde.

Kiumara beobachtet, wie der brummende magische Wagen und der kleinere, aus dem Futtergras kommt, den Hügel umkreisen. Sorgsam achtet sie darauf, in Deckung hinter dem Mal zu bleiben.

Doch plötzlich geht ihr auf: Mit jeder Umkreisung entfernen sich die Wagen weiter vom Hügel. Natürlich, es muss ja die ganze Wiese geschnitten werden. Und danach, vielleicht in einigen Stunden, wird das Bauernmädchen mit den Wagen zum heimatlichen Gehöft zurückkehren, das irgendwo in der Ferne liegen mag. Und wohin Kiumara ihr nicht folgen darf.

Was hat ihr Erkundungsgang bisher ergeben? Nichts, was ihr nützen könnte. Vor allem weiß sie noch immer nicht, mit welchen Feinden sie es zu tun hat.

Eine Zeit lang noch sieht Kiumara zu, wie das Mädchen Kreise um den Hügel zieht. Aber es wird immer deutlicher, dass sie Neues nicht mehr erfahren wird. Sie kann ebenso gut in die Kammer zurückkehren. Kiumara wendet sich dem steinernen Mal zu.

Und da hört sie das Geräusch.

Erst später, erst als sie Mágurix davon berichtete, wurde Kiumara klar: Wäre sie nur ein paar Wimpernschläge früher im Mal verschwunden, hätte sie niemals die Begegnung mit dem Mädchen gehabt.

Es war ein scharfes Geräusch, und es drang grell durch das Brummen des magischen Wagens. Als wäre ein fehlgegangener Schlag mit dem Schwert auf Fels getroffen. Kiumara spähte hinter dem Mal hervor.

Die magischen Wagen hatten angehalten. Und nun erstarb das Brummen. Nach einer Weile stieg das Mädchen ab und ging zum kleineren Wagen. An dem klappte es einen Deckel hoch.

Unversehens blickte es wieder zum Mal herauf, rasch zog Kiumara den Kopf zurück. Und dann hörte sie das Mädchen laut etwas sagen, das sie nicht verstand – ob es sie gesehen hatte? Nach einer Weile, als sie nichts weiter hörte, schob sie sich wieder vor.

Das Mädchen war dabei, unter dem kleineren Wagen einen Stein hervorzuziehen.

Ein Stein da unten ... Eine reichliche Ackerlänge war es bis zu der Stelle ... Dort hatte damals der Schutzwall gestanden! Der Stein, den das Mädchen hervorgezogen hatte, stammte vom Schutzwall.

Dieser Stein war ein heiliger Stein.

Ein heiliger Stein in den Händen eines Bauernmädchens!

Selbstverständlich wusste es nicht, was es da gefunden hatte. Niemals hätte es sonst gewagt, ihn anzufassen. Und nun würde dieses ahnungslose Mädchen den Stein irgendwo wegwerfen, an einem unwürdigen oder gar verfluchten Ort – Kiumara hatte Mühe, ruhig in ihrer Deckung hinter dem steinernen Mal zu bleiben. Aber sie würde scharf darüber wachen, was das Mädchen mit dem Stein anfing.

Es lud ihn auf den vorderen Wagen. Dann stieg es auf, das Brummen erklang erneut und die beiden Wagen rollten wieder. Und das Mädchen lenkte sie zum Hügel! Kiumara schob sich zurück, wobei sie vorsichtig über lose Steine hinwegstieg, die wohl aus dem Mal herausgefallen waren.

Am Fuße des Hügels hielten die Wagen an, und das Brummen erstarb. Das Mädchen stieg vom Wagen, hob den Stein herunter – und kam den Hügel herauf. Kiumara zog sich ganz in die Deckung zurück. Was, bei der Großen Mutter, wollte dieses Mädchen mit dem Stein hier auf dem Hügel? Das Mal … Sollte das etwa …? Aber das konnte nicht sein, das tat kein Bauernmädchen, dazu war seine Scheu viel zu groß … Kiumara horchte auf die Schritte des Mädchens, die nun ganz nahe waren, an der anderen Seite des Males. Etwa an der Stelle, wo die losen Steine lagen. Ein dumpfes Geräusch – das Mädchen hatte den Stein fallen lassen. Dann Stille. Angespannt lauschte Kiumara. Nichts. Doch, da, es klackte … Und da konnte Kiumara nicht anders: Sie sah hinter dem Mal hervor.

Das Mädchen war dabei, die losen Steine auf das Mal zu legen. Und wandte sich nun dem heiligen Stein zu. Sie wollte ihn anheben, zögerte, war im Begriff, sich umzuwenden … Rasch ging Kiumara wieder in Deckung. Und atmete tief ein.

Ihr war klar geworden: Das Bauernmädchen hatte gewusst, dass dies ein heiliger Stein war. Aber es war ein mutiges Mädchen und hatte seine Angst überwunden, um ihn ehrfürchtig zu bergen. Irgendwann musste der Schutzwall zerstört worden sein. Und nun kümmerte sich dieses Mädchen um die Reste des Walls und brachte die heiligen Steine, die noch auftauchten, an einen gehörigen Ort. Und welcher Ort wäre gehöriger als dieser Hügel, vermeintlich ein Grab? … Das Mädchen. Seine Schritte entfernten sich. Kiumara sollte ihm Lob zuteil werden lassen. Sie trat hinter dem Mal hervor.

Das unfreie Bauernmädchen lief den Hügel hinunter und wendete Kiumara die Rückseite zu, ungehörigerweise, aber es wusste ja von ihr nichts. Hinter dem Mädchen herzurufen, verbot sich für die Tochter einer Fürstin. Kiumara richtete den Blick auf den Rücken des Mädchens, einen festen und durchdringenden Blick. Bleib stehen! Wende dich um! Und da, am Fuße des Hügels, wandte es sich um.

Zuerst stand es nur da und starrte zu Kiumara herauf. Gleich würde es die Arme vor der Brust kreuzen und sich niederbücken. Doch das Mädchen schloss lediglich kurz die Augen und starrte dann weiter. Sah es denn nicht Kiumaras kostbar gewebtes Kleid? Den goldenen Plattengürtel und den Halsschmuck einer Fürstentochter? Doch es starrte nur und stand, ohne sich zu rühren. Wenigstens das Schwert sollte das Mädchen lehren, dass es vor einer Edlen stand.

Plötzlich rief es etwas. Dieses Bauernmädchen schrie Kiumara an. Streng blickte sie auf das Mädchen hinab.

Aber das schrie jetzt noch einmal. Und ging los. Es kam den Hügel herauf, näherte sich Kiumara ohne ihre Erlaubnis – was fiel ihm ein?!

Kiumara sah das Mädchen an, sah in sein Gesicht, das nun geradezu feindselig wirkte ... Und da begriff Kiumara.

Dies war ein Angriff.

Das Mädchen griff sie an, mit welchen magischen Waffen auch immer.

Kiumara hatte sich getäuscht. Das Mädchen hatte den heiligen Stein nicht zum Mal gebracht, um ihn zu bergen. Es baute an dem Mal aus anderen Gründen – aus Gründen, die Kiumara verborgen waren. Möglicherweise gehörte das Mädchen auch gar nicht zu unfreien Bauern.

Doch ganz gewiss gehörte es zu den Feinden.

Gleich würde das Mädchen eine Waffe zum Vorschein bringen. Was würde es sein?

Doch das Mädchen ging nur unbeirrt weiter. Und starrte beharrlich zu ihr herauf. Kiumara konnte nur eines tun: den Blick zurückgeben, eisenhart und scharf wie ein Spieß.

Und da, plötzlich, zeigte die Miene des Mädchens Unsicherheit.

Und es blieb stehen.

Es hatte den Angriff abgebrochen. Tief atmete Kiumara aus. Jetzt konnte sie sich zurückziehen, ohne dass es eine Flucht gewesen wäre.

Sie wendete sich dem steinernen Mal zu, machte drei Schritte und fand sich in der Kammer auf ihrer Liege wieder.

Bevor Mágurix etwas sagen konnte, flüsterte sie: »Still! Ein Feind ist auf dem Hügel.«

Fraglos war das Mädchen dort oben ein Feind. Doch warum hatte es nicht weiter angegriffen? Bestimmt besaß es magische Waffen. Warum hatte es die nicht benutzt? Kiumara gestand sich ein, dass sie beunruhigt war. Ziemlich stark sogar.

In diesem Treffen hatte sie gesiegt.

Aber warum?

3. León

Er war nicht bei der Sache.

Zwar hatte er mithilfe seiner arabischen Schwertkämpfer Herzog Pigsbury besiegt, aber leider übersehen, dass der hinterlistige Herzog Truffe inzwischen einen Angriff gegen die eigene Burg gestartet hatte. Die war nun futsch und überhaupt: Er hatte keine Lust mehr.

León speicherte das Spiel, beendete das Programm und fuhr das Notebook herunter.

Er saß im Hof, auf der Bank mit dem Tisch unter dem großen Baum (was das für einer war, könnte er Brigitte fragen, seine Mutter, die wusste es bestimmt, aber er würde einen Teufel tun), drüben am Stall scharrten irgendwelche dämlichen Hühner und es roch ziemlich übel nach Mist.

Ferien auf dem Bauernhof.

War schon immer sein Traum gewesen. Kein Windsurfing und Beachvolley auf Rhodos. Stattdessen Radeln und Wandern in Osthessen.

Wahrscheinlich aber noch nicht mal das. Denn natürlich würde Brigitte nichts anderes im Kopf haben als ihr Keltengrab. Sie vermutete, dass es hier in der Gegend eines gebe, und war ganz scharf darauf, diese Vermutung zu »verifizieren«. Womit sie »nachprüfen« meinte. Denn sie war Professorin für Archäologie. Spezialgebiet Kelten, genauer: Festlandkelten, und geriet regelrecht in Verzückung, wenn sie irgendwo eine rostige Speerspitze ausgegraben hatte.

Wogegen er an sich nichts hatte. Aber wenn sie glaubte, sie könne ihn in ihre Keltenkiste mit reinziehen, war sie schief gewickelt. Sie hatte wegen eines alten Grabes Knall auf Fall den Ferienflug gecancelt, und nun brauchte sie sich nicht zu wundern, wenn er auf stur schaltete. Eine Kostprobe hatte sie schon gekriegt.

»Das Notebook bleibt hier«, wollte sie verfügen. »Und Idefix nehmen die Nachbarn.«

Drei Wochen auf einem Bauernhof ohne die Spiele und seinen Zwergschnauzer? »Kommt nicht infrage!« Und als sie den Mund öffnete: »Ich bleib einfach hier sitzen. Und du musst mich samt Stuhl runter zum Volvo tragen.«

Sie sah ihn an. »Na schön. Von mir aus kann Idefix mit. Aber ich warne dich: Auf dem Bauernhof gibt es einen Wachhund. Was, wenn der sich mit Idefix nicht verträgt?«

Das hoffte er sogar. »Ich pass schon auf«, sagte er.

»Gut. Aber das Notebook nimmst du unter keinen Umständen mit.«

Jetzt sah er *sie* an. »Nicht ohne mein Notebook.«

Der Bauernhof lag ziemlich einsam irgendwo in der Pampa, und als sie am späten Vormittag auf die Zufahrt zum Hof einbogen – León mit dem Notebook auf dem Schoß und Idefix hinterm Sicherheitsnetz auf dem Gepäck herumturnend –, kam von Brigitte: »Übrigens noch was. Beckmanns haben eine Tochter in deinem Alter. Sei bitte nicht zu mufflig zu ihr. Vielleicht freundet ihr euch ja sogar an.«

Unter Garantie nicht.

Zum Glück musste er der Bauerntochter nicht gleich

Guten Tag sagen, weil sie, wie ihre Mutter sagte, bei der Mahd war – was immer das hieß. Die Frau Beckmann war übrigens nett. Ein bisschen rundlich, nicht so tadellos schlank wie Brigitte und ruhig und freundlich. Ziemlich genau so, wie León sich eine Bauersfrau vorstellte.

Sie griff auch gleich ein, als der Sohn, den es auch noch gab, Michael hieß er, ihn mit der Frage nervte, auf welchen Fußballclub er stehe. »Auf keinen«, antwortete León knapp. »Ich steh auf Beachvolley und Windsurfing.« Woraufhin Frau Beckmann ihr Söhnchen ermahnte, »unsere Gäste in Ruhe zu lassen«.

Der Beckmann'sche Hofhund war pechschwarz, hatte eine spitze Schnauze und war, verglichen mit Idefix, ziemlich riesig. »Ein Großspitz«, wusste Brigitte natürlich gleich. Zu Leóns Ärger hatte Idefix mit diesem Großspitz auf der Stelle dickste Freundschaft geschlossen. Jetzt stöberten die beiden im Obstgarten herum.

Über die Ferienwohnung im Obergeschoss, zwei Zimmer, Dusche und eine winzige Küche (»Aber Sie haben ja Vollpension bestellt, nicht wahr?«), konnte man nicht meckern. Wenngleich León nicht verstand, warum Brigitte mehrfach »Entzückend!« rief. Möglicherweise meinte sie die blau gewürfelte Bettwäsche.

Dann fragte sie: »Sagen Sie, gibt es hier in der Gegend irgendwelche Hügel? Nicht sehr groß, auch nicht besonders hoch?«

»Es gibt den Kalten Berg. Aber der ist doch etwas größer.«

»Nein, den meine ich nicht. Er müsste sehr viel kleiner sein. Und rund.«

»Na ja. Auf unserer Wiese ist so einer.«

»Tatsächlich?!« Brigitte hatte ihr verzücktes Kelten-Gesicht. »Ist das weit von hier?«

»Nicht sehr. Vom Dachgeschoss aus kann man den Hügel sehen. Mit dem Traktor sind es fünf Minuten auf der Straße.« Frau Beckmann wandte sich zur Tür. »Mittagessen um eins? Es gibt Kräuterquark mit Pellkartoffeln und ausgelassenem Speck.«

Hastig sagte Brigitte: »Für mich bitte nur einen Salat.«

León sagte: »Für mich bitte die volle Dröhnung.« Und lächelte Frau Beckmann an.

Brigitte hatte unverzüglich begonnen, auszupacken und ihr Zimmer, das größere der beiden, einzurichten. Wobei es sich hauptsächlich darum handelte, Platz für ihre vielen Bücher zu finden.

León hatte seine Reisetasche erst einmal stehen gelassen und sich mit dem Notebook nach unten in den Hof unter den großen Baum verzogen, auf die Bank mit dem Tisch.

Eigentlich war es dumm gewesen, das Spiel abzubrechen. Wenn man die eigene Burg verloren hatte, wurde es ja gerade spannend. Dann war Köpfchen gefordert. León schaltete das Notebook wieder an.

»León?« Brigitte stand in der Haustür, ein flaches Paket in der Hand. »Ich habe was für dich.« Sie kam herüber und legte das Paket auf den Tisch. Natürlich war da ein Buch drin. Der Größe nach ein Bildband. »Willst du es nicht auspacken?«

»Klar.« León riss das Papier auf. Überraschung! Ein Buch! »Lebendige Kelten.« Na sicher, was sonst? Er schlug es auf. Jede Menge Bilder drin. Und eigentlich gar nicht schlecht gemacht. Aber sorry, die Keltenkiste lief ohne ihn. Er klappte das Buch zu und legte es auf den Tisch. »Danke«, sagte er. Und schob nach: »Nett, wirklich.«

Brigitte seufzte. »Wenn du doch dieses ...« Daddeln hatte sie sagen wollen. Aber rechtzeitig daran gedacht, dass er bei diesem Wort ausflippte. Was er auf dem Notebook hatte, waren Strategiespiele. Und Daddeln hatte damit ungefähr so viel zu tun wie Baby-Geplantsche mit Windsurfen. Brigitte ließ das Ende des Satzes offen.

León ergänzte ihn im Stillen: Wenn du doch dieses ewige Daddeln lassen und dich für irgendwas Intelligentes interessieren könntest. Na klar. Und besonders für die Kelten, Verzeihung: die Festlandkelten.

Brigitte seufzte wieder. »Sieh wenigstens mal rein. Okay?«

»Okay«, sagte er. Er wollte noch ein »Versprochen« nachschieben, ließ es dann aber, weil das nun wirklich eine dicke Lüge gewesen wäre.

Brigitte seufzte ein drittes Mal und ging wieder ins Haus.

León startete das Programm. Während es geladen wurde, erschien das Bild des Kreuzritters, der eine Streitaxt in den Händen hielt. Ein Grafiker hatte es geschafft, dem Ritter einen ernsten, entschlossenen Gesichtsausdruck zu geben, der zugleich etwas Abwesendes hatte – als blicke der Ritter auf blutige Kämpfe zurück. Man nahm diesem Mann ab, dass er mit der Streitaxt zuschlagen konnte. Und es getan hatte. Nur: Das musste man sich mal vorstellen. Solche Ritter hatte es ja tatsächlich gegeben. Menschen, die imstande waren, anderen

Menschen mit der Axt einen Arm abzuschlagen. Oder sonst was. Das *konnte* man sich nicht vorstellen. Und musste es ja auch nicht. Die Ritterzeit war lange her und dieses Spiel war eben nur ein Spiel. León startete es.

Und da hörte er das Motorengebrumm.

Es schien auf den Hof zuzukommen. Ein Lkw? Nein, wohl eher so was wie ein Traktor. Und schon kam einer durch die Einfahrt auf den Hof gefahren mit einem zweirädrigen, kastenförmigen Anhänger im Schlepp. Er brummte im Bogen unter ein Vordach am Stall und hielt dort an.

León runzelte die Stirn.

Auf dem Traktor saß ein Mädchen.

Das musste die Tochter sein.

Sie stellte den Motor ab und kletterte herunter. Das tat sie langsam und dann stand sie da und blickte vor sich hin. Sah gar nicht so übel aus. Blond war sie und hatte ein gebräuntes Gesicht.

Von León nahm sie keine Notiz. Das heißt: Sie nahm von gar nichts Notiz. Stand bloß da mit gesenktem Kopf. Was hatte sie nur?

»Kathrin?« Frau Beckmann stand in der Haustür.

Kathrin. Damit konnte man leben.

»Schon fertig? Das ging aber schnell. Oder war's etwa wieder …?« Sie eilte zu Kathrin hinüber. »War's wieder ein Stein?«

Kathrin hob den Kopf. »Mutter, ich hab da was gesehen, also, ich hab jemanden gesehen …« Sie stockte. Dann sagte sie: »Ja, es war wieder ein Stein. Er hat ein Messer rausgeschlagen. Und die Scheibe hat auch was abgekriegt.«

»Ach herrje!« Frau Beckmann schlug die Hände zusammen. »Und im Radio haben sie für morgen Gewitter vorhergesagt. Bis dahin muss die Wiese gemäht sein.« Sie wandte sich zum Haus. »Ich ruf den Vater an. Vielleicht kann er früher Schluss machen und noch zum Eisen-Meyer fahren.« Sie lief zur Haustür und verschwand.

Kathrin war beim Traktor stehen geblieben.

León überlegte. Wenn er hier sitzen blieb, sah das irgendwie blöd aus. Aber einfach zu ihr gehen?

Da sah sie ihn und kam einfach herüber.

»Hi! Ich bin die Kathrin.«

Er war aufgestanden. »Ich heiße León.«

»León?« Sie musterte ihn. Und zwar ziemlich genau. Soviel er wusste, hatte er derzeit keinen Pickel im Gesicht. »Bist du der Sohn von der Frau Professor?« Und als León nickte: »Ich dachte, du wärst kleiner, also, ich meine: jünger.«

Dazu schwieg er. Das ist immer gut, wenn man sowieso nicht weiß, was man sagen soll.

Sie musterte ihn wieder. Er hatte *doch* einen Pickel im Gesicht. Er sagte: »Darf man das?«

»Was?«

Er zeigte zum Traktor. »Darfst du den da fahren? Ich meine, wegen der Polizei und so.«

»Die Wiese und die Äcker sind Privatgelände. Dort ja.«

»Und auf der Straße?«

»Ich fahr bloß auf Feldwegen.«

»Sind ja auch Straßen, oder?«

Kathrin zuckte die Achseln. »Bisher hat noch keiner

gemeckert.« Sie fügte hinzu: »Geht ja nicht anders. Mein Vater arbeitet in der Stadt, meine Mutter versorgt den Stall und das Haus, also muss ich die Wiese mähen.« Sie zeigte zum Anhänger am Traktor. »Aber jetzt ist ein Stein in den Mäher gekommen.«

»Ja, hab ich mitgekriegt.«

Kathrin hielt den Blick auf den Mäher gerichtet. »Ich habe den Stein auf unsere Pyramide gepackt. Und da ...« Sie brach ab. Und sah nun wieder vor sich hin. Irgendwas stimmte nicht mit ihr.

»Ihr, äh, habt eine Pyramide?«

»Ja«, sagte sie, noch immer mit gesenktem Kopf. »Alle Steine aus der Wiese kommen auf die Pyramide.«

»Und was soll das? Ich meine: Warum?«

»Warum?« Jetzt sah sie ihn an. »Weil wir Beckmanns schon immer an der Pyramide bauen.«

Klar. Leuchtete hundertprozentig ein. Irgendwie.

Kathrin war jetzt dabei, den Tisch zu mustern. Sie zeigte auf das Notebook. »Edles Teil hast du da.« Dann sah sie das Buch. »Darf ich mal?« León nickte und sie begann zu blättern. Plötzlich hielt sie inne. Sie starrte auf das Buch. »Sieht aus wie ...« Sie klang irgendwie nervös. »Hier, schau!«

León sah das Bild einer Frau, darunter die Unterschrift: »Adlige Keltin, ca. 500 v. Chr.«

»Das Kleid ist ganz ähnlich!« Kathrin klopfte mit dem Zeigefinger auf das Bild. »Der Gürtel auch! Und der dicke Halsring! Und die roten Zöpfe!« Immer noch nervös sagte sie: »Nur, dass die hier kein Schwert hat. Aber sonst ist alles wie bei der, die ich gesehen hab!«

Warum war sie so aus dem Häuschen? Er hatte auch

schon Keltinnen gesehen. Im Museum, in Asterix-Heften und erst neulich auf einer Wiese im Stadtpark, wo Leute in Kostümen irgendwelche Mittelalterspiele aufgeführt hatten. Er hatte das ziemlich abartig gefunden. Ritterspiele im Computer, okay, aber sich verkleiden wie im Fasching ...

»Und?«, sagte er.

Aber sie schien ihn nicht zu hören. »Plötzlich ist sie verschwunden. Hat sich sozusagen in Luft aufgelöst. Aber weißt du, was ich glaube? Ich glaube, dass sie ...« Kathrin brach ab.

León schwieg.

Kathrin sah ihn an. »Du denkst, ich spinne, oder?«

»Nein, denke ich nicht. Aber ... also, na ja, schon die Story mit der Pyramide ...«

»Kannst dir die Pyramide ja ansehen! Ist rund und spitz und steht oben auf dem Hügel.« Abrupt wandte sie sich zum Gehen. Dann drehte sie sich noch einmal um. »Aber ich kann dir nur raten: Lass die Finger davon.«

Und plötzlich, richtig wild: »Lass die Finger von der Pyramide, okay?«

4. Mágurix

Angespannt lauschte Kiumara. Aber kein Laut drang in die Kammer. Mágurix war also, der Großen Mutter sei Dank, draußen nicht auf Feinde gestoßen.

Nachdem das Mädchen mit den magischen Wagen verschwunden war (was Kiumara aus dem leiser werdenden und endlich verklingenden Brummen geschlossen hatte), hatte sie Mágurix ausführlich von ihren Erlebnissen auf dem Hügel berichtet. Sie hoffte, dass er begriff, wie gefahrvoll diese Welt da draußen war, in der man ständig von neuen, unerhörten und unvorstellbaren Dingen überrascht werden konnte. Und ein wenig hoffte sie, ihn damit abzuschrecken.

Aber er beharrte auf seinem Gang nach draußen. »Es wird dem Feind nicht gelingen, Mágurix zu erschrecken. Er wird mit allem fertig.«

Das glaubte er wirklich. Er war dazu erzogen, ein herausragender Krieger zu werden, ein Draufgänger, den nichts aus der Fassung brachte, vermutlich noch nicht einmal das Zusammenstürzen des Himmelsgewölbes. Nachdenklichkeit und Umsicht kamen dabei leider zu kurz.

»Nun gut.« Kiumara überlegte. Dann sagte sie: »Aber deine Streitaxt lässt du hier.«

»Ein Krieger trennt sich niemals von seiner Waffe.«

Natürlich nicht. Zumal die Axt ein Geschenk seines Ziehvaters Miletumagnum war, den er verehrte, als wäre dieser Kriegstreiber der Gott Teutates in Person. Mágurix' Streitaxt war kleiner als die eines richtigen Kriegers, aber Kiumara hatte gesehen, was er damit anrichten konnte. Jedes Jahr, am Ende des Erntemonds, wurden Schaukämpfe veranstaltet zwischen der Knabenschaft der Remi, die Mágurix anführte, und der Knabenschaft des benachbarten Stammes. Bei den Axt-Kämpfen durfte nur mit der stumpfen Seite zugeschlagen werden und nur auf Helme und Brustpanzer. Doch gerade Mágurix passierte es immer wieder, dass er sich in der Hitze des Kampfes vergaß und scharf auf Arme und Beine einhieb.

Kiumara sagte: »Wir müssen den Feind erst kennen lernen. Es wäre unklug, jetzt schon zu kämpfen. Deshalb bleibt deine Streitaxt hier.«

»Kiumara hat ihr Schwert auch mitgenommen.«

Weil sie nicht unbedacht drauflosschlug, dieser Hitzkopf aber schon. Indes war es sinnlos, ihm das erklären zu wollen. »Weil ich die Welt draußen noch nicht kannte. Du jedenfalls gehst ohne deine Waffe.«

»Aber ohne seine Axt kann Mágurix nicht ...«

»Hast du mich verstanden?!«

Stille. Aber dann kam: »Mágurix hat verstanden.«

Dann herrschte wieder Stille.

Verharrte er trotzig schweigend auf seiner Liege? Oder ... war er am Ende schon gegangen?

»Mágurix?«

Keine Antwort.

Da erhob sich Kiumara. Vorsichtig schob sie sich durch die Dunkelheit hinüber zu seiner Liege.

Und tastete.

Er war verschwunden.

Und mit ihm die Streitaxt.

Die Pellkartoffeln mit Kräuterquark und ausgelassenem Speck waren lecker gewesen. Brigitte war mit einem von Öl triefenden Salat bedacht worden, von dem sie lediglich ein paar Blatt zu sich genommen und dann behauptet hatte, sie sei satt. Frau Beckmann hatte ihnen das Mittagessen in der Wohnstube der Familie serviert, und auf Brigittes Frage, wo denn die Gastgeber äßen, stellte sich heraus, dass es bei Beckmanns kein gemeinsames Mittagessen gab. »Mein Mann kommt ja erst am Spätnachmittag von der Arbeit. Dem Michael mach ich natürlich was, aber die Kathrin ist alt genug, die sorgt für sich selber.«

Eben. Das konnte man sehr gut mit zwölf, besser gesagt: mit fast dreizehn. Das war ein Punkt, bei dem die Ansichten von León und Brigitte extrem stark auseinander gingen. Klar, sie erlaubte ihm eine Menge, abends etwa durfte er ziemlich lange wegbleiben. Aber Brigitte wollte immer »informiert sein«, wie sie es nannte. Was hieß, dass an absolut unmöglichen Orten, bei einem Freund zum Beispiel, sein Handy klingelte und sie wissen wollte, was er gerade machte. Vertraute sie ihm denn nicht?

»Wie kannst du so etwas sagen! Natürlich vertraue ich dir«, behauptete sie, wenn er sie darauf ansprach.

Natürlich tat sie es nicht.

Das war ihm vorhin wieder klar geworden, als Kathrin mit der kaputten Mähmaschine zurückgekommen war. Sie hatte ihrer Mutter berichtet, welche Teile durch den Stein beschädigt worden waren. Und Frau Beckmann hatte ihr das sofort und unbesehen abgenommen.

Wie wäre das zwischen León und Brigitte gelaufen?

»Bist du sicher?«, hätte sie gefragt. Und egal, was seine Antwort gewesen wäre – sie hätte die Mähmaschine noch mal selber untersucht. Sie vertraute ihm eben nicht. Und warum?

Weil sie ihn nicht *ernst* nahm.

Kathrin *wurde* ernst genommen.

Aber irgendetwas stimmte mit ihr nicht. Warum hatte sie das Bild einer langweiligen Keltin so durcheinander gebracht? Und dann die Sache mit der Pyramide. Also, die musste er sich unbedingt mal ansehen. »Steht auf dem Hügel«, hatte sie gesagt. Aber auch: »Lass die Finger davon!« Hatte ziemlich übertrieben geklungen. Danach war sie im Haus verschwunden und nicht wieder aufgetaucht.

Nach dem Mittagessen war León hoch in sein Zimmer gegangen. Er hatte sich das Bild der adligen Keltin noch einmal besehen, aber nichts daran entdeckt, das Kathrins Verhalten hätte erklären können. Die gegenüberliegende Seite zeigte das Bild eines keltischen Kriegers. Dicker Walross-Schnurrbart, blondes, wirres und offenbar stark verfilztes Haar, das Hemd über der auffällig schwarz-rot gewürfelten Hose und Schnabelschuhe. Am Gürtel ein Dolch und in der Hand natürlich ein Schwert. Und für solche Typen wollte Brigitte ihn begeistern? Er hatte noch ein wenig geblättert, war auf die doppelseitige Zeichnung eines Grabhügels gestoßen, mit Schutzwall und allem Drum und Dran, eine Zeichnung, die eigentlich nicht uninteressant war, aber, sorry, nicht mit ihm. Er hatte das Buch weggelegt und das Notebook hochgefahren.

Später hatte es geklopft, und ohne ein »Herein« abzuwarten, war Brigitte hereinmarschiert. Wie er das hasste!

»León, ich möchte, dass du mich begleitest.« Sie hatte ihr Das-ist-mein-absoluter-Ernst-Gesicht aufgesetzt. Zu ihrer beider Spielregeln gehörte, dass er dann nur einen mäßig langen Scheinwiderstand leistete. Aber nicht heute! Er würde ihr echten Widerstand bis zum Sieg entgegensetzen. Sie sollte endlich begreifen, dass man ihn ernst nehmen musste.

»Ich will mir den Hügel ansehen ...«

Richtig, das wollte sie ja. Den Hügel auf der Wiese. Den mit der Pyramide. »Klar«, sagte er. »Da komm ich mit.«

»Ich muss wahrscheinlich Steinproben nehmen, da könntest du mir ...« Sie stockte. »*Was* hast du gesagt?«

»Ich komme mit.« Und er setzte hinzu: »Oder soll ich lieber hier bleiben?«

Sie wollten gerade losfahren, als Idefix laut bellend über den Hof gefegt kam. León stieg aus, öffnete ihm die Hecktür, und Idefix sprang mit Freudengebell in den Volvo. Der schwarze Großspitz war ihm über den Hof gefolgt und stand nun unschlüssig. Da aber rief Frau Beckmann von der Haustür: »Rollo! Bei Fuß!« Und brav trabte er zu ihr hinüber.

Sie hätten die kurze Strecke zum Hügel auch gehen können, fuhren aber mit dem Volvo, weil Brigitte ja auf dem Rückweg Steine zu transportieren hatte. Für die hatte sie vorausschauend eine alte Reisetasche mitgenommen.

Woher wusste sie überhaupt, dass es auf dem Hügel Steine gab? Hatte Frau Beckmann ihr von der Pyramide erzählt?

»Wozu brauchst du eigentlich die Steinproben?«, fragte León, als er wieder neben Brigitte saß. Und wusste im gleichen Moment: Die Frage war ein Fehler – er hatte Interesse an der Keltenkiste bekundet. Brigitte strahlte denn auch und legte los: »Für die Anlage von Grabhügeln, die übrigens nur für Fürsten oder andere hoch stehende Personen gebaut wurden, brauchte es eine Menge Steine. Und die musste man heranschaffen, oft von weit her. Wenn also die Untersuchung der Probe ergibt, dass die Steine von woanders stammen, ist das schon mal ein Indiz dafür, dass der Hügel ein Keltengrab sein könnte. Wohlgemerkt: könnte.«

Nachdem ihm die erste Frage herausgerutscht war, konnte er ebenso gut auch eine zweite stellen: »Und wo lässt du die Steine untersuchen?«

»Na, León, ich bitte dich! Wo wohl? Am geologischen Institut der Uni natürlich. Das solltest du als Sohn einer Professorin eigentlich wissen.«

Vor allem sollte er als Sohn einer Professorin wissen, dass man der besser keine Fragen stellte. Da kriegte man bloß eins auf den Deckel. Offenbar rechnete sie fest damit, auf dem Hügel Steine zu finden. Also wusste sie von der Pyramide.

Und was hatte Kathrin gesagt? Dass er bitte die Finger davon lassen sollte. Es hatte sicher dramatischer geklungen, als es gemeint war, aber an der Pyramide lag ihr was, das war klar. Und nun wollte Brigitte dort einfach Steine wegnehmen. Weil sie die für ihre Keltenkiste brauchte.

Da kam der Hügel in Sicht.

Doch was hieß Hügel? Ein flacher Buckel war das, mehr nicht. Und die Pyramide? Okay, sie war offenbar rund und hatte eine Spitze. Aber wie es aussah, war das bloß ein Steinhaufen, der ziemlich in die Breite ging. Alles halb so wild.

Brigitte bog von der Straße ab und fuhr auf einem Feldweg bis zum Rand des Buckels. León stieg aus und sah sich um. Eine Wiese, halb gemäht mit gehäufeltem Gras – Kathrins Werk! Und kein Mensch weit und breit, der sich über einen nicht angeleinten Hund beschweren konnte. León klappte die Hecktür auf und Idefix schoss jubelnd davon.

Der Buckel war doch mächtiger, als er von weitem ausgesehen hatte.

»Siehst du, wie gleichmäßig der Hügel geformt ist?« Brigitte schaute keltenverzückt. »Ich sage dir, das ist keine natürliche Erhebung. Die ist künstlich aufgeschüttet worden.« Sie hatte ihre Digitalkamera aus dem Handschuhfach umhängen und machte Bilder. Dann griff sie sich von der Rückbank die alte Reisetasche und ging los, den Hügel hinauf.

Auf der Wiese fetzte Idefix durch das gehäufelte Gras, dass es nur so stiebte. Das fände Kathrin wohl nicht so gut. Aber ihn jetzt an die Leine legen? León folgte seiner Mutter auf den Hügel.

»Sieh dir das an! Ein Haufen Steine. Das ist ja eine angenehme Überraschung.«

Verwirrt sah er sie an. Dann hatte sie also *doch* nichts von der Pyramide gewusst? Na, war ja egal. Aus der Nähe betrachtet, war es tatsächlich eine Pyramide. Zwar wirklich sehr breit angelegt, aber höher, als es von unten den Anschein hatte, und vor allem: Sie war kein Haufen hingeworfener Steine, sondern ein richtiges Bauwerk. Sorgfältig hatte man unterschiedlich große Feldsteine aufeinander geschichtet, so dass kaum Lücken geblieben waren. Und natürlich konnte so was nicht von heute auf morgen entstanden sein. Daran hatten viele Beckmanns lange Zeit gearbeitet.

»Wunderbar, dieser Steinhaufen. Da brauche ich nicht herumzusuchen.« Brigitte hatte ihre Reisetasche abgestellt. Und griff nun nach einem der Feldsteine in der Pyramide.

»Also, das find ich jetzt nicht so gut«, sagte León.

»Was?« Sie hielt inne. »Was findest du nicht so gut?«

»Da einfach einen Stein rauszunehmen.«

Brigitte betrachtete die Pyramide. »Du meinst, es könnten andere Steine nachrutschen?«

»Das auch. Aber ...« León suchte nach Worten. »Es gehört sich nicht.«

»Es gehört sich nicht?« Brigitte sah ihn an. »Würdest du mir das bitte erklären?«

»Damit haben sich eine Menge Leute eine Menge Mühe gegeben. Und jetzt kommst du einfach daher und machst die Pyramide kaputt.«

»Die Pyramide?« Sie schüttelte den Kopf. »León, ich bitte dich. Das ist ein Haufen Steine. Und davon brauche ich welche, unbedingt. Das weißt du doch.«

»Ja, ich weiß«, sagte er. »Ziemlich gut sogar.« Und dann rutschte ihm heraus, und er hörte es selber mit Erstaunen: »Für deine dämlichen Kelten gehst du noch über Leichen!«

»León!« Fassungslos sah sie ihn an. Dann wurde ihre Miene eisig. »Ich erwarte, dass du dich dafür entschuldigst!« Jetzt blickte sie böse. »Aber denk vorher gründlich nach. Denn du wirst mir auch erklären müssen, was dich plötzlich geritten hat.« Abrupt wandte sie sich ab. »Schluss jetzt mit dem Theater.« Sie fasste nach einem Stein.

Und da griff er zu. Er rastete nicht gerade aus, aber irgendetwas sprang in ihm aus irgendeiner Halterung – er packte sie am Arm. Und schrie: »Ja! Schluss mit dem Theater!«

Später einmal, sehr viel später, würde er wissen, dass dies ein entscheidender Moment in seinem Leben gewesen war. Vielleicht sogar *der* entscheidende.

Jetzt blickte er in das entsetzte Gesicht seiner Mutter, sah ihre schreckgeweiteten Augen und da ließ er los. Sie fasste nach ihrem Arm und strich sich über die Stelle, wo er sie gepackt hatte. Er hatte wohl ziemlich fest zugefasst.

Sie standen einander gegenüber und starrten sich an.

Und da kam Idefix bellend den Hügel heraufgestürmt, vielleicht weil er seinem Herrchen zu Hilfe kommen wollte oder weil es eine Beißerei im Rudel gab oder warum auch immer – jedenfalls begann er, nun wie von Sinnen bellend, León und seine Mutter zu umkreisen.

Woraufhin sich seine Mutter wortlos abwandte.

Sie zog einen Stein aus der Pyramide, packte ihn in die Reisetasche, ging ein paar Schritte weiter, zog einen zweiten Stein heraus und an einer dritten Stelle noch einen. Darauf ging sie, noch immer ohne etwas zu sagen, hinunter zum Volvo. Sie packte die Reisetasche auf die Rückbank und rief herauf: »Kommst du?!«

Idefix war plötzlich weg und bellte woanders. Den müsste er erst holen. Und überhaupt ...

»Ich ...« Er räusperte sich. »Ich geh zu Fuß.«

Ohne ein weiteres Wort stieg sie in den Volvo, wendete ihn, fuhr zur Straße und brauste davon.

León stand und dachte: Das hätte ich nicht tun dürfen. Dann dachte er: Ach was! Und irgendwie fühlte er sich gut. Hervorragend sogar ...

Idefix! Wie von Furien gehetzt war er jaulend angerannt gekommen und lag nun winselnd und flach auf die Erde gedrückt vor ihm, die Augen auf etwas gerichtet, das hinter León war. Er drehte sich um.

Und da stand einer.

Weiter unten, am Rand einer Kuhle, fast war es eine Grube, stand einer – als Kelte verkleidet.

Er musste sich in der Kuhle versteckt gehalten haben, hatte wohl auch mitgekriegt, was zwischen León und seiner Mutter gelaufen war, aber warum hatte er sich versteckt? Verrückt. Und offenbar gab es auf dem Land auch schon diese dämlichen Spiele.

Das Kostüm des Kelten glich dem Bild im Buch ziemlich genau. Schnabelschuhe, karierte Hosen, statt schwarz-rot allerdings schwarz-blau, Hemd über der Hose mit Gürtel und Dolch und dick verfilztes, blondes Haar. Jedoch kein Schnurrbart.

Idefix winselte zum Gotterbarmen. »Still, Idefix!« Der Hund gehorchte, aber ein leises Fiepen konnte er nicht unterdrücken. Was hatte er bloß?

Der Kelte war nicht besonders groß, eher klein, und er hatte nicht nur keinen Schnurrbart, sondern ein junges Gesicht – das Gesicht eines Jungen. Zugleich aber war es ein hartes, altes Gesicht. León hatte mal einen Film über südamerikanische Straßenjungen gesehen, die täglich ums Überleben kämpfen mussten. Die hatten ähnliche Gesichter gehabt.

Der Junge fixierte León.

Ohne Scheu sah der Junge ihm fest in die Augen.

Und in den Händen hielt er eine Axt. Der Junge hatte kein Schwert, sondern eine Streitaxt. Und die war echt. Die war nicht aus Plastik oder irgendein schludrig gemachtes Hackebeil. Sondern das war eine blanke, sorgfältig polierte Axt mit einer breit ausschwingenden Schneide.

Und die war messerscharf geschliffen.

Unwillkürlich trat León einen Schritt zurück.

Und da erschien ein abfälliges Lächeln auf dem Gesicht des Jungen. Es war nicht nur abfällig, sondern so abgrundtief verachtungsvoll, dass León sein Gesicht heiß werden fühlte.

Plötzlich bewegte sich der Junge, warf mit einem Mal die Axt nach oben, ein Stück nur, und fing sie wieder auf. Dabei ließ er kein Auge von León. Und nun warf er die Axt mit aller Kraft nach oben. Sie stieg hoch, sauste, sich drehend, nach unten, und der Junge fing sie, ohne hinzusehen, wieder auf, exakt am Ende des Griffes. León schaute mit offenem Mund. Wieder lächelte der Junge. Stolz dieses Mal und mit arrogant hochgezogenen Augenbrauen.

Und dann warf er wieder. Die Axt stieg hoch, kam dann, sich drehend, wieder herunter, aber was war mit dem Jungen, er stand da, ohne sich zu rühren, ließ die Arme bewegungslos hängen, hatte den Blick fest auf

León gerichtet, und, wumm!, fuhr die Axt dicht vor seinen Füßen mit der Schneide in die Erde.

Er hatte sie absichtlich nicht aufgefangen.

Sie hätte ihm den Kopf spalten können.

Ein Irrer. Ein *echter* Irrer.

Langsam begann León, rückwärts zu gehen. Um Himmels willen diesem irren Jungen nicht den Rücken zukehren; der war imstande und warf die Axt nach ihm.

Und der Junge folgte. Im gleichen Tempo wie León ging er vorwärts, kam den Hügel herauf, León ging rückwärts, und nun war der Junge an der Pyramide.

Dort hielt er an.

Wieder erschien ein Lächeln auf seinem Gesicht, ein triumphierendes dieses Mal. Darauf wandte er sich der Pyramide zu.

Und ging in sie hinein.

Der Junge verschwand in der Pyramide.

Er war einfach in sie hineingegangen.

5. Pläne

Scheibenkleister, dachte Kathrin.

Das blöde Wort war ihr in den Sinn gekommen, als sie begonnen hatte, die kaputte Scheibe des Kreiselmähers auszubauen. Die sollte draußen sein, wenn der Vater von der Arbeit kam, damit er sie gleich zum Eisen-Meyer bringen und tauschen konnte. Kathrin glaubte nicht, dass sie noch zu reparieren war. Diese Scheibe war hin. Scheibenkleister eben.

Dämliches Wort. Es hatte sich offenbar in ihrem Kopf festgesetzt. Aber was auch immer sich in ihrem Kopf tat – eines war ständig da: die Gestalt auf dem Hügel. Die *keine* eingebildete Erscheinung gewesen war. Aber wie ein Phantom in die Pyramide hineinging. Kathrin hatte es genau gesehen. Aber sie *konnte* es nicht gesehen haben. Weil es so etwas nicht gab.

Sie hatte daran gedacht, der Mutter davon zu erzählen. Aber die hätte sie bloß kopfschüttelnd angesehen und gesagt: »Kathrin, Kathrin. Du liest zu viel Fantasy-Geschichten.« Es reichte, dass sie der Sohn der Frau Professor für komisch hielt.

Zum Glück war ihr nur herausgerutscht, dass sie eine Keltin gesehen hatte. Und nicht auch noch, auf welche Weise die verschwunden war. Dann hätte er sie wirklich für verrückt gehalten. Kathrin hatte die Scheibe nun gelöst und holte sie heraus.

León hieß er. Daran könnte man sich gewöhnen. Nicht aber daran, dass er einer war, der mit Notebooks und teuren Büchern zugeschüttet wurde. Für so einen wäre ein neues Fahrrad natürlich kein Thema. Warum die Frau Professor ausgerechnet hier Urlaub machte? Sie und ihr Sohnemann konnten sich doch bestimmt einen Club-Urlaub oder so was leisten.

Ob es mit ihrem Beruf zu tun hatte? Professorin für Archäologie war sie. Kathrin hatte in Michaels Lexikon für Jungen nachgeschlagen. Archäologie war »die Wissenschaft, die sich mit der Erforschung vergangener Kulturen befasst. Dazu führen Archäologen Ausgrabungen durch.« Und auf einem Foto war zu sehen, wie gerade ein ägyptisches Pharaonengrab geöffnet wurde. Pharaonengräber gab's hier in der Gegend natürlich nicht. Aber vielleicht andere?

Als Kathrin begann, die Schneidmesser von der Scheibe zu lösen, hörte sie das Motorengeräusch. Der Vater? Nein, das war kein Golf-Diesel. Das musste der Volvo sein. Und da kam er auf den Hof gerollt, hielt unter der Linde und Frau Professor stieg aus. Schlank und groß, Jeans und eine einfache, weiße Bluse mit aufgesetzten Taschen. In der einen steckte ein Notizblock, in der anderen mehrere Kugelschreiber. Außerdem hatte die Frau Professor eine kleine Kamera umhängen.

Aber wo war ihr Sohn? Die beiden seien zusammen zum Hügel gefahren, hatte die Mutter gesagt.

Jetzt hatte sie Kathrin gesehen. Sie zögerte – und kam herüber. »Guten Tag. Du bist sicher die Kathrin.«

Als sie nickte, hielt die Frau Professor ihr die Hand hin. »Brigitte Lange-Krüger. Aber du kannst Brigitte zu mir sagen.«

Ganz bestimmt nicht. Kathrin zeigte ihre Hände. »Die sind ölig.«

»Ah – ja.« Frau Professor ließ ihre Hand sinken. »Und so etwas kannst du? Eine Mähmaschine reparieren?«

»Zu reparieren ist da wohl nichts mehr. Ich denke, die Scheibe muss ausgetauscht werden.«

Frau Professor musterte sie. »Willst du mal Mechanikerin werden?«

Kathrin schüttelte den Kopf. »Nein, bestimmt nicht.«

»Und was dann, wenn ich fragen darf?«

»Na ja. Am liebsten würde ich studieren.« Wissenschaftlerin wie die Frau Professor, das wäre nicht schlecht. Aber nicht Archäologie. Sondern irgendwas mit Computern. »Nur, da wird wohl nichts draus.«

»Und warum nicht?«

»Weil ich wahrscheinlich vor dem Abitur von der Schule muss. Meine Eltern wollen, dass ich möglichst bald mein eigenes Geld verdiene.«

»Hm.« Wieder musterte die Frau Professor sie. Was dachte die sich, wenn sie einen so ansah? Um die Frau von sich abzulenken, sagte Kathrin: »Sie waren am Hügel, nicht? Warum? Ich meine, ist der irgendwie interessant für Sie?«

Die Frau Professor nickte. »Ich vermute, dass der Hügel ein altes Grab ist. Dass dort vor langer Zeit ein Fürst bestattet wurde. Oder auch eine Fürstin.«

»Und aus welcher ...« Wie hatte es im Lexikon geheißen? »Aus welcher vergangenen Kultur stammt das Grab?« Das hatte ziemlich hochgestochen geklungen.

Aber daran schien sich die Frau Professor nicht zu

stören. »Mhm«, machte sie und es klang anerkennend. »Du interessierst dich für alte Kulturen? Sehr schön.« Dann sagte sie: »Ich vermute, dass das Grab aus dem fünften Jahrhundert vor Christus stammt.« Und sie fügte hinzu: »Es könnte ein Keltengrab sein.«

Kathrin starrte die Professorin an.

Ein Keltengrab?! – In Kathrin begann ein Gedanke zu keimen. Es war ein vollständig verrückter Gedanke ...

Mágurix war trotz Kiumaras Verbot mit seiner Streitaxt nach draußen gegangen.

Wie hatte Fürstin Segumara, ihre Mutter, Krieger zur Vernunft gebracht, die ihren Befehlen nicht gefolgt waren? Miletumagnum etwa, der trotz ihres Friedensgebotes Sklaven des benachbarten Stammes geraubt hatte? Die Ehre eines Kriegers, hatte sie gesagt, verbiete es, ungehorsam zu sein.

»Mágurix«, begann Kiumara. »Ich muss dir sagen, dass dein Ungehorsam ...«

»Kiumara hat Recht.«

»Du siehst also ein, dass ...«

»Die Welt draußen ist eine überaus fremde. Es gibt Dinge, die Mágurix verwirrt haben.«

Gut. Verwirrung war der erste Schritt zur Nachdenklichkeit. Von diesem Weg sollte sie ihn nicht abbringen. »Welche Dinge sind das?«

»Mágurix spricht nicht von den magischen Wagen. Die sind höchst nützlich. Sie fahren schnell wie der Blitz und unter einem Dach ist man geschützt gegen das Wetter.«

Magische Wagen gab es offenbar in großer Vielfalt.

»Mágurix spricht auch nicht von den Hunden. Die sind klein und feige. Sie taugen nicht zum Kämpfen und nicht zur Jagd.«

Nun gut. Aber was hatte ihn verwirrt?

»Auf dem Hügel waren eine Frau und ein Knabe.« Er machte eine Pause. Dann sagte er: »Mágurix sah, wie der Knabe die Frau angriff.«

»Der Knabe?« Kiumara hatte sich aufgerichtet. »Mit einer Waffe?«

»Nein. Er schrie sie an. Und er packte sie am Arm.«

»Er packte sie am Arm?!« Das war ungeheuerlich. Darauf gab es nur eine Antwort. Auch in der fremden Welt dort draußen. »Und dann hat die Frau ihren Dolch gezückt und den Knaben niedergestochen?«

»Das hat sie nicht getan.«

»Nicht? Dann muss die Frau eine Sklavin gewesen sein.«

»Das glaubt Mágurix nicht. Sie hat kein einziges Mal die Arme gekreuzt und sich niedergebückt. Mágurix ist sich gewiss, dass sie eine Herrin war.«

»Und trotzdem hat sie den Angriff geduldet?«

»Sie war sehr ungehalten. Aber sie hat den Knaben nicht gezüchtigt.« Mágurix setzte hinzu: »Versteht Kiumara jetzt die Verwirrung von Mágurix?«

»Ich verstehe sie.« Und wenn Verwirrung der erste Schritt zur Nachdenklichkeit war, dann …

»Mágurix hat nachgedacht.«

Nun also.

»Vielleicht ist der Knabe gar kein Knabe mehr. Es kann sein, dass in dieser Welt die Knaben jünger sind als in unserer, wenn sie in die Gemeinschaft der Krieger aufgenommen werden.«

»Das ist eine gute Überlegung.« Und die Mädchen? Womöglich wurden die Mädchen früher in den Kreis der Frauen aufgenommen.

Mágurix schwieg eine Weile. Plötzlich sagte er: »Mágurix vergaß zu erzählen, warum der Knabe die Frau angriff. Er versuchte, sie daran zu hindern, heilige Steine aus dem Mal zu entfernen. Er wollte das Mal bewahren.«

»Wirklich?!« Hatte das Mädchen den Stein vielleicht *doch* zum Mal gebracht, um ihn zu bergen?

»Aber er konnte sich nicht durchsetzen. Denn er ist kein tapferer Knabe. Als er meine Streitaxt fliegen sah ...«

»Hast du sie etwa nach ihm geworfen?«

»Geworfen?! Ein Krieger wirft seine Waffe nicht nach dem Feind. Niemals! Nicht den Spieß, nicht die Axt und erst recht nicht das Schwert. Das ist unehrenhaft. Kiumara sollte das wissen.«

Das wusste sie selbstverständlich. Aber sie wusste auch, wozu sich Krieger gegen alle Ehre hinreißen ließen.

»Mágurix zeigte dem Knaben, wie sehr er eins ist mit seiner Axt. Da wich er zurück. Schon vor der Schärfe der Schneide ist er zurückgezuckt. Aber Mágurix' Axt ist auch so scharf ...«

»... dass selbst der Wind, wenn er dagegen fährt, davon blutet, ich weiß.« Er hatte offenbar den Weg zur Nachdenklichkeit wieder verlassen und war zur Großmäuligkeit zurückgekehrt. »Es gab also keinen Kampf. Du hast dich nur umgesehen. Das ist gut.«

»Mágurix konnte schon deshalb nicht kämpfen, weil ihn der Knabe nicht angriff.«

»Er ist nicht auf dich losgegangen?«

»Nein. Er versuchte es gar nicht erst. Weil er feige war.«

Oder … weil er nicht wollte. Das war es! Er hatte möglicherweise gar nicht kämpfen wollen. Mit einem Mal wurde Kiumara klar, warum sie im Treffen gegen das Mädchen so leicht gesiegt hatte. Auch das Mädchen wollte vermutlich nicht kämpfen. Und das konnte heißen:

Das Mädchen und der Knabe *waren gar keine Feinde*.

Und beide wollten das Mal bewahren. Zudem wurden sie im Kreis der Älteren gehört.

Das alles *musste* nicht so sein. Aber es *konnte*.

Und deshalb war es einen Versuch wert.

Dies allemal angesichts des bevorstehenden Kampfes in einer fremden Welt gegen einen unbekannten Feind. Von dem sie nur wussten, dass er sie hier in der Kammer mit Lärm und Licht angegriffen hatte.

»Mágurix, wir werden versuchen, Verbündete zu gewinnen.«

»Verbündete? Aber wer könnte das sein?«

»Das Mädchen und der Knabe.«

Der Vater kam überraschend gut mit der Frau Professor klar.

Er hatte sie trotz seiner nicht gerade sauberen Hände mit Handschlag begrüßt und locker gefragt, ob man sie mit ihrem Doppelnamen Lange-Krüger anreden müsse.

Worauf ihre Antwort war: »Nein, Lange langt«, worüber sie dann beide gelacht hatten, kurz: Die zwei fanden sich auf Anhieb sympathisch. Was, soweit es die Frau Professor betraf, vielleicht auch daran lag, dass der Vater ein großer, gut aussehender Mann war. Jedenfalls nach Kathrins Meinung.

Die kaputte Scheibe hatte er stirnrunzelnd begutachtet und dann Kathrins Einschätzung bestätigt: Die war hin. »Da beißt die Maus keinen Faden ab, die muss ausgetauscht werden. Ich fahr dann gleich los. Obwohl mir das überhaupt nicht in den Kram passt. Eigentlich müsste ich raus zu den Äckern. – Aber weißt du was?«, wandte er sich übergangslos an Kathrin. »Der Chef hat mir ein Angebot gemacht.« Und weil er die Neuigkeit unbedingt sofort loswerden musste, bekam sie nicht nur Kathrin noch vor der Mutter zu hören, sondern auch Frau Lange-Krüger: Die Brauerei plane, das Bier nicht mehr selber auszufahren, sondern eine Transportfirma zu beauftragen. »Und ich könnte, sagt der Chef, einen Teil der Brauerei-Lkws übernehmen. Mit denen würde ich ein Fuhrgeschäft aufmachen.«

»Dazu brauchen Sie natürlich ein nicht zu knappes Startkapital.«

»Das ist der Knackpunkt«, sagte der Vater. »Vielleicht kann ich ja die Bank zu einem Kredit überreden. Oder ich gewinne einfach im Lotto.« Er lachte. »Im Ernst«, sagte er dann. »Es wird darauf rauslaufen, dass ich das Angebot ablehnen muss.« Dann sagte er: »Wenn ich den Hof verkaufen könnte, wären wir alle Sorgen los.«

»Der ist doch alter Familienbesitz, nicht wahr? Hängen Sie nicht daran?«

»An der Plackerei auf dem Acker?« Der Vater schüttelte den Kopf. »Wenn jetzt ein Käufer dort durch die Einfahrt käme, der hätte den Hof sofort. Das Land, meine ich. Das Haus würden wir behalten. Ist doch so, Kathrin, oder?«

Sie nickte. Auch sie konnte sich Besseres vorstellen, als am ersten Ferientag an einem kaputten Kreiselmäher herumzubasteln. »Der Haken ist bloß«, sagte sie, »dass kein Käufer kommt.«

Frau Professor sah sie an. »Man soll nie die Hoffnung aufgeben. Und immer an seine Träume glauben.«

Jetzt war es die Frau Professor, die hochgestochen daherredete. Später allerdings würde sich Kathrin an diesen Satz wieder erinnern. Und wissen, was dahintergesteckt hatte. Jetzt dachte sie nur: Die hat gut reden.

»Jedenfalls, Herr Beckmann«, sagte die Frau Professor, »eine Sorge kann ich Ihnen schon mal abnehmen. Wie wäre es, wenn Kathrin das mit der Scheibe übernimmt und ich sie hinfahre?«

»Zum Eisen-Meyer? Das würden Sie tun? Wissen Sie was, Frau Lange? Dies ist ein Angebot, das ich nicht ablehnen kann.«

Frau Professor Lange lachte. »Gut. Ist dir doch recht, Kathrin?« Und auf ihr Nicken hin: »Ich muss nur vorher ein Telefonat erledigen. Bis gleich.« Sie ging zur Haustür und verschwand.

»Nette Frau«, sagte der Vater. »Wirklich. Okay, ich muss deiner Mutter von der Sache mit den Lkws erzählen.« Auch er verschwand.

Kathrin hockte sich nieder, um die restlichen Schneidmesser von der Scheibe zu lösen. Dabei fiel ihr Blick zur Hofeinfahrt.

Und dort stand León.

Er hatte sich Zeit gelassen für den Weg zurück. Auf die unvermeidliche Aussprache mit seiner Mutter war er kein bisschen scharf.

Und außerdem musste er über den Keltenjungen nachdenken, richtiger: über dessen Verschwinden.

Der Junge hatte schräg vor der Pyramide gestanden, so dass sich León sicher sein konnte: Er war nicht *hinter* die Pyramide gegangen. Sondern *in sie hinein*. León hatte mal einen alten Film gesehen. »Ein Mann geht durch die Wand« hieß der. Wenn dieser Mann in einer Wand verschwunden war, hatte das genauso ausgesehen wie das Verschwinden des Jungen in der Pyramide. Nur: Im Film gab's so was. In der Wirklichkeit nicht.

Idefix schnüffelte eifrig im Straßengraben umher. Er schien den Schock, den ihm das Erscheinen des Keltenjungen verpasst hatte, verdaut zu haben. Aber Idefix brauchte ja auch nicht darüber nachzudenken. León beneidete ihn richtig darum. Vielleicht sollte er es wie Idefix machen und sich nicht weiter das Hirn zermartern. Sondern abwarten.

Abwarten, bis er mit Kathrin sprechen konnte.

Über seinen Kelten. Und über ihre Keltin.

Kathrin war, wenn er sich's recht überlegte, seine einzige Hoffnung. Wenn überhaupt mit jemandem, konnte er nur mit ihr über das reden, was er gesehen hatte.

Was aber, wenn er bei ihr mit seiner Geschichte vom

Keltenjungen, der in die Pyramide gegangen war, nicht landen konnte? Keine Ahnung. Aber angenehm lebte sich's bestimmt nicht als einer, der Dinge sah, die es nicht gab. Als Einziger. Mit lediglich einem Zwergschnauzer als Zeugen. Wahnvorstellungen nannte man so was wohl.

León, der Wahnsinnige.

Da war die Einfahrt.

Und da, an der Mähmaschine, hockte Kathrin.

Niemand sonst war auf dem Hof. León atmete auf. Er hatte befürchtet, er müsse warten, bis er sie allein erwischte. Das hätte er jetzt nicht ausgehalten. Er ging zu ihr hinüber.

»Äh, hallo. Könnte ich, äh, dich mal sprechen?«

Sie sah hoch, musterte ihn kurz und widmete sich dann wieder ihrer Arbeit. Schraubte irgendwelche rechteckigen Teile von einem runden ab. »Nicht jetzt. Ich hab zu tun.«

»Aber ... also, es ist wichtig.«

»Wichtig ist jetzt bloß, dass ich die Scheibe fertig mache. Die muss zum Eisen-Meyer.«

Da gab sich León einen Ruck. »Hör zu, Kathrin. Ich habe ein Problem. Und du bist die Einzige, die mir helfen kann.«

»*Du* hast ein Problem?« Sie sah hoch mit einem Gesicht, in dem stand: Du lieber Himmel, was kannst du denn schon für Probleme haben?

»Du bist doch dieser Keltin begegnet.«

Er konnte richtig sehen, wie sie sich versteifte. Hastig sagte sie: »Vergiss es. Hab's mir wahrscheinlich sowieso nur eingebildet.«

»Ich hab aber auch so was gesehen. Einen Keltenjungen.«

»Und? Wahrscheinlich ist das hier eine gute Gegend für Hirngespinste.« Fahrig strich sie sich das Haar aus der Stirn.

Sie blockte ab, eindeutig. Einen Moment lang fühlte sich León hilflos und allein gelassen. Dann aber gab er sich den zweiten Ruck. Und setzte alles auf eine Karte.

»Der Keltenjunge«, sagte er langsam, »den ich gesehen habe, der ist ...« Er machte eine Pause. »Der ist in die Pyramide hineingegangen.«

Sie starrte ihn an.

»Der Junge ist in der Pyramide verschwunden. Ich hab's genau gesehen.«

Kathrin starrte noch immer. Nach einer Weile sagte sie, und es war ein Flüstern: »Mein Keltenmädchen auch.«

Jetzt sahen sie einander an. Sie, neben ihren Teilen hockend, blickte zu ihm herauf und er zu ihr hinunter. Da ließ er sich vor ihr in die Hocke nieder. Und sagte einfach, wie ihm zu Mute war: »Ich bin so froh.«

Sie hockte vor ihm, die Unterarme lose über den Knien. Ihre Hände glänzten an manchen Stellen schwärzlich, das war wohl Maschinenöl, und eigentlich hätte er jetzt gerne seine Hände über ihre gelegt. Aber das traute er sich nicht.

»Ich bin auch froh«, flüsterte sie. Und dann: »Ich hätte es niemandem erzählen können.«

Er nickte.

Nach einer Weile flüsterte Kathrin: »León?«

»Ja?«

»Ich glaub, deine Mutter steht in der Haustür.«

Das tat sie tatsächlich. León erhob sich. »Ähm ... also bis dann.«

»Bis dann«, sagte Kathrin.

Er ging hinüber zu seiner Mutter. Schweigend sah sie ihn an. Und da gab er sich den dritten Ruck. »Entschuldigung«, sagte er. Und nach einer Pause: »Aber ich werd dir nicht erklären, was mich geritten hat.«

Brigitte sah ihn an. Dann blickte sie zu Kathrin hinüber. Und darauf nickte sie. »Okay. Akzeptiert.« Und sie fügte hinzu: »Trotzdem wäre es nett, wenn du mir irgendwann mal erklären würdest, was in dich gefahren ist.«

Es war genau da, dass der Hubschrauber über den Hof gebraust kam.

6. Der Himmelswagen

Das dumpfe Geräusch der Rotorblätter hatte schon vorher sozusagen in der Luft gestanden. Aber es war, wie sich León später erinnerte, nicht besonders laut gewesen. Weder er noch Brigitte und wohl auch nicht Kathrin hatten darauf geachtet.

Doch nun kam der Hubschrauber unvermutet über das Dach der Scheune geschossen und brauste so niedrig über den Hof, dass die Hühner in Panik auseinander stoben und vom Rotorwind Staub hochgewirbelt wurde. So plötzlich, wie er erschienen war, verschwand der Hubschrauber hinter dem Wäldchen, das an den Obstgarten grenzte. Rollo und Idefix bellten, als ginge es ihnen ans Leben.

Frau Beckmann sah aus dem Küchenfenster, neben ihr Michael. »Was war denn das?«, fragte sie.

In der Haustür erschien ein Mann, den León noch nicht kannte. »Ein Armee-Hubschrauber, oder? Die spielen immer wieder mal verrückt.«

»Nein, Herr Beckmann«, sagte Brigitte mit finster zusammengezogenen Augenbrauen. »Das war kein Armee-Hubschrauber. Ich fürchte, das war jemand anderes.«

Erstaunt sah León sie an. Das hatte geklungen, als wüsste sie, wer das gewesen sein könnte.

Das Geräusch des Hubschraubers wurde nun wieder lauter. Und da kam er hinter dem Wäldchen emporgestiegen. Sehr viel langsamer und auch höher als vorhin flog er auf den Hof zu und blieb über dem Obstgarten stehen. Es war einer mit einer eiförmigen Plexiglas-Kanzel, und den Piloten, mit verspiegelter Sonnenbrille hinter dem Steuerhorn, konnte man gut erkennen. Neben ihm saß ein Mann, klein und rundlich. Und der winkte herunter.

»Er ist es tatsächlich.« Auf Brigittes Stirn erschien eine Zornesfalte.

»*Wer?*«, fragte León. Aber Brigitte antwortete nicht.

Der Hubschrauber legte sich nun nach vorn, nahm Fahrt auf, drehte ab und verschwand, leiser werdend, wieder hinter dem Wäldchen. Doch dann wurde er nicht mehr leiser. Und plötzlich erstarb das Geräusch.

»Er ist gelandet«, sagte Brigitte und ihre Stimme klang merkwürdig gepresst.

Herr Beckmann starrte dorthin, wo der Hubschrauber verschwunden war. »Auf unserer Wiese! Na, der soll mich kennen lernen.« Er wollte losstürmen. Aber Brigitte stoppte ihn mit erhobenen Händen.

»Halt, bitte warten Sie!« Sie ließ die Hände sinken. »Sie sollten wissen, dass der Mann Reiter heißt, Danny Reiter. Und dass er archäologische Projekte finanziert.«

»Na und? Was hab ich damit zu tun? Der kann doch nicht einfach ...«

»Herr Reiter wird Ihnen alles erklären. Aber lassen Sie mich erst mit ihm reden, okay?«

Herr Beckmann sah sie an. Dann nickte er.

»Gut.« Brigitte zog den Schlüssel des Volvos aus der Tasche. »Dann also los.«

»Ich würde gerne mitkommen«, sagte León. Und auf Kathrin zeigend, die an der Mähmaschine stand: »Und Kathrin sicher auch.«

Brigitte ließ einen Blick zwischen ihnen hin und her gehen. »Klar, warum nicht?«

»Ich will auch mit!«, kam von Michael aus dem Küchenfenster.

»Aber sicher doch. Und Sie, Frau Beckmann?«

Die schüttelte den Kopf. »Jemand muss schließlich das Haus hüten.«

Sie gingen zum Volvo. Idefix wollte nicht mit. Er schien zu ahnen, wohin es ging. Herr Beckmann setzte sich neben Brigitte, León und Kathrin nahmen auf der Rückbank Platz, zwischen ihnen saß Michael.

Sie schwiegen während der Fahrt.

Dann kam der Hügel in Sicht. Und daneben, auf dem gemähten Teil der Wiese, war der Hubschrauber gelandet. »So eine Sauerei«, sagte Kathrin.

Um den Hubschrauber herum, im Umkreis von mindestens hundert Metern, war das gehäufelte Gras hochgewirbelt und verstreut worden.

Herr Beckmann sagte nichts. Aber man sah, dass sich seine Wangenmuskeln bewegten. Und sobald Brigitte auf dem Feldweg zum Hügel angehalten hatte, riss er die Tür auf und stürzte davon.

»Herr Beckmann!«, rief Brigitte. »Warten Sie!« Aber er hörte nicht.

Der Pilot saß in der geöffneten Seitentür der Kanzel und ließ lässig die Beine baumeln. In einiger Entfernung vom Hubschrauber, mitten auf der Wiese, wartete Danny Reiter.

Er war klein, aber nicht rundlich, sondern breit und kompakt, wie ein gestauchter Kleiderschrank sah er aus und sein Haar war mit Gel wellig nach hinten frisiert.

»Verdammte Scheiße!«, brüllte Herr Beckmann schon von weitem. »Der ganze Schnitt ist hin!« Dann stand er vor Danny Reiter, mindestens zwei Köpfe größer als der, und schrie: »Das bezahlen Sie! Was fällt Ihnen ein?«

Danny Reiter antwortete, ohne zu Herrn Beckmann hochzusehen, nicht besonders laut, aber mit einer Stimme, die mühelos bis ans Ende der Wiese reichte: »Sagen Sie, was ich Ihnen schuldig bin.«

»Das kostet Sie mindestens ... Was?«

»Sagen Sie, was Sie verlangen.« Danny Reiter lächelte. »Sie sind Herr Beckmann? Okay. Ich kaufe Ihnen das Gras ab.« Und nach einer kleinen Pause: »Ich kaufe Ihnen auch die Wiese ab. Mitsamt dem Hügel.«

»Wa... Was?«

Danny Reiter zeigte zur Weide auf der anderen Seite der Straße, wo zwei Kühe grasten. »Ihr Land dort drüben auch.« Er setzte hinzu: »Und ich kaufe Ihre Äcker auf dem Kalten Berg.«

Herr Beckmann starrte stumm auf ihn hinunter.

»Ah, meine Gnädigste, ich grüße Sie!«, sagte Danny Reiter – Brigitte war inzwischen angekommen. »Lange nicht gesehen, wie?«

»Herr Reiter!« So wütend hatte León seine Mutter noch nie erlebt. »Was wollen Sie jetzt schon hier?! Bisher ist alles nur Vermutung. Ich stehe erst am Anfang meiner Verifizierung. Was soll da dieses Kaufangebot?«

»Sagen wir, ich hege großes Zutrauen zu Ihren wissenschaftlichen Fähigkeiten und bin mir ziemlich sicher: Sie *werden* Ihre Vermutung verifizieren. Und ich werde keine Fehlinvestition tätigen.« Plötzlich sagte er grob und böse: »Jeder Tag, an dem hier herumgetrödelt wird, kostet mich bares Geld. Verstehen Sie?«

»Nein!«, kam da heftig von Herrn Beckmann. »*Ich* verstehe überhaupt nichts! Ich möchte auf der Stelle wissen, was hier läuft.«

Danny Reiter öffnete den Mund, aber da sagte Brigitte: »Es ist so, Herr Beckmann: Ich vermute, dass es sich bei diesem Hügel um ein altes Keltengrab handelt. *Wenn* es eines ist, würde ich gerne hier graben. So etwas kostet Geld, und Herr Reiter hat sich freundlicherweise bereit erklärt, die Grabung zu finanzieren.«

»Das mache ich nicht aus Freundlichkeit«, ließ sich Danny Reiter vernehmen, »sondern weil ich hier ein großes Ding sehe. Das Grab wird der Mittelpunkt eines archäologischen Mitmach-Parks. ›Der Keltenfürst wartet – graben Sie ihn aus.‹ Sciencetainment nenne ich das. Wissenschaft auf unterhaltsame Art. Und Sie verkaufen mir dafür Ihr Land. Komplett. Zu einem fairen Preis.«

»Hm.« Herr Beckmann rieb sich das Kinn. »Der Hof ist alter Familienbesitz. Da hängen wir dran und …«

»Herr Beckmann. Versuchen Sie nicht, mit mir zu feilschen. Ich habe mich über Ihre Situation informiert. Und ich werde Ihnen ein Angebot machen, das Sie nicht ablehnen können.«

»Immer vorausgesetzt«, sagte Brigitte, »dass meine Vermutungen stimmen.«

»Das, Gnädigste, ist einer der Gründe, warum ich gekommen bin. Und zwar mit dem Hubschrauber. Wir werden einen Erkundungsflug machen.«

»Einen Survey-Flug? Auf den müsste ich mich vorbereiten. Man kann nicht einfach so losfliegen und glauben, man entdeckt etwas.«

»Sagen Sie das nicht. Wir könnten per Augenschein schon mal die Spuren eines ehemaligen Schutzwalles entdecken. Das würde Ihren Vermutungen doch ziemliche Beine machen, nicht wahr?«

»Herr Reiter! Wir waren uns einig, dass die wissenschaftliche Seite des Projekts vollständig in meinen Händen liegt. *Ich* bestimme, wann ein Survey-Flug angezeigt ist.«

»Na schön, Sie sind der Boss«, sagte Danny Reiter, scheinbar gleichmütig. Doch seine Augen straften ihn Lügen. »Ich bitte Sie nur dringend, sich mit der Verifizierung Ihrer Vermutungen nicht allzu lange Zeit zu lassen.« Und an Herr Beckmann gewandt, sagte er: »Sie hören von mir.« Dann drehte er sich um und stapfte zum Hubschrauber.

Der Pilot setzte sich an seinen Platz und Danny Reiter kletterte in die Kanzel. Als der Hubschrauber lärmend startete, wirbelte er Unmengen geschnittenen Grases durch die Luft.

»Na ja«, sagte Herr Beckmann, während der Hubschrauber davonflog. »Er bezahlt es ja.« Und sich an Brigitte wendend: »Verstehen Sie, warum er das Land schon jetzt kaufen will? Obwohl er doch noch gar nicht sicher sein kann, dass der Hügel ein Keltengrab ist?«

»Nein«, sagte Brigitte, »das verstehe ich ganz und gar nicht. Aber Danny Reiter riskiert eben gern was. Und wenn Sie mich fragen: Akzeptieren Sie ganz einfach sein

Angebot.« Und indem sie zu Kathrin sah: »So einen Hauptgewinn aus heiterem Himmel kriegt man nur einmal im Leben.«

Folgt den Regeln von *Holzverstand*, dem Brettspiel der Götter …

Kiumaras Absicht, den Knaben und das Mädchen als Verbündete zu gewinnen, fand nicht Mágurix' Zustimmung: »Mágurix denkt nicht, dass ein feiger Knabe und ein Mädchen nützliche Verbündete sind. Sie können nicht kämpfen. Und ohne Kampf geht es nicht ab. Der Feind muss vernichtet werden.«

Musste er? Eben dies war inzwischen die Frage.

Kiumara hatte ihre Lage durchgedacht. Eine der Weisungen, die ihnen der Druide Kóndurix mit auf den Weg gegeben hatte, lautete: »Seid ihr in einer schwierigen Lage, so gebraucht kühlen Kopfes als Waffe die Kraft eures Denkens. Nehmt dabei die drei Grundregeln von *Holzverstand* als Denkmuster.« Die kannte Kiumara seit ihrer Kindheit. Zum Ersten: Fasse dein Ziel ins Auge. Zum Zweiten: Erforsche die Absicht des Gegners. Zum Dritten: Lasse deine Gedanken einen Weg finden, der dich zum Ziel führt.

Das Ziel stand Kiumara klar vor Augen: Sie und Mágurix mussten wieder einschlafen. Und die Absicht des Gegners? Der Feind wollte in ihre Kammer eindringen. Und warum? Dafür konnte es nur einen einzigen Grund geben: weil der Hügel einem Fürstengrab glich. Und der Feind darin Schätze vermutete. Es geschah oft, dass Gräber von umherziehenden Horden ausgeraubt wurden.

Nicht ohne Grund versah man Grabhügel mit einem Schutzwall und bedeckte die Kammern mit einer mächtigen Schicht aus geweihten Steinen. Wer trotzdem ein Grab der beigegebenen Schätze berauben wollte, dem ging seine Gier nach Gold über seine Furcht vor den Göttern.

Solche Frevler würden nicht ruhen und rasten, bis sie hier in die Kammer eingedrungen waren. Deshalb mussten sie vernichtet werden.

Das meinte Mágurix.

Doch war dies der Weg, der nach der Regel von *Holzverstand* zum Ziele führte? Kiumara sah noch einen anderen Weg. Einen kürzeren, gefahrloseren und darum besseren – sofern er denn begehbar war:

Sie mussten die Feinde abschrecken. Ihnen deutlich machen, in welche Gefahr sie sich begaben, wenn sie die Kammer ausrauben wollten.

Dazu brauchte sie den Knaben und das Mädchen als Verbündete.

Ganz sicher würde das Mädchen noch einmal am Hügel erscheinen. Es musste ja die Wiese fertig sicheln. Und dann würde Kiumara – ja, was tun?

Bis zu diesem Punkt hatten Kiumaras Gedanken ihren Weg gefunden. Doch dort stießen sie auf ein Hindernis: die Sprache des Mädchens. Wollte man jemanden erschlagen, musste man nicht mit ihm reden. Wollte man jemanden als Verbündeten gewinnen, dann schon.

Aber es mussten ja keine Worte sein. Verständigen konnte man sich auch mit Gebärden und Gesten. Und allemal genügte die Sprache der Zeichen, um Verbindung aufnehmen …

Was war denn das?

Ein Geräusch von draußen. Leise zuerst, dann lauter werdend, sich nähernd ... Ein *anhaltendes* Geräusch, natürlich, daran hatte sich Kiumara schon fast gewöhnt, doch ein gänzlich neues. Es war ein dumpfes Brausen, untermischt mit kreischendem Heulen, und es wurde lauter und lauter.

Mágurix sagte: »Der Feind hat sich ein Donnerkunststück ausgedacht.« Und nach einer Weile nachdrücklich: »Doch Mágurix kann er damit nicht einschüchtern.«

Das hatte ein wenig zu nachdrücklich geklungen. Aber was nun von draußen in die Kammer drang, war ja auch ein derart unerträglich lauter und grässlicher Lärm, als erzeuge ihn der Donnergott Taranis selber. Kiumara konnte nicht anders – sie hielt sich die Ohren zu.

Und da verstummte der Lärm.

Nicht schlagartig. Doch wurde das kreischende Heulen so rasch leiser, als wäre ihm mit einem Mal die Luft ausgegangen. Auch das dumpfe Brausen nahm ab, aber nicht so rasch.

»Schnell!«, zischte Kiumara. »Wir gehen raus.« Den Feind hier im Dunkeln zu erwarten, wäre mehr als töricht gewesen. »An derjenigen Seite des Males, die der Grube zugewandt ist.« Dass Mágurix seine Waffe mitnehmen sollte, brauchte sie ihm nicht zu sagen.

Gedankenschnell wurden sie von der Schwere der heiligen Steine nach draußen gezogen. Kiumara blickte sich um. Kein Feind zu sehen – sie hatte die Richtung gut abgeschätzt; das Donnerkunststück war von der anderen Seite des Mals gekommen. Sorgsam auf Deckung bedacht, spähten Kiumara und Mágurix hervor.

Ein magischer Wagen.

Ein größerer war es dieses Mal, einer ohne Räder, offenbar so etwas wie ein Schleifkarren. Und auf ihm drehten sich Schwerter, lang wie das des Teutates, doch hatten sie keine Spitzen. Es waren fünf, die sich langsam drehten und nun stillstanden. Ein Kampfwagen war das. Ganz sicher konnte er mit diesen Drehschwertern ganze Heere in die Flucht schlagen.

Unter den Schwertern befand sich die Blase eines Ebers, eines unvorstellbar riesigen. Diese Blase war durchsichtig wie klares Wasser. Und darin saßen zwei Männer, Krieger wohl, obwohl sie keine Bärte trugen.

Waren diese Krieger die Feinde? Kiumara beschloss, die Antwort noch aufzuschieben. Für rasche Urteile war diese Welt zu undurchsichtig.

Der eine Krieger hatte blitzblank polierte Bronzespiegel vor den Augen. Wollte er sie schützen? Aber wie konnte er sehen?

Der andere Krieger öffnet eine Klappe, kam aus der Blase geklettert und ging auf die Wiese. Er war gedrungen und so beleibt, dass man den Gürtel zum Messen des Bauchumfanges unmöglich hätte schließen können. Beim Stamme der Remi wäre ein solcher Krieger unnachsichtig zur Zahlung eines Sklaven verurteilt worden.

Mágurix stieß Kiumara an und deutete mit dem Kopf. Aber sie hatte das Brummen auch schon gehört und sah nun den magischen Wagen, der auf einem gleichmäßig glatt gestampften Weg herangerollt kam.

»Der Wagen der Frau, die der Knabe angefasst hat«, wisperte Mágurix.

Als der Wagen nicht weit vom Hügel hielt, flog eine Klappe auf, ein großer Mann, auch er ohne Bart, sprang heraus und stürmte auf den kleinen, beleibten Krieger zu. Dabei schrie er etwas. Ein Angriff?! Aber dicht vor dem Krieger blieb der große Mann stehen und die beiden Männer redeten nur heftig aufeinander ein.

Und da kam die Frau dazu. »Das ist sie«, flüsterte Mágurix. »Und dort ist auch der Knabe. Der größere von beiden.« Er fragte: »Ist dies das Mädchen?« Und Kiumara nickte.

Die beiden Knaben und das Mädchen blieben in einiger Entfernung von den Älteren stehen und sahen zu, wie die laut irgendetwas verhandelten.

Waren *diese* Menschen die Feinde? Die sie mit Lärm und Licht in der Kammer angegriffen hatten?

Kiumara versuchte sich den Klang der Stimmen zurückzurufen. Sie hatten sich dumpf angehört und waren gedämpft gewesen. Nur den Schrei »Maigod!« hatte Kiumara deutlich gehört. Von einer Frau war der gekommen. Und Kiumara hatte zwei Männerstimmen unterschieden. Dort unten auf der Wiesen *standen* eine Frau und zwei Männer. Aber ihre Stimmen hörten sich anders an als die während des Angriffs. Ausschließen jedoch mochte Kiumara nicht, dass diese Frau und die zwei Männer die Feinde waren.

Und die Knaben und das Mädchen?

Sie standen abseits von den Älteren, nein: Sie hielten wissentlich Abstand. Mit den Verhandlungen der Älteren schienen sie nichts zu schaffen zu haben. Aber noch immer war nicht restlos sicher, ob der größere Knabe und das Mädchen nicht doch zu den Feinden gehörten, wer immer diese waren. Gewissheit bekam Kiumara nur auf eine Weise: Sie musste mit ihnen in Verbindung treten.

Der kleinere Knabe kam nicht in Betracht. Bestimmt hatte er bei den Älteren noch keine Stimme – es waren angstvolle Blicke, mit denen er zu ihnen hinsah. Und gewiss würde er erschrecken, wenn er Kiumara sähe.

Wenn sie sich zeigte, mussten das Mädchen oder der größere Knabe alleine sein. Oder, besser, beide zusammen allein. Natürlich ohne die Älteren. Und auch ohne den kleinen Knaben.

Unten auf der Wiese wandte sich plötzlich der beleibte Krieger um. Er ging zum Kampfwagen und kletterte hinein. Und da begann das kreischende Heulen wieder, steigerte sich rasch, wurde unerträglich laut und die Schwerter fingen an sich zu drehen – der Krieger wollte die Frau und den großen Mann angreifen!

Die Schwerter drehten sich immer schneller, ein dumpfes Brausen erhob sich, gleich würde der Wagen zu gleiten beginnen, auf die Frau und den Mann zu, wie wollten sie sich wehren, sie sollten fliehen, aber sie standen und schauten nur, und da löste sich der Kampfwagen vom Boden …

Er stieg hoch. Wie eine Libelle mit schwirrenden Flügeln erhob er sich, mit donnerndem Getöse stieg er höher, und ein Sturmwind hatte zu tosen begonnen, der das gesichelte Gras emporwirbelte. Und da flog der Kampfwagen los. Er entfernte sich und flog unter dem Himmel davon.

Ein Himmelswagen! In dieser Welt gab es magische Wagen, die wie Vögel unter dem Himmel fliegen konnten. Und das mit unvorstellbarer Schnelligkeit. Nicht lange und der Himmelswagen war jenseits des Hallberges verschwunden.

Tief atmete Kiumara aus. Mágurix glotzte mit offenem Mund. Dann bemerkte er Kiumaras Blick und hob mit gespieltem Gleichmut die Schultern ...

Stimmen von unten auf der Wiese.

Ein Wortwechsel zwischen den Älteren und den Knaben, aber es klang ruhig. Das Mädchen sagte nichts. Dann winkte der große Mann den kleineren Knaben zu sich heran. Der schien nur widerwillig zu gehorchen. Der Mann ging mit ihm und der Frau zum Wagen. Sie stiegen hinein und der Wagen rollte davon.

Zurück blieben der größere Knabe und das Mädchen. Jetzt oder nie, dachte Kiumara und flüsterte: »Mágurix, wir zeigen uns. Die Waffen halten wir so, dass sie friedliche Absicht bekunden. Und wir weisen ihnen unsere gute Seite ... Halt, warte noch.«

Das Mädchen und der Knabe hatten zu reden begonnen. Sie standen sich gegenüber und sprachen miteinander. Und Kiumara sah: Die beiden empfanden Verlangen zueinander. Umso besser, dachte sie. Nach einer Weile blickten die zwei zum Hügel herauf. Und dann drehte sie sich um. Sie wendeten sich ab ...

»Jetzt, Mágurix«, flüsterte Kiumara.

Und sie traten hinter dem Mal hervor.

7. Der Fremde

Kathrin stand neben León auf der Wiese und sah zu, wie der Vater und die Frau Professor zum Volvo gingen. Mit Michael.

»Das hat deine Mutter gut gemacht«, sagte Kathrin. »Klasse, wie sie gleich gewusst hat, was wir wollten.«

León nickte. »Bei so was kann sie echt Spitze sein.« Er fügte hinzu: »Wenn es ihr in den Kram passt.«

Die Frau Professor – ob Kathrin es nicht doch mal mit »Brigitte« probierte? Allerdings musste sie dann auch »du« zu ihr sagen – jedenfalls war Brigitte Lange nicht nur sofort einverstanden gewesen, als León nach einem mit Kathrin getauschten Blick gesagt hatte: »Wir bleiben noch hier«, sondern sie hatte sie beide auch vor Michael gerettet. Der natürlich ebenfalls hier bleiben wollte. Was der Vater ihm ohne weiteres erlaubte – er konnte manchmal, was Kathrins Wünsche anging, ganz schön vernagelt sein. Doch Brigitte Lange hatte ihm etwas zugeraunt, woraufhin er zur Vernunft gekommen war. Dann hatte Brigitte noch gesagt: »Ich würde gern erst einige Telefonate erledigen und noch einige andere Arbeiten. Mein Ausflug mit Kathrin zu Eisen-Meyer eilt sicher nicht so ganz fürchterlich, nicht wahr, Herr Beckmann?« Und der Vater hatte genickt. Brigitte schien ihn mittlerweile um den kleinen Finger wickeln zu können.

Die drei waren jetzt in den Volvo eingestiegen. Und während Kathrin und León zusahen, wie Brigitte den Wagen wendete, sagte León: »Von diesem Danny Reiter hat meine Mutter nie was gesagt. Dabei erzählt sie sonst ziemlich viel von ihrer Arbeit.« Und nach einer Weile: »Ob er euer Land wirklich kauft?«

Kathrin hob die Schultern. Zunächst war ihr gar nicht klar gewesen, was das Angebot von Danny Reiter eigentlich bedeutete. Doch dann hatte Brigitte das vom Hauptgewinn aus heiterem Himmel gesagt. Seither wusste Kathrin, was mit dem Ausdruck »freudiger Schreck« gemeint war, der einem in die Glieder fuhr. Ihr war richtig ein bisschen schwindlig geworden. Aber das ging schnell vorüber, als der Vater sagte: »An den Hauptgewinn glaube ich erst, wenn der Kaufvertrag unterschrieben ist. Bloß nicht zu früh freuen.«

Während der Volvo auf der Straße davonfuhr, sagte Kathrin: »Komisch ist das ja schon, dass der Mann uns das Land abkaufen will. Wo er doch gar nicht weiß, ob der Hügel tatsächlich ein Keltengrab ist ...« Ihr verrückter Gedanke! Der Gedanke, der ihr plötzlich gekommen war. Sie zögerte. Ob sie ihm davon erzählen sollte? Aber León hatte wie sie etwas gesehen, das auch verrückt war. Und was es eigentlich nicht geben durfte.

»Mal angenommen«, begann sie und zeigte zum Hügel, »das *ist* ein Keltengrab. Könnte es dann nicht sein, dass der Keltenjunge und das Keltenmädchen ...« Wieder zögerte sie. Dann fuhr sie entschlossen fort: »Dass die beiden aus dem Grab gekommen sind?« Hastig setzte sie hinzu: »Ich weiß, das klingt verrückt, aber ...«

»Nein. Im Gegenteil. Das wäre eine Erklärung.«

Eine Erklärung ...?

»Aber, aber ...« Eine Erklärung! Die noch verrückter war als das, was sie erklären sollte ... Urplötzlich bäumte sich in Kathrin etwas auf. Es rief lauthals: »Nein!« Es rief: »Ich will das nicht! Ich will mit der ganzen Sache nichts mehr zu tun haben!«, und Kathrin stieß hervor: »León! Das ist ja alles kompletter Irrsinn! Mit uns stimmt doch irgendwas nicht!«

Und da fasste León sie an der Hand.

Nach einer Weile sagte er leise: »Es hilft ja nichts. Wir haben das nun mal gesehen. Und damit müssen wir fertig werden.«

Noch immer hielt er ihre Hand. Und sie hielt seine. Es war eine warme und trockene Hand.

»Außerdem«, sagte er, »kann es gut sein, dass der Spuk vorbei ist. Ich glaube sogar, dass wir nie wieder so was sehen.«

»Meinst du wirklich?« Kathrin hätte das auch gerne geglaubt.

»Klar«, meinte er. »Du hast ein Mädchen gesehen und ich einen Jungen. Damit ist das Programm durch.« Er grinste. »Schade. So ist mir das Mädchen entgangen.«

Sie musste lächeln.

Er sagte: »Wir vergessen die ganze Geschichte einfach, okay?«

Sie nickte. Aber sie wusste, dass das so einfach nicht ging. Und er wusste es natürlich auch.

León blickte zum Hügel. »Also, eure Pyramide da oben, die hat was.« Plötzlich sagte er: »Dieser Reiter hat doch was über einen Schutzwall gesagt, nicht?« Er drehte sich um. »Zeig mir mal, wo der Stein die Mähmaschine kaputtgemacht hat. Ich meine, in welchem Abstand vom Hügel ungefähr.«

»Na, León. In welchem Abstand wohl? Genau an der Grenze zwischen gemäht und nicht gemäht.«

»Klar.« Er lachte. »Dumm von mir.« Dann wurde er wieder ernst. »Das haut in etwa hin. Ich habe in meinem Keltenbuch ein Bild von einem Grabhügel gesehen, wie er früher war. Mit einem Schutzwall aus Steinen. Die waren von Druiden geweiht worden. Und der hatte auch ungefähr diesen Abstand.«

»Du meinst, der Stein von heute Morgen stammt aus so einem Wall? Hm. Das heißt, die Pyramide könnte aus lauter Steinen sein, die von Druiden geweiht sind. Nicht schlecht.«

Sie wandten sich beide gleichzeitig dem Hügel mit der Pyramide zu.

Und da standen sie.

Das Keltenmädchen. Und der Keltenjunge.

Dass dies der Junge war, den León gesehen hatte, war Kathrin sofort klar. Trotzdem sah sie kurz zu León hin und der nickte. Auch sie nickte. Dann blickten sie wieder zu den Gestalten oben an der Pyramide.

Noch war Kathrin ruhig und konnte sich die beiden einfach besehen. Das Mädchen hatte sein Schwert flach über die Schulter gelegt. Über die rechte. Und es hielt den Griff mit der linken Hand. Auch der Junge hatte etwas auf der rechten Schulter, einen Stiel von etwas, und auch er hielt ihn mit der linken Hand.

Und da bewegten sich das Mädchen und der Junge. Gleichzeitig drehten sie sich nach links. Jetzt waren ihre rechten Schultern nach vorne gewendet, auf Kathrin und León zu.

Und Kathrin sah: Der Junge trug ein Beil auf der

Schulter, eines mit einer rund geschwungenen Schneide. Und die sah *gefährlich scharf* aus. Auch das Schwert des Mädchens sah *gefährlich scharf* aus …

Kathrin starrte. Mit einem Mal schrie es in ihr: »Nein! Ich will das nicht! Ich will euch nicht sehen! Geht weg!«

Und da gingen das Keltenmädchen und der Keltenjunge los.

Mit vorgeschobenen Schultern kamen sie den Hügel herab, direkt auf sie zu …

Kathrin rannte.

Mit ihr rannte León.

Sie rannten und rannten.

Der junge Mann parkte seinen Wagen in sicherer Entfernung vom Hügel.

Er hatte eine Wegbeschreibung bekommen und war vorhin, um sich ein erstes Bild zu machen, auf der Straße entlanggefahren, die am Hügel vorüberführte. Glücklicherweise war ihm kein anderer Wagen und kein Traktor begegnet. Der junge Mann stammte vom Lande und wusste, wie jedes Auto mit einem fremden Kennzeichen von den Bauern misstrauisch beobachtet wurde. Er durfte nicht auffallen.

Das Wäldchen, wo er auf einem Weg parkte, war ideal. Niemand, der seinen Wagen hier zufällig entdeckte, würde ihn mit dem entfernten Hügel in Verbindung bringen. Andererseits konnte er den Weg dorthin einigermaßen bequem zu Fuß bewältigen. Der junge Mann joggte gerne, auch lange Strecken, aber Spaziergänge und Wanderungen waren ihm ein Gräuel.

Er hatte sich als Wanderer verkleidet.

Mit Rucksack und Fernglas, Kniebundhosen und Hikingschuhen hoffte er, harmlos genug auszusehen, um oben auf dem Hügel, falls er dort von jemandem angesprochen wurde, glaubwürdig versichern zu können: Er sei auf einer Wanderung zufällig hier entlanggekommen und da habe er sich diese merkwürdige Pyramide einfach mal aus der Nähe besehen wollen.

Werkzeug hatte er sich noch keines besorgt. Er würde erst nach der Besichtigung des Hügels wissen, was er benötigte. Auf der Fahrt hierher war er an einer Werkstatt vorübergekommen, zu der auch ein Baumarkt gehörte. »Eisen-Meyer« hatte in übergroßen, mit Stahlstreben abgestützten Lettern auf dem Flachdach gestanden. Dort bekam er bestimmt alles Nötige.

Der junge Mann hoffte, dass die Informationen, die er über den Hügel bekommen hatte, einigermaßen korrekt waren. In letzter Zeit war seine Ausbeute etwas mager gewesen. Einen Erfolg konnte er verdammt gut brauchen.

Er überlegte, ob er noch den Wanderstock aus dem Auto holen sollte, den er sich besorgt hatte, entschied aber, dass der des Zünftigen zu viel sei.

Er machte sich auf den Weg.

Kathrin saß am Tisch vor dem geöffneten Fenster und blickte hinüber zum Hügel.

Man konnte aus ihrem Zimmer über den Obstgarten und das angrenzende Wäldchen hinweg einen Teil der Wiese und den Hügel mit der Pyramide sehen. Doch wollte sie dort wirklich etwas beobachten, dann musste sie ihr Fernglas aus dem Schrank holen, das sie sich im vergangenen Jahr gewünscht und tatsächlich bekommen hatte.

Aber sie wollte nichts beobachten, richtiger: Sie erwartete nicht, dass es auf dem Hügel etwas zu beobachten gäbe. Das Keltenmädchen und der Keltenjunge würden sich nicht zeigen. Denn das wenigstens schien inzwischen klar zu sein: Sie tauchten immer dann auf, wenn Kathrin oder León oder sie beide zusammen am Hügel waren.

Alles andere war höchst unklar. Das hatte sich nach ihrer wilden Flucht ziemlich deutlich herauskristallisiert.

Sie waren, ohne innezuhalten und ohne sich umzusehen, bis zum Hof durchgerannt. Vor der Einfahrt kamen sie zum Stehen und ließen sich an der Böschung der Zufahrt einfach fallen. Eine Zeit lang lagen sie nur schwer atmend da.

Dann, als Kathrin wieder denken konnte, versuchte sie, sich klar zu machen, was da eben passiert war: Die beiden Kelten waren den Hügel herabgekommen, und sie, Kathrin, hatte die Panik gekriegt. War das nötig gewesen? Gegen eine Panik kam man nicht an, klar, die überfiel einen. Aber trotzdem …

»Blöd, dass ich losgerannt bin«, sagte sie. »Ich hab einfach die Nerven verloren.«

»Die Nerven verloren?« León schüttelte den Kopf. »Wegrennen war das einzig Richtige. Ich weiß, wie der Junge mit seiner Streitaxt umgehen kann. Glaubst du, ich lass mir von dem einen Arm oder sonst was abhauen?«

»Einen Arm abhauen? Meinst du wirklich?« Kathrin überlegte. »Weißt du, was ich mich frage? Ich frage mich, ob die uns überhaupt was tun wollten.«

»Wie bitte? Wie kommst du denn darauf?«

»Ich glaube, sie hätten das Schwert und das Beil dann anders gehalten.«

»Streitaxt heißt das, wenn schon.« León schüttelte den Kopf. »Aber so was besagt gar nichts. Weißt du denn, was diese komischen Kelten für verrückte Angewohnheiten hatten?«

Erstaunt sah Kathrin ihn an. Das hatte irgendwie aufgebracht geklungen. »Nein«, sagte sie langsam, »das weiß ich nicht. Könnte man aber nachschlagen. In deinem Buch zum Beispiel.«

»Das fehlt noch. Ich denk ja gar nicht dran.«

Kathrin schwieg.

»Also gut.« Erkennbar nahm er sich zusammen. »Was haben sie deiner Meinung nach von uns gewollt?«

»Das weiß ich nicht.« Kathrin dachte nach. »Jedenfalls erscheinen sie immer dann, wenn wir am Hügel sind, oder?«

»Lässt sich ja nicht leugnen. Und weiter?«

»Also wollen sie was von uns. Was, müssen wir herauskriegen.«

»Nicht mit mir.« León erhob sich. »Mich kriegen keine zehn Pferde mehr zu diesem Hügel.«

Stumm blickte Kathrin zu ihm hoch.

»Kathrin, verstehst du nicht? Ich will mit der Sache nichts mehr zu tun haben, okay?« Abwehrend wedelte er mit den Händen. »Die Keltenkiste läuft ohne mich. Aus, Schluss. Und jetzt will ich was anderes machen. Tischtennis zum Beispiel. Ihr habt im Obstgarten eine Tischtennisplatte stehen. Wie wär's mit einem Spiel?«

Kathrin schüttelte den Kopf. »Ein anderes Mal.«

»Na gut. Bis dann.« Und er war durch die Einfahrt im Hof verschwunden.

Kathrin hatte noch eine Weile an der Böschung gesessen.

Offenbar hatte zur Abwechslung mal in León eine innere Stimme gerufen: »Ich will das nicht!« Sie hoffte, dass sich das wieder geben würde. Nein – es *musste* sich wieder geben. Denn *falls* der Keltenjunge und das Keltenmädchen von ihnen etwas wollten, dann würden die, so wie sie aussahen, nicht lockerlassen. Aber was, wenn León sich weiter stur stellte? Dann musste Kathrin die Sache ohne ihn durchstehen. Und das würde schwer werden. Verdammt schwer. Kathrin erhob sich.

Im Hof standen der Traktor und lediglich der Volvo. Mit dem Golf war der Vater offenbar schon zu den Äckern gefahren. Im Obstgarten spielten León und Michael Tischtennis, scharf beäugt von Rollo und Leóns Zwergschnauzer, der wie Idefix aussah, der Hund aus den Asterix-Heften.

Die Mutter werkelte in der Küche.

Für einen Moment dachte Kathrin daran, ihr von den Kelten zu erzählen. Aber das war Unsinn. Bestenfalls würde die Mutter »Kathrin, Kathrin« seufzen, schlimmstenfalls erst das Fieberthermometer und dann den Doktor holen. Kathrin war nach oben in ihr Zimmer gegangen.

Jetzt saß sie am Tisch vor dem Fenster und blickte hinüber zum Hügel. Zwar glaubte sie nicht, dass der

Keltenjunge und das Keltenmädchen sich anderen Leuten zeigten. Aber möglich war es. Und dann ... Was war denn das?

Auf dem Hügel bewegte sich etwas. Da war jemand ...

Kathrin stürzte zum Schrank und riss ihr Fernglas heraus.

Ein Mann. Ein Wanderer war das. Mit Rucksack und Kniebundhosen. Das war nichts Besonderes. Solche Typen kamen immer wieder mal hier vorbei. Wenn auch meistens ältere. Dieser Mann war jung, jünger als der Vater vermutlich. Er war groß und schlank und hatte dunkles Haar. Kathrin fand, dass er gut aussah.

Aber was machte der auf dem Hügel? Er stand vor der Pyramide und betrachtete sie. Na ja, er war wohl zufällig vorbeigekommen und wollte sie aus der Nähe besehen. Kathrin ließ das Fernglas sinken ... Moment. Sie hielt es wieder vor die Augen. Der Wanderer hatte sich in die Hocke niedergelassen. Und tastete auf dem Boden umher. Als suche er etwas. Hatte er etwas verloren? Unwahrscheinlich, er war ja gerade eben erst auf den Hügel gekommen. Plötzlich hielt er inne. Dann zog er ein Taschenmesser heraus, klappte es auf und fing an, im Boden zu stochern ...

Mit einem Mal begriff Kathrin – der Mann hatte gefunden, was er suchte. Was das war, wusste sie nicht. Aber eines wusste sie jetzt mit Sicherheit: Dieser Mann war nicht zufällig dort. Und das konnte nur heißen: Er wusste, was es mit dem Hügel auf sich hatte.

Der Knabe Michael hatte jetzt schon das dritte Spiel nacheinander gewonnen. Weil ihm dieser Knirps, wie León düster feststellte, tatsächlich über war. Er erklärte, keine Lust mehr zu haben. Auf Michaels enttäuschtes »Ooch« schob er ein vages »Vielleicht später noch mal« nach. Als er den Schläger ablegte, trollte sich Idefix prompt mit seinem neuen Busenfreund Rollo von dannen. Treulose Töle.

Ziemlich trübe gestimmt, ging León aufs Zimmer. Sein kniffliges Strategiespiel – das brachte es jetzt. Er schaltete das Notebook ein und startete das Programm. Und wusste in dem Moment, als der Ritter mit der Streitaxt erschien, dass er einen Fehler gemacht hatte: Er sah den Keltenjungen wieder vor sich. Also beendete er das Spiel und fuhr das Notebook herunter. Doch es half nichts, der Keltenjunge blieb. Und León gestand sich ein: Der Junge und das Mädchen waren die ganze Zeit über in seinem Kopf gewesen. So etwas konnte man eben nicht einfach verscheuchen.

Okay. Wenn er ganz ehrlich war: Nicht, weil er gegen Michael verloren hatte oder weil Idefix nichts von ihm wissen wollte, war er missgestimmt. Sondern weil er unfair gegen Kathrin gewesen war. Er hatte sie mit der Keltensache allein gelassen. Das war die reine Wahrheit … Und da, mit einem Mal war seine miese Stimmung weg. León registrierte es erstaunt. Richtig fröhlich war er geworden.

Und wenn er schon mal dabei war, konnte er auch zugeben: An Kathrins Ansicht, dass die Kelten ihnen nichts hatten tun wollen, war durchaus was dran. Sie hatten ihre Waffen ja tatsächlich nicht so gehalten, als wollten sie im nächsten Augenblick zuschlagen. Und dann dieser merkwürdig schräge Gang, eine Schulter vorgeschoben, die rechte war's wohl gewesen. Das hatte sicherlich etwas zu bedeuten. León griff nach seinem Keltenbuch.

Er blätterte. Ziemlich wenig Text – das Buch war wirklich ein Bildband. Und viele Grafiken fand León gar nicht so übel. An einer blieb er hängen: In schräger Draufsicht sah man eine Kelten-Stadt.

In der Bilderklärung hieß es, dass dies keine Stadt war wie bei den Griechen und den Römern zu jener Zeit, aber auch kein Dorf. Deshalb verwende man einen Fachausdruck aus dem Lateinischen, der irgendetwas dazwischen bezeichne. Der Ausdruck hieß Oppidum. Und dieses Oppidum wurde von einer Ringmauer umschlossen, die der reine Wahnsinn war: sechs Meter hoch und unten fünf Meter breit, fast so mächtig wie die Chinesische Mauer. Aber weil die Kelten nicht mit Mörtel bauten, sondern Steine aufschütteten, die durch Holzbohlen in Form gehalten wurden, konnte so eine Mauer Feuer fangen. Und wenn sie mal richtig brannte, wurde es so heiß, dass sogar Steine schmolzen. Nicht uninteressant. Er blätterte weiter.

Zehn Minuten später hatte er das Buch durchgesehen. Doch kein einziges Wort darüber gefunden, was es bedeutete, wenn Kelten die rechte Schulter vorschoben.

Brigitte, die Expertin, wusste so was natürlich. Sie war in ihrem Zimmer. Er brauchte nur zu ihr zu gehen und hätte die Lösung. Aber auch ihre Frage am Hals, warum er das wissen wolle. Und dann? »Na ja, ich habe da einen Keltenjungen und ein Keltenmädchen gesehen ...« In null Komma nichts hätte sie für ihren armen

Sohn mit seinen Wahnvorstellungen einen Psychiater ausfindig gemacht. Nein, Brigitte konnte er nicht fragen.

Aber in ihrem Zimmer gab es ja kiloweise andere Experten.

Und Brigitte wollte heute noch ihre Steinproben zur Uni bringen.

An Kathrins Zimmertür hatte noch niemals jemand geklopft. Wenn Michael etwas von ihr wollte, kam er einfach hereingestürmt, die Mutter oder der Vater riefen von unten nach ihr.

Als es plötzlich an der Tür klopfte, war ihr erster Gedanke: León! Und ihr zweiter: Aber ich kann ihn doch nicht einfach zu mir hereinlassen. Sie rief: »Herein!«

Die Tür öffnete sich und es erschien – Brigitte Lange. »Was meinst du, Kathrin? Ob wir jetzt die Sache bei Eisen-Meyer erledigen?«

»Ja, gut, äh, Frau Lange.«

Forschend sah Brigitte Lange sie an. »Du denkst, wenn du mich Brigitte nennst, musst du mich auch duzen, nicht wahr?«

Kathrin nickte stumm.

»Sag doch einfach Brigitte und bleib beim ›Sie‹. Das ist unter Wissenschaftlern allgemein üblich.«

Schlau, diese Wissenschaftler! »Okay, Brigitte.«

Unten im Hof packte Kathrin die Kreiselscheibe in den Volvo. »Wir können.«

»Und das defekte Schneidmesser? Willst du das nicht mitnehmen?«

Kathrin schüttelte den Kopf. »Das kriegen wir nicht

getauscht. Da braucht es ein neues. Wenn wir Pech haben, auch eine neue Scheibe.«

Wieder sah Brigitte sie forschend an. Sagte aber nichts. Vermutlich dachte sie so was wie: Wozu eine neue Scheibe? Wenn ihr doch das Land verkauft? Aber darauf ließ Kathrin sich nicht ein. »Bloß nicht zu früh freuen«, hatte der Vater gesagt.

Um Brigitte zum Eisen-Meyer zu lotsen, brauchte Kathrin nur einmal zu sagen: »Auf der Straße nach links«, und später: »Da vorne rechts abbiegen«, und weil zudem Brigitte während der zehnminütigen Fahrt schwieg, konnte Kathrin über einiges nachdenken. Vor allem ging ihr durch den Kopf: Wenn wir das Land nun wirklich verkaufen? Dann könnte ich, und das dachte sie zum ersten Mal ausdrücklich, Abitur machen. Und Wissenschaftlerin werden. Doch rasch dachte sie wieder: Bloß nicht zu früh freuen.

Auf dem Parkplatz beim Eisen-Meyer standen jetzt am frühen Nachmittag nur wenige Autos. Eines, ein blauer Opel, hatte ein Nummernschild mit der Abkürzung für eine Stadt, in die sie mit der Klasse mal einen Tagesausflug gemacht hatte. Und wovon Kathrin bloß in Erinnerung geblieben war, wie sie alle an einer spitzen Pyramide hochgestarrt hatten, auf der oben die Statue eines nackten Gottes mit Keule zu sehen war.

Kathrin steuerte die Tür mit der Aufschrift »Verkauf und Materialausgabe« an.

»Dauert es lange?«, fragte Brigitte. »Ich würde gern mal in den Baumarkt reinsehen, in die Gartenabteilung.«

»Ich komm dann rüber zu Ihnen, okay?«

Brigitte nickte und marschierte davon. Sie trat fest auf und machte große Schritte. Eine Frau, die weiß, was sie will, fiel Kathrin ein.

Sie war froh, dass Brigitte nicht mitkam. Vermutlich hätte sie wieder forschend geguckt, wenn von dem Mann in der Materialausgabe dessen unvermeidlicher Spruch gekommen wäre: »Dein Vater hätte viel Geld gespart, wenn er bei uns gleich einen neuen Mäher gekauft hätte.«

Ihren Spruch dachte sich Kathrin nur: Ja, du Klugscheißer. Aber ohne Moos nichts los.

»Das Messer kannst du mitnehmen. Die Scheibe müssen wir bestellen.«

»Und wann ist die da?«

Der Mann hob die Schultern. »Übermorgen? Wir geben Bescheid.«

Das hieß, sie mussten das Heu in zwei Partien einfahren. Falls dieser Reiter nicht zahlte, was anzunehmen war. Ob sie wohl in diesen Ferien mal ins Schwimmbad käme? Jetzt fehlte nur noch ein Gewitterregen.

Kathrin klemmte sich den Karton mit dem Schneidmesser unter den Arm und ging über den Parkplatz zum Baumarkt. In die Gartenabteilung gelangte man durch einen seitlichen Durchlass und kam dann in den Gang mit den Geräten.

Sie entdeckte die beiden sofort.

Brigitte stand mit dem Rücken zu ihr. Und vor Brigitte stand der junge Mann vom Hügel.

Er sagte gerade etwas, lachend, und da hörte Kathrin auch Brigitte lachen. Kannten sich die beiden etwa? Ein Kollege von Brigitte, der auch im Hügel ein Keltengrab vermutete? Aber warum war er dann nicht auf den Hof gekommen?

Übrigens sah der junge Mann wirklich gut aus, besonders, wenn er lachte. Brigittes Lachen klang für Kathrins Geschmack ein bisschen zu grell. Sie ging zu ihnen.

»Oh, das ging aber rasch«, sagte Brigitte. Und zu dem jungen Mann: »Ich muss los. Nett, Sie kennen gelernt zu haben.«

»Ganz meinerseits«, sagte der junge Mann lächelnd. Er hatte einen kleinen Spaten in der Hand. Und einen Spargelstecher.

Brigitte deutete darauf. »Und viel Erfolg beim Spargelstechen.« Sie lachte wieder ein wenig zu grell.

Auch der junge Mann lachte. »Ihnen ebenfalls viel Erfolg. Wobei auch immer.«

Zwischen den beiden lief etwas, das Kathrin an das Herumgealbere auf der Schwimmbadwiese erinnerte. Bei Erwachsenen ziemlich peinlich. Sie war froh, als sie endlich draußen waren.

»Ich hatte ihn gefragt«, erzählte Brigitte, »ob es zum Spargelstechen nicht etwas spät sei, jetzt, Ende Juli. Und da hat er gesagt ...« Sie brach ab. Doch jetzt kicherte sie richtig. Kathrin konnte sich denken, was der junge Mann in etwa gesagt hatte. Zumindest, in welche Richtung es gegangen war. Und da musste sie sich denn doch ein wenig über Frau Professor Lange-Krüger wundern.

Jedenfalls schien klar zu sein: Der junge Mann war kein Archäologe, der sich mit den Kelten befasste. Dann hätte Brigitte ihn sicherlich gekannt.

Ob sie ihr erzählen sollte, dass sie ihn auf dem Hügel

gesehen hatte? Doch wozu? Nein, das brauchte die Frau Professor nicht zu wissen.

Was aber hatte der junge Mann auf dem Hügel gesucht? Was hatte er dort gefunden?

Und warum kaufte er im Baumarkt einen Spaten?

Und einen Spargelstecher?

8. Entdeckung eins

Brigitte schloss niemals ihr Zimmer ab. Und sie erwartete von León, dass er niemals in ihrer Abwesenheit ihr Zimmer betrat. Seit er denken konnte, hatte er sich daran gehalten.

Nachdem Brigitte und Kathrin im Volvo weggefahren waren – Leóns Zimmer lag zum Hof hinaus und er hatte sie einsteigen sehen –, wartete er sicherheitshalber noch fünf Minuten. Dann ging er in die kleine Diele der Ferienwohnung und öffnete leise die Tür zum Treppenhaus. Er lauschte. Es war still. Lediglich unten in der Küche rauschte es – Frau Beckmann ließ in irgendetwas Wasser einlaufen. León schloss die Tür wieder, wandte sich Brigittes Zimmertür zu – und zögerte nun doch.

Aber er wollte ja nur in ihren Kelten-Büchern etwas nachschlagen. Und das war ja wohl, hol's der Geier, ganz in ihrem Sinne. Er drückte die Klinke nieder und öffnete die Tür.

Bücher über Bücher. León hatte sie ja selber zu Hause nach unten geschleppt und hier wieder nach oben. Aber diese Menge überraschte ihn jetzt doch. Na schön, mal sehen, was es alles gab.

»Das Rätsel der Kelten vom Glauberg.« Hm. Darin fand er vermutlich nicht, was er suchte.

»Die Religion der Kelten. Götter, Mythen, Weltbild.« In diesem Buch wohl schon eher.

Aber was lag denn dort auf dem Tisch neben Brigittes Notebook? Ein dicker Wälzer. »Kelten« stand auf dem

Einband. Und innen: »Versuch einer Gesamtdarstellung ihrer Kultur.« Klang nicht schlecht. Aber es war wirklich ein verdammt dicker Schinken. León ließ sich auf den Stuhl am Tisch nieder und blätterte das Buch von hinten auf. Du lieber Himmel! 1270 Seiten. Die konnte er doch gar nicht alle lesen. Moment mal ... Natürlich hatte das Buch wie jedes wissenschaftliche Werk ein Stichwortverzeichnis. Und das Stichwort? Hm. Ob er es einfach mal mit »rechts« probierte? León blätterte ... Bingo! »Rechts, positiv bewertet.« Rasch schlug er die angegebene Seite auf.

Und las: »Bei der Verehrung der Götterbilder musste man ihnen wohl die rechte Seite zuwenden, wie man es allgemein zur Bekundung freundlicher Absicht tat.«

Zur Bekundung freundlicher Absicht ... Kathrin lag richtig mit ihrer Vermutung! Der Keltenjunge und das Keltenmädchen hatten nicht die Absicht, ihnen etwas zu Leide tun. Aber was wollten sie von ihnen? Eben dies mussten Kathrin und León herausfinden. León lehnte sich zurück ... Drüben auf der Kommode lag ein weißer Aktenordner.

Der Ordner war auf dem Rücken mit rotem Filzstift beschriftet. León legte den Kopf schräg. In Brigittes großer Druckschrift stand dort: »Briefwechsel Reiter«.

León ging zur Kommode.

Vermutlich hatte sich Brigitte wegen der Finanzierung ihrer geplanten Ausgrabung mit diesem Reiter geschrieben. Und sie hatte ihm, León, nie davon erzählt. Also wollte sie nicht, dass er davon erfuhr. Wenn er jetzt den Ordner öffnete, tat er es gegen ihren Willen.

León öffnete den Ordner.

Das obere Blatt war der Ausdruck einer E-Mail (Brigitte besaß für ihr Notebook einen kleinen Drucker):

An: danny@reiter.com
Von: b.lange-krueger@uni.edu
Herr Reiter!
Ihre Hubschrauber-Attacke heute Mittag war absolut unmöglich und keinesfalls akzeptabel.
Ich bin, wie Sie sehr gut wissen, gerade dabei, eine wasserdichte Legende aufzubauen, nicht zuletzt meinem Sohn gegenüber. Wenn Sie meinen wissenschaftlichen Ruf zerstören wollen – machen Sie ruhig so weiter! Muss ich Ihnen wirklich ins Gedächtnis rufen, dass dann aber auch Ihr Projekt gestorben wäre?!
Sehr zornig
Brigitte Lange-Krüger

León starrte auf das Blatt.

Legende aufbauen ... meinem Sohn gegenüber ... wissenschaftlichen Ruf zerstören ...

Er schüttelte den Kopf. Dann las er die Mail noch einmal, sorgfältig Wort für Wort. Und schüttelte wieder den Kopf. Brigitte steckte da in etwas drin. Und zwar, wie es aussah, in einer ziemlich finsteren Kiste. Kurz entschlossen schlug León den gesamten Packen Papiere nach links über die Heftbügel. Das wollte er jetzt genau wissen, was da gelaufen war. Von Anfang an. Da war das erste Papier.

Ein Brief mit einem in Blau und Orange gehaltenen Kopf »R.E.T. – Reiter Experience Touristik«. Experience klang natürlich fetziger als Erfahrung. León ging mit dem Ordner zum Tisch und setzte sich.

Sehr geehrte, gnädige Frau,

hier also die angekündigte Projekt-Beschreibung. Wie ich bei unserem Telefonat, das ich übrigens sehr ersprießlich fand, schon sagte, handelt es sich um einen ersten Rohentwurf, der aber schon recht detailliert ist.

Ich möchte Sie bitten, mir im Gegenzug eine Darstellung Ihrer Überlegungen zukommen zu lassen (es sollte kein wissenschaftlicher Bericht sein, sondern eine kurze, gern auch persönlich gehaltene Schilderung), damit ich eine Entscheidung über die Finanzierung Ihrer geplanten Grabung fällen kann.

Indes, sehr verehrte gnädige Frau, hege ich nach unserem Telefonat nicht die geringsten Zweifel, dass wir zu einer gedeihlichen Zusammenarbeit finden werden.

Mit besten Grüßen

Ihr Danny Reiter

Dieser Mann war echt scharf auf Brigittes Grabungs-Projekt. Aber irgendwann musste zwischen ihm und Brigitte etwas ziemlich schief gelaufen sein.

Als Nächstes war eine Mappe in den Ordner eingehängt: »R.E.T. – Projekt Sciencetainment.« León blätterte in der Mappe. »Zunehmende Terrorismusgefahr bedeutet Rückgang des Ferntourismus«, las er. »Das heißt: Zunahme des Tourismus im eigenen Land.« Klang irgendwie logisch. León blätterte weiter. »Wenig attraktiv: Ferien auf dem Bauernhof.« Sehr kluge Einschätzung. »Rechtzeitig mit neuen Ideen auf dem Inlandsmarkt präsent sein: der archäologische Mitmachpark.« Okay, diese Idee hatte Danny Reiter ja schon draußen auf der Wiese geschildert. León schlug das nächste Blatt nach rechts über die Heftbügel.

Brigittes Schrift. Mit ihrem Füller geschrieben, doch war das Blatt eine Kopie.

Lieber Herr Reiter,
ich habe meine Schilderung so kurz wie möglich gehalten, musste jedoch an manchen Stellen etwas ausführlicher werden – nun, Sie werden ja sehen. Und bitte: Mein Bericht sollte nicht nach außen gelangen. Es gibt eine Reihe von Kollegen, die das Grabungsprojekt nur zu gern an sich reißen würden.
Inständig auf eine Finanzierungszusage hoffend, sehr herzlich
Ihre Brigitte Lange-Krüger

Inständig hoffend ... Sehr herzlich ... Mein lieber Mann. Brigitte war mindestens so scharf auf Reiters Mäuse wie der auf ihre Grabung. Dass sie ihren Bericht geheim halten wollte, konnte León verstehen. Folgte man Brigitte, dann schienen sich die Archäologen um Grabungsprojekte regelrecht zu raufen.

Nicht verstand León allerdings, warum sie ihm gegenüber diesen Reiter nie erwähnt hatte. Obwohl sie doch sonst alles über ihre Keltenkiste erzählte. Hm. Die Sache schien sich zu einem Geheimnis von Brigitte auszuwachsen. Zu einem ziemlich finsteren. Er blätterte weiter. Ein Computer-Ausdruck.

Brigitte Lange-Krüger: Das Rätsel des Hügels

Nicht schlecht. Das klang wie der Titel einer spannenden Story.

Was wissen wir über die Kelten? Scheinbar alles. Liegen nicht über sie zahlreiche Berichte von Geschichtsschreibern des antiken Roms vor? In Wahrheit wissen wir wenig über die Kelten …

»León?«

O Gott! Er hatte den Volvo überhört.

»León?« Es klopfte an der Tür zum Treppenhaus … Was Brigitte nie tun würde. Und es war auch nicht ihre Stimme … León ging nach draußen. Im Treppenhaus stand Frau Beckmann.

»León, es ist mir sehr unangenehm, ich will dich ja nicht stören, aber mein Mann ist nicht da und Kathrin auch nicht, und ich bräuchte mal Hilfe.«

»Ja, gern. Was soll ich denn …« Der Ordner! Er lag noch auf dem Tisch. »Moment, Frau Beckmann. Ich muss nur schnell …« Er schloss die Tür und sauste in Brigittes Zimmer. Shit! Wie hatte der Ordner auf der Kommode gelegen? So? Oder so? Halt! León hatte die Beschriftung des Rückens vom Tisch aus lesen können … Puh. Glück gehabt. Er ging wieder nach draußen.

»Wir müssen uns beeilen!« Frau Beckmann stand schon an der Treppe. Er folgte ihr nach unten in die Küche.

Der ganze Raum stand knöcheltief unter Wasser.

»Ich war im Gemüsegarten. Und da ist der Schlauch zur Spülmaschine geplatzt.«

»Haben Sie denn kein Aqua-Stopp?«

»Ach, León. Diese Maschine ist mindestens hundert Jahre alt.« Sie zeigte auf einen Eimer. »Wir müssen fix machen. Drunten im Keller sind empfindliche Vorräte.«

León griff sich den Eimer und begann, Wasser in den Ausguss zu schöpfen ... Halt! Brigitte war doch mit Kathrin zu diesem Eisen-Meyer gefahren. »Frau Beckmann, könnte Kathrin nicht gleich einen neuen Schlauch mitbringen?«

»Könnte sie. Aber wir haben bloß ein Handy. Und das hat mein Mann.«

»Kein Problem.« León zog sein Handy aus der Tasche. »Ich ruf meine Mutter an.«

Nachdem der Knabe und das Mädchen davongerannt waren, hatte sich Mágurix nicht genug damit großtun können. »Wie die Hirsche sind sie geflohen!« Er klang zufrieden, als hätte er eine echte Heldentat vollbracht.

Kiumara sagte: »Mágurix. Hast du vergessen, dass wir gerade dies nicht wollten? Wir haben uns ihnen in friedlicher Absicht genähert.«

»Umso feiger war ihre Flucht. Mágurix hat es ja gleich gewusst. Ein feiger Knabe und ein Mädchen taugen nicht als Verbündete.«

Und ein Knabe, der zum hirnlosen Schlagetot erzogen wurde, taugte nicht als Gefährte auf einer gefährlichen Reise.

Die kopflose Flucht der beiden hatte auch Kiumara zuerst verblüfft. Doch noch während sie hinter ihnen herblickte (die zwei konnten übrigens erstaunlich schnell rennen), begriff sie: Es war ein Missverständnis.

Hatte nicht auch sie, Kiumara, bei ihrer ersten Begegnung mit dem Mädchen angenommen, es wolle sie angreifen? Und warum hatte sie das gedacht? Weil das

Mädchen einfach ohne Friedenszeichen auf sie zugegangen war. Das war es! Offenbar kannten der Knabe und das Mädchen die Friedenszeichen gar nicht. Und dann war es klug von ihnen gewesen zu flüchten.

Aber auch furchtsam. Hätten sie länger ausgeharrt, wäre ihnen wohl aufgegangen, dass sie nichts zu befürchten hatten. Mut ohne Klugheit taugte nichts. Klugheit ohne Mut aber auch nicht.

Doch vielleicht mussten das Mädchen und der Knabe gar nicht mutig sein? Vielleicht war die Welt dort draußen eine, in der man nicht jeden Tag damit zu rechnen hatte, in einen Kampf verwickelt zu werden, weil die Krieger eines Nachbarstammes Lust auf einen Raubzug hatten. Vielleicht war dies eine Welt, in der man jenseits der Ringmauern auch unbewaffnet sicher war. Eine friedliche Welt ...

Eine ganz und gar unwahrscheinliche Vorstellung. Aber vielleicht nicht in einer Welt, in der es Himmelswagen gab. Und das konnte heißen: Die schatzgierigen Feinde, die sie in der Kammer angegriffen hatten, mussten nicht unbedingt kriegerisch sein. Womöglich waren auch sie furchtsame Menschen. Die leicht in Angst und Schrecken zu versetzen waren. Die man *abschrecken* konnte.

In jedem Falle brauchte sie das Mädchen und den Knaben als Übermittler ihrer Forderung. Kiumara würde ihnen schon klar machen können, was sie verlangte. Jetzt kam es erst einmal darauf an, mit ihnen in Verbindung zu treten. Kiumara hatte sich genau überlegt, wie sie beim nächsten Versuch vorgehen würde. Bestimmt waren die beiden klug genug, um zu begreifen, was sie meinte. Hoffentlich auch mutig genug, um das Richtige zu tun.

Falls nicht, mussten sie und Mágurix die Feinde vernichten. Wer immer sie waren. Und zwar alle.

Und das mussten sie *rechtzeitig* tun.

Denn was hatte Kóndurix gesagt? »Je öfter ihr euch als Außengänger zeigt, desto schwerer wird es euch fallen, wieder einzuschlafen. Also geht sparsam damit um.«

Die Gewitter schienen früher zu kommen, als im Radio vorhergesagt. Im Osten, über dem Kalten Berg, türmten sich dunkle Wolken. Die an sich richtig hübsch aussahen, weil sie von der tief stehenden Sonne angestrahlt wurden. Aber ein anstehendes Gewitter bedeutete auch: Kathrin würde nach ihrer Rückkehr vom Eisen-Meyer noch einmal losmüssen, um die beiden Kühe von der Weide hereinzuholen.

Der Anruf wegen des geplatzten Spülmaschinenschlauches hatte sie noch auf dem Parkplatz erreicht. Zum Glück war da gerade der junge Mann in seinem blauen Opel weggefahren. So konnte es nur noch zu einem Winkewinke zwischen ihm und Brigitte kommen. Die blickte hinter dem Wagen her, zog darauf ihren Notizblock und einen ihrer beiden Kugelschreiber aus den Blusentaschen und schickte sich an zu schreiben. Doch dann hielt sie inne. »Ah, das hatte ich vergessen«, sagte sie, »der braucht ja eine neue Mine.« Und zu Kathrin: »Hast du vielleicht was zum Schreiben?«

Kathrin hatte was. Sie kramte einen Bleistiftstummel aus der Hosentasche und reichte ihn Brigitte. Aber warum benutzte sie nicht ihren anderen Kuli? Den dicken, der noch in ihrer Blusentasche steckte?

Brigitte lächelte. »Schau nicht so erstaunt«, sagte sie. »Autokennzeichen, die mal wichtig werden könnten, sollte man immer gleich aufschreiben.«

Guter Tipp. Nur sollte dazu wenigstens einer der zwei Kulis, die man mit sich herumtrug, funktionieren.

Der Druckschlauch, den Kathrin dann gekauft hatte, war hübsch teuer gewesen, und weil Beckmanns anders als in der Werkstatt im Baumarkt nicht anschreiben lassen durften, hatte Brigitte ihr das Geld ausgelegt.

Als sie zu Hause ankamen, waren die Mutter und León noch kräftig am Schöpfen, hatten es aber so gut wie geschafft.

»Riesig nett von dir«, sagte Kathrin.

»Was heißt nett?«, fragte León. »Denkst du, ich lass deine Mutter so was alleine machen?«

Genau dies hätte sie ihm noch heute Mittag zugetraut. Aber das behielt sie lieber für sich.

León zog sie in den Flur. »Ich hab was herausgefunden. Du hattest Recht ...«

»Kathrin!«, rief die Mutter. »Die Bless und die Liss müssen rein. Beeil dich!«

»Ich erzähl's dir später.«

Sie nickte und León ging wieder an seine Arbeit.

Kathrin holte Halfter und Stricke aus dem Stall und verstaute sie auf dem Deutz. Sie startete und fuhr vom Hof. Mit dem Kreiselmäher, weil sie keine Lust hatte, ihn abzuhängen. Mussten die Kühe eben mal hinter dem Mäher hergehen.

Die Sache war nämlich die, dass die Bless und die Liss

hochgradig hysterische Kühe waren, die sich weigerten, direkt hinter dem Traktor herzulaufen. Zwischen sich und dem Deutz brauchten sie einen Wagen. Nur wenn sie an den angebunden wurden, gingen sie brav mit. Man konnte nur hoffen, das sie ausnahmsweise auch den Mäher akzeptierten.

An der Einmündung der Hofzufahrt auf die Straße zögerte Kathrin. Konnte sie sich den Umweg über den Feldweg nicht sparen? Aber wollte es das Unglück, begegnete ihr auf der Straße ein Polizeifahrzeug der Zentralwache. Die Beamten dort drückten ein Auge zu, wenn sie auf dem Feldweg fuhr. Aber garantiert nicht, wenn sie die Straße benutzte.

Und außerdem gelangte sie auf der Straße zum oberen Teil der Weide. An dem jenseits der Straße die Wiese lag. Mit dem Hügel. Und das musste jetzt nicht unbedingt sein. Ihr Bedarf an Ereignissen war für heute gedeckt.

Der Feldweg endete am unteren Teil der Weide, weitab von der Wiese. Hier befand sich die Tränke für die Kühe. Und hier warteten sie unter einer einfachen Überdachung, wenn Melkzeit war. Oder wenn sie der Ansicht waren, dass sie hereingeholt werden sollten.

Heute jedoch hatten sich die Kühe aus irgendeinem Grund ans obere Ende der Weide verfügt. Sie warteten an der Straße.

Also gut. Keltenmädchen und Keltenjunge – ich komme.

Eigentlich hätte Kathrin am Rand der Weide zur Straße fahren müssen. Aber sie lenkte mitten hinein ins Gras und steuerte auf gerader Linie die Kühe an. Und damit den Hügel. Fest hielt sie den Blick auf die Pyramide gerichtet.

Später einmal würde Kathrin wissen, dass sie in diesen Momenten einen Punkt erreichte, von dem aus es kein Zurück gab. Und sie würde sich an das Bild erinnern, auf das sie jetzt zusteuerte: der Hügel, die Pyramide, vor dem dunklen Hintergrund der Gewitterwolken, rotgolden angestrahlt von der untergehende Sonne.

Doch niemand zeigte sich dort. Kein Keltenmädchen, kein Keltenjunge.

Jetzt war Kathrin bei den Kühen. Sie schienen nervös zu sein, vermutlich wegen des drohenden Gewitters. Kathrin legte erst der Bless den Halfter an und dann der Liss. Leise vor sich hin summend, um sie zu beruhigen, führte sie die beiden hinter den Kreiselmäher und band sie fest.

Mist! Sie hatte vergessen, vorher zu wenden. Hastig band sie die Kühe wieder los. Wenn die jetzt bloß keinen Zirkus machten. Sie wendete den Deutz mit dem Kreiselmäher und die Kühe blieben stehen. Aber sie wurden immer nervöser. Kathrin zog erst die Bless zum Mäher und band sie fest und dann die Liss. Das war geschafft. Sie blickte zum Hügel.

Niemand.

Okay. Dann also nicht. Sie kletterte auf den Deutz. Mit einem Mal waren die Bless und die Liss ruhig geworden, richtig friedlich. Kathrin ließ den Motor an. Dann wandte sie sich noch einmal um.

Und da war sie.

Sie stand neben der Pyramide, vor dem dunklen Hintergrund der Gewitterwolken, angestrahlt von der untergehenden Sonne, und ihr rotes Haar, ihre ganze Gestalt leuchtete.

Ihr Schwert hatte sie nicht dabei.

Und sie winkte. Sie machte mit dem rechten Arm Bewegungen zu sich hin. Komm, hieß das. Komm her zu mir.

Kathrin starrte hinauf zu der Gestalt.

Komm! Komm her zu mir!

Da stellte Kathrin den Motor ab und sprang vom Deutz.

In diesem Augenblick tauchte das Auto auf.

Es fuhr nicht besonders schnell, war auch nicht besonders laut, aber die beiden Kühe begannen zu brüllen und an den Stricken zu zerren, als sollten sie zum Schlachter geschleppt werden.

»Ruhig, Bless!«, rief Kathrin. »Ruhig, Liss!«

Doch die beiden Kühe tobten wie von Sinnen. Kathrin sprang zu ihnen, fasste erst die Bless am Halfter, dann die Liss. »Ruhig, ruhig!«

Das Auto rollte auf der Straße vorbei. Und während Kathrin mit den Kühen kämpfte, nahm sie wahr: Es war der blaue Opel des jungen Mannes. Mit großen Augen blickte er, während er vorüberfuhr, auf Kathrin und die Kühe.

Dann verschwand der Opel hinter der Biegung am Wäldchen und augenblicklich beruhigten sich die Bless und die Liss.

Kathrin sah zum Hügel.

Das Keltenmädchen war nicht mehr da.

9. Entdeckung zwei

Die Kelten galten als ein überaus kriegerisches Volk. Im Kampf gegen ihre Feinde waren sie von grausamer Härte. Doch machte die Grausamkeit auch vor den eigenen Stammesgenossen nicht Halt, wie uns drastisch lehrt, was vom Stamme der Remi überliefert ist.

Aus: Flavius Dio, Historia, Bd. XI, S. 465

Der Fußboden war abgetrocknet und León saß am Küchentisch, zusammen mit Michael, der irgendwelche Männchen auf seinem Spielkonsolchen hüpfen ließ, und mit Herrn Beckmann. Frau Beckmann bereitete das Abendessen vor (es würde Käseaufschnitt geben mit Radieschen und Tomaten aus dem Gemüsegarten) und Kathrin war noch draußen bei den Kühen. Brigitte arbeitete in ihrem Zimmer.

Herr und Frau Beckmann sprachen darüber, welcher Zeitpunkt der günstigste sei, um den Weizen auf dem Kalten Berg zu mähen. Und León wusste: Hätte er dazu eine Meinung gehabt (woran natürlich nicht zu denken war), so wäre ihm selbstverständlich zugehört worden. Er fühlte sich aufgenommen und zufrieden und eigentlich hätte er so ohne Ende sitzen können.

Doch da erschien Brigitte. »Ich bringe die Steinproben weg«, verkündete sie. »Es kann spät werden. Warten Sie bitte nicht mit dem Abendessen auf mich.«

Frau Beckmann nickte. »Bevor wir nach oben gehen, stelle ich Ihnen hier was auf den Tisch.«

»Danke«, sagte Brigitte. Und sah León an. »Kommst du mit?«

Er hatte gehofft, dass sie das *nicht* fragen würde. Jetzt hoffte er, dass es ohne Diskussion abgehen möge. »Ich würde lieber …« Er räusperte sich. »Also, ich würde gerne hier bleiben.« Wie er sich's vorgenommen hatte, schob er keine Begründung nach.

Brigitte musterte ihn. Nach einer Weile nickte sie: »Okay. Bis später.« Sie wollte hinausgehen, hielt aber inne. »Wo ist eigentlich Idefix?«, fragte sie.

León hob die Schultern. »Vermutlich bei Rollo.«

»Nun, dann steht ja rundum alles zum Besten«, sagte Brigitte und verließ die Küche. Von draußen hörte man das Motorengeräusch des Volvos und dann, wie er sich entfernte. León atmete auf: Er konnte weiter im Ordner »Briefwechsel Reiter« lesen.

Doch blieb er noch am Tisch sitzen. Zuerst wollte er Kathrin erzählen, was er herausgefunden hatte.

Er musste nur knapp fünf Minuten warten, bis der Traktor auf den Hof gebrummt kam. Herr Beckmann erhob sich: »Komm, Michael. Wir bringen die Bless und die Liss in den Stall.« Die beiden gingen hinaus und León folgte.

Kathrin hatte den Traktor mit der Mähmaschine und den beiden Kühen unter dem Vordach am Stall abgestellt. »Alles klar«, sagte sie zu ihrem Vater und kam dann eilig zu León herüber.

»Hör zu. Wir müssen …« Sie stockte. »Nein. Sag zuerst, was du mir vorhin erzählen wolltest.«

León berichtete, was er über die vorgeschobene rechte Schulter gefunden hatte. Und sagte dann: »Du hast richtig gelegen. Sie wollten mit den Waffen wirklich nicht zuschlagen.«

Ernst und prüfend sah Kathrin ihn an.

León musste lachen. »Schau nicht so. Ich bin wieder drin in der Keltenkiste. Hab mir bloß mal eine kleine Auszeit gegönnt, okay?«

Jetzt lächelte Kathrin. Dann lächelte sie nicht mehr und sagte: »León. Es führt kein Weg dran vorbei.« Sie holte tief Luft. »Wir müssen raus zum Hügel.«

Sie *mussten* raus zum Hügel.

Das war klar, nachdem Kathrin ihre Geschichte erzählt hatte. Denn der Keltenjunge und das Keltenmädchen würden – da waren sich León und Kathrin einig – nicht lockerlassen. Einen schwachen Moment lang hatte León daran gedacht, dass er ja von hier wieder verschwinden würde, dann also aus dem Schneider wäre, sich aber sofort für diesen Gedanken geschämt. Außerdem traute er diesen Kelten zu, dass sie ihn bis in die Stadt verfolgten.

»Wir müssen noch heute Abend raus«, sagte Kathrin. »Das Keltenmädchen hat mir ganz klar gezeigt, dass es dringend ist.«

»Versteh mich nicht falsch«, sagte León. »Ich will mich nicht drücken. Nur: Jetzt geht es bei mir noch nicht.«

»Bei mir auch nicht«, sagte Kathrin. »Ich bin heute dran mit Melken. Nach dem Abendessen?«

León schüttelte den Kopf. »Erst, wenn meine Mutter zurück ist.« Er überlegte. »Wollen wir's nicht lieber auf morgen verschieben?«

Kathrin sah ihn an.

»Okay, okay«, sagte er. »Aber meine Mutter muss eingeschlafen sein. Sie darf davon nichts wissen.«

»Klar. Aber kannst du ihr nicht einfach sagen, du machst noch mal einen Gang nach draußen oder so was? Da hat sie bestimmt nichts dagegen.«

»Richtig. Das Problem ist bloß, dass sie mich dann unter Garantie irgendwann anruft. Wär ziemlich blöd, wenn am Hügel mein Handy piepst.«

»Handys kann man abschalten.«

»Meins leider nicht«, seufzte León. Abschalten – das wär's natürlich. Aber das konnte er Brigitte nicht auch noch antun. »Ist nicht ganz einfach mit meiner Mutter. Jedenfalls muss sie schlafen.«

»Und wie erfahre ich, wann das der Fall ist?«

»Ihr habt doch ein Handy. Ich ruf dich an, okay?«

»Okay. Also bis später.« Kathrin machte sich auf den Weg zum Stall. Doch plötzlich hielt sie an. »Das hab ich doch glatt vergessen zu erzählen.« Sie kam zurück. »Den Typ, der mir die Kühe verrückt gemacht hat, den hab ich heute Nachmittag schon mal gesehen. Da war er auf dem Hügel.«

»Aha?«

»Ja. Er hat dort herumgesucht. Ich glaube, der Mann weiß, dass im Hügel möglicherweise ein Keltengrab ist. Später hab ich ihn noch mal im Baumarkt gesehen. Er hat sich einen kleinen Spaten gekauft. Und einen Spargelstecher.« Sie dachte nach. »Eben kommt mir der Gedanke, dass der ein Grabräuber sein könnte. Im Fernsehen gab's da mal was drüber.«

»Ein Raubgräber? Wenn der Hügel wirklich ein Keltengrab ist, dann sind über der Kammer jede Menge Steine aufgehäuft. Und da will er mit einem kleinen Spaten durch? Und einem Spargelstecher?«

Kathrin kicherte. »Vielleicht ist er ein besonders dummer Raubgräber?«

León lachte. »Oder was ganz anderes. Also, ich würde sagen: Leute mit Spargelstechern sind echt nicht unser Bier.«

Der junge Mann hatte seinen Wagen wieder im Wäldchen geparkt und versuchte, es sich auf dem Beifahrersitz bequem zu machen, dessen Lehne er nach hinten geklappt hatte. Vielleicht gelang es ihm ja sogar zu schlafen, bis es so dunkel war, dass er losgehen konnte. Er musste äußerst vorsichtig sein.

Das Mädchen im Baumarkt – wie sie auf der Stelle stehen geblieben war, als sie ihn entdeckte. Die hatte ihn nicht zum ersten Mal gesehen. Vermutlich war er von ihr auf dem Hügel beobachtet worden. Bestimmt gehörte sie zu dem Hof hinter dem Wäldchen. Der war der einzige weit und breit, und Kühe ließ man in der Nähe des Hofes weiden, schließlich mussten sie regelmäßig gemolken werden.

Dass er aber auch gerade dann vorbeikommen musste, als das Mädchen bei den Kühen war. Natürlich hatte sie ihn erkannt. Und womöglich davon erzählt. Wenn sich herumsprach, dass sich da einer für den Hügel interessierte, konnte er sein Vorhaben vergessen.

Immerhin wusste er nun, wo er, wenn er denn wollte, nach der Frau fragen konnte, der er im Baumarkt begegnet war. Sie hatte ihm gefallen, sehr sogar. Vermutlich war sie ein paar Jahre älter als er, aber was machte das schon? Dass sie nicht hier aus der Gegend kam, war ihm gleich klar gewesen. Und richtig trug ihr Volvo ein Kennzeichen aus der nahen Universitätsstadt. Arbeitete sie an der Uni? Das würde zu ihr passen. Ob sie auf dem Hof Urlaub machte? Das wiederum fände er ein wenig seltsam. Aber er sollte aufhören zu grübeln, sonst schlief er nie ein. Der junge Mann drehte sich auf dem Beifahrersitz zur anderen Seite.

Solche Grübeleien führten ohnehin zu nichts. Aus Erfahrung wusste er, dass Frauen einen Mann über kurz oder lang sitzen ließen, der sich an alten Gräbern, in denen Schätze zu vermuten waren, die Nächte um die Ohren schlug. Hoffentlich blieb ihm wenigstens das Gewitter erspart. Zwar hatte er es in der Ferne grummeln gehört, aber das konnte auch ein Flugzeug gewesen sein. Er kontrollierte, ob der Wecker seiner Armbanduhr eingeschaltet war, und gähnte.

Das Abendessen mit Beckmanns hätte León gern entspannter genossen. Erstens war er echt hungrig und zweitens schmeckten die Käsebrote mit Radieschen und Tomaten richtig gut (seltsam fand er nur, dass es dazu heißen Kakao gab). Indes: Obwohl er es vermied, daran zu denken, rumorte der bevorstehende Ausflug zum Hügel in seinem Magen. Ein nächtliches Treffen mit Gestalten, die es eigentlich gar nicht geben durfte ... León schüttelte den Kopf. Wobei er merkte, dass Kathrin ihn beobachtete – aber der ging's wahrscheinlich nicht besser. Im Magen lag ihm auch, dass er es schaffen musste, durch die Diele der Ferienwohnung an der Tür von Brigitte vorbei und nach draußen zu gelangen. Sie behauptete, einen leichten Schlaf zu haben. Wogegen sprach, dass sie zuweilen schnarchte. Aber was, wenn sie plötzlich doch in der Diele erschien …?

Er war froh, als er nach oben gehen und sich wieder Brigittes Ordner vornehmen konnte. Vielleicht lenkte ihn das ab und beruhigte seinen Magen ein bisschen.

Er knipste in Brigittes Zimmer das Licht an und ließ sich mit dem Ordner am Tisch nieder. Hier begann ihr Bericht … Shit! León wurde es heiß vor Schreck. Wenn Brigitte mit dem Volvo über die Hofzufahrt kam, konnte sie das Licht in ihrem Zimmer sehen. Da hätte er beinahe einen kapitalen Bock geschossen.

Er stand auf, löschte das Licht und ging mit dem Ordner in sein Zimmer. Brigittes Tür hatte er geschlossen, seine ließ er offen. So konnte ihn niemand vom Treppenhaus her überraschen. Nun also Brigittes Bericht an Reiter.

Brigitte Lange-Krüger: Das Rätsel des Hügels

Was wissen wir über die Kelten? Scheinbar alles. Liegen nicht über sie zahlreiche Berichte von Geschichtsschreibern des antiken Roms vor? In Wahrheit wissen wir wenig über die Kelten. Denn die meisten dieser Geschichtsschreiber waren nichts anderes als Propaganda-Schriftsteller. Das Römische Reich fürchtete die Kelten, die immer wieder in Italien einfielen (einmal hatten sie sogar Rom erobert), und so wurden sie als grausame Barbaren dargestellt, die es zu vernichten galt.

Noch lange, nachdem die Kelten besiegt waren und sie als Stämme gar nicht mehr existierten, wurde dieses Bild gepflegt.
So gab es im zweiten Jahrhundert nach Christus einen römischen Autor namens …

Schritte auf der Treppe. León lauschte. Schritte von mehreren – Beckmanns gingen ins Bett. Und es war erst neun Uhr. Na ja, sie mussten wahrscheinlich früh raus. Also weiter.

… namens Flavius Dio, der eine mehrbändige Geschichte des Römischen Reiches verfasste. Leider hat dieser Herr Dichtung und Wahrheit ziemlich intensiv vermischt. Jedoch konnte die Wissenschaft vieles an Erdichtetem aus seinen Texten aussortieren.
Dazu gehört auch eine Textstelle, in der Flavius Dio Ereignisse bei einem Keltenstamm beschreibt, die er auf das Ende des sechsten Jahrhunderts vor Christus datiert. Diesen Text betrachtet die Keltenforschung als reines Fantasieprodukt. Aber lassen wir Flavius Dio zu Wort kommen:
Die Kelten galten als ein überaus kriegerisches Volk. Im Kampf gegen ihre Feinde waren sie von grausamer Härte. Doch machte die Grausamkeit auch vor den eigenen Stammesgenossen nicht Halt, wie uns drastisch lehrt, was vom Stamme der Remi überliefert ist.
Die Remi siedelten zur Zeit des Anfanges der alten römischen Republik nördlich eines Gebirges mit Namen Principes in einer fruchtbaren Ebene. Doch weil der Stamm den Ackerbau vernachlässigte und nicht mit Sorgfalt den Boden pflegte, wurden die Erträge immer geringer, so dass am Ende ständi-

ger Nahrungsmangel das Los dieser Kelten war. Also befahl die Königin der Remi, dass der Stamm fortziehen und sich in einem günstigeren Landstrich niederlassen solle. Viele jedoch weigerten sich, die alte Heimat zu verlassen. Diese alle wurden ohne Gnade enthauptet. Um den Stamm zum Wegzuge zu zwingen und auch, damit niemand in der Fremde sich von Gelüsten beschleichen ließe, in die alte Heimat zurückzukehren, brannte man die Wohnstätte des Stammes mitsamt der sie umgebenden Befestigungsmauer sowie der zurückzulassenden Habe nieder.

Auch wurden, um dem verzagten Volke Mut einzuflößen, die Tochter der Königin und der Sohn eines Edlen geopfert, von denen der Druide sagte, diese zwei zögen dem Stamme voraus und ebneten so den Weg in die neue Heimat. Jene beiden edlen Kinder hat man in Schlaf versetzt und sodann lebendigen Leibes begraben.

Zwei edle Kinder ... Lebendig begraben ... León starrte auf das Papier. Konnte es sein, dass diese beiden ... Nein. Das war Unsinn, das waren Wahnideen, so etwas gab es nicht ... Nur: Zwei Kelten, die in einer Steinpyramide verschwanden, gab es auch nicht ...

León schüttelte den Kopf. Erst mal weiterlesen.

So weit Flavius Dios Text – ein Fantasieprodukt, wie gesagt.

Eben. Deshalb *konnte* es zwischen diesem Text und den beiden Kelten am Hügel keinen Zusammenhang geben.

Denn zum Ersten enthält der Text Details, die gesicherten Erkenntnissen der Keltenforschung widersprechen. So waren die Kelten, gerade was die Landwirtschaft betraf, sehr geschickt – anders als die Remi von Flavius Dio dargestellt werden (über die übrigens nirgendwo sonst etwas zu finden ist). Und weiter: Richtig ist, dass die Kelten Menschen opferten. Aber sie lebten auch in großer Furcht vor Wiedergängern, vor Toten also, die sich außerhalb ihres Grabes zeigten. Diese galten als böse und höchst gefährlich. Undenkbar ist deshalb, dass die Remi ihre Opfer lebendig begraben haben.

Wiedergänger ... Mal angenommen, wirklich nur mal angenommen, da war was dran, und so was gab es ... Wieder schüttelte León den Kopf. Nicht darüber nachdenken. Nicht jetzt. Und später besser auch nicht.

Zum Zweiten ließ sich trotz vielfältiger Bemühungen niemals feststellen, wo sich das Siedlungsgebiet der Remi befunden haben könnte. Die Angabe in Flavius Dios Text »nördlich eines Gebirges mit Namen Principes« ist unbrauchbar. Nirgendwo in den Gebieten, die überhaupt infrage kommen, gibt es und gab es ein Gebirge dieses oder eines ähnlichen Namens.

Aber Flavius Dio hat ja ein Ereignis hervorgehoben, das bei der Suche helfen könnte: der Brand der Wohnstätte der Remi mitsamt der Befestigungsmauer. Nach allem, was wir wissen, war ein solcher Brand so gewaltig, dass er Spuren hinterlassen haben muss. Spuren in verschiedener Hinsicht. So muss es Reste von Steinen geben, die in der Hitze des Feuers verglast sind. Aber auch Reste im kollektiven Gedächtnis der Menschen. Die etwa in alten Sagen ihren Niederschlag gefunden haben.

Doch wurde in den Gebieten, die infrage kommen, weder die eine noch die andere Spur gefunden.

Bis jetzt.

Denn ich habe eine Spur entdeckt.

Kiumara lag auf ihrem Ruhebett, hatte die rechte Hand locker über die linke gelegt und hielt die Augen geschlossen. Sie zwang sich zur Ruhe.

Zum ersten Mal, seit sie wach geworden war, hatte sie die Möglichkeit in Betracht gezogen, dass sie den Kampf verlieren könne. Sicher, sie hatte sich geschworen zu siegen, bei allen Göttern, bei denen die Remi schwören. Und sie *würde* auch siegen – soweit es an ihr lag. Aber lag es denn an ihr?

Sie wusste, was sie falsch gemacht hatte, als sie zum ersten Mal mit dem Mädchen und dem Knaben Verbindung aufnehmen wollte. Beim zweiten Versuch war ihr kein Fehler unterlaufen. Und das Mädchen hatte sie ja auch verstanden. Und war bereit gewesen, zu ihr zu kommen. Warum musste in diesem Moment der blaue Wagen auftauchen? Und warum hatten die Rinder sich aufgeführt, als wäre ein Hornissenschwarm über sie hergefallen? Obschon sie doch zur Welt dort draußen gehörten und an magische Wagen gewöhnt sein dürften? Es war, als hätte eine böse Macht versucht, ihr das Heft aus der Hand zu nehmen. Vorsichtshalber war Kiumara sofort im steinernen Mal verschwunden. Was, im Nachhinein besehen, wohl übereilt gewesen war. Aber gesetzt den Fall, sie bekam es wirklich mit einer bösen Zaubermacht zu tun …? Kiumara atmete tief ein und aus. Solchen Gedanken durfte sie erst gar keinen Raum geben. Sie stahlen ihr nur Kräfte, die sie notwendig brauchte.

»Mágurix weiß es nun für gewiss«, kam aus seiner Ecke. »Der Knabe ist feige und das Mädchen ist nur ein Mädchen. Das sind keine Verbündeten für Kiumara. Erst recht nicht für einen Krieger.«

Krieger? Ein bartloses Großmaul war er! Was fiel ihm ein, ihr plötzlich Vorschriften machen zu wollen?! Aber sich über Mágurix zu erregen, stahl ihr ebenfalls Kraft. »Mágurix«, sagte sie sanft, wobei sie darauf sah, dass ihre Hände locker blieben, »könntest du bitte still sein? Ich muss etwas tun, was dir offenbar fremd ist: Ich habe zu denken.«

Daraufhin schwieg er tatsächlich. Vermutlich weil er beleidigt war, vielleicht auch zornig, gleichviel: Er hielt den Mund.

Zu denken gab Kiumara, dass sie nun schon dreimal draußen gewesen war. Je öfter sie in der anderen Welt als Außengängerin erschien, desto schwerer würde sie wieder einschlafen können. »Also geht sparsam damit um«, hatte Kóndurix gesagt. Aber was hieß sparsam? Waren drei Außengänge wenig? Oder viel? Vielleicht schon – *zu* viel?

Eines aber war klar: Sie und Mágurix konnten Kóndurix' Schlaftrunk erst dann nehmen, wenn sie sicher sein durften, künftig in Ruhe gelassen zu werden. Entweder weil die Feinde sich nicht mehr an den Hügel heranwagten. Oder weil sie, wenn es denn sein musste, getötet worden waren. Und zwar ausnahmslos alle.

Eine Zeit lang ließ Kiumara ihre Gedanken noch wandern. Dann aber versammelte sie alle zu einem einzigen: zwei Außengänge noch – dann musste sie es geschafft haben.

Denn ich habe eine Spur entdeckt.

Mein lieber Mann. Brigitte machte es wirklich spannend. Erst tat sie so, als gebe es null Chancen herauszufinden, wo das Siedlungsgebiet der Remi gewesen war. Und plötzlich kam sie damit rüber, dass *sie* eine Spur entdeckt habe. Sie sollte Krimis schreiben.

Und der Satz »Denn ich ...« stand am Ende einer Seite. Man konnte also nicht sofort lesen, was danach kam. Das gab dem Satz sozusagen drei Ausrufezeichen. Hatte Brigitte das etwa mit Absicht gemacht? Ein Problem wäre das nicht gewesen. Den Zeilenabstand etwas verändern, die Buchstabengröße ... Plötzlich hatte León große Lust, mit Brigitte darüber zu reden. Aber dass er den Bericht kannte, musste er ja vor ihr geheim halten. Schade. Also weiter.

Am Anfang stand, wie so oft in der Wissenschaft, der Zufall. Ich stieß auf eine Sammlung osthessischer Sagen ...

Osthessische Sagen? Das war das Buch, das ihm Tante Amy geschenkt hatte! Stinklangweilig, er hatte es gleich weggestellt. Und Brigitte war darauf »gestoßen«. Das hieß, sie hatte in seinem Zimmer geschnüffelt ... Na, war ja egal.

... und darin fand ich folgende Sage:
Vor langer Zeit erhob sich hier auf dem Kalten Berg eine uralte Burg. Deren Mauern waren über die Maßen mächtig und erstreckten sich so weit in die Runde, dass wohl zehn mal tausend Menschen darin wohnen konnten. Es war aber die Burg der bösen Königin. Eines Tages sprach sie: »Fort! Ihr alle müsst fort. Ein jeglicher verlasse meine Burg!« Und wie auch die Menschen baten und bettelten, sie mussten auf der Stelle fortziehen aus ihrer Heimat und all ihre Habe hinter sich lassen. Die ward nun der Königin zu Eigen und sie lebte in Saus und Braus. Da ergrimmte der Himmel und sandte Flammen herab auf die Burg. Und die Mauern loderten und glühten wohl vierzig Tage und Nächte lang, so dass roter Feuerschein lag überm ganzen Land ...
Wer den Bericht des Flavius Dio und diese Sage nicht nacheinander liest, sondern, wie ich, zu unterschiedlichen Zeiten und in unterschiedlichen Situationen, wird kaum eine Verbindung zwischen Bericht und Sage herstellen. Es brauchte den bekannten Blitz der Erkenntnis, der schon zu vielen wissenschaftlichen Entdeckungen geführt hat und der auch mir die Augen öffnete: Da war sie! Da war die Spur im kollektiven Gedächtnis! Die Erinnerung an den Brand, von dem Flavius Dio berichtet ...
Ich will es kurz machen. Meine Nachforschungen ergaben: Einen »Kalten Berg« (dessen Name sich nach meiner Überzeugung von »Keltenberg« ableitet) gibt es im östlichen Hessen tatsächlich. Er liegt in einer »fruchtbaren Ebene«, und auf ihm könnte sich die Wohnstätte der Remi befunden haben. Ich vermag auch schlüssig zu erklären, was es möglicherweise mit dem Gebirge »Principes« auf sich hat, aber das ist in unserem Zusammenhang nicht wichtig. Wichtig ist:

Wenn man unterstellt, dass der Text von Flavius Dio tatsächliche Ereignisse schildert, und wenn man zudem akzeptiert, dass einige Details den Erkenntnissen der Keltenforschung widersprechen, so müsste in der Nähe des Kalten Berges ein Hügel zu finden sein – das Grab, in dem die geopferten Kinder bestattet wurden.

Ich habe einen solchen Hügel gefunden ...

Wie betäubt sah León auf das Papier.

Brigitte hatte ihn belogen.

Sie hatte gewusst, wo der Hügel war. Sie hatte den Hügel gesehen, bevor sie mit ihm hierher gefahren war ... Deshalb hatte sie so sicher sein können, Steine dort oben zu finden ...

León strich sich über die Augen. Es war alles Theater gewesen. Ihre Frage an Frau Beckmann, ob es hier in der Gegend irgendwelche Hügel gebe, ihr keltenverzücktes Gesicht, als sie dann dort war – sie hatte ihm Theater vorgespielt.

Wie hieß es in Brigittes E-Mail an Danny Reiter? León schlug das obere Blatt auf. »Ich bin, wie Sie sehr gut wissen, gerade dabei, eine wasserdichte Legende aufzubauen, nicht zuletzt meinem Sohn gegenüber ...« Eine Legende aufzubauen bedeutete: sich eine Story auszudenken, die die Wahrheit verschleierte. »Nicht zuletzt meinem Sohn gegenüber ...« Also auch gegenüber anderen. Ihren Professoren-Kollegen zum Beispiel. Aber warum musste sie Angst um ihren wissenschaftlichen Ruf haben?

Wozu das ganze Theater?

León hatte es geahnt: Er war einem Geheimnis Brigittes auf der Spur. Und dem würde er, verdammt noch mal, jetzt auf den Grund gehen. Er blätterte zu ihrem Bericht zurück.

Ich habe einen solchen Hügel gefunden.
Es handelt sich um eine Erhebung, die mit hoher Wahrscheinlichkeit künstlich aufgeschüttet wurde. Und die Entfernung zum Kalten Berg entspricht ziemlich genau dem Abstand, den die Kelten zwischen Grabanlagen und Wohnstätten einhielten (die Erhebung liegt übrigens auf einer Wiese, die im Grundbuch auf den Namen Robert Becker eingetragen ist).
Dass es sich bei dem Hügel um ein Keltengrab handelt – handeln könnte –, ist selbstverständlich bis jetzt nur eine Vermutung. Sie müsste zunächst verifiziert werden. So wären Steinproben zu untersuchen …

Da wenigstens hatte sie ihm kein Theater vorgespielt.

… oder auch ein Survey-Flug vorzunehmen, bei dem die Existenz eines Schutzwalles festgestellt werden könnte, und was der wissenschaftlichen Verfahren in einem solchen Falle mehr sind.
Jedoch bin ich sehr zuversichtlich, dass es mir gelingen wird, meine Vermutung zu verifizieren.
Letzte Gewissheit indes vermag nur eine Grabung zu bringen. Und vor allem kann nur eine Grabung die spannende Frage beantworten: Was birgt das Innere des Hügels?
Das Rätsel des Hügels harrt der Lösung.
Werden wir dort wahrhaftig die Ruhestätte der geopferten Keltenkinder finden? Die vor zweitausendfünfhundert Jahren lebendig begraben wurden?

León starrte auf das Papier. Es *gab* einen Zusammenhang zwischen dem Text dieses Flavius Dio und den beiden Kelten am Hügel. Aber sie konnten doch unmöglich diejenigen sein, die vor zweitausendfünfhundert Jahren … Nicht darüber nachdenken. Doch *wenn* sie es waren, was hatte dann ihr Erscheinen zu bedeuten? War das vielleicht das Rätsel des Hügels …? Aus. Schluss.

Als Nächstes kam im Ordner ein Brief von Reiter.

Liebe gnädige Frau,

ich hätte es vorgezogen, per E-Mail zu antworten. Aber ich weiß nicht, ob außer Ihnen noch jemand Zugriff auf Ihre Mails hat; deshalb dieser Brief.

Zuerst: Haben Sie Dank für Ihren Bericht! Höchst interessant! Ein Grabhügel und dazu eine ganze Wohnstätte! Dies alles ausgraben zu können – es muss für Sie als Archäologin ein Traum sein.

Mein Traum ist der archäologische Sciencetainment-Park. Zwei Träume, die ich zusammenbringen möchte. Und für die ich die finanziellen Vorraussetzungen schaffen will. Indes, liebe gnädige Frau: Was Sie Verifizierung nennen, reicht mir als Sicherheit nicht. Sie werden verstehen – bevor ich investiere, muss ich schon etwas genauer wissen, wofür ich mein Geld ausgebe.

Kann ich da mit Ihrem Verständnis rechnen?

Herzlich, Ihr Danny Reiter

PS. Sie können mir gerne mailen. Nachrichten an die Adresse danny@reiter.com bekomme nur ich zu Gesicht.

Und da war die Antwort Brigittes:

An: danny@reiter.com
Von: b.lange-krueger@uni.edu
Lieber Herr Reiter,
wie ich schon schrieb, gibt es nur eine Methode, um letzte Sicherheit zu bekommen: Wir müssen im Grab nachsehen. Also graben. Man könnte eine gezielte Sondierungsgrabung machen. Die würde verhältnismäßig schnell innerhalb eines halben Jahres zu Ergebnissen führen.
Herzlich, Brigitte Lange-Krüger

PS. Auch meine E-Mail-Anschrift ist ›sicher‹.

An: b.lange-krueger@uni.edu
Von: danny@reiter.com
Gnädigste!
Ein halbes Jahr? Sie scherzen. So lange kann ich mein Projekt keinesfalls aufschieben. Möglich, dass ich mich nicht verständlich genug ausgedrückt habe: Ich starte das Projekt erst dann, wenn ich weiß, ob und was in diesem Hügel drin ist.
Glauben Sie wirklich, ich finanziere das Aufgraben eines leeren Erdhaufens?
Ihr Danny Reiter

An: danny@reiter.com
Von: b.lange-krueger@uni.edu
Lieber Herr Reiter!
Ich verstehe Sie offenbar noch immer nicht ganz. Sie hatten angeboten, eine wissenschaftliche Grabung zu finanzieren. Und die besteht nun mal aus langwieriger Arbeit mit ungewissem Ausgang.

Die Gewissheit, die Sie verlangen, gibt es vorher nicht.
Und schon gar nicht auf die Schnelle. Oder wollen Sie den Hügel mit dem Bagger abtragen?
Etwas erstaunt, Ihre Brigitte Lange-Krüger

An: b.lange-krueger@uni.edu
Von: danny@reiter.com
Mit dem Bagger? Was halten Sie von mir?! Nein, da gibt es feinere Methoden.
Wir telefonieren.
D.R.

Es folgte:

An: danny@reiter.com
Von: b.lange-krueger@uni.edu
Herr Reiter!
Ihre Hubschrauber-Attacke heute Mittag war absolut unmöglich und keinesfalls akzeptabel ...

Und dazwischen? Was war zwischen dieser Mail und der letzten von Reiter passiert?

Warum finanzierte der plötzlich die Grabung? Und wollte sogar den Beckmanns das gesamte Land abkaufen?

Sorgfältig blätterte León den Ordner noch einmal durch – er hatte nichts übersehen.

Brigitte *hatte* ein Geheimnis. Vermutlich ein finsteres.

Und mit einem Mal ging León durch den Kopf:

Brigittes Geheimnis und das Rätsel des Hügels – die gehörten zusammen.

10. Wetterleuchten

Leóns Anruf kam erst gegen Mitternacht. »Ich stehe an der Haustür«, flüsterte er. »Innen. Weil ich keinen Schlüssel habe.« Klar, den hatte natürlich seine Mutter. Die jetzt endlich schlief. Und hoffentlich fest. Wie hatte León das eigentlich kontrolliert? Ob er nachgesehen hatte? Na, war ja egal.

Kathrin griff sich ihre Stablampe, ließ sie aber ausgeschaltet – den Weg nach unten fand sie im Dunkeln. Leise und behutsam ihre Schritte setzend – auch *ihre* Familie brauchte nicht unbedingt zu wissen, dass sie nachts unterwegs war –, schlich sie die Treppe hinunter. Sie zog ihren Schlüssel aus der Tasche und öffnete die Haustür. »Ich geh vor«, flüsterte sie. »Sonst macht Rollo Krach.« Leise pfiff sie durch die Zähne, und da kam er auch schon gesaust, ein dunkler Schatten, neben ihm ein kleiner, heller Fleck.

»Hallo, Idefix«, flüsterte León. »Geht's gut, Alter?« Woraufhin der Zwergschnauzer wahrhaftig einen Laut von sich gab, den man als »Alles klar« deuten konnte. Darauf verschwanden die beiden wieder in der Dunkelheit. Kathrin verschloss die Haustür und sie gingen los.

Draußen auf dem Zufahrtsweg sagte Kathrin: »Er heißt also wirklich Idefix.«

»Na ja«, kam von León. »Obelix konnte ich ihn ja schlecht nennen, oder?«

Kathrin merkte, wie ein Lachreiz in ihr hochstieg, ein richtiger Kicheranfall stand an, aber der passte nun echt nicht zu dem, was sie vorhatten, und da war's mit dem Lachreiz auch schon wieder vorbei.

Jetzt spürte sie wieder den Klumpen im Bauch, den sie schon den ganzen Abend gespürt hatte. Sie fühlte sich wie damals, als sie zum ersten Mal vom Fünfmeter-Brett springen wollte.

An der Einmündung der Zufahrt auf die Straße sagte sie: »Wir könnten durch das Wäldchen gehen. Da sind wir schneller am Hügel.«

»Wozu?«, fragte er. »Haben wir's eilig? Hast du mit dem Keltenmädchen eine bestimmte Uhrzeit ausgemacht?«

Wieder packte Kathrin der Lachreiz, der aber augenblicklich verschwand, als sie begriff: Diese Witzeleien waren *Leóns* Art, mit dem Klumpen im Bauch fertig zu werden.

»Übrigens«, sagte er jetzt. »Der Keltenjunge und das Keltenmädchen könnten wirklich gelebt haben. Vor zweitausendfünfhundert Jahren. Ich habe einen Ordner gefunden, bei meiner Mutter …« Er hielt inne. Dann sagte er: »Also, ich hab jetzt einfach nicht die Nerven, dir die Sache zu erklären.«

»Musst du ja auch nicht«, sagte Kathrin. »Oder würde das was ändern an dem, was wir vorhaben?«

León schüttelte den Kopf. »Ich glaube nicht.«

»Na also.«

Schweigend liefen sie auf der Straße entlang. Es war nicht wirklich dunkel, obwohl der Himmel über ihnen tiefschwarz war. Aber vor ihnen, in Richtung Hügel, flackerte es hell – sie liefen auf ein Wetterleuchten zu. Es schien weit weg zu sein, noch hinter dem Kalten Berg, aber Kathrin wusste, wie plötzlich ein fernes Wetterleuchten sich in ein Gewitter verwandeln konnte, das genau über einem tobte. Sie hätte ihre Regenjacke anziehen sollen.

»Hast du was gegen Regen an?«, fragte sie.

»Nein.« Und nach einer Weile kam: »Ich glaube, dass Regen unser geringstes Problem sein wird.«

Damit hatte er natürlich völlig Recht. »Und was, meinst du, ist unser Hauptproblem?«

»Es ist doch so: Wir kommen an, sie tauchen auf. Und dann? Sie sprechen eine Sprache, die wir nicht verstehen.«

Genau das war auch in Kathrins Augen das Hauptproblem. Sie hatte eine Zeit lang darüber nachgedacht, es dann aber gelassen. »Das Mädchen hat mich zu sich gewunken«, sagte sie. »Also wird sie sich überlegt haben, wie sie sich mit uns verständigen will. Wir warten halt einfach ab, was passiert.«

»Ist gut«, sagte León.

Sie gingen nebeneinander her, auf der einsamen, totenstillen Landstraße, vor ihnen flackerte das Wetterleuchten und Kathrin dachte: Ein Sprung vom Fünfer? Von wegen. Das wird einer vom Zehnmeter-Turm.

Der junge Mann schreckte hoch. Wo war er ...? Richtig, in seinem Wagen auf dem Beifahrersitz. Er hielt sich die Uhr vor die Augen. Na großartig, fast Mitternacht. Er wollte doch schon viel früher los. Aber jetzt erinnerte er sich: Er hatte das Piepsen der Uhr einfach weggedrückt und war dann wieder eingeschlafen.

Er richtete sich auf und stellte die Lehne des Sitzes hoch. Am Himmel oben zwischen den Bäumen zuckte es hell, aber Donner war keiner zu hören. Hoffentlich gab es keinen Gewitterregen. Nicht, dass er Angst hatte, nass zu werden – er trug eine wasserdichte Jacke. Aber wenn es schüttete, wäre seine Grabung gestorben. Sie würde ohnehin schwierig werden, jetzt, wo es dunkel war. Um zehn wäre es noch hell genug gewesen, um bei der Arbeit genügend zu sehen, aber so dunkel, dass man ihn von weitem auf dem Hügel nicht hätte entdecken können. Okay, das hatte er verpennt. Zur Strafe musste er jetzt während der Geisterstunde zum Hügel wandern.

Der junge Mann vergewisserte sich, dass alles Werkzeug im Rucksack war, einschließlich einer Lampe, die er, um die Hände frei zu haben, am Kopf befestigen konnte. Die würde er aber nur benutzen, falls es wirklich zu dunkel war. Der junge Mann stieg aus, schloss den Wagen ab und machte sich auf den Weg.

Als Kiumara versucht hatte, das Mädchen heranzuwinken, war das Sonnenrad fast am Fuße des Himmelsgewölbes angekommen, und sie schätzte, dass inzwischen die Mitte der Nacht erreicht war.

Sie hatte erwartet, dass das Mädchen die Rinder zu ihrem Gehöft führen und dann auf seinem magischen Wagen zurückkehren würde. Aber damit war wohl nicht mehr zu rechnen. Kiumara hatte die Möglichkeit erwogen, dass das Mädchen zu Fuß wiedergekommen sein könnte. Falls es das getan hatte, besaß es offensichtlich nicht genügend Klugheit, um sich durch Rufen bemerkbar zu machen. Jedenfalls durfte Kiumara, nur um sich zu vergewissern, keinesfalls einen Außengang verbrauchen.

Das durfte sie auch nicht, wenn erneut irgendwelche bedrohlichen Geräusche von draußen zu hören sein sollten. Um die zu erkunden, würde leider der Hitzkopf Mágurix gehen müssen, weil der erst zweimal draußen gewesen war.

»Mágurix«, sagte sie. »Falls ich dich nach draußen schicken muss …«

»Mágurix lässt sich von Kiumara nicht schicken. Überhaupt lässt er sich von ihr nichts mehr befehlen. Nicht das Allergeringste.«

Was war denn das? Aufsässigkeit und Ungehorsam kannte sie ja von ihm. Aber dass er offen seine Widersetzlichkeit bekundete, das war neu. Und es ging über das hinaus, worauf sie bei ihm gefasst gewesen war. Hatte sie ihn vorhin derart beleidigt? Sie sollte vorsichtiger sein. Schließlich hatten sie beide eine gemeinsame Aufgabe zu erfüllen.

»Mágurix«, begann sie neu. »Ich möchte dich etwas fragen. Gesetzt, es fänden sich oben auf dem Hügel die Feinde ein. Was würdest du tun?«

»Mágurix würde sie töten. Alle.«

»Und wenn es nur ein einzelner Feind wäre?«

»Auch ihn würde Mágurix töten.«

Kiumara schwieg eine Weile. Dann sagte sie: »Was glaubst du, Mágurix? Wie viele Male können wir nach draußen gehen?«

Es dauerte eine Zeit lang, bis er antwortete: »Mágurix versteht, was Kiumara meint.« Und nach einer

Pause: »Mágurix wird warten, bis alle Feinde beisammen sind.«

Kiumara unterdrückte einen Seufzer der Erleichterung. Er war auf die Folgerung von selber gekommen, und das hieß, dass er sich auch daran halten würde. Das hoffte sie wenigstens.

Und das Mädchen? *Falls* es erschienen war, so besaß es in der Tat nicht die Klugheit, sich bemerkbar zu machen. Oder nicht den Mut.

Sie standen am Fuße des Hügels. Schwarz und kompakt lag er vor ihnen und die Pyramide oben auf der Kuppe stach scharf umrissen in den flackernden Himmel. Das Wetterleuchten jenseits des Kalten Berges hatte sich zu einem schlimmen Feuerwerk ausgewachsen; dort musste ein gewaltiges Gewitter wüten, man hörte jetzt auch dumpf rollenden Donner.

Neben der Pyramide, auf der Kuppe, stand niemand.

Plötzlich hatte Kathrin das Bild vor Augen, das Bild des Keltenmädchens, als es zum ersten Mal erschienen war. Die hoch gewachsene Gestalt, auf das Schwert gestützt, das feuerrote Haar, das harte Gesicht, in dem keine Freundlichkeit war – und da hielt Kathrin an. Was eigentlich machte sie so sicher, dass diese Keltin es gut mit ihnen meinte? Und sie nicht hinterlistigerweise hierher gelockt hatte? Kathrin starrte hoch zum Hügel. Das Schwert hatte *gefährlich scharf* ausgesehen.

»Was ist?« Auf der Straße hatte León noch normal laut gesprochen, aber jetzt flüsterte er mit einem Mal.

Auch Kathrin flüsterte. »Das Mädchen hat ein Schwert.«

»Ja«, sagte León. »Und der Junge eine Axt. Und ich hab eine Scheißangst, dass er mit der nach uns wirft.«

Jetzt sah Kathrin ihn an. »Und? Was machen wir?«

León schwieg. Dann wandte er den Kopf und blickte zurück zur Straße.

Da überkam Kathrin wie damals bei der ersten Begegnung mit dem Keltenmädchen ihr Das-wollen-wir-doch-mal-sehen-Gefühl und sie griff nach Leóns Hand. »Wir probieren's, okay?«

»Okay«, nickte León. Und sie gingen los. Sie gingen den Hügel hinauf, auf die Pyramide zu, und Kathrin hielt den Blick fest auf sie gerichtet.

Nichts geschah. Kein Keltenmädchen erschien, kein Keltenjunge.

Jetzt waren sie oben. Einen Moment lang fühlte Kathrin ihre Haut dünn werden vor Erwartungsangst. Aber das ging vorüber, und sie merkte auf einmal, dass das Gewitter näher gekommen war. Und da, urplötzlich, fuhr drüben am Kalten Berg ein Blitz nach unten und der Donner krachte.

»Wir sind die reinsten Blitzableiter«, stieß León hervor. »Los! Zur Kuhle!« Sie rannten hinunter und kauerten sich in der Kuhle zusammen.

Und jetzt? Wie ging es weiter? Bei diesem Gewitter kamen die Kelten wohl kaum heraus ... Aber ... Drang der Donner überhaupt zu ihnen? *Hörten* sie ihn ...? Moment ... Es ging ihr etwas durch den Kopf ... Nicht entkommen lassen ... Hören – das war es! Jedes Mal, wenn die Kelten erschienen waren, hatte es vorher am

Hügel Geräusche gegeben. Der Deutz, der Volvo, der Hubschrauber …

»León«, flüsterte Kathrin hastig. »Das Keltenmädchen und der Keltenjunge haben uns nicht kommen hören. Sie wissen nicht, dass wir hier sind.«

León starrte sie an. »Hören …?« Er schüttelte den Kopf. »Aber sie sind doch …« Plötzlich nickte er. »Ist nur logisch. Also – rufen wir?«

In diesem Augenblick hörten sie das Scheppern. Und sahen im zuckenden Licht, nicht weit von der Pyramide, die Gestalt.

Richtig erschrocken war er zuerst, als er sich gebückt hatte und sich das Werkzeug scheppernd in seinem Rucksack verschob. Doch war das kein Beinbruch, er hielt es für äußerst unwahrscheinlich, dass ihn jemand gehört hatte. Er nahm den Rucksack ab. Da etwa musste die Stelle sein. Als er heute Nachmittag auf dem Hügel gewesen war, hatte er sie aus Vorsicht nicht markiert. Aber er war die Entfernung abgeschritten: vom Fuß der Pyramide zwölf Schritt exakt in Richtung der Senke dort unten und dann einen Schritt nach links. Wenn es blitzte, konnte er den Rand der Senke erkennen, im Gegenlicht jedoch nur undeutlich. Das Gewitter über dem Kalten Berg schien sich nicht von der Stelle zu rühren. Der Donner klang laut, aber nicht bedrohlich. Allerdings gab er hier oben einen guten Zielpunkt für Blitze ab. Und der Regen konnte jederzeit einsetzen. Er sollte sich ranhalten. Doch wo, verflixt, war die Stelle?

Er öffnete den Rucksack und tastete nach den Werkzeugen. Da war die Kopflampe. Ob er es riskieren konnte? Er blickte sich um. Falls jemand tatsächlich bei diesem Wetter um diese Uhrzeit unterwegs sein sollte, wäre er bei diesem flackernden Licht schwer zu erkennen. Er schnallte sich die Lampe um den Kopf und knipste sie an. Und da war die Stelle.

Der junge Mann holte den kleinen Spaten und den Spargelstecher aus dem Rucksack und kniete sich nieder. Zu den Informationen, die er bekommen hatte, gehörte auch, wie tief er graben musste, um auf das zu stoßen, was er suchte. Es war nicht allzu tief. Aber doch so, dass er einige Zeit zu tun haben würde.

Der junge Mann begann zu graben.

Wegen der Lampe, die der Mann sich um den Kopf geschnallt hatte, konnte León sein Gesicht gut erkennen. Es wirkte nicht unsympathisch. Der Mann war mit Sicherheit jünger als Boris, Leóns Vater, von dem Brigitte sich vor zwei Jahren getrennt hatte. Aber irgendetwas stimmte mit dem jungen Mann nicht. Er hatte wahrhaftig begonnen, mit einem kleinen Spaten und einem spitzen Gerät (Kathrin hatte ihm zugeflüstert, das sei der Spargelstecher) in der Erde zu graben. Glaubte er wirklich, so bis zur Grabkammer zu gelangen?

León kauerte geduckt neben Kathrin, und sie spähten über den Rand der Kuhle hinauf zu dem jungen Mann, der im Licht seiner Kopflampe buddelte, als hoffe er, den Schatz von Troja zu finden. Was dachte der sich bloß? War er tatsächlich ein Raubgräber? Einer derjenigen, von denen Brigitte sagte, dass sie aus Geldgier rücksichtslos und brutal archäologische Fundstellen für immer zerstörten?

Hinter dem jungen Mann ragte die Pyramide empor, immer wieder grell angeleuchtet von den Blitzen, die am Kalten Berg niedergingen, und plötzlich kam León dieses Bild – der junge Mann vor der Pyramide, mit der Lampe am Kopf, kniend und verbissen hackend und stichelnd, die Blitze, dazu das Rollen des Donners – das alles kam León so unwirklich vor, dass er den Kopf in das Gras am Rand der Kuhle drückte und dachte: Das gibt es nicht, das träume ich, ich bin zu Hause in meinem Bett, drüben am Schrank schläft Idefix in seinem Körbchen, und wenn ich aufwache ...

»León!« Er hatte einen Stoß bekommen. »León!«, zischte Kathrin. »Schau!«

Im Schein der zuckenden Blitze, vor der Pyramide und hinter dem jungen Mann, stand jemand.

Es war der Keltenjunge.

Er stand bewegungslos und sein hartes Gesicht zeigte den Ausdruck von Verachtung, den León schon einmal bei ihm gesehen hatte.

Vor sich, mit beiden Händen, hielt er seine Axt. Und die geschliffene Schneide blinkte im flackernden Licht.

Der junge Mann mit der Lampe am Kopf hackte und stichelte in der Erde, tief über seine Grabung gebeugt ...

León wollte schreien, aber wie von einem bösen Zauber gebannt, starrte er bewegungslos hinauf zu dem jungen Mann mit dem gesenkten Kopf und dem Keltenjungen dahinter, die Axt in den Händen. Gleich würde er die Axt heben ...

Da stand der junge Mann auf. Er erhob sich und stand

nun einfach da und blickte vor sich auf das Loch, das er gegraben hatte.

Und da sprang der Keltenjunge los. Mit zwei Sätzen war er bei dem jungen Mann, die Axt noch immer in der Vorhalte, die Rückseite nach vorn, und diese Rückseite rammte er dem jungen Mann in die Hüftgegend. Der sank mit einem erstickten Laut zusammen.

Der Keltenjunge stand und blickte auf ihn nieder, nun mit der triumphierenden Miene, die León ebenfalls kannte.

Plötzlich wandte sich der Keltenjunge um, ging zur Pyramide und verschwand hinter ihr ... nein, natürlich *in ihr*, im flackernden Leuchten der Blitze war das nur nicht genau zu sehen gewesen.

Und vor der Pyramide, bei dem Loch, das er gegraben hatte, lag der junge Mann, gekrümmt und mit angezogenen Beinen.

Er rührte sich nicht.

Kathrin kauerte in der Kuhle und starrte hinauf zu dem jungen Mann, der bewegungslos und gekrümmt am Boden lag. Seine Lampe am Kopf war erloschen.

Sie hörte, wie neben ihr León tief ausatmete. »Mein lieber Scholli«, flüsterte er. Und nach einer Weile: »Und jetzt?«

Abhauen. Einfach abhauen, nichts gesehen haben, nichts gehört, sollte dieser Raubgräber doch zusehen, wie er zurechtkam ... Das ging natürlich nicht. »Wir können ihn nicht so liegen lassen. Wir müssen zu ihm.«

»Und wenn der Keltenjunge wieder rauskommt?«

»Uns wollen sie ja nichts tun, oder?« Und da wurde Kathrin plötzlich klar, was ihnen dieser Raubgräber vermasselt hatte. Jetzt würden die Kelten sich ihnen keinesfalls zeigen. Das hieß, sie und León waren vergeblich hergekommen, hatten den Stress umsonst auf sich genommen – und mussten das Ganze noch mal abspulen. Wegen dieses Spargelstecher-Typs. Der Frauen im Baumarkt anmachte und Kühe auf der Weide durchdrehen ließ. Am liebsten hätte sie ihn doch noch einfach liegen lassen. »Okay«, sagte sie und stand auf. »Dann also los.«

Und damit sie es sich nicht anders überlegte, lief sie rasch den Hügel hinauf, ohne auf León zu warten. Aber der würde schon nachkommen. Im Laufen zog sie die Stablampe aus der Tasche und schaltete sie an.

Da lag er, der gut aussehende junge Mann, der Raubgräber, der ihnen alles vermasselt hatte. Das heißt, er lag schon nicht mehr, sondern war gerade dabei, sich aufzurichten. Doch nun hielt er inne und starrte in das Licht der Stablampe.

»Nicht«, sagte León, der inzwischen angelangt war. »Du blendest ihn ja.«

»Na und?«, sagte Kathrin. Senkte aber doch die Lampe, wobei sie bemerkte, dass der kleine Spaten und der Spargelstecher direkt vor ihren Füßen lagen.

Der junge Mann setzte sich auf und rieb sich ächzend die Seite. »Verflixt noch eins. Das hat gesessen.« Er sah hoch. »Wer seid ihr?« Plötzlich kniff er die Augen zusammen. »*Du* bist das! Das Mädchen aus dem Baumarkt!« Er wollte aufstehen, blieb aber nach einem Schmerzlaut sitzen. »Was macht ihr hier?«

»Wir, äh, na ja …«, sagte León und stockte.

Und Kathrin ging auf, dass sie diesem jungen Mann und dann auch anderen Leuten, der Polizei etwa, würden erklären müssen, was sie um Mitternacht bei Gewitter auf dem Hügel suchten.

»Was wir hier machen?«, fragte sie, um Zeit zu gewinnen. Aber da hatte sie es schon, es war ganz einfach: Sie brauchte bloß die Wahrheit zu sagen. Natürlich nicht die ganze. Und ein bisschen verändert. »Wir haben Sie beobachtet, als Sie heute Nachmittag hier herumschnüffelten. Dann haben Sie sich das da gekauft« – sie wies mit dem Fuß auf den Spaten und den Spargelstecher, und weil ihr danach war, kickte sie den Krempel ein wenig beiseite –, »und da war uns klar: Sie sind ein Raubgräber.«

»Und weil Kinder bekanntlich gerne Verbrecher jagen, besonders am ersten Ferientag, seid ihr um Mitternacht losgezogen, und zwar einfach so auf Verdacht.« Der junge Mann sah zu Kathrin hoch. »Wie kommt es bloß, dass ich dir das nicht abnehme?« Er griff sich wieder an die Seite. »Na schön«, ächzte er. »Dann könnt ihr mir ja auch sagen, wer mir den Schlag verpasst hat.«

»Nun ja, äh …«, begann León.

»Können wir nicht«, sagte Kathrin rasch. »Weil wir es nicht gesehen haben. Wir sind eben erst gekommen.« Wenn der Spargelstecher-Typ glaubte, er könnte Oberwasser kriegen, hatte er sich geschnitten. »So«, sagte sie und zog das Beckmann'sche Handy aus der Tasche. »Jetzt rufen wir die Polizei. Raubgräber auf frischer Tat erwischt.«

»Nein, nicht!« Der junge Mann hob die Hände. »Macht das nicht.«

»Klar«, nickte Kathrin. »Das wäre Ihnen unangenehm. Kann ich verstehen.«

Der junge Mann seufzte. »Es wäre mir in der Tat unangenehm. Um nicht zu sagen: peinlich.« Er griff in eine Tasche seiner Jacke und zog eine Scheckkarte heraus, oder so etwas Ähnliches, jedenfalls hatte es etwa diese Größe. Er hielt sie Kathrin hin.

»Hier.«

Sie nahm die Karte und leuchtete mit der Stablampe darauf. Es war eine Art Ausweis mit einem Stempel. »Martin Wegner«, stand da. Und darunter: »Polizeioberkommissar. Dezernat Raubgrabungen«.

11. Um Haaresbreite

Kiumara war beunruhigt.

Wäre sie kein Mädchen vom Stamme der Remi, müsste sie in Erwägung ziehen, dass das, was sie fühlte, möglicherweise Angst sein könnte. Was ja bei ihr, der Großen Mutter sei Dank, nicht infrage kam. Beunruhigt aber, das war sie durchaus.

Was geschah draußen auf dem Hügel?

Warum kam Mágurix nicht zurück?

Kiumara lauschte auf das Kratzen und Scharren, das vor einer Weile begonnen hatte und nur eines bedeuten konnte: Der Feind versuchte, in die Kammer einzudringen. Seltsamerweise tat er das in der Mitte der Nacht während einer gefährlichen Jagd des Donnergottes Taranis.

»Mágurix geht nach draußen«, hatte er verkündet. »Er wird erkunden, was dort geschieht.«

»Ich bin einverstanden. Aber du weißt, dass die Zahl unserer Außengänge bemessen ist. Und dass du warten musst ...«

»... bis alle Feinde beisammen sind. Das weiß Mágurix. Und er verbittet sich, dass Kiumara ihn belehren will.«

»Ich wollte dich lediglich daran erinnern«, hatte sie sagen wollen, aber da war er schon verschwunden.

Mágurix hatte sich verändert, keine Frage. Nicht nur, dass er sich nicht mehr das Geringste sagen ließ. Er versuchte neuerdings sogar, ihr das Heft aus der Hand zu nehmen. Als hätte eine böse Macht ihm den Rücken gestärkt ... Eine böse Macht ... Seit wann eigentlich war Mágurix verändert? Noch während Kiumara es sich fragte, hatte sie die Antwort: Seit sie draußen gewesen war, um das Mädchen zu sich zu winken! Konnte das sein ...? Hatte die böse Macht von Mágurix Besitz ergriffen? Die gleiche, die verhindert hatte, dass Kiumara Verbindung mit dem Mädchen aufnahm? Die Zaubermacht ...?

Kiumara wurde es eiskalt, bis ins Mark hinein fror sie. Niemals würde sie erfüllen können, was ihr aufgetragen war – der Stamm der Remi war verloren.

Denn kein Sterblicher kann es mit zauberischen Mächten aufnehmen ...

»Wahrlich, so ist es.«

Die Stimme ... Die von jeher vertraute Stimme. Sie ist in Kiumaras Kopf ... Nein. Sie hat die Stimme gehört, wirklich gehört. Ist das denkbar? Aber es ist nicht möglich ...

»Was denkbar ist, ist auch möglich.« Eine Gestalt zeichnet sich ab in der Dunkelheit, schwach nur, aber sie wird deutlicher. »Zum wenigsten in der Welt, aus der ich komme.« Die Gestalt wird immer deutlicher und heller, beginnt zu schimmern, als leuchte sie von innen heraus, und da ist sie. Da steht, am Fußende von Kiumaras Liege, die hoch gewachsene, von jeher vertraute Frau.

»Fürstin Segumara«, flüstert Kiumara. »Hohe Frau. Du bist zu deiner Tochter gekommen.«

»Du glaubst, was du siehst?« Ernst und forschend sieht die Fürstin sie an. »Du hältst mich nicht für ein Bild, das durch Zauber hervorgerufen wird?«

»Ich fühle, nein, ich *weiß*, dass du es bist, Hohe Frau.« Kiumara zögert. Dann fragt sie: »Was ist das für eine Welt, aus der du kommst?«

»Ich vermag es dir nicht zu sagen, Tochter.« Unverwandt blickt die Fürstin sie an. »Ich und mein Volk scheinen in eine Welt zwischen Leben und Tod versetzt worden zu sein, in einen Wartestand außerhalb der Zeit.« Ernst sagt sie: »Wir harren eurer Ankunft.«

»Es gibt eine böse, zauberische Macht, die sie zu vereiteln sucht.«

»Gäbe es eine Macht, die danach trachtete, so wären wir wahrlich verloren.« Die warme, dunkle Stimme der Fürstin füllt die Kammer und mit einem Mal denkt Kiumara wieder an die Feinde oben auf dem Hügel.

»Sei beruhigt. Nur du vermagst mich zu hören«, sagt die Fürstin. »Doch nun versammle deine Gedanken darauf, was ich dir mitzuteilen habe. Denn meine Zeit bei dir ist bemessen. Und dich aufzusuchen, ist mir auch nur ein einziges Mal gestattet.« Sie hält inne. Dann fährt sie fort: »Irgendwann wird eine zauberische Macht vielleicht doch noch versuchen, eure Ankunft bei uns zu vereiteln. Jedoch: dass es dir missglückte, das Mädchen herbeizuwinken und dass Mágurix sich verändert hat, sind Folgen des Wirkens einer zwar bösen, aber keineswegs zauberischen Macht.«

Nicht? Aber ... Und da begreift Kiumara. »Miletumagnum!«

Die Fürstin nickt. »Auch ihm ist es gestattet worden, diese Welt aufzusuchen. Und er ist, wie auch anders, erfüllt mit heißem Ingrimm ob deiner Absicht, eure Feinde zu vertreiben, ohne Blut zu vergießen.«

»Und du, Hohe Frau?«, fragt Kiumara. »Darf ich wissen, wie die Fürstin Segumara darüber urteilt?«

»Du musst es sogar wissen.« Die Fürstin spricht jetzt langsam und eindringlich. »Mein Urteil ist gespalten. Deine Absicht, die Feinde nicht zu töten, sondern sie in Schrecken zu versetzen, so dass sie von eurer Kammer ablassen, ist im Grunde gut. Weil es für euch der gefahrlosere Weg ist. Doch darfst du diesen Weg nicht nur zur halben Strecke gehen.« Die Fürstin hält inne. Dann sagt sie: »Du musst die Feinde als Verbündete gewinnen.«

»Die Feinde? Als Verbündete?!«

»Wahrlich als Verbündete. Dein Trachten muss sein, die Feinde nicht nur abzuschrecken. Denn eines Tages werden sie ihre Furcht verlieren und euch erneut angreifen. Also musst du ihr Denken und Fühlen derart formen, dass sie begierig sind, eure Kammer zu schützen und zu bewahren.«

Die Feinde sollen die Kammer beschützen und bewahren ... Wie kann das gelingen?

»Zu diesem Ziel musst du gelangen, auf welchem Weg auch immer.« Wieder hält die Fürstin inne. »Solltest du jedoch zu der Einsicht kommen, dass du es nicht zu erreichen vermagst, so gibt es nur *eine* Lösung.«

»Du meinst – die Feinde zu töten?«

Die Fürstin nickt. »Und es darf keiner entkommen. Nicht einer.«

Es wird ein schwerer Kampf werden. Sowohl der für die eine Lösung als auch der für die andere.

»Doch zunächst gehe weiter auf deinem Weg. Und versuche, ihn bis zum Ende zu gehen.« Die Fürstin hebt lauschend den Kopf. »Ich werde gerufen«, sagt sie mit einer gewissen Hast. »Nur dieses noch: Das Mädchen und der Knabe scheinen zu schwanken. Achte auf Zeichen, die dir sagen, dass diese zwei wirklich auf deiner Seite sind.« Das Leuchten, das aus der Fürstin kommt, wird schwächer. »Es ist mir erlaubt, noch einige Zeit in dieser Welt zu verharren, in welcher Form, ist mir unbekannt. Vielleicht, meine Tochter, kann ich hier in dieser Welt noch etwas für dich tun.« Die Fürstin ist nun fast verschwunden. »Kämpfe, Tochter. Und siege.«

Kiumara liegt wieder in der Dunkelheit.

Sie wird siegen ...

Der junge Mann, der behauptete, Martin Wegner zu heißen und Polizeioberkommissar zu sein, saß noch immer auf der Erde, nicht weit vom Loch, das er gegraben hatte. Das jetzt allerdings zugeschüttet war. Und auf das Kathrin und León noch mehrere große Steine aus der Pyramide gepackt hatten. Da seine Kopflampe nicht mehr funktionierte, leuchtete der junge Mann mit Kathrins Stablampe. »Das habt ihr gut gemacht«, sagte er. »Danke.«

»Gern geschehen«, sagte Kathrin und hoffte, dass es ungeheuer ironisch klang. »Wie wäre es, wenn wir jetzt die Geschichte zu hören kriegten, die Sie uns versprochen haben?«

»Kriegt ihr ja.« Der junge Mann rieb sich die Seite. »Aber lasst mir ein bisschen Zeit, um auf die Beine zu kommen, okay?«

»Okay«, sagte León. Wie es aussah, nahm *er* dem jungen Mann ab, dass er von der Polizei war.

Kathrin dagegen hatte sich seinen Ausweis genau besehen und dann gesagt: »So was kann man fälschen.«

»Kann man«, hatte der junge Mann genickt und geseufzt. »Ich komme wohl nicht daran vorbei, euch die ganze Geschichte zu erzählen.«

Kathrin verschränkte die Arme. »Wir hören.«

»Doch nicht hier, Kathrin.« León schüttelte den Kopf. »Wir sollten woanders hingehen.«

»Das meine ich auch«, sagte der junge Mann. »Aber könnt ihr mir erst einen Gefallen tun?« Und dann hatte er sie gebeten, das Loch zu schließen. Wozu? Auch das würde er ihnen zufrieden stellend erklären.

»Und wir kriegen wirklich die Wahrheit zu hören?«, hatte León gefragt. »Sie haben sich nicht irgendeine Legende zurechtgebastelt?«

»Ich *habe* mir eine Legende zurechtgebastelt. Aber die funktioniert nicht mehr. Ich werde die Wahrheit sagen. Versprochen.«

»Okay«, hatte León gesagt. Und ohne weiteres damit begonnen, das Loch zuzuschütten.

Da hatte Kathrin eben mitgemacht. Sollte sich herausstellen, dass der junge Mann doch ein Raubgräber war, konnte das Loch, lose zugeschüttet, wie es war, immer noch als Beweis dienen. Außerdem hatte sich Kathrins Zorn so ziemlich verflüchtigt. Eigentlich, gestand sie sich ein, war sie sogar ganz froh, dass aus dem Treffen mit den Kelten erst mal nichts geworden war. Denn man musste wohl wirklich darauf gefasst sein, dass sie plötzlich auf einen losgingen – grundlos, wie es schien. Oder gab es einen guten Grund dafür, dass der Keltenjunge den jungen Mann niedergeschlagen hatte …?

Jetzt versuchte Martin Wegner – Kathrin wollte vorläufig mal davon ausgehen, dass dies sein echter Name war –, Martin Wegner also versuchte aufzustehen, ließ es aber stöhnend bleiben. »Könnt ihr mir hochhelfen?«

Okay, okay, warum nicht? Kathrin packte ihn unter dem einen Arm, León unter dem anderen, und nach einigem Gezerre ihrerseits und Stöhnen seinerseits stand er schließlich.

»Das kann eine ernste Verletzung sein«, sagte León. »Wir sollten einen Krankenwagen rufen.«

»Um Himmels willen, nein. Wenn ich morgen zum Arzt gehe, reicht das.« Und sich umblickend: »Wohin jetzt? Es wird bald regnen.«

»Auf die Weide«, sagte Kathrin. »Da können wir uns unterstellen.«

»Mágurix hätte ihn töten können. Aber er hat es nicht getan.«

Kiumara nickte anerkennend. Dann fiel ihr ein, dass er das in der Dunkelheit nicht sehen konnte, und sagte: »Gut. Denn du wusstest, dass alle Feinde beisammen sein müssen.«

»Nicht so sehr deshalb«, kam von ihm. »Doch ihn zu töten, verbot sich für einen Krieger mit Ehre. Der Feind stand mit dem Rücken zu Mágurix.«

Also hätte der Mann sich nur umzudrehen brauchen und wäre Mágurix gegenübergestanden. Hätte Mágurix ihn dann getötet …? Sie sollte endlich einsehen, dass man sie mit einem Knaben auf die Reise geschickt hatte, der so unberechenbar war wie ein Los-Orakel. Und der sich neuerdings von seinem Ziehvater Miletumagnum bestärkt fühlte.

Dass Segumara hier gewesen war, hatte ihm Kiumara natürlich nicht erzählt. Sie hatte sich überlegt, wie sie mit Mágurix künftig umgehen würde: wie mit einem jungen, wilden Eber. Nicht unnötig reizen, ihn seine ungebärdigen Sprünge machen lassen, wo sie nicht schadeten. Und wo doch, ihn so geschickt reizen, dass er in die richtige Richtung stürmte.

Immerhin war er ja so besonnen gewesen, dass er sich hinter dem steinernen Mal versteckt und weiter beobachtet hatte. Auch dafür war er von Kiumara gelobt worden. Nach seiner Rückkehr hatte Mágurix zunächst einen Bericht erstattet, aus dem Kiumara nicht recht klug geworden war.

Danach schien es ein einzelner Mann gewesen zu sein, der sich in den Hügel hineingraben wollte. Und zwar, wenn man Mágurix folgte, mit höchst unzulänglichen Grabwerkzeugen. Doch musste es sich um magische gehandelt haben. Denn der Donner, den Kiumara zuerst nur gedämpft gehört hatte, war plötzlich so laut geworden, als wäre es dem Mann gelungen, die Kammer zu öffnen.

Nicht nur hatte Kiumara den Donner lauter gehört, sondern deutlich auch Stimmen vernommen. Außer derjenigen eines Mannes, die sie noch nicht gekannt hatte, auch diejenigen des Mädchens und des Knaben.

Warum waren die beiden dort oben? Hatten sie sich doch noch eingefunden, um mit ihr Verbindung aufzunehmen? Oder – machten sie gemeinsame Sache mit dem Feind?

Dann war Mágurix zurückgekehrt. Und hatte, der Großen Mutter sei Dank, zunächst geschwiegen. Denn jedes seiner Worte wäre nach außen gedrungen. Doch darauf hatte unvermittelt ein Scharren begonnen, war der Donner leiser geworden – offensichtlich wurde die Öffnung geschlossen. Warum? Wenn Mágurix doch ein wenig länger draußen geblieben wäre. Und wenn er doch ein wenig zusammenhängender berichten könnte.

»Mágurix hat es ja gewusst«, sagte er.

Und wenn er doch dieses »Mágurix hat es ja gewusst« lassen würde. Sie war es wirklich müde.

»Wie Kiumara sich erinnern wird, hatte Mágurix sich überlegt, dass in der Welt draußen die Knaben jünger sind als in unserer, wenn sie in die Gemeinschaft der Krieger aufgenommen werden.« Richtig. Und die Mädchen womöglich früher in den Kreis der Frauen.

»Mágurix weiß jetzt, dass seine Überlegung auch auf Mädchen zutrifft.«

»Aha. Und woher weißt du das?«

»Das Mädchen hat die kleine Grabschaufel und den spitzen Erdauflockerer des Feindes beiseite gestoßen. Mit dem Fuß.«

»Wirklich?! Und was hat der Mann daraufhin getan?«

»Nichts. Er nahm es tatenlos hin.«

Damit war sicher, dass das Mädchen bereits als Frau galt. Aber warum hatte sie das Grabwerkzeug weggestoßen? Hatte sie den Mann etwa daran hindern wollen weiterzugraben?

»Dann zog das Mädchen aus ihrer Kleidung eine magische Waffe hervor. Und da hob der Mann die Hände. Er flehte das Mädchen an, ihn zu verschonen. Es war ein überaus widerwärtiger Anblick. Mágurix konnte ihn nicht länger ertragen und entschloss sich zur Rückkehr.«

Und bald darauf hatte das Scharren begonnen und war der Donner leiser geworden …

Das konnte nur eines heißen: Das Mädchen hatte zusammen mit dem Knaben den Mann gezwungen, die Öffnung wieder zu schließen.

Kiumara seufzte erleichtert. Jetzt durfte sie sich dessen gewiss sein: Das Mädchen und der Knabe taugten zu Verbündeten. Und sie würden nicht die schlechtesten sein.

Sie hatten es gerade unter die Überdachung an der Tränke geschafft, als der Regen lospladderte. Die letzten fünfzig Meter waren sie, während die ersten Tropfen fielen, gerannt, wobei Martin Wegner gut hatte mithalten können. Er schien sich rasch zu erholen.

Allerdings wollte er sich nicht setzen (»Sonst müsst ihr mir womöglich wieder auf die Beine helfen«), während Kathrin und León sich auf der Bank niederließen, wo beim Melken die Kannen abgestellt wurden. Sie wurden von Martin Wegners Kopflampe angeleuchtet (an der sich bei seinem Sturz lediglich der Batteriefachdeckel geöffnet hatte), umgekehrt hielt Kathrin ihre Stablampe auf ihn gerichtet. Über ihnen prasselte der Regen derart auf die Überdachung, dass das dünne Wellblech dröhnte und kaum noch der Donner zu hören war. Aber der wurde wohl auch schwächer.

Martin Wegner blickte zum Dach hoch. Dann schrie er: »Soll ich jetzt wirklich erzählen?«

Kathrin nickte und sagte: »Sie brauchen nicht zu schreien. Wir verstehen Sie schon.« Wenn der junge Mann dachte, er könne sich drücken, war er schief gewickelt. Und sie würde scharf aufpassen. Mit irgendeiner wachsweichen Story kam der bei ihr nicht durch.

»Also gut.« Martin Wegner seufzte demonstrativ. »Am vergangenen Samstag«, begann er, noch immer lauter als nötig, »hörte ich auf meiner Dienststelle den Anrufbeantworter ab ...«

»Sie machen am Samstag Dienst?«, unterbrach ihn Kathrin.

»Stell dir vor, das tue ich. Kühe müssen ja auch am Samstag gemolken werden, oder?«

León stieß Kathrin an. »Lass ihn doch erst mal erzählen.«

Was hatte León bloß? Das war jetzt mindestens das dritte Mal, dass er sich für den jungen Mann Wegner stark machte.

»Ich hörte also den Anrufbeantworter ab. Und darauf war am frühen Morgen ein Ruf eingegangen, und zwar ein anonymer. Ein Mann erzählte von einem Hügel, der vermutlich ein altes Grab sei. Er beschrieb ihn sehr genau mit exakter Ortsangabe und sagte dann: In diesen Hügel sei eine Bohrung niedergebracht worden.«

»Eine Bohrung ... was?«, fragte León.

»Niedergebracht. So nennen es Brunnenbauer, wenn sie ein Loch bohren. Deshalb vermute ich, dass der Mann vom Fach war. Und dann sagte er: Er glaube, dass dahinter Raubgräber steckten. – Na ja«, sagte Martin Wegner, und es klang ziemlich abschließend: »Was ich daraufhin hier gemacht habe, wisst ihr ja. Und ihr könnt euch sicher denken, wozu.«

»Nein!«, sagte Kathrin heftig. »Das können wir nicht. Warum, verdammt, haben Sie das Loch gegraben?«

»Ich *kann* es mir denken«, sagte León zu Kathrin. »Er hat an der Stelle gegraben, wo die Bohrung war. Bis zur Steinschicht. Ging die Bohrung dort weiter, hatte er einen echten Beweis.« Und zu Martin Wegner: »Richtig?«

»Richtig«, nickte der.

»Aber warum«, fragte León, »wollten Sie das Loch wieder zugeschüttet haben?«

»Na, León«, sagte Kathrin. »Das kannst du dir doch denken. Falls es eine Bohrung gibt und die bis runter ins Grab reicht, könnte Wasser eindringen. – Also *gibt* es eine Bohrung«, wandte sie sich an Martin Wegner.

Der nickte wieder. »So ist es.«

»Wie wollten Sie die Raubgräber dingfest machen?«, fragte Kathrin.

»Mit einer sehr bewährten Methode«, sagte Martin Wegner. »Ich wollte sie festnehmen.« Er lächelte. »Im Ernst. Das war mein Plan. Ich hätte mich Nacht für Nacht in der Senke am Hügel versteckt. Und sie dann auf frischer Tat ertappt.«

»Haben Sie eine Pistole?«, fragte León. »Oder so was?«

»Oder so was«, sagte Martin Wegner.

»Nacht für Nacht wollten Sie am Hügel warten?« Kathrin schüttelte den Kopf. »Wie lange denn? Drei Tage? Vierzehn Tage?«

»Du bist schwer zu überzeugen, wie?« Wieder lächelte Martin Wegner. »Raubgräber sind gierige Leute. Die wären bald gekommen.« Er setzte hinzu: »Diese hier hatten es sogar eiliger, als ich dachte. Sie haben mich beobachtet und dann zugeschlagen.« Er strich sich über die Seite. »Im wahrsten Sinne des Wortes.«

Der Keltenjunge als Raubgräber ... Kathrin wechselte mit León einen Blick.

»Oder ...« Martin Wegner sah zwischen ihnen hin und her. »Wart ihr das etwa?«

»Trauen Sie uns so was zu?!«, empörte sich León.

»War bloß ein Scherz«, sagte Martin Wegner. »Aber was ich euch ...«

»Moment mal!« Kathrin hatte etwas gesehen. Ein Schatten war da gewesen, draußen auf der Weide. Den Kathrin nur deshalb entdeckte, weil sie die Stablampe von der einen Hand in die andere wechselte und dabei an Martin Wegner vorbei in die Ferne leuchtete. Und Kathrin hatte das Licht auch schon wieder auf ihn gerichtet, als ihr zu Bewusstsein kam: Da war was. Rasch leuchtete sie an ihm vorbei nach draußen ... Nichts. Sie ließ den Lichtstrahl wandern, aber der Schatten blieb verschwunden. »Ich dachte, da wäre jemand.«

»Bestimmt nicht«, sagte Martin Wegner. »Die Raubgräber sind garantiert über alle Berge. – Okay«, fuhr er fort. »Ihr habt gefragt, was ich euch zutraue. Allerlei – offen gestanden. Zum Beispiel konntet ihr nicht wissen, wann ich zum Hügel komme. Aber genau dann kreuzt ihr da auf. Zufall? Ein bisschen merkwürdig ist das schon, oder?«

»Na ja, also, äh …«, stotterte León.

Rasch sagte Kathrin: »Also, *ich* finde es erst mal merkwürdig, dass Sie uns eine wahre Geschichte versprochen haben. Und dann lassen Sie das Wichtigste weg.« Dieser junge Mann Wegner hatte eine nervende Art, sich immer wieder Oberwasser zu verschaffen.

»Ich habe das Wichtigste weggelassen?«, fragte der. »Was denn bitte?«

»Die Raubgräber haben den Hügel angebohrt, gut. Aber warum? Mit keinem Wort haben Sie uns gesagt, warum die das gemacht haben.«

»Tatsächlich?«, wunderte sich Martin Wegner. »Okay. Nach allem, was mir der anonyme Anrufer erzählt hat, ist klar: Die Raubgräber haben das Grab sondiert.«

»Sondiert?«, fragte Kathrin.

»Sie haben nachgesehen, was im Grab drin ist. Ob sich das Aufgraben überhaupt lohnt. Und damit«, sagte Martin Wegner, »gehören sie, so will ich das mal nennen, zu den rücksichtsvollen Raubgräbern. Gewöhnlich graben die einfach drauflos. Und es kümmert sie keinen Deut, was sie zerstören. Manche rücken sogar mit dem Bagger an.«

»Die Raubgräber haben nachgesehen?«, fragte Kathrin. »Etwa durch die Bohrung?«

»Durch die Bohrung. Sie haben ein Glasfaser-Kabel benutzt. Man könnte sagen: ein wissenschaftliches Verfahren.«

León hob den Kopf. »Wissenschaftlich?« Er kam Kathrin mit einem Mal merkwürdig angespannt vor.

»Nun ja, nicht hundertprozentig«, sagte Martin Wegner. »Ein Archäologe würde das natürlich nie machen.

Weil auch mit einer solchen Bohrung Fundstücke zerstört werden könnten.«

»Hat der anonyme Anrufer vielleicht auch gesagt ...« León hielt inne. Fast so, als hätte er plötzlich Angst bekommen, die Frage zu stellen. Dann aber fragte er: »Hat der Mann gesagt, was das für Leute waren?«

»Raubgräber eben. Ein Mann und eine Frau. Aber dahinter steckt bestimmt eine ganze Bande.«

León saß plötzlich sehr gerade aufgerichtet.

In diesem Augenblick sah Kathrin die Gestalt.

Zuerst war es wieder nur ein Schatten auf der Weide, ein dunkler Fleck im strömenden Regen. Den Kathrin dieses Mal entdeckte, weil sie den Lichtstrahl ihrer Lampe hin und wieder hatte nach draußen wandern lassen.

Und da, mitten auf der Weide, stand sie, die hoch gewachsene Gestalt. Sie stand unbeweglich, das konnte man durch den dichten Regen hindurch erkennen, ein schemenhafter Umriss, der sich nicht von der Stelle rührte. Kathrin hielt die Lampe mit beiden Händen, versuchte, sie ruhig zu halten, um die Gestalt nicht aus dem Lichtstrahl zu verlieren, und flüsterte: »León!«

»Was ist?« Auch er hatte geflüstert. Kathrin zeigte mit dem Kopf nach draußen, und da kam von León ein kurzes, scharfes Einatmen. Jetzt wandte sich Martin Wegner um, und sie starrten zu dritt durch den Regen, der das Licht der Lampe aufzusaugen schien, nach draußen auf die schattenhafte Gestalt.

Kathrin sah, dass Martin Wegner in eine Tasche seiner Jacke griff – hatte er wirklich eine Pistole bei sich? Und wenn er nun ...

Die Gestalt hatte sich bewegt.

Sie bewegte sich auf sie zu …

Langsam kam sie durch den Regen die Weide herunter, kam immer näher, war nun deutlicher zu erkennen …

Kathrin sah einen dunklen Umhang mit Kapuze, das Gesicht war ein heller Fleck, und da trat die Gestalt unter die Überdachung.

Es war Brigitte.

12. Nach Mitternacht

León konnte sich nicht erinnern, wann er zum letzten Mal so erschrocken war.

Der Schreck war ihm heiß durch den Körper geschossen, und im ersten Moment hatte er Brigitte für eine unwirkliche Erscheinung gehalten, für ein Trugbild, das es gar nicht gab und das gleich wieder verschwinden würde. Wie ein kleiner Junge war er sich vorgekommen, der von seiner Mutter um ein Haar dabei erwischt worden wäre, wie er etwas ganz Schlimmes tat ... Und das hatte er ja auch getan. Jedenfalls in den Augen Brigittes – wenn sie davon gewusst hätte: Ihm war mit einem Mal der Verdacht gekommen, dieser ganz schlimme und üble Verdacht, dass Brigitte und Danny Reiter diejenigen waren, die den Hügel angebohrt hatten ...

War das Brigittes finsteres Geheimnis?

Aber das *konnte* nicht sein. Denn damit hatte Martin Wegner ganz Recht: Ein Archäologe würde so etwas nie tun. Niemals. Er müsste nicht nur Angst haben, Fundstücke zu zerstören. Sondern auch seinen wissenschaftlichen Ruf. Das würde Brigitte nie riskieren ...

Aber in ihrer E-Mail an Reiter hatte gestanden: »Wenn Sie meinen wissenschaftlichen Ruf zerstören wollen ...« Was zu Leóns Verdacht passen würde. *Falls* er stimmte. Und dann wäre auch beantwortet, warum Brigitte ihm das Theater mit dem Hügel vorgespielt hatte. Und warum Reiter das Beckmann'sche Land jetzt schon kaufen wollte.

Aber Leóns Verdacht *konnte* nicht stimmen. Eben weil Brigitte niemals einen Grabhügel anbohren würde. Andererseits ... Okay, sagte sich León, wie heißt es: im Zweifel für den Angeklagten. Also stammte die Bohrung nicht von Brigitte und Reiter. Sondern von Raubgräbern. Davon würde er ausgehen.

Bis zum Beweis des Gegenteils.

Dass es Brigitte war, die da so unvermutet aus dem Regen auftauchte, hatte auch Kathrin und Martin Wegner zumindest verblüfft. Da stand sie, in ihrem Klepperumhang, auf den sie schwor und den sie zu allen Grabungen mitschleppte und der schwarz vor Nässe glänzte. Sie schlug die Kapuze zurück und sagte: »Also bitte, nun starrt mich doch nicht so an. Ich bin kein Gespenst.«

Martin Wegner fasste sich. »Nein, Gott sei Dank. Obwohl – ein Gespenst, das in Ihrer Gestalt auftauchte, könnte ja nur ein guter Geist sein.« Er lächelte. »Welch ein unverhofftes Wiedersehen, Frau, äh ...«

»Lange-Krüger.« Auch Brigitte lächelte. »Brigitte Lange-Krüger.«

»Wegner. Martin Wegner.«

»Martin Wegner? Ihren Namen habe ich irgendwo schon mal gehört oder gelesen ... Hm, ich komme jetzt nicht darauf.«

Was war denn *das* nun wieder? Das musste man sich mal vorstellen: Hier standen seine Mutter und ein Polizeioberkommissar nach Mitternacht auf einer Weide unter einem Wellblechdach, auf das der Regen trommelte, in der Ferne grollte noch immer der Donner – und die zwei sprachen miteinander, als wären sie sich gerade auf einer Fete begegnet. Woher und seit wann kannten sie sich überhaupt? Wieder etwas, das ihm Brigitte nicht erzählt hatte. León erhob sich.

»Mein Sohn León«, sagte Brigitte zu Martin Wegner. »Wegen ihm bin ich gekommen.« Jetzt sah sie León an. »Warum schleichst du dich heimlich weg? Das hast du doch noch nie gemacht. Was soll ich denn davon halten?«

Darauf konnte León nur stumm die Schultern heben.

»Den ganzen Tag über bist du schon so merkwürdig. Allmählich fange ich an zu glauben, dass du hier unter einen unheilvollen Einfluss geraten bist.« Brigitte zeigte überdeutlich, dass sie dabei *nicht* zu Kathrin sah. »Warum verschwindest du einfach, ohne ein Wort zu sagen? Dürfte ich das mal erfahren?«

»Also, es war so ...« Shit. Das kriegte er doch nie auf die Reihe, und auch noch so, dass es harmlos klang. Aber irgendetwas musste ihm jetzt einfallen. »Also, ich ...«, begann er neu.

Und da sagte Kathrin: »Ich bin schuld, Brigitte.« Sie hatte »Brigitte« gesagt ... Okay, dies war offenbar die Nacht der Überraschungen. »*Ich* habe León auf die Idee gebracht, heimlich abzuhauen«, fuhr Kathrin fort. »Weil, sonst hätten Sie ihn vielleicht auf seinem Handy angerufen. Und Handy-Piepsen konnten wir nicht brauchen, bei dem, was wir vorhatten.«

»Was, äh, *hattet* ihr denn vor? Wenn meine Frage nicht zu indiskret ist?«

»Ist sie nicht.« Kathrin machte eine Pause. Dann sagte sie: »Wir waren hinter einem Raubgräber her.«

Prima Rezept: Einfach die Wahrheit sagen (natürlich nicht die ganze und ein bisschen verändert). Wetten, dass jetzt keine Rede mehr von Leóns Verschwinden sein würde? Kathrin war aufgestanden und hatte sich neben ihn gestellt. Sozusagen die reuige Sünderin und ihr Opfer.

»Ihr wart hinter einem Raubgräber her?!«, rief Brigitte entsetzt. »Seid ihr verrückt geworden? Solche Leute können gewalttätig werden.«

»Daran haben wir nicht gedacht«, gab sich Kathrin zerknirscht. »Sorry.«

»Ist ja noch mal gut gegangen«, schaltete sich Martin Wegner ein. »Für die beiden, meine ich.« Er rieb sich die Seite. Dann lächelte er. »Sie sind auf einen ziemlich friedfertigen Raubgräber gestoßen. Nämlich auf mich.«

»*Sie*? Ein Raubgräber ...?! Nie im Leben!«

»Ihre Menschenkenntnis ehrt Sie, Frau Lange-Krüger. Die beiden haben mich aber für einen gehalten.«

»Und was sind Sie ... Moment! Eben fällt es mir ein!«, rief Brigitte. »Martin Wegner vom Dezernat Raubgrabungen? Richtig? – Ich habe neulich einen Bericht von Ihnen gelesen. In den Archäologischen Monatsheften. Hochinteressant. Und sehr gut geschrieben.«

Kathrin ließ sich auf die Bank nieder. Damit waren sie und León aus dem Schneider; von ihnen würde ab jetzt nicht mehr die Rede sein. Sie zupfte León am Ärmel und da setzte er sich ebenfalls. Aber er wirkte angespannt. Irgendetwas war mit ihm.

»Sie lesen die Archäologischen Monatshefte?«, fragte Martin Wegner. »Eine Fachzeitschrift?«

»Selbstverständlich ... Oh!«, sagte Brigitte plötzlich.

»Ich glaube, ich habe noch gar nicht gesagt, was ich beruflich mache, oder?« Und als Martin Wegner den Kopf schüttelte: »Ich bin Archäologin. Mein Forschungsgebiet sind die Festlandkelten.«

»Also deshalb sind Sie hier! Wegen des Hügels.«

»Ja. Und Sie? Sind Sie etwa hier, weil ...?«

Martin Wegner nickte. »Raubgräber. Profis, die im Hügel eine Sondierungsbohrung niedergebracht haben.«

Es war da, dass Kathrin merkte, wie León sich versteifte. Er saß plötzlich sehr gerade, seine Fäuste waren geballt und er blickte angespannt zu Brigitte hoch.

»Nein!«, rief die. »Eine Sondierungsbohrung! Ist das so? Das ist ungeheuerlich!« Sie warf die Arme empor. »Martin! Diese Bohrung müssen Sie mir morgen zeigen! ... Oh! ... Martin ... Ich darf Sie doch so nennen?«

»Aber gern, Brigitte.«

Aus irgendeinem Grunde war León schlagartig wach geworden. Hellwach war er, und er merkte, dass sein Herz klopfte. Er sah auf seine Uhr: kurz nach fünf. Draußen graute der Morgen, und die Vögel lärmten, dass es eine Art hatte. Aber nicht die hatten ihn geweckt. Sondern es war natürlich der Traum gewesen. Genauer: das Ende des Traumes.

León setzte sich auf und knipste die Lampe am Bett an. Tief atmete er ein und aus, um das Herzklopfen wegzukriegen ...

Das war ja grauenhaft gewesen.

Er griff nach der Wasserflasche, die neben dem Bett

auf dem Fußboden stand, und trank einige Schlucke. Allmählich ließ das Herzklopfen nach.

Gewöhnlich erinnerte sich León gar nicht oder nur vage an seine Träume. An diesen jedoch erinnerte er sich exakt und komplett. Als wäre er gerade aus dem Kino gekommen. Ganz so, als stammten die Bilder des Traumes aus einem gerade gesehenen Film, konnte er sie vor seinem inneren Auge Revue passieren lassen. Und sie waren wie Filmbilder deutlich und klar. *Entsetzlich* klar am Ende.

Begonnen hatte der Traum mit der Frau. Einer hoch gewachsenen Keltenfrau, die ähnlich gekleidet war wie die Adlige in seinem Buch. Ob die Frau im Traum ebenfalls rote Haare hatte, konnte er nicht erkennen. Denn die ganze nächtliche Szenerie war in ein rötliches Licht getaucht.

Die Frau stand ruhig da, ohne Schwert, mit verschränkten Armen und sah León an. Sie sah genau ihn an, blickte ihm fest in die Augen, und es gab nicht den allergeringsten Zweifel, dass er und niemand anderes gemeint war.

Die Frau stand vor einem Hügel. León wusste sofort, dass es ein Grabhügel war, noch bevor er den Schutzwall gesehen hatte, der rund um den Hügel verlief. Und alles war von diesem seltsamen rötlichen Licht beleuchtet.

Nun ließ die Frau die Arme sinken, wandte sich um und ging los. Sie ging zur anderen Seite des Hügels. Beim Gehen blickte sie nicht zurück, doch León wusste, dass er ihr zu folgen hatte. Und dort, auf der anderen Seite des Hügels, sah er, woher das rötliche Licht rührte: In der Ferne, doch nicht allzu fern, jenseits einer weiten

Senke, erhob sich ein Berg. Und rund um diesen Berg, auf seiner halben Höhe, zog sich ein Band aus Glut. Das Glutband war durchgängig und gleichmäßig kirschrot – wie erkaltende, aber noch flüssige Lava. Doch das Glutband wirkte nicht flüssig, sondern fest – wie ein Wall. Um den Berg zog sich ein Wall aus Glut.

Und jetzt sah León die Leute.

Vor ihm, in der gesamten Senke, die sich bis hinüber zum Glutberg erstreckte, lagerten dicht an dicht Menschen. Es mochten tausende sein, ja, zehntausende. Männer, Frauen, Kinder, alle einfach gekleidet, die meisten mit Kapuzenmänteln. Viele saßen, viele lagen, wenige standen. Dazwischen waren Karren abgestellt, mit hohen, scheibenartigen Rädern, grasten Kühe, schnüffelten hochbeinige Schweine und liefen Hühner umher.

Die Frau hatte sich etwas erhöht an die Flanke des Hügels gestellt und wandte sich nun León zu. Mit einer langsamen, weit ausholenden Geste zeigte sie auf die Menschen, die in der Senke lagerten, rot angeleuchtet vom Schein des Glutberges.

Und da, mehr zufällig als von der Frau gezeigt, entdeckte León den anderen Hügel. Es war ein Hügel am Rande der Senke, wo keine Menschen lagerten. Dieser Hügel war niedriger als der Grabhügel, im Umfang geringer, und er hatte auch keine gleichmäßige Oberfläche.

Sondern eine irgendwie krause …

Und plötzlich erkannte León, warum die Oberfläche dieses Hügel kraus wirkte. Dort, im roten Schein des Glutberges, lagen Menschen. Sie lagen aufgehäuft und kreuz und quer durcheinander. Dort lagen, zu einem Hügel aufgehäuft, Menschen.

Und kurz bevor León aufgewacht war, kurz, bevor er sich im Traum gesagt hatte: Du *musst* aufwachen. Wach auf!, da hatte er noch sehen müssen:
All diesen Menschen fehlte der Kopf.

Es war ein einfaches, kleines Hotel, in dem Martin Wegner untergekommen war, eines, in dem Leute übernachteten, die in Geschäften unterwegs waren oder auf Montage. Die allerdings jetzt, es ging auf halb zehn zu, alle schon das Hotel verlassen hatten, so dass Martin Wegner allein im Frühstücksraum saß. Er löffelte Joghurt mit Früchten und war, alles in allem, zufrieden damit, wie die Dinge liefen.

Gestern Nacht hatte er noch befürchtet, dass der rabiate Raubgräber ihm eine Nierenquetschung verpasst haben könnte (er wusste, wie sich eine Nierenquetschung anfühlte), aber er hatte kaum noch Schmerzen. Also musste er nicht sofort zum Arzt.

Dass man ihn angefallen hatte, war ungewöhnlich. Raubgräber wurden selten gewalttätig, auch wenn man sie festnahm. Die Strafe, die sie erwartete, war in der Regel so gering, dass es sich für sie nicht lohnte, eine Anzeige wegen Körperverletzung zu riskieren. Deshalb trug Martin Wegner auch keine Pistole bei sich, sondern lediglich Pfefferspray. Aber die Raubgräber, die geplant hatten, den Hügel auszunehmen, mussten über die entgangene Beute schwer wütend gewesen sein. Jetzt, da ihr Vorhaben entdeckt war, würden sie keinen Versuch mehr wagen. Und in Kürze war's damit ganz vorbei. Denn ein so bedeutendes Grabungsprojekt, wie es das am Hügel sein würde, wurde natürlich bewacht. Brigitte hatte die Grabungsgenehmigung in der Tasche, und dieser Reiter, von dem sie ihm erzählt hatte, dürfte der Mann sein, das Projekt rasch in Gang zu setzen.

Martin Wegner stand auf und holte sich eine zweite Portion Joghurt mit Früchten vom Frühstücksbüfett. Schade, dass er die Raubgräber nicht in flagranti erwischt hatte. Aber sie würden ihm nicht durch die Lappen gehen. Es gab schließlich den anonymen Anrufer. In der Regel ließ man solche Informanten unbehelligt. Das würde *er* dieses Mal nicht tun. Der Mann hatte höchstwahrscheinlich von unterwegs über ein Handy angerufen, Martin Wegner hatte Motorengeräusch herausgehört. Und es gab Wege (ein wenig krumme, zugegeben) zurück zu diesem Handy. Von dort führte ein Weg zu der Frau und dem Mann, die die Bohrung veranlasst hatten, da war sich Martin Wegner sicher.

Was war heute zu tun? An sich hatte er seinen Job hier erledigt. Aber er würde seiner Dienststelle Bescheid geben, dass er noch ein paar Tage benötigte. Das konnte er immer rechtfertigen.

Und dann Brigitte.

Noch vor dem Frühstück hatte er sich auf der Website der Uni umgesehen (das war der Vorteil eines Hotels, wo Geschäftsleute abstiegen – es gab Anschlüsse für Modems) und sich über Brigitte schlau gemacht. Beeindruckend, ihre Liste von Veröffentlichungen. Was ihr aber offenkundig fehlte, war ein Coup, ein richtiger Grabungsknaller. Na, den würde sie vermutlich mit dem Hügel kriegen. In den schien sie große Hoffnungen zu setzen.

Martin Wegner hatte auch eine biografische Notiz über Brigitte gefunden. Und darin die seltsame Bemerkung: »Bis vor zwei Jahren verheiratet mit Boris Krüger.« Wen interessierte denn so was? Von ihm selber mal abgesehen. Ihn hatte das sogar *sehr* interessiert. Der Junge, León, schien okay zu sein. Und Brigitte? Tja. Zwischen einer Frau, mit der man im Baumarkt ein bisschen lustig gewesen war und die man nett gefunden hatte, *sehr* nett, und einer Professorin für Archäologie gab's Unterschiede. Wie sie ihm wohl heute gegenübertreten würde ...? Man würde sehen. Martin Wegner erhob sich. Am besten, er fuhr jetzt einfach zu ihr. Und zeigte ihr das Loch im Hügel.

Kathrin hatte länger geschlafen als sonst, wie auch anders. Sie war schließlich erst nach zwei ins Bett gekommen. Außerdem hatte sie Ferien. Und mit dem Frühmelken war sie auch nicht dran. Also bitte. Indes: Bei Beckmanns gehörte es sich nicht, bis in die Puppen zu schlafen.

Während sie sich hastig anzog, fiel ihr ein, dass sie geträumt hatte. Aber was? Sie erinnerte sich dunkel, dass sie irgendwann am frühen Morgen – es hatte gerade begonnen, hell zu werden – aufgeschreckt war. Und dass ihr Herz geklopft hatte. Doch was hatte sie geträumt? Sie kam einfach nicht darauf. Rasch schnürte sie ihre Sportschuhe zu.

Sie war nicht so arg spät dran. Nur die Mutter würde jetzt schon in der Küche sein, allenfalls noch Michael.

Und diese beiden waren auch wirklich schon da.

Doch außerdem saßen am Küchentisch León und Brigitte.

Und der Vater.

»Was machst *du* denn noch hier?« Um rechtzeitig zur Arbeit zu kommen, musste er spätestens um halb sieben losfahren.

»Ich frühstücke, wie du siehst.« Der Vater grinste. »Ich wollte einfach mal ausprobieren, wie das ist, wenn man an einem normalen Wochentag um zehn frühstückt. Mit der ganzen Familie. Und den Gästen.«

Er feierte krank. Das war, so lange Kathrin denken konnte, noch nie passiert. Glaubte er nun doch daran, dass dieser Reiter das Land kaufen würde?

»Bloß nicht zu früh freuen«, sagte sie und setzte sich auf ihren Platz. »Guten Morgen allerseits.«

»Guten Morgen«, lächelte Brigitte. Statt der weißen Bluse trug sie heute eine in Blassrosa, die auch keine aufgesetzten Taschen hatte. So, vor allem ohne Notizblock und die Kugelschreiber, kam Brigittes Busen entschieden besser zur Geltung, fand Kathrin.

León hatte auf Kathrins Gruß hin nur genickt. Er saß ihr schräg gegenüber und wirkte abwesend. So als dächte er über etwas nach ... Nein. Er dachte nicht bloß über etwas nach. Sondern etwas hatte ihn gepackt und beutelte ihn. Kathrin merkte es daran, dass sich seine Wangenmuskeln bewegten. Das hatte sie bei ihm noch nie gesehen.

»Bloß nicht zu früh freuen?«, sagte der Vater. »Was soll denn das heißen?« Und behauptete: »Verstehe ich nicht.« Darauf fing er an, sich ein bisschen künstlich aufzuregen. »Ich will dir mal was sagen ...«

Aber da kam von der Mutter: »Heute Nachmittag machen wir ein Grillfest.«

»Klasse«, sagte Michael. »Gibt's Würstchen? Ich darf das Fleisch umdrehen, okay?«

»Darfst du«, nickte die Mutter. »Ich dachte mir: so ein kleines Willkommens-Fest für unsere Gäste, ja?«

»Wunderbar«, sagte Brigitte. »Aber nur, wenn es Ihnen nicht zu viel Arbeit macht.« Sie fügte hinzu: »Könnten Sie mir noch eine Kanne Tee aufbrühen? Und die bitte nach oben bringen? – Danke.« Sie erhob sich. »Ich muss jetzt wirklich an meine Arbeit.« Und sie verschwand durch die Tür.

León blickte hinter ihr her. Dann sah er Kathrin an. Mit einem Blick, der sagte: Ich muss dir was erzählen. Draußen! Gleich! Und Kathrin nickte.

Aber da sagte die Mutter: »Kathrin! Hast du gehört, was ich gesagt habe?«

»Ja, natürlich.« Hatte die Mutter eben wirklich etwas gesagt? »Äh ... was war es noch gleich?«

»Ich sagte, dass du den Deutz auf den Hof fahren sollst. Und der andere Krempel muss auch weg. Wenn es regnet, grillen wir unterm Vordach am Stall. Gewitter könnte es auch wieder geben.«

»Apropos Gewitter«, sagte der Vater. »Die Liss und die Bless lassen wir heute im Stall. Und das geschnittene Gras bleibt liegen. Das muss sowieso erst trocknen.«

Was hieß, dass Kathrin heute wirklich mal freihatte. Sie könnte ins Schwimmbad fahren ... Gab es das überhaupt noch? Nach dem gestrigen Tag und der vergangenen Nacht war es wie eine ferne Erinnerung.

»Holst du die Würstchen und das Fleisch?«, fragte

die Mutter den Vater. »Also, wir brauchen für sechs Leute …«

In diesem Augenblick hörte man draußen einen Wagen in den Hof einfahren. Und fast im gleichen Moment eilte Brigitte an der Küchentür vorbei. »Martin! Da sind Sie ja.«

»Für sieben, wie es aussieht«, sagte die Mutter. »Hol lieber gleich etwas mehr. Wer weiß, wer noch kommt.«

13. Am Wendepunkt

León ging mit Kathrin und den anderen Beckmanns hinaus in den Hof. Martin trug jetzt nicht mehr diese peinlichen Kniebundhosen, sondern Cord-Jeans, und wirkte auch sonst im hellen Sonnenlicht noch sympathischer als in der vergangenen Nacht.

Er hatte sich neben seinem Auto in die Hocke niedergelassen und kraulte den Bauch von Idefix, der sich schweifwedelnd vor ihm wälzte. Was allerdings nichts über Martin sagte, sondern lediglich etwas über Idefix, der sich auch mit Dschingis Khan angefreundet hätte, wenn er von dem nur am Bauch gekrault worden wäre. Der Großspitz Rollo saß schwarz und schweigend abseits und sah zu.

Brigitte stand daneben und lächelte so verzückt, als hätte sie mindestens drei intakte Tontöpfe aus der Hallstatt-Zeit ausgegraben. Wie immer, wenn es zu irgendwelchen Projekten nach draußen ging, hatte sie ihre kleine Digitalkamera umhängen. Nun sagte sie zu Martin: »Darf ich Ihnen die Familie Beckmann vorstellen?« Martin erhob sich und Brigitte zeigte auf ihn. »Martin Wegner.«

Frau Beckmann und ihr Mann nickten, Michael ebenfalls. Inzwischen wussten sie alle, wer »Martin« war – Brigitte hatte ausführlich berichtet.

In der Nacht, auf dem Rückweg, bevor Martin zu seinem Auto im Wäldchen verschwunden war, hatten er und Brigitte sich überaus munter unterhalten. Tatsächlich hatte sich Brigitte derart aufgekratzt gebärdet, dass es León direkt peinlich gewesen war. Leise hatte er zu Kathrin gesagt: »Sie ist nicht immer so. Also, äh, so … Na, du weißt schon, wie.«

»Klar«, sagte Kathrin, ebenfalls leise. »Zwischen den beiden hat's halt gefunkt. Aber was würde denn dazu dein …« Sie hielt inne. »Sorry«, sagte sie darauf. »Geht mich ja nichts an.«

»Du meinst, was mein Vater dazu sagen würde?«

Kathrin nickte stumm.

»Den gibt's nicht mehr.« Und er fügte hinzu, gröber als beabsichtigt: »Den hat Brigitte vor zwei Jahren an die Luft gesetzt.«

»Oh«, sagte Kathrin. Und nach einer Weile: »Das war schlimm, oder?«

»Halb so wild.« Natürlich war es schlimm gewesen. Aber inzwischen hatte er Übung darin, nicht mehr daran zu denken.

Und auch dazu, was sich möglicherweise zwischen Brigitte und Martin anspann, wollte er sich erst mal gar nichts denken. Erleichtert wurde ihm das, weil sein Kopf mit der Keltensache ziemlich restlos ausgelastet war. Und jetzt noch dazu mit dem Traum …

Dass es ein gewöhnlicher Traum gewesen war, hatte er sich gar nicht erst einzureden versucht. Diesen Traum hatte die Frau veranstaltet, wer immer sie war. Und zwar, weil sie ihm zeigen wollte, dass der römische Geschichtsschreiber Flavius Dio etwas beschrieben hatte, das wirklich passiert war. Was dann ja auch heißen würde, dass der Keltenjunge und das Keltenmädchen diejenigen waren, die ihr Stamm vor zweitausendfünfhundert Jahren geopfert hatte …

Plötzlich dachte León: Shit. Er dachte: Shit, über so was muss ich mir nun den Kopf zerbrechen. Das ist schon eine verdammte Zumutung. Statt Beachvolley und Windsurfing auf Rhodos … Okay, es half ja nichts. In dieser Kiste steckte er nun mal drin.

»Den hat's erwischt«, sagte da Kathrin.

»Was? Wen?«

»Na, den Herrn Oberkommissar. Der geht ganz schön ran, oder?«

»Das kann man auch umgekehrt sehen«, sagte León. Denn es war Brigitte, die gerade Martin zum Volvo bugsierte. Und zwar ziemlich zielstrebig. »Sie müssen mir jetzt gleich die Bohrung zeigen, Martin.«

Halt. Was hatte er, León, da eben gesagt …? Das kann man auch umgekehrt sehen … Natürlich! Den Bericht des Flavius Dio hatte León zuerst gelesen. Nicht die Frau hatte ihm den Traum *gezeigt*. Sondern er selber hatte sich aus dem Bericht einen Traum *gebastelt*. Aber wieso kam dann die Frau darin vor? Doch vor allem: Warum erinnerte er sich an den Traum so deutlich, als hätte er einen Film gesehen?

Brigitte und Martin waren jetzt eingestiegen. Brigitte ließ den Motor an und fuhr den Volvo mit einem solchen Schmackes vom Hof, dass Steinchen spritzten.

»Ich muss dir was erzählen, Kathrin. Jetzt. Auf der Stelle.«

Es war zehn Minuten später und León schien es noch immer nicht fassen zu können. »*Das* hast du geträumt?!«

Kathrin nickte. »Und du kannst mir glauben: Es war schauerlich.«

Sie saßen am Tisch unter der Linde. León hatte Kathrin geradezu dort hingezerrt – es war klar, dass er unbedingt etwas erzählen wollte, nein, musste. »Hör zu«, hatte er angefangen. »Ich habe was geträumt.«

Und da war Kathrin ihr Traum wieder eingefallen, schlagartig und mit allen Einzelheiten. »Ich hab auch was geträumt!«, rief sie. »Lass mich meinen Traum zuerst erzählen!«

León hatte den Kopf geschüttelt. »Nein, lass mich zuerst. Wenn du meinen gehört hast, willst du deinen wahrscheinlich gar nicht mehr erzählen.«

»Wetten, dass doch? Das war nämlich kein normaler Traum. Der war wie ein Kinofilm. Ich meine, so echt, also …«

»So – echt?« León hatte sie angestarrt. Und als wäre ihm auf einmal eine Idee gekommen, hatte er gesagt: »Okay. Schieß los.«

Und Kathrin hatte erzählt. Von der Keltenfrau, die am Grabhügel stand. Vom Berg mit der Mauer aus Glut. Von den vielen Leuten. Und von dem Berg aus Leichen. »Und alle ohne Kopf.« Es schauderte sie noch immer, wenn sie sich an das Bild erinnerte – nein, sie brauchte sich gar nicht zu erinnern. Das Bild stand ihr von allein vor Augen. So klar und deutlich, dass sie Angst bekam, es nicht mehr loszuwerden. »Das kannst du mir glauben«, wiederholte sie. »Es war schauerlich.«

»Das glaube ich nicht nur«, sagte León. »Das weiß ich.«

Kathrin schüttelte den Kopf. »Das kannst du dir nicht

vorstellen. Es war ...« Plötzlich stockte sie. Langsam sagte sie: »Du – weißt es?«

León nickte.

Und da begriff Kathrin.

Brigitte fuhr schnell und gut, und Martin Wegner merkte plötzlich zu seiner eigenen Überraschung, dass er vollkommen entspannt auf dem Beifahrersitz saß.

Das passierte ihm selten. Gewöhnlich war er als Beifahrer verkrampft, dachte beim Fahren mit und hatte den Fuß ständig auf dem imaginären Bremspedal. Das hatte nichts damit zu tun, ob eine Frau am Steuer saß oder ein Mann. Er war ganz einfach ein lausiger Beifahrer.

Was natürlich seinen Dienst als Streifenpolizist, den er wie jeder Anwärter für den gehobenen Polizeidienst hatte absolvieren müssen, nicht gerade einfach gemacht hatte. Fuhren die Kollegen mit Sondersignal, dann waren sie immer schneller, als sie verantworten konnten – es ging gar nicht anders; er selber tat es ja auch, wenn er als Fahrer eingeteilt war. Der hässliche Funkspruch aus der Zentrale: »Frank-drei-sechs, Standort? – Beeilung, wenn's gefällig ist«, saß einem ständig im Genick. Er hatte nichts gegen Abenteuer, im Gegenteil. Aber auf diese Art von Nervenkitzel konnte er verzichten.

Irgendwie musste Brigitte seine Gedanken gelesen haben. »Darf ich mal fragen«, sagte sie, »warum Sie zur Polizei gegangen sind?«

»Dürfen Sie. Wenn ich Sie dann fragen darf, warum Sie Archäologin geworden sind.«

Sie warf ihm einen schnellen Blick zu. »Dürfen Sie.« Und indem sie wieder geradeaus blickte: »Ich frage, weil ich es, ehrlich gesagt, ungewöhnlich finde, dass ein Polizeioberkommissar einen so guten Artikel in einem archäologischen Fachblatt veröffentlicht.«

»Danke. Tatsächlich wollte ich zuerst nicht zur Polizei. Ich habe angefangen zu studieren. Geschichte und Philosophie.«

»Und?«

»Zu viel Wissenschaft. Zu wenig Abenteuer.« Er sah sie von der Seite an. »Jetzt habe ich beides: Abenteuer und Wissenschaft.« Das war das Schöne, wenn eine Frau am Steuer saß. Sie musste geradeaus sehen und man konnte sie in Ruhe von der Seite betrachten. »Und Sie? Warum sind Sie Archäologin?«

»Weil ich gern grabe. Ich wollte eben beides. Die Wissenschaft ...«, Brigitte sah ihn an, »... und das Abenteuer.«

»Cool.« Kathrin blickte sich in Brigittes Zimmer um. »Und diese vielen Bücher will sie lesen? In der Zeit, in der ihr hier seid?«

»Nein. Das schafft selbst Brigitte nicht. Das ist ihr Handapparat, wie sie es nennt.«

»Handapparat?«

»Na, eben alle Bücher, die sie zur Hand haben will, falls sie in denen was nachschlagen muss. Bei uns zu Hause hat sie eine richtige Bibliothek.«

»Tatsache?« Kathrins Blick blieb an Brigittes Notebook hängen. »Vom Feinsten. Auch der Drucker. Aber sie kann hier nicht ins Internet; das Zimmer hat keinen Telefonanschluss.«

»Kann sie doch. Sie hat sich dafür was mit dem Handy eingerichtet.«

»Also ich finde, deine Mutter ist eine echt coole Frau.«

Mal sehen, ob Kathrin das noch immer fand, wenn sie in den Ordner »Briefwechsel Reiter« gesehen hatte.

Er hatte ihr von dem Ordner erzählt, aber nicht von seinem schlimmen Verdacht. Denn er wollte wissen, ob der so nahe liegend war, dass Kathrin von selber darauf kam. Das zu riskieren, wäre ihm noch gestern Nacht niemals eingefallen. Brigittes finsteres Geheimnis, so hatte er da noch gedacht, war allein seine Sache. Aber durch den Traum, diesen schauerlichen Traum, den die Keltenfrau ihm und Kathrin zur gleichen Zeit gezeigt hatte, waren sie beide endgültig auf Gedeih und Verderb zusammengespannt. Und da musste jeder wissen, was der andere wusste.

»Ist er das?« Kathrin zeigte auf den weißen Ordner, der auf der Kommode lag.

León nickte. Er holte den Ordner zum Tisch, öffnete ihn und schlug den Packen Papiere nach links über den Heftbügel. »Mit diesem Brief von Danny Reiter fängt es an.«

Kathrin setzte sich und begann zu lesen. León stellte sich an das Fenster. Von hier konnte er die Zufahrt zum Hof im Auge behalten – dass Brigitte sie beide in ihrem Zimmer überraschte, musste nicht unbedingt sein.

Zwischendurch beobachtete er Kathrin: Sie las rasch, aber anders als Brigitte, die beim Lesen nur die Augen bewegte, ließ Kathrin den Kopf hin und her gehen (wie machte er selber das eigentlich?), und was sie las, spiegelte sich in ihrem Gesicht: Mal runzelte sie die Stirn, mal zog sie die Unterlippe zwischen die Zähne, dann wieder krauste sie die Nase – er hätte sie gern mal beobachtet, wenn sie eine Gruselgeschichte las. Aber der Ordner war ja auch ganz schön gruselig. Sie hatte ihn schneller durch, als er erwartet hatte.

»Puh!«, machte sie und lehnte sich zurück. »Das sind ja ein paar dicke Hämmer.«

»Was meinst du damit? Welche Hämmer?«

»Also, erst mal, dass alles, was dieser Geschichtsschreiber aufgeschrieben hat, so passiert ist. Sonst hätte die Königin uns das nicht genau so träumen lassen.«

»Die Königin?«

»Na, die Frau im Traum. Das war die Königin der Remi.«

Das stimmte! Wieso war er darauf nicht gekommen? »Und unsere beiden Kelten?«, fragte er. »Könnten sie die geopferten Kinder sein?«

»Könnten sie. Aber wir wissen ja noch gar nicht, ob sie wirklich aus dem Grab kommen. Das ist bisher bloß eine Vermutung. Und die haben wir, wie Brigitte sagen würde, nicht verifiziert.«

Das stimmte ebenfalls. Und auch daran hatte er nicht gedacht. Vermutlich, weil es in seinem Kopf immer ein bisschen kraus zuging. In Kathrins Kopf dagegen schien glasklare Ordnung zu herrschen.

»Und dann der Hammer«, sagte sie, »der mich echt umgehauen hat.«

Gespannt fragte er: »Welcher?«

»Dass deine Mutter und dieser Reiter es waren, die den Hügel angebohrt haben.«

»Und warum denkst du das?«

»Weil – ach, Blödsinn.« Kathrin machte eine wegwerfende Handbewegung. »Wozu soll ich dir das erzählen? Das weißt du doch selber.« Sie runzelte die Stirn. »Aber warum will Brigitte das geheim halten? Weil sie Angst hat …« Sie sah in den Ordner: »… dass ihr wissenschaftlicher Ruf zerstört wird?« Und als León nickte: »Ist das denn so schlimm? Ich meine, dass sie den Hügel angebohrt hat?«

Wieder nickte León. »Brigitte hat mal von einem Professor erzählt, der so was Ähnliches gemacht hat. Dem sind dann keine wissenschaftlichen Artikel mehr abgenommen worden. Und Geld für Grabungen hat er auch keins mehr gekriegt.«

»Echt?« Kathrin schüttelte den Kopf. »Und trotzdem hat Brigitte das Loch gebohrt.« Stirnrunzelnd fügte sie hinzu: »Das hätte ich nicht von ihr gedacht.«

»Jetzt mal langsam. Es gibt keinen Beweis dafür, dass sie das gemacht hat.«

»Stimmt.« Kathrin dachte nach. »Aber es gibt auch keinen Beweis dafür, dass sie es *nicht* gemacht hat.«

»Stimmt auch. Aber im Zweifel ist der Angeklagte unschuldig.«

»*Die* Angeklagte, wenn schon.« Kathrin wiegte den Kopf. »Und das reicht dir? Also, mir nicht.« Sie musterte Brigittes Notebook. »Da drinnen sollten wir mal nachsehen.«

»Auf Brigittes Festplatte spionieren? Kommt nicht infrage.«

»Und warum nicht? Da drin gibt es sicher E-Mails, die Brigitte nicht ausgedruckt hat. Und wenn das welche sind, die ihre Unschuld beweisen?«

»Du redest ja wie in einem Krimi.« León schüttelte den Kopf. »Aber wenn da Mails drin sind, die Brigitte nicht ausgedruckt hat, dann weil sie die wirklich geheim halten will.« Und niemand sollte in ihnen herumschnüffeln, auch Kathrin nicht, zum Geier. »Hör zu«, sagte er, wobei er sich bemühte, ruhig zu klingen. »Brigitte vertraut mir. Und deshalb würde ich niemals ihre Festplatte durchsuchen.«

»Aha? Und was war damit?« Kathrin pochte auf den Ordner. »In dem hast du auch ohne Hemmungen gelesen.«

»Das ist was anderes. Aber eine Festplatte ...«

»... ist dasselbe!«, unterbrach ihn Kathrin. »Wo soll denn da der Unterschied sein?« Sie griff nach Brigittes Notebook und zog es zu sich heran. »Du hast einfach nur Schiss.«

»Also, Kathrin ... Lass das ...« In diesem Moment hörte man ein Motorengeräusch. Der Volvo ... Nein. Es war ein silbergrauer Porsche, ein Cabriolet. »Reiter ist im Anmarsch«, sagte León.

»Was will der denn schon wieder?« Kathrin kam ans Fenster. »Mit Frau! Die muss ich sehen.« Und schon war sie aus dem Zimmer.

León legte den Ordner zurück auf die Kommode und rückte das Notebook wieder an seinen Platz. An sich hatte Kathrin ja Recht. Im Prinzip waren ein Ordner und ein Notebook das Gleiche: Medien, in oder auf denen Informationen gespeichert waren. Trotzdem. Brigittes Festplatte ging verdammt niemanden was an. León schloss die Zimmertür und folgte Kathrin nach unten.

Als er auf den Hof kam, stand Danny Reiter kompakt

wie ein gestauchter Kleiderschrank und mit nach hinten gegeltem Haar vor dem Porsche. Die Frau saß auf dem Beifahrersitz – schlank, blond und kühl. Das halbe Gesicht war hinter einer großen Sonnenbrille versteckt. Die Frau wirkte ungeheuer gelangweilt.

Die Familie Beckmann hatte sich vor der Haustür versammelt.

»Tag zusammen«, sagte Reiter. »Wir müssen ein paar geschäftliche Dinge klären, Herr Beckmann.« León sah, wie Frau Beckmann und ihr Mann einen Blick wechselten. »Aber zuerst«, fuhr Reiter fort, »möchte ich der Gnädigsten Guten Tag sagen.«

»Falls Sie damit Frau Professor Lange-Krüger meinen«, sagte Frau Beckmann, »dann geht das nicht. Die ist zum Hügel gefahren.«

Reiter nickte. »Gut.«

»Mit einem von der Polizei.«

»Ach? Polizei? Warum?«

»Raubgräber«, sagte nun Herr Beckmann. »Die haben in den Hügel gebohrt.«

»Wirklich?« Es war Reiter nicht anzusehen, was er dachte. »Und? Hat man sie erwischt?«

Herr Beckmann schüttelte den Kopf. »Bisher nicht.«

»Na, diese Bohrung muss ich mir ansehen. Sie kommen am besten mit, Herr Beckmann.« Reiter ging zur Beifahrerseite und öffnete die Tür. »Raus, Mausespatz«, sagte er zu der Blonden. Und die stieg wortlos aus dem Wagen. Sie war mindestens zwei Köpfe größer als Danny Reiter.

Der setzte sich ans Steuer und winkte Herrn Beckmann auf den Beifahrersitz. Ohne Hast wendete Reiter den Porsche und fuhr davon.

Schweigen.

Die Blonde stand schlank und groß im Hof. Gelangweilt blickte sie sich um.

»Wollen Sie nicht hereinkommen, Frau Reiter?« Frau Beckmann zeigte zur Haustür. »Ich kann einen Kaffee für Sie machen.«

»Ich bin nicht die Frau Reiter«, sagte da die Blonde. »Ich bin die Gabi. Und Kaffee? Nein danke.« Sie nahm die Sonnenbrille ab und zeigte mit ihr zum Obstgarten. »Spielt hier jemand Tischtennis?«

Michael hob die Hand. »Ich.«

»Du?« Die blonde Gabi musterte ihn. »Kannst du's auch ordentlich? So richtig?«

»So richtig«, sagte Michael.

»Na, dann probieren wir's mal, was? Holst du die Schläger?«

Michael nickte und sauste ins Haus. Ohne ein weiteres Wort setzte sich Gabi Richtung Obstgarten in Bewegung. Sie ging wie ein Model auf dem Laufsteg.

Frau Beckmann blickte hinter ihr her. »Man lernt doch nie aus«, brummelte sie und verschwand kopfschüttelnd durch die Haustür.

»Okay«, sagte Kathrin. »Das war das.« Sie sah León an. »Und jetzt Brigittes Notebook.«

»Hier ist es.« Martin zeigte auf die Steine. »León und das Mädchen haben freundlicherweise das Loch wieder verschlossen. Ich war doch ein bisschen angeschlagen.«

»Nein, wie unaufmerksam von mir!«, rief Brigitte.

»Wie geht es Ihnen denn? Das habe ich ja noch gar nicht gefragt.«

»Das heißt doch nur, dass ich offenbar keinen angeschlagenen Eindruck mehr mache.« Martin legte seinen Rucksack ab. »Aber danke. Ich fühle mich prima.«

»Das freut mich.« Brigitte tippte die Steine mit dem Fuß an. »Sie denken, die Bohrung reicht bis in die Kammer?«

Martin hob die Schultern. »Das nehme ich an. Warum sollten die Raubgräber vorher aufgehört haben? Und es gibt keine weiteren Bohrspuren auf dem Hügel. Sie müssen also auf Anhieb Erfolg gehabt haben.« Er holte aus dem Rucksack eine zusammengelegte Plastikplane und begann, sie zu entfalten. »Damit kriegen wir das Loch wirklich wasserdicht.« Und da fiel ihm etwas ein. Er zeigte auf Brigittes Kamera. »Das Gerät hat doch sicherlich Blitzlicht. Es wäre gut, wenn ich ein Beweisfoto von der angebohrten Steinschicht hätte. Ginge das?«

Brigitte zögerte. Doch dann nickte sie. »Wenn wir danach das Loch gut mit der Plane abdecken ...«

Martin nahm den kleinen Spaten aus dem Rucksack und ließ sich vor dem Loch auf die Knie nieder. An sich hatte er sich den Ausflug mit Brigitte etwas anders vorgestellt. Aber mit einem Beweisfoto von der Bohrung konnte er seinem nörgelnden Hauptkommissar etwas Handfestes vorweisen. Und außerdem hatten die beiden Kids das Loch nur locker mit Erde gefüllt, er würde rasch bis zur Steinschicht gelangen. Er begann zu schaufeln. Brigitte hatte sich auf die Erde gesetzt und sah ihm interessiert zu.

Nach höchstens zehn Minuten hatte er es fast geschafft. Und da hörte er Brigitte sagen: »Dort kommt jemand.« Er hob den Kopf. Ein Wagen auf der Landstraße. Ein silbergraues Porsche-Cabrio.

Brigitte erhob sich. »Reiter«, sagte sie. »Das ist Danny Reiter.« In Anbetracht dessen, das da ihr Geldgeber kam, hatte das nicht besonders fröhlich geklungen. Martin beugte sich wieder über das Loch, und als der Porsche unten am Hügel hielt, war er bis zur Bohrung in der Steinschicht vorgedrungen.

Dieser Danny Reiter war Martin auf Anhieb unsympathisch. So sahen Typen aus, die er der organisierten Kriminalität zurechnen würde. Das war natürlich eine ganz schlimme, vorgefasste Meinung, und Martin rief sich auch gleich zur Ordnung. Aber ein solcher Porsche, es war ein 911er, mit dem man mehr als 300 Kilometer pro Stunde fahren konnte, musste weiß Gott nicht sein.

Reiter kam mit Herrn Beckmann im Schlepptau den Hügel herauf. »Ich grüße Sie, meine Gnädigste!«, rief er schon auf halber Höhe.

Brigitte schwieg. Erst als Reiter oben war, sagte sie: »Guten Morgen.« Und auf Martin zeigend: »Oberkommissar Wegner. Er ist ...«

»Weiß schon. Der Mann, dem die Raubgräber durch die Lappen gegangen sind, was?« Reiter entblößte die Zähne. Was vermutlich ein Lächeln sein sollte.

Martin lächelte. »Keine Bange. Die kriegen wir.«

»So?« Reiter betrachtete Martin aufmerksam. »Na, dann Waidmannsheil.« Er kam heran und sah in das Loch. »Sieht ja wirklich aus, als wären da Profis dran gewesen.« Und Herrn Beckmann heranwinkend: »Sehen Sie sich das an. Ihr Hügel ist ein heiß begehrtes Objekt.«

Grinsend fügte er hinzu: »Aber glauben Sie bloß nicht, Sie könnten deshalb mit mir feilschen.«

»Das muss ich nicht. Denn ich weiß inzwischen, was ich verlangen kann.«

»Na, na, Herr Beckmann. – Wissen Sie was?«, wandte er sich plötzlich an Brigitte. »Mir kommt da eine Idee. Wir könnten doch, vorausgesetzt, Sie als Wissenschaftlerin sind einverstanden, die Bohrung nutzen? Sie ist vorhanden, tragischerweise, denn wer weiß, was dadurch zerstört worden ist, aber da sie nun mal existiert ... Sie verstehen?«

»Nein«, sagte Brigitte knapp. »Ich verstehe nicht.«

»Na schön, ich erkläre es Ihnen: Wenn wir die Bohrung nutzen, zerstören *wir* nichts. Wir könnten also per Glasfaserkabel mal einen Blick in die Grabkammer werfen. Das müsste sich doch mit Ihren wissenschaftlichen Grundsätzen vereinbaren lassen, oder?«

»An sich ja.« Sichtlich ging Reiters Vorschlag Brigitte gegen den Strich. Aber warum? Er hatte ja Recht. Wenn das Loch schon mal da war, konnte man es auch nutzen.

Brigitte sah Martin an. »Was meinen Sie?«

Was fragte sie *ihn*? *Sie* war die Expertin. Aber offenbar legte sie Wert auf seine Meinung. »Ich glaube«, sagte er, »man kann es verantworten.«

»Danke, Martin.« Noch immer sah Brigitte ihn an, irgendwie, na ja, dankbar eben. Aber wofür? »Okay«, sagte er. »Jetzt sollten wir zusehen, dass wir das Loch wieder zukriegen.« Er zeigt auf Brigittes Kamera. »Aber vorher bitte die Bilder.«

14. Der Beweis

Der Blitz kam urplötzlich. Er fuhr aus der Öffnung heraus, gleißend hell in die Dunkelheit der Kammer, und gedankenschnell schloss Kiumara die Augen.

Und wieder ... Die Helligkeit drang durch die geschlossenen Lider. Und ein drittes Mal ... Was, beim Donnergott Taranis, bezweckten die Feinde damit?

Die Blitze waren hell, aber nicht hell genug, um sie und Mágurix zu blenden. Zudem war schon vorher schwaches Licht durch die Öffnung gedrungen, so dass ihre Augen bereits etwas an Helligkeit gewöhnt waren. Mit zusammengekniffenen Lidern wartete Kiumara auf den nächsten Blitz ...

Er kam nicht. Doch hörte sie nun wieder die Stimmen der vier Feinde. Was hatten sie vor? Und da war erneut das Scharren ... Kurz und flüchtig, so, als sollte die Öffnung wieder geschlossen werden, aber nur unvollkommen. Und nun entfernten sich die Stimmen. Bald darauf hörte Kiumara das Brummen der beiden magischen Wagen, auch sie entfernten sich ...

Stille.

Kiumara öffnete die Augen. Was immer die Blitze hatten bewirken sollen – Kiumara wusste nun jedenfalls, wer ihre Feinde waren. Jede einzelne der Stimmen hatte sie mit einer Person verknüpfen können. Die junge Stimme gehörte dem Mann, der vergangene Nacht in die Kammer hatte eindringen wollen. Die durchdringende dem kurzen, dicken Krieger, der aus dem Himmelswagen gestiegen war, und diejenige, die auch beim lauten Schreien sanft klang, dem Mann, der sich danach eingefunden hatte. Zusammen mit der Frau. Die beim ersten Licht-Angriff den Kampfschrei ausgestoßen hatte. War sie die Anführerin der Feinde?

»Es war ein Fehler«, sagte Mágurix. »Man hätte die vier Feinde leicht erschlagen können. Mágurix bereut, dass er es unterließ.« Er schwieg. Dann sagte er: »Mágurix wird sie keinesfalls wieder entkommen lassen, wenn sie das nächste Mal erscheinen.«

Dieses nächste Mal würde es nicht geben. Kiumara war zuversichtlich, die Feinde künftig vom Hügel fern halten zu können. Und zwar indem sie diese Menschen in große Furcht versetzte. Sie hatte mehrere Erfolg versprechende Möglichkeiten durchdacht.

Aber würde es ihr auch gelingen, das Denken und Fühlen der Feinde derart zu formen, dass sie begierig sein würden, die Kammer zu schützen und zu bewahren? So wie Segumara gesagt hatte? Wie konnte sie das bewirken?

Kiumara glaubte, die Antwort darauf zu haben: indem sie die Feinde in noch viel größere Furcht versetzte.

Sie mussten in übermächtiger Furcht davor leben, dass sich *überhaupt jemand* dem Hügel näherte. Weil dann nämlich über sie etwas Entsetzliches, etwas Grauenhaftes hereinbräche.

Doch was konnte das sein? Wovor fürchteten sich die Menschen dieser Welt dort draußen am meisten? Kiumara wusste es nicht. Und so lange sie das nicht wusste …

»Mágurix wird die Feinde besiegen«, sagte Mágurix

mit einem Mal. »Daran braucht Kiumara nicht zu zweifeln. Selbst wenn die Feinde mit ihren magischen Waffen kämpfen.«

Wie kam er darauf, dass sie zweifelte ...? Es waren seine eigenen Zweifel! Sieh an, sieh an. Der Draufgänger Mágurix, der meinte, er werde mit allem fertig, war plötzlich besorgt. Aber warum? Bisher hatte er sich doch wegen möglicher Waffen der Feinde keinerlei Gedanken gemacht.

»Mit magischen Waffen wirst du leicht fertig«, sagte sie. Und klopfte auf den Busch: »Jedoch macht mir ein wenig Sorgen, dass du es mit, nun ja, du weißt schon, zu tun bekommen könntest.«

Rasch sagte er: »Auch da kann Kiumara unbesorgt sein. Mágurix wird siegen. Selbst wenn der Feind böse Zaubermächte zu Hilfe ruft.«

Böse Zaubermächte ... Aber natürlich! Warum hatte sie das nie so gesehen? Von Beginn an, als sie zum ersten Mal in diese seltsame Welt draußen getreten war, hatte sie angenommen, dass all die nützlichen magischen Gerätschaften, die die Menschen dort verwendeten, von Druiden geschaffen worden waren, also durch weiße Magie. Aber wer gute Magie benutzte, konnte sich selbstverständlich auch der bösen bedienen, der Zauberei ...

Kluge Menschen würden das niemals tun. Denn dann mussten sie befürchten, dass die schwarze Magie sich gegen sie selber wendete.

So wie die Menschen der Welt dort draußen.

Nun verstand Kiumara, warum diese Menschen furchtsam waren. Sie mussten ständig damit rechnen, von Mächten angegriffen zu werden, gegen die Menschen sich nicht wehren konnten. Sie lebten in immer währender Furcht vor Zauberern und Hexen.

Auch in Kiumaras Welt gab es diese Furcht. Doch war dort die Zauberei geächtet und kam so gut wie niemals vor. Nur manchmal, so erzählte man sich, geschah es, dass ein Toter in seiner ehemaligen Gestalt erschien – als sein *Wiedergänger*. Dies galt als sicheres Zeichen dafür, dass er zu Lebzeiten ein Zauberer gewesen war. Von Männern und Frauen, die im Verdacht standen, der bösen Magie gefrönt zu haben, trennte man deshalb nach ihrem Tode den Sitz des Lebens, den Kopf, vom Rumpf und begrub ihn an einem gesonderten Ort. Dieses Gebot der Vorsicht wurde in der Welt draußen, die sich auf die schwarze Magie eingelassen hatte, wahrscheinlich nicht befolgt. Also war sie beherrscht von der Furcht vor Wiedergängern. Von übermächtiger Furcht ...

Kiumara wusste nun, wie sie die Feinde dazu bringen konnte, ihre Kammer zu schützen und zu bewahren.

León hatte in Brigittes Zimmer wieder seinen Beobachtungsposten am Fenster eingenommen. Obwohl er es jetzt, nachdem Reiter zusammen mit Herrn Beckmann zum Hügel gefahren war, für unwahrscheinlich hielt, dass seine Mutter bald zurückkam.

Kathrin saß am Tisch und startete gerade Brigittes Notebook.

Sie hatte León keine Chance gelassen. Ohne auf seine Proteste zu achten, war sie durch den Flur voran- und die Treppe hochgelaufen, hatte immer zwei Stufen auf einmal genommen und war in Brigittes Zimmer marschiert, als wäre es ihres.

»Ich finde das wirklich nicht so gut«, hatte León einen letzten Versuch gemacht. »Brigitte vertraut mir völlig. Und da ist es unanständig, wenn wir ihr Notebook durchschnüffeln.«

»Brigitte vertraut dir völlig?« Kathrin schnaubte durch die Nase. »Deshalb hat sie dir ja auch weisgemacht, sie hätte noch nie vorher vom Hügel gehört, nicht wahr?«

León schwieg.

»Und außerdem«, setzte Kathrin hinzu, »tun wir's für Brigitte. Wir wollen ja einen Beweis dafür finden, dass sie den Hügel *nicht* angebohrt hat.« Sie sah León an. »Ich wenigstens will das.«

Das wollte sie wirklich. Und wie kam er, León, eigentlich dazu, sie daran zu hindern? »Okay«, hatte er gesagt. Und war ans Fenster getreten, um den Zufahrtsweg zum Hof im Auge zu behalten.

»Glück gehabt«, kam jetzt von Kathrin. »Kein Passwort nötig.« Sie ließ die Finger beider Hände über die Tastatur gleiten (León konnte nur mit zwei Fingern tippen und benutzte, wo es ging, die Maus oder den Touchpad) – offenbar durchsuchte sie Verzeichnisse.

»Du scheinst dich gut mit Computern auszukennen«, sagte er.

»Klar. An unserer Schule gibt's eine PC-Arbeitsgemeinschaft.« Sie musterte den Bildschirm. »Hm. Alles vorhanden, was gut und teuer ist. Sogar Photoshop.«

Dieses Programm hatte Brigitte auch auf Leóns Notebook installiert. »Für den Fall, dass dir mal nach was anderem zu Mute ist als ewig nur nach Daddeln.« Natürlich hatte er dieses Photoshop kein einziges Mal gestartet. Jetzt sagte er zu Kathrin: »Damit kann man Fotos bearbeiten, oder?«

»Genau«, nickte Kathrin abwesend. Sie betrachtete den Bildschirm. »Komisch«, sagte sie. »Es gibt keine E-Mails. Das Mail-Programm ist da, aber nirgendwo sind Mails. Ob Brigitte die immer gleich löscht?«

León hob die Schultern. »Keine Ahnung.«

»Hm.« Kathrin musterte weiter den Bildschirm. Dann begann sie wieder zu tippen. Mit einem Mal hielt sie inne. »León. Macht deine Mutter mit ihrer Digitalkamera viele Bilder?«

»Jede Menge. Wenn sie wegen einer Grabung unterwegs ist, knipst sie praktisch ununterbrochen. Warum?«

»Weil sie die nicht alle auf ihrer Kamera speichern kann. Sie muss dazu also das Notebook benutzen.«

»Und?«

»Es gibt hier aber keine Bilder.«

»Tatsache?«

»Tatsache.« Stirnrunzelnd blickte Kathrin auf den Bildschirm. Dann hob sie den Kopf und sah ins Leere. So, als versuchte sie, etwas in ihrem Gedächtnis dingfest zu machen ... Plötzlich rief sie: »Der dicke Kugelschreiber! Der ist es!«

»Äh ... Kugelschreiber?«

Doch Kathrin antwortete nicht. Sie sprang auf, sauste zum Kleiderschrank und riss dessen Tür auf. War sie auf einmal übergeschnappt?

Brigittes Klepperumhang hing da, und daneben, ordentlich über Kleiderbügel gehängt, waren ihre Blusen.

Hastig begann Kathrin, sie hin und her zu schieben. »Hoffentlich«, murmelte sie, »hat sie die nicht in die Wäsche getan.« Sie *war* übergeschnappt.

»Na, wer sagt's denn!« Triumphierend hielt Kathrin einen dicken Stift in die Höhe. »Weißt du, was das ist?«

»Ein, äh, Kugelschreiber?«

»Denkste. Das ist eine mobile Disk!«

»Eine Disk ...?« Plötzlich begriff León. »Du meinst das ist eine Art Speicherstift? Auf dem man *Daten* aufheben kann?«

»Du hast es erfasst.« Mit drei Schritten war Kathrin am Tisch. Sie zog eine Kappe vom Speicherstift und schob ihn in einen seitlichen Anschluss des Notebooks. Es machte »Klongkling«, und Kathrin begann wieder zu tippen. Und da hielt es León nicht mehr auf seinem Beobachtungsposten am Fenster. Er ging zu ihr.

»Da haben wir's schon.« Sie ließ den Mauszeiger über zwei Ordner wandern. Der eine hieß »Mails«. Der andere »Fotos«. Aber darunter war noch ein dritter Ordner. Und der hieß »Fotos von Freitagnacht« ... Freitagnacht ...?

Es war einer der Momente, an die sich León immer wieder erinnern sollte. Dabei empfand er diesen Moment jetzt, hier in Brigittes Zimmer, als gar nicht besonders dramatisch. Doch später würde er wissen, dass er genau da wieder einen Sprung zur Eigenständigkeit gewagt hatte. Er hätte jetzt den Kopf einziehen und schweigen können ... Er hätte so tun können, als ahne er nichts. Aber das tat er nicht. Er sagte zu Kathrin: »Check doch mal, von wann der Ordner ist.«

Kathrin öffnete das Menü »Eigenschaften« des Ordners. »Der ist vom vergangenen Samstag«, sagte sie. »Erstellt um vier Uhr sieben ...« Und den Kopf schüttelnd: »Das ist die Nacht von Freitag auf Samstag.« Fragend sah sie zu León hoch. »*Um vier Uhr morgens* ...?«

In der Nacht von Freitag auf Samstag hatte Brigitte in der Uni übernachtet, auf ihrer Couch im Institut, weil sie nach einer langen Sitzung nicht mehr nach Hause fahren wollte ...

Das jedenfalls hatte sie León gesagt.

Doch warum gab es dann Fotos aus dieser Nacht ...?

»Mach doch mal ...« León musste sich räuspern. »Mach doch mal eines von den Fotos auf.«

Dazu öffnete Kathrin den Ordner. »Das sind eine ganze Menge. Welches soll ich aufmachen?«

»Irgendeines. Nimm einfach das erste.«

Kathrin doppelklickte auf das Bild mit der Nummer 0001. Und dann, nach einer Weile, während das Bildprogramm startete, erschien es ...

León erkannte auf der Stelle, was es zeigte.

Richtiger: *wen* es zeigte.

Und er wusste sofort: Da war er. Da war der Beweis. Da war der Beweis des Gegenteils.

»Das Mädchen!« Kathrin starrte. »Und der Junge.« Bewegungslos blickte sie auf den Bildschirm. »Sie liegen ausgestreckt ... « Plötzlich hatte sie begriffen. »Das ist das Grab! Sie liegen im Grabhügel ... Mein Gott.« Sie hob den Kopf und sah León an. Mit weit geöffneten Augen blickte sie zu ihm hoch ... Obwohl sie, anders als er, nicht auf solch ein Bild gefasst gewesen sein konnte, war ihr fast gleichzeitig dasselbe aufgegangen wie ihm. Und vermutlich noch einiges mehr.

»Sie hat es getan«, sagte Kathrin tonlos. »Brigitte hat den Hügel angebohrt.«

León nickte. Er hatte es geahnt. Schon gestern, als er den Ordner durchgegangen war, hatte er geahnt: Brigittes Geheimnis und das Rätsel des Hügels gehörten zusammen. Und hier war der Beweis. Brigitte hatte wirklich und wahrhaftig getan, was eine Archäologin nie und nimmer hätte tun dürfen. Plötzlich wurde ihm richtig schlecht. »Nie darf das rauskommen«, sagte er gepresst. »Sonst ist es aus mit der Frau Professor.«

Doch da schüttelte Kathrin den Kopf. »Keine Angst«, sagte sie. »Das kommt nicht raus.«

Woher wollte sie das wissen?

»Die Bohrung *können* Brigitte und Reiter gar nicht gemacht haben. Weil sie doch von *Raubgräbern* stammt.«

Richtig! Und das war sogar amtlich. Ein Polizeioberkommissar namens Martin Wegner würde es bezeugen. Schlagartig wurde es León besser. Aber es blieb ein dumpfes Ziehen im Bauch: Sie hat es getan.

León blickte auf den Bildschirm. Da lagen sie. Rechts, mit geschlossenen Augen das Mädchen, neben ihr das Schwert. Und auf der Liege links davon lag der Junge. Auch seine Augen waren geschlossen. Allerdings zusammengekniffen, so als müsse er sich bewusst dazu zwingen. Die rechte Faust umklammerte den Griff seiner Streitaxt. Deren geschwungene Schneide schien förmlich zu blitzen. Überhaupt war es ein erstaunlich helles und scharfes Bild. »Wie geht das denn? Ein Foto aus der Grabkammer? Ich meine, wie ...«

»Etwas, das man sieht, kann man auch fotografieren. Dabei ist es egal, ob man es direkt sieht oder über ein

Glasfaserkabel.« Kathrin verschränkte die Arme, während sie auf das Bild sah. Nach einer Weile sagte sie: »Das ist sie.«

»Wer ist … Was?«

»Das ist die Verifizierung unserer Vermutung. Der Vermutung, dass die beiden Kelten aus dem Grab kommen.«

Wieder richtig! Und das hieß: Das Keltenmädchen und der Keltenjunge, die ihnen am Hügel erschienen, waren diejenigen, die ihr Stamm vor Jahren geopfert hatte … Moment. Das Mädchen und der Junge waren – zweitausendfünfhundert Jahre alt …

»Kathrin?«

»Ja?«

»Ist das nicht alles … Ich meine, ist das nicht alles, also … komplett verrückt?«

Kathrin blickte ihn an. »Kann schon sein.« Jetzt sah sie ihm direkt in die Augen. »Kann schon sein«, wiederholte sie. »Aber du bist nicht allein. Und ich bin es auch nicht. Kann sein, dass dies hier alles komplett verrückt ist. Aber wir sind zu zweit. Okay?«

Zu zweit … Okay. Genau das war es. Nicht allein, sondern zu zweit. Exakt das war der Unterschied. Der Unterschied zwischen einem wahnsinnigen León und demjenigen León, der mit unerklärlichen Dingen gelassen umgehen konnte. Na ja – gelassen. Jedenfalls aber nicht allein …

Das Geräusch …

Was war denn das für ein Geräusch?

Der Porsche.

Und der Volvo. Unten im Hof.

O Gott.

»Raus hier!« León sprang zur Tür. »Raus aus dem Zimmer!«

»Halt! Warte.« Kathrin streckte eine Hand nach ihm aus, als wolle sie ihn festhalten. »Wir müssen erst das Notebook runterfahren.«

Klar, natürlich ...

Kathrin nahm die Hand herunter, es machte »Klingklong«, und sie legte den Speicherstift auf den Tisch.

Stimmen, unten im Hausflur ... Frau Beckmann, Brigitte ... »Beeil dich! Brigitte kommt gleich rauf!«

»Ich beeil mich ja.« Kathrin ließ die Finger über die Tastatur flitzen. »Die Ordner müssen alle geschlossen sein. Sonst merkt sie was.« Ohne zu ihm herzusehen, stieß sie hervor: »Bring die Disk weg, schnell!«

León lief zum Tisch, griff sich den Stift, und ... »Stop!«, rief Kathrin, während sie tippte. »Die Kappe muss drauf!«

Wo war sie? Da! Mit fliegenden Fingern schob León die Kappe auf ...

»Danke, Frau Beckmann.« Brigitte ... Schon unten an der Treppe. Mit drei Sätzen war León am Kleiderschrank. Wohin jetzt mit dem Ding? »Wohin damit?!«

»In die Bluse von gestern, steck den Stift in die linke Außentasche, neben den Kuli.« Kathrin tippte noch immer.

Die Bluse von gestern ... Herrgott, welche Bluse hatte Brigitte denn gestern angehabt? Die grüne? Die hellgelbe ...?

Schritte auf der Treppe ... Sie kam die Treppe hoch ... »Shit! Welche Bluse?!«

»Dingdongdingdoong«, machte das Notebook und Kathrin klappte den Deckel zu.

»Kathrin!«, zischte er. »Welche Bluse, verdammt!«

»Die weiße. Warte, ich mach das.« Und schon war sie da, nahm ihm den Stift ab und steckte ihn in die Außentasche der weißen Bluse. Die ihm direkt vor Augen hing ...

Die Flurtür draußen ging ...

Aus, das war's. Sie kamen nicht mehr raus ...

Brigitte erwischte sie beide in ihrem Zimmer. León hob die Arme und ließ sie hilflos wieder sinken. Richtig weiche Knie hatte er.

Kathrin schloss leise die Tür des Kleiderschrankes.

»León?« Brigitte, draußen in der Diele.

Kathrin fasste ihn am Arm und zog ihn zum Fenster. Was wollte sie denn dort? Doch nicht etwa rausspringen ...?

»Bist du da, León?«

Wie gelähmt lauschte er nach draußen.

Und da passierte zweierlei.

Erstens hörte er, dass Brigitte die Tür zu seinem Zimmer öffnete, und zwar, wie anders, ohne anzuklopfen.

Zweitens fühlte er sich plötzlich gepackt.

Kathrin hatte mit beiden Händen seinen Kopf ergriffen, drehte ihn zu sich, ihr Gesicht war dicht vor seinem, sie hatte wahrhaftig grüne Augen, echt grün waren die, und dann war mit einem Mal ihr Mund auf seinem, und der fühlte sich warm an und weich und überraschenderweise vollkommen trocken. Das waren angenehm warme, weiche und trockene Lippen, die sich da auf seine drückten ...

15. Wärme und Kälte

Dann hörte Kathrin, dass die Tür aufging.

Und da wollte León seinen Kopf zurückziehen. Darauf aber war sie gefasst und so konnte sie ihn festhalten. Noch immer spürte sie seine Lippen auf ihren, aber das war jetzt nicht mehr wichtig. Nun kam alles darauf an, dass sie beide noch ein Weilchen in dieser Haltung blieben, damit Brigitte auch wirklich mitbekam, in welcher Lage sich ihr Sohnemann befand. Keinesfalls durfte die Frage sie auch nur streifen, was er und Kathrin hier im Zimmer wirklich gemacht haben könnten.

Kathrin stand mit dem Rücken zur Tür, und während sie aufpasste, dass ihr Leóns Kopf nicht entkam, lauschte sie nach hinten. Was würde Brigitte sagen? Oder gar – tun?

Nichts vorerst.

Es war vollkommen still hinter ihr. Offenbar hatte es Brigitte die Sprache verschlagen. Doch nun hörte Kathrin ihre Schritte, und da löste sie sich von León und drehte sich um.

Brigitte war am Tisch stehen geblieben und blickte zu ihr herüber. Nachdenklich sah sie Kathrin an. Und auch ein bisschen traurig. Dann sagte sie: »Musste das wirklich hier in meinem Zimmer sein?«

Kathrin verstand. Brigitte nahm an, sie, Kathrin, habe diese Situation absichtlich herbeigeführt. Um ihr zu zeigen, wer jetzt die Nummer eins bei León war. Was ja nun absolut nicht stimmte. Und wenn, dann nur ein klitzekleines bisschen.

»Tut mir Leid«, sagte León. »Aber es musste wirklich in deinem Zimmer sein. Weil man nur von hier die Zufahrt im Auge behalten kann. Wir wollten nicht von dir überrascht werden.«

»Nun, das ist euch ja überzeugend gelungen,« sagte Brigitte. Wobei sie nach wie vor Kathrin ansah. Klar: Sie glaubte, dass dies eine Ausrede war, die nicht von León stammte, sondern von ihr.

Brigitte legte ihre Kamera auf den Tisch, klappte den Deckel des Notebooks hoch und stöpselte den Drucker ein. »Wenn ihr mich jetzt entschuldigen wollt? Ich habe zu arbeiten.«

Obwohl es immer weniger nach Regen aussah oder gar nach einem Gewitter, bestand die Mutter darauf, dass Kathrin den Platz unter dem Vordach am Stall leer räumte. »Man weiß ja nie«, sagte sie. »Wenn das Wetter doch noch umschlägt, können wir unser Grillfest vergessen.«

Also fuhr Kathrin den Deutz mit dem angehängten Mäher ins Freie und begann dann mit León zusammen, die diversen Ersatzreifen und Gartengeräte, die unter dem Vordach aufbewahrt wurden, auf den Hof zu schaffen.

Sie schwiegen bei der Arbeit. Und sahen zwar nicht ausdrücklich aneinander vorbei, aber tiefe Blicke tauschten sie auch nicht gerade. Die Szene vorhin in Brigittes Zimmer musste sich erst mal setzen.

Im Obstgarten spielten Michael und die blonde Gabi noch immer Tischtennis. Die junge Frau war erstaunlich flink und konzentriert bei der Sache, was sie auch sein musste, denn Michael war ein ernst zu nehmender Gegner. Nicht weit davon saß Reiter auf einem Gartenstuhl und sah seiner Begleiterin zu. Vorhin hatte ihn die Mutter gefragt, ob sie beide zum Grillfest bleiben wollten, was er mit »Danke, gern« quittiert hatte, und zwar auf der Stelle, ohne vorher mit seinem Mausespatz darüber gesprochen zu haben.

Der Vater und Martin waren losgefahren, um allerlei Leckeres zu besorgen. Und es *würde* Leckeres sein, so aufgeräumt wie der Vater heute war. Ob Reiter ihm womöglich schon ein Angebot gemacht hatte?

Dann waren Kathrin und León mit ihrer Arbeit durch und sie sagte: »León, wir sollten darüber reden, wie es weitergeht.« Hastig fügte sie hinzu: »Mit den Kelten, meine ich.«

León nickte. »Drüben unterm Baum?«

Sie gingen zum Tisch unter der Linde und nahmen Platz. Irgendwie fügte es sich, dass sie nicht nebeneinander saßen, sondern einander gegenüber – durch den Tisch getrennt.

León blickte sich um. »Wo sind eigentlich Idefix und Rollo?«

Kathrin zeigte in Richtung Wäldchen hinter dem Obstgarten. »Dort sind sie vorhin verschwunden.«

»Sie sind im Wald? Ist das nicht gefährlich?«

Kathrin schüttelte den Kopf. »Rollo stöbert da oft herum, er kennt das Gelände. Und Spitze haben bloß einen schwachen Jagdinstinkt. Der reißt garantiert kein Reh.«

»Ich bin mir nicht ganz sicher«, sagte León. »Aber ich glaube, das trifft auch auf Zwergschnauzer zu.«

Kathrin lachte und León lächelte. Wurde aber gleich wieder ernst. »Ich, äh, muss dir was sagen, Kathrin.« Er vermied es offenkundig, ihr ins Gesicht zu blicken. »Es war das erste Mal, dass ich ein Mädchen, also, dass ein Mädchen mich geküsst hat.« Jetzt sah er sie an. »Und wie ist das mit dir?«

Ernst sagte Kathrin: »*Ich* bin noch nie von einem Mädchen geküsst worden.«

León stutzte, dann prustete er los, und darauf lachten sie beide zusammen, lachten und lachten, so dass im Obstgarten Michael und Gabi aufhörten zu spielen und Reiter irritiert in die Runde schaute.

»Okay«, sagte Kathrin, als sie sich wieder beruhigt hatten. »Meine Antwort ist: Du bist der erste Junge, den ich geküsst habe.«

»Und, äh, warum hast du's getan? Bloß, weil Brigitte ins Zimmer gekommen ist?«

»Hat es sich so angefühlt?«

León lächelte. »Nein, das hat es nicht.« Und nach einer Weile: »Könnte man bei Gelegenheit wiederholen.«

»Könnte man.« Kathrin lächelte zurück. »Sollte man sogar.«

»Mhm.« Leóns Blick bekam etwas Versonnenes.

Kathrin setzte sich aufrecht. »Und jetzt die Kelten.« Als León das Gesicht verzog, sagte sie: »Es muss sein, León.«

»Klar, natürlich«, nickte er. »Also, dann fangen wir mal so an: Was wissen wir Neues?«

Sie wussten jetzt, dass der Keltenjunge und das Keltenmädchen unter Garantie aus dem Grab kamen, also mit hoher Wahrscheinlichkeit die geopferten Kinder waren. Half das weiter? Kein Stück. Nach wie vor hatten Kathrin und León nicht die geringste Ahnung, was die beiden von ihnen wollten.

»Und außerdem haben wir keinen Schimmer«, fiel Kathrin ein, »aus welchem Grund der Keltenjunge gestern Nacht Martin niedergeschlagen hat.«

»Vielleicht ohne Grund? Einfach so?« León dachte nach. »Oder aus Bosheit. Die beiden sind ja Wiedergänger. Und die sind böse und höchst gefährlich. Das dachten wenigstens die Kelten.«

»Ja«, sagte Kathrin. »Aber wir sind keine Kelten.«

»Deshalb dürften uns eigentlich auch keine Wiedergänger erscheinen.«

Sie sahen sich an.

»Ich glaube«, sagte Kathrin, »so kommen wir nicht weiter.«

»Und ich glaube«, sagte León, »um weiterzukommen, müssen wir noch mal raus zum Hügel.« Er machte eine Pause. »Riskieren wir's?«

»Was bleibt uns übrig?« Kathrin erhob sich. »Aber dieses Mal werden wir nach ihnen rufen.«

»Und dieses Mal«, sagte León, indem er aufstand, »wird uns, zum Geier, kein Polizist in die Quere kommen.«

Ein Polizist kam ihnen tatsächlich nicht in die Quere …

Sie hatten gerade die Stelle passiert, wo das Wäldchen in das dichte Gestrüpp überging, das die Wiese umgab, als die beiden hervorbrachen.

Sie kamen aus dem Wäldchen geschossen und stürmten laut bellend hinter ihnen her, Rollo vorneweg und Idefix dicht auf.

»Mist!« Kathrin schlug mit der Faust durch die Luft. »Jetzt müssen wir die zwei erst nach Hause bringen. Bei diesem Krach zeigen sich die Kelten doch nie.«

Doch León schüttelte den Kopf. »Glaubst du, das Mädchen und der Junge haben Angst vor Hunden?«

»Nein.« Kathrin atmete sichtlich auf. »Die bestimmt nicht. – Was haben die Hunde denn? Ach herrje.«

Rollo und Idefix hatten aufgehört zu bellen und verschwanden gerade im Straßengraben. Kurz darauf tauchten sie wieder auf. Rollo trug jetzt quer im Maul einen alten Regenschirm, und Idefix mühte sich mit einem Turnschuh ab.

»Da kann man nichts machen.« Kathrin hob entschuldigend die Hände. »Rollo bringt ständig irgendwelches Zeug angeschleppt.«

Nun waren die beiden heran, und Rollo legte den Schirm vor Kathrin auf den Boden. »Braver Hund«, sagte sie und tätschelte ihm den Kopf. »Bist ein richtiger Sachensucher.«

Na, das war ja eine tolle Methode, ihm das Sachensuchen abzugewöhnen. Natürlich wollte jetzt auch Idefix gelobt werden. »Ist okay, Alter«, sagte León und nahm ihm den zerschlissenen Turnschuh ab. Wenn Idefix demnächst nicht mehr mit seinem Busenfreund zusammen war, würde er ihm dieses Apportieren von Müll hoffentlich wieder austreiben können.

Aber jetzt lag anderes an. »Gehen wir weiter?«, fragte er.

Kathrin nickte und sie wandten sich dem Hügel zu.

Da war er. Mitten auf der Wiese, kahl und massig mit gerundeter, ebener Kuppe, auf der die Pyramide thronte.

Und innen im Hügel lagen sie. Da lagen in ihrer Grabkammer der Keltenjunge und das Keltenmädchen. Ausgestreckt auf Liegen, ihre Waffen neben sich. Mit geschlossenen Augen …

Mit einem Mal wurde León klar, dass er binnen Minuten zwei Leichen gegenüberstehen würde. Zwei Toten, die vor zweitausendfünfhundert Jahren begraben worden waren … Warum eigentlich waren die Geopferten nicht im Traum vorgekommen? Im Traum, den die Königin der Remi ihm und Kathrin gezeigt hatte? Der Grabhügel …! Lagen, als die Königin vor dem Hügel stand, die beiden Keltenkinder dort schon drinnen? Lebendig begraben …?

Plötzlich war ihm, als wehte vom Hügel ein frostiger Hauch herüber, als legte sich eisige Kälte wie ein Hülle um ihn, als versuchte diese Eiseskälte in ihn einzudringen … Sie griff nach seinem Inneren, nach seinem Kopf, drang in das Gehirn … Und sie schien zu sprechen. Halte ein!, schien sie zu sagen. Nicht weiter! Kehre um …!

Und da, so unvermittelt, wie sie León überfallen hatte, verschwand die Kälte. Als hätte jemand sie – vertrieben; ja, genau so hatte es sich angefühlt. León atmete tief ein. Was war eben mit ihm geschehen …?

Kathrin stand neben ihm und blickte zum Hügel. Offenkundig hatte sie nicht mitbekommen, was mit ihm gewesen war. Und dabei sollte er es auch belassen. Wenn ihm so was wieder passierte, konnte er immer noch darüber reden. Er nahm ihre Hand. Die war warm und trocken, auch ein bisschen rau, und er sagte: »Komm. Wir müssen zu ihnen.«

Er vermochte es nicht, ihn daran zu hindern, sich zu nähern.

Das Mädchen war unwichtig. Aber den Knaben hätte er gerne aufgehalten. Doch war es ihm derzeit verwehrt, Waffen zu gebrauchen. Er durfte keine Streitaxt anfassen, kein Schwert, nicht einmal eine Lanze.

Miletumagnum, das ist: »Groß in der Zerstörung«. Dies war sein Name und dies war sein Wesen. Aber wie, beim allmächtigen Teutates, sollte er dem ohne Waffe gerecht werden?

Man hatte ihn in diese Welt entlassen (für wie lange, wusste er nicht), damit er etwas bewirke. Was, war ihm nicht mitgeteilt worden. Aber was sollte er anderes bewirken, als dieser verderblichen, dieser unheilvollen, kurz: der friedlichen Entwicklung entgegenzutreten? Es war ihm aufgegeben, sich gegen Fürstin Segumara zu stellen. Gegen die unheldische, weibisch friedsame Anführerin der Remi.

Und somit gegen deren blauäugige Tochter, die da meinte, den Feind mit List besiegen zu können. Das war eines Mädchenkopfes närrischer Traumtanz. Und ein gefährlicher, denn er drohte Wirklichkeit zu werden. Doch nur durch Kampf konnte der Feind besiegt werden. Und Kampf war Krieg und Krieg war Töten. So *musste* man einen Feind bekämpfen. Und nur so *durfte* man ihn bekämpfen. Denn das verlangte Teutates, der

Gott des Krieges, von seinem Volke. Alle Kelten stammten von ihm ab, er war der Vater des Volkes.

Deshalb war das Treiben der Fürstin so verwerflich. Segumara würde den Stamm auf Dauer unweigerlich des Krieges entwöhnen, ihn in einen verweichlichten und entnervten Zustand versetzen und somit ins Verderben führen.

Doch würde er dieses Mal der Frau erfolgreich entgegentreten können. Er hoffte, seinen Ziehsohn Mágurix (den ein einziges Mal aufzusuchen ihm gestattet worden war) hinlänglich unterwiesen zu haben, wie Kiumaras Pläne zu durchkreuzen seien. Gewiss war er sich dessen jedoch nicht. Was konnte er, Miletumagnum, ohne Waffen selber tun?

Er hatte erwartet, dass sein derzeitiger Zustand es ihm erlaubte, in das Hirn von Menschen einzudringen und ihnen Befehle zu erteilen. Das war offenkundig nicht der Fall. Nachdem der Knabe stehen geblieben war und gezögert hatte, kam er nun heran. So stetig, als wüsste er, dass er, Miletumagnum, machtlos war. Doch wenn er das wirklich war, warum beließ man ihn dann noch in dieser Welt?

Wo eigentlich befand sich gerade die Frau? Auch Segumara war gestattet worden, diese Welt aufzusuchen. War sie noch hier? Was tat sie jetzt? Was hatte sie schon getan?

Selbstverständlich war sie bei ihrer Tochter gewesen und hatte sie unterwiesen. Und weiter? Hatte Segumara vielleicht eine Möglichkeit entdeckt, Menschen dieser Welt zu beeinflussen?

Miletumagnum würde es herausfinden.

Das Gebell der Hunde war nur kurz zu vernehmen gewesen und zudem aus etlicher Entfernung zu ihnen herabgedrungen. Kiumara hatte lediglich ausmachen können, dass es sich um zwei Hunde handelte: um einen kleinen (vielleicht ein kraushaariger Zwerghund zum Aufspüren von Wild?) und um einen größeren (ein fuchsschnauziger Hirtenhund?). Mehr war aus dem Bellen nicht herauszuhören gewesen.

»Mágurix hat sich nicht verhört«, beharrte er. »Der kleinere war der feige Tändelhund des Knaben.«

»Wenn Mágurix das gehört hat, dann wird es wohl seine Richtigkeit haben«, lenkte sie ein, getreu ihrem Vorsatz, ihn nicht unnötig zu reizen und ihn wie einen jungen Eber seine ungebärdigen Sprünge machen zu lassen. Tatsächlich waren seine Ohren ja scharf wie die eines jungen Ebers. Was wäre also, wenn Mágurix Recht hätte und der Knabe sich wirklich dem Hügel näherte? Vielleicht sogar gemeinsam mit dem Mädchen?

Das hieße dann, dass Kiumara aus einer ihrer Zwicklagen herauskäme.

Sie hatte überlegt, wie sie den Feinden zu wissen geben könnte, dass um diesen Hügel herum Wiedergänger ihr Unwesen trieben. Am sichersten natürlich, indem sie sich ihnen zeigte. Das jedoch kam wegen der bemessenen Zahl ihrer Außengänge nicht infrage.

Aber es gab ja das Mädchen und den Knaben, von denen sie, Kiumara, und Mágurix mehrfach auf dem Hügel gesehen worden waren. Und so, wie die Welt dort draußen beschaffen war, *mussten* diese sie für Wiedergänger halten. Dass sie offenkundig wenig Furcht vor Wiedergängern hatten und in der vergangenen Nacht auf den Hügel gekommen waren, sogar bei Gewitterdonner, konnte sich Kiumara zwar nicht erklären, aber sie wollte es nutzen: Das Mädchen und der Knabe sollten den Feinden von den Wiedergängern berichten.

Nur: Je mehr Zeit verstrich, ohne dass die beiden wieder am Hügel erschienen, desto mehr neigte Kiumara zu der Ansicht, dass sie leider nun doch Furcht bekommen hatten. Und das hieß: Kiumara konnte ihre Botschaft von den *gefährlichen* Wiedergängern den Feinden nicht zu wissen geben. Das war die eine Zwicklage, in der sie steckte.

Angestrengt lauschte sie. Nichts zu hören

Natürlich nicht. Das Mädchen und der Knabe kamen ja zu Fuß, weil sie die Hunde, wie wohl auch in dieser Welt erforderlich, in Übung halten wollten. *Wenn* sie kamen.

Kiumara lauschte.

Nichts. Auch kein Hundegebell mehr. Der Knabe kam nicht. Und auch das Mädchen nicht. Der kleinere Hund war eben nicht der des Knaben gewesen. So überaus scharf waren die Ohren von Mágurix wohl doch nicht …

»Ahloh! Ehh!«

Der Knabe! Das war die Stimme des Knaben. Und noch einmal: »Ahloh!«

Und nun erklang die Stimme des Mädchens! »Ehh! Wiehsintiehr!«

Was für Worte die beiden riefen, verstand Kiumara nicht. Aber eindeutig wollten sie auf sich aufmerksam machen. Sie waren nicht nur wieder am Hügel erschienen, sondern hatten auch begriffen, dass sie sich bemerkbar machen mussten. Kiumara entfuhr ein Seufzer der Erleichterung.

»Mágurix ist erfreut«, kam da aus der Dunkelheit herüber, »dass Kiumara ihre Verbündeten wieder gefunden hat.«

Oh. Feiner Spott. Dessen hatte sie ihn nicht für fähig gehalten. Denn dazu gehörte Verstand. Sie sollte ihn nicht unterschätzen.

»Zu Kiumaras Unglück jedoch«, fuhr er hämisch fort, »kann sie sich dem Knaben und dem Mädchen nicht zeigen.« Aber, bitte sehr, auch nicht überschätzen. Worum es ihr ging und was sie plante, hatte er zu ihrem Glück nicht erfasst. Es war freilich auch nicht einfach.

Denn aus der einen Zwicklage war sie nun zwar heraus. Aber selbst wenn sie sich dem Mädchen und dem Knaben zeigte – es nützte ihr nichts. Sie würde ihnen nicht begreiflich machen können, welche Botschaft sie an die Feinde übermitteln sollten. Das war die andere Zwicklage, in der sie steckte. Wie, um der Großen Mutter willen, konnte sie es bewerkstelligen, dass die beiden …

Genau da, als sie dies dachte, begannen die beiden Hunde wieder zu bellen.

Jetzt, aus der Nähe, klang ihr Bellen nicht nur lauter, sondern auch aufgeregter, wilder … Tatsächlich schienen die zwei Hunde sich beim Bellen fast zu zerreißen. So, als hätten sie einen verwundeten Eber gestellt, an den sie sich nicht heranwagten. Offenbar taten auch in dieser Welt die Hunde, ob für die Jagd gezogen oder nicht, was jeder Hund begierig tut: großes Wild verbellen und kleineres dem jagenden Krieger zutragen …

Und da, mit einem Male, wusste Kiumara, wie sie es bewerkstelligen konnte. Sie würde dazu einen Außengang wagen müssen, noch dazu einen, der sie vom Hügel wegführte, in den Wald, der an die Wiese grenzte. Doch sie glaubte bestimmt, dass sie einen Weg gefunden hatte. Einen Weg, der das Mädchen und den Knaben dahin brachte, den Feinden zu übermitteln:

Ihr seid von *gefährlichen* Wiedergängern bedroht.

16. Ein Grillfest

»Rollo!«, schrie Kathrin. »Still!«

Was, um Himmels willen, war bloß in ihn gefahren? Gut, er war ein Spitz, und Spitze bellten gern und ausgiebig – aber doch nicht so! Direkt unheimlich war das. Er bellte ohne Pause, wild und atemlos, sein Bellen überschlug sich förmlich und dabei sprang er immer wieder nach vorn, zuckte dann zurück, sprang wieder los mit gesträubten Haaren – so als sähe er etwas, das ihn buchstäblich überschnappen ließ ... Plötzlich musste Kathrin an die Liss und die Bless denken – daran, wie die zwei gestern auf der Weide ausgerastet waren ...

Das Etwas, das Rollo sah, wenn er es denn sah, musste unten in der Kuhle sein. Hätte sein müssen. Denn dort war nichts.

Und neben Rollo kläffte Idefix, lärmte und tobte, dass es fast zum Fürchten war.

»Was haben die denn?«, rief Kathrin durch den Lärm.

»Keine Ahnung!« León hob die Hände. »So hab ich Idefix noch nie erlebt.«

»Rollo!«, schrie Kathrin. »Still jetzt!« Aber er tobte weiter. Offenbar war da nichts zu machen. Und solange die Hunde verrückt spielten, hatte es wohl kaum einen Sinn, nach den Kelten zu rufen. Vielleicht sollten sie und León doch erst mal die beiden ...

Doch plötzlich waren die Hunde still.

Urplötzlich hatten sie aufgehört zu bellen, nicht einmal ein Knurren gaben sie noch von sich. Sie legten sich nieder, hechelten ein bisschen und taten im Übrigen so, als wäre überhaupt nichts gewesen. Und das war nun auch wieder unheimlich.

León blickte zur Kuhle. »Dort unten ist der Keltenjunge aufgetaucht. Vor dem hat Idefix einen mächtigen Bammel gehabt.« Er beugte sich zu dem Zwergschnauzer hinunter. »Hey, Alter. Was, zum Geier, war das denn eben?« Aber Idefix blinzelte bloß und gähnte dann sogar. Auch Rollo sah entspannt und friedlich aus.

»Na ja«, sagte Kathrin. »Das war das.« Sie sah León an. »Probieren wir's noch mal?«

León nickte. »Hallo!«, rief er dann. »Heh!«

»Heh!«, rief Kathrin. »Wir sind hier!«

Sie warteten, die Pyramide fest im Blick. Nichts tat sich. Und da fiel Kathrin etwas ein. »Wir haben sie noch nie rauskommen sehen. Sie waren immer plötzlich da. Richtig?«

»Stimmt! Vielleicht wollen sie nicht, dass wir mitkriegen, wie sie rauskommen.«

»Okay«, sagte Kathrin. »Dann noch mal. Aber weggedreht.«

Sie wandten sich von der Pyramide ab und riefen erneut. Sie warteten eine Weile und drehten sich wieder um. Nichts.

»Vielleicht haben die Hunde sie doch gestört«, überlegte Kathrin.

»Kann sein.« León schaute in die Luft. Seine Stirn war gerunzelt, als dächte er angestrengt nach. Plötzlich sagte er: »Kathrin. Eben ist *mir* was eingefallen.«

»Und was?«

»Etwas, an das wir bisher noch nicht gedacht haben. Das aber ziemlich wichtig sein könnte.«

»Also sag schon. Was ist es?«

»Wenn Brigitte mit ihrer Grabung anfängt, ich meine, wenn der Hügel geöffnet wird ...« Er hielt inne. Doch Kathrin wusste im selben Augenblick, was er jetzt sagen würde. Und sie fragte sich, warum sie beide diese Frage bisher nicht gestellt hatten. Nämlich:

»Was wird dann«, fragte León, »aus dem Keltenjungen und dem Keltenmädchen?«

Sie sahen sich an.

Kathrin schüttelte den Kopf. »Die kann man doch nicht so einfach ans Tageslicht zerren.«

»Sie sind zwar tot. Aber sie leben auch. Ich meine ...« León stockte. »Also, gewissermaßen ...«

Sie schwiegen.

Nach einer Weile sagte Kathrin: »Scheiße.«

»Gewissermaßen«, nickte León.

León hatte es sich schon gedacht: Was von Frau Beckmann als *Grillfest* angekündigt worden war, entpuppte sich als eine Art geselliges Beisammensein im Hof. Man saß gemütlich um den großen Küchentisch, den Herr Beckmann und Martin ins Freie geschleppt hatten, aß und trank und unterhielt sich. León fand, dass eine entspannte Stimmung herrschte.

Michael durfte mit seinen acht Jahren tatsächlich selbstständig das Fleisch und die Würstchen grillen, was er fachkundig und offensichtlich nicht zum ersten Mal tat. Zwischendurch lief er um den Tisch, füllte Gläser nach und holte neues Bier aus dem Kühlschrank in der Küche. Und das alles durfte er tun, ohne von Frau Beckmann überwacht zu werden. León wurde richtig neidisch. So was hätte man ihm mal zutrauen sollen, als er acht war. Allerdings hatte Michael auch für Musik sorgen dürfen. Was hieß, dass aus einem Radiorekorder im Küchenfenster ziemlich läppische Popmusik ertönte, zum Glück nicht besonders laut.

Brigitte saß übrigens neben Martin. Der trank Bier, schlückchenweise, und das erst, nachdem Brigitte ihm versichert hatte, sie werde ihn später zu seinem Hotel fahren. Sonst trank nur noch Herr Beckmann Bier; der indessen etwas reichlicher. Alle anderen hielten sich an Saft (es gab unter anderem einen köstlichen Birnensaft, den Frau Beckmann selber gepresst hatte) oder an Wasser, wie die blonde Gabi.

Die saß neben Reiter. Und Martin direkt gegenüber. Sie hatte den Kopf auf beide Hände gestützt und musterte Martin ziemlich intensiv. »Wenn Sie auf Verbrecherjagd gehen«, wollte sie wissen, »haben Sie da 'ne Knarre bei sich oder so was?«

»Oder so was«, sagte Martin.

Reiter grinste. »Vermutlich Pfefferspray, was? Mit einer Pistole könnte es Ihnen ja passieren, dass Sie tatsächlich mal einen Raubgräber erwischen.« Jetzt lachte er laut und durchdringend. »War nur ein kleiner Scherz. Nichts für ungut, junger Mann.«

Martin lächelte. »Ich habe es Ihnen schon einmal gesagt: Die Raubgräber von heute Nacht kriegen wir.«

León beobachtete Brigitte. Sie hatte eine interessierte Miene aufgesetzt. Und fragte Martin jetzt sogar: »Haben Sie denn schon Anhaltspunkte?« Statt Archäologin hätte sie auch Schauspielerin werden können.

»Ich weiß, wo ich einhaken muss«, sagte Martin. »Aber das darf ich noch nicht mal Ihnen verraten.« Er lächelte Brigitte an und die lächelte lieb und harmlos zurück.

Eine glänzende Schauspielerin sogar.

»Wann werden wir einen Blick in den Hügel werfen können?«, wandte sie sich an Reiter. »Ich bin wirklich gespannt.«

Oder hatte sie es irgendwie geschafft, komplett zu verdrängen, dass sie den Hügel angebohrt hatte? Aber das war denn doch ziemlich unwahrscheinlich. Während León darüber nachdachte, vermied er es, zu Kathrin hinzusehen. Es hätte ein Blick werden können, der Brigitte verriet, dass sie Bescheid wussten.

»Ein bisschen Zeit müssen Sie mir schon geben. Das Glasfaserkabel muss speziell hergestellt werden. So was gibt's nämlich nicht im Supermarkt, Gnädigste.« Reiter ließ wieder sein durchdringendes Lachen heraus.

Brigitte hatte die Brauen zusammengezogen, sagte aber nichts. Warum ließ sie sich von Reiter so eine Frechheit bieten?

Weil sie mit ihm zusammen den Hügel angebohrt hatte.

Für Reiter war das kein Sündenfall, er war schließlich kein Archäologe. Für Brigitte aber schon. Und damit hatte er sie in der Hand. Jederzeit konnte er sie verpfeifen. Zwar wäre dann auch sein archäologischer Mitmach-Park gestorben, weil daraufhin die Grabung gestoppt werden würde ... Halt.

Die Grabung würde gestoppt ... War das nicht eine Möglichkeit?

Nachdem León und Kathrin klar geworden war, dass bei einer Öffnung des Hügels die beiden Kelten ans Tageslicht gezerrt werden würden, hatten sie überlegt. Wie konnten sie das verhindern? Brigitte, Reiter und Kathrins Eltern von den Kelten erzählen? Dass sie die beiden auf dem Hügel gesehen hatten, mehrfach und offenkundig lebendig? »Können wir vergessen. Das glaubt uns kein Mensch.« Was konnten sie sonst tun? »Nichts. Wir müssen abwarten, was passiert.«

Jetzt bot sich plötzlich die Möglichkeit, die Grabung zu stoppen ...

Aber doch nur für kurze Zeit. Bekanntlich rauften sich die Archäologen regelrecht um Grabungsprojekte. Ein anderer Wissenschaftler würde den Hügel öffnen.

Außerdem wäre León dann einer, der seine Mutter verpfiffen hätte. Und das wäre, um es mal klar zu sagen, ohnehin niemals infrage gekommen. Also bitte.

»Willst du noch Saft?« Michael, der aufmerksame Gastgeber, stand mit dem Krug da.

»Aber immer.« Während Michael nachschenkte, blickte León sich um. Und da sah er Idefix und Rollo am Grill. Idefix saß erwartungsvoll aufgerichtet, während Rollo versuchte, mit der Vorderpfote ein Steak vom Rost zu angeln.

»Du hast Kundschaft am Grill«, sagte León.

»Was? – Haut ab! Weg da, Rollo!« Michael stürzte los und die Hunde rannten davon. Sie fegten durch den Obstgarten und verschwanden dann im Wäldchen. Sollten sie. Vielleicht fanden sie ja dort etwas Leckeres.

»Oje.« Frau Beckmann blickte zum Himmel. »Jetzt

kommt das Gewitter doch noch.« Wolken begannen aufzuziehen, und es waren unleugbar tiefdunkle. »Bringst du den Grill in Sicherheit?«, wandte sie sich an ihren Mann.

»Ach, das sind doch bloß ein paar Wölkchen.« Er nahm einen Schluck aus seiner Bierflasche. Als Frau Beckmann die Stirn runzelte, sagte er: »Okay, okay, warum nicht?« Er ging zum Grill und zog ihn mit Michaels Hilfe unter das Vordach. Dann kam er zurück und nahm wieder seinen Platz am Kopfende des Tisches ein. Danny Reiter saß über Eck neben ihm.

Die Wolken zogen über dem Wäldchen herauf. Und vor dem dunklen Hintergrund ließ die Nachmittagssonne den Tisch und die Menschen, die um ihn herum saßen, so leuchtend erstrahlen, dass León dachte: »Das sieht ja aus wie gemalt!« Und ihm fiel ein, dass er später einmal vielleicht gern ein Bild davon hätte. »Kann ich ein paar Fotos machen?«, fragte er Brigitte.

»Natürlich.« Sie reichte ihm ihre Kamera.

León fotografierte erst Michael, der stolz seine Grillzange präsentierte, dann mehrere Male aus verschiedenen Blickwinkeln die gesamte Tischrunde und darauf einzelne Gruppen und Paarungen: Brigitte und Martin, dazu Kathrin, die an der anderen Seite Martins saß, dann Martin und ihm gegenüber Gabi, die ihn anhimmelte, dazu die spöttisch lächelnde Brigitte, wieder Kathrin, dieses Mal zusammen mit ihrer Mutter, darauf Gabi und Reiter, der aber von ihr abgewandt saß und mit Herrn Beckmann sprach. Ziemlich intensiv sogar.

León hatte gerade Reiter zusammen mit Kathrins Vater aufgenommen, als Reiter laut wurde. »Ich kann Ihnen versichern, Herr Beckmann: Das werden Sie bereuen.«

»Das glaube ich kaum.« Auch Herr Beckmann redete jetzt laut. »Jedenfalls entscheiden nicht Sie, wann das Land verkauft wird, sondern wir.«

»Je länger *Sie* warten, Herr Beckmann, desto weniger bezahle *ich*.«

Herr Beckmann wechselte mit seiner Frau am anderen Ende des Tisches einen Blick. Die schüttelte leicht den Kopf und ihr Mann sagte: »Wir lassen uns nicht unter Druck setzen, Herr Reiter. Wir warten ab, bis wir wissen, was im Hügel drin ist.«

»Und wenn der leer ist? Dann gehen Sie leer aus.«

»Okay, dann haben wir Pech gehabt.« Herr Beckmann sah wieder zu seiner Frau, die ein wenig nickte. »Es bleibt dabei«, sagte er. »Wir unterschreiben erst, wenn der Inhalt des Hügels bekannt ist. Dann kriegen Sie das Land zu einem angemessenen Preis.«

»Ich zahle Ihnen einen fairen Preis, wenn Sie jetzt verkaufen.«

»Angemessen, habe ich gesagt. Und erst dann, wenn wir Bescheid wissen.« Herr Beckmann griff nach seiner Bierflasche. »Reden wir von was anderem. Die ganze Gemütlichkeit geht sonst noch flöten.«

Aber das hatte die schon getan.

Alle schwiegen. Brigitte blickte mit finster zusammengezogenen Brauen auf Reiter, auch Martin sah ihn mit unverhohlener Abneigung an, Kathrin und ihre Mutter sowieso. Gabi hatte ihre Sonnenbrille aufgesetzt und war nun wieder die ungeheuer gelangweilte Blonde.

Aus dem Radiorekorder im Küchenfenster nölte eine Boygroup, deren Namen León nicht kannte und auch niemals kennen lernen wollte.

Sonst herrschte Stille.

Da sagte Michael plötzlich: »Was bringen die denn da angeschleppt?« Und er zeigte zum Obstgarten.

Kathrin konnte nur schwer den Blick von Reiter wenden. Wie er dort saß! Breit auf dem Stuhl, mit seinem widerlich nach hinten gegelten Haar. Es war ein Rätsel, wie es die offenbar ganz vernünftige Gabi mit so jemandem aushielt.

Aber bei den Eltern war er an die Richtigen gekommen. Er wollte die beiden Landeier über den Tisch ziehen, doch die begannen plötzlich, wie ausgebuffte Immobilien-Makler zu pokern. Hätte sie ihnen gar nicht zugetraut. Deshalb also war der Vater so aufgeräumt gewesen. Wenn man sich entschlossen hatte, jemandem die Zähne zu zeigen, war das ein gutes Gefühl. Dagegen fühlte sich Reiter ganz klar nicht gut, so finster, wie er dreinschaute ... Aber Moment mal ... Was hatte Michael gesagt?

»*Was bringen die denn da angeschleppt?*«

Rollo natürlich. Kam mal wieder mit irgendwelchem Kram im Maul gelaufen. Ziemlich umfangreiches Teil, das er da anbrachte. Und der kleine Idefix mühte sich heute schon zum zweiten Mal mit etwas ab, das eigentlich über seine Kräfte ging. Es war größer als ein Turnschuh. Und es schien schwerer zu sein, deutlich schwerer. Aber was war es? Was Rollo mit dem Maul gepackt hielt, konnte man auch nicht erkennen. Da hing etwas nach unten ...

Kathrin erhob sich. Ein Schwanz war das, ein buschiger Schwanz. Und was da noch nach unten hing, waren ... Beine. Das war ein Tier!

Mist! Jetzt hatte Rollo *doch* etwas gerissen. Natürlich kein Reh. Aber ein Kaninchen oder so was. Vielleicht eine Katze, die jemandem gehörte. Und wenn das einer beobachtet hatte, dann stand hier binnen kurzem der Förster auf der Matte. Und verlangte, dass Rollo nicht mehr frei herumlief.

Jetzt kamen die beiden Hunde auf den Hof.

Der Schwanz des Tieres, das Rollo trug, hatte rötliches Fell ... Ein Fuchs war das! Rollo hatte einen Fuchs gerissen. Wie hatte er das bloß geschafft? Und wo war überhaupt der Kopf des Fuchses?

Idefix! Idefix schleppte sich mit dem Kopf ab. Er hatte die Zähne in ein Ohr des Fuchskopfes geschlagen und schleifte ihn daran über den Boden.

Einen Kopf vom Rumpf zu trennen, das schaffte kein Hund. Kathrin atmete auf. Rollo und Idefix hatten den Fuchs im Wald gefunden. Er war schon tot gewesen und irgendwie hatte sich der Kopf vom Rumpf getrennt. Irgendwie ...? Kathrin ging den beiden Hunden entgegen und León folgte ihr.

Jetzt waren die Hunde heran und legten ab, was sie gefunden hatten. Es war wirklich ein Fuchs. Der Rumpf eines Fuchses und der Kopf eines Fuches. Aber ...

Kathrin starrte. Und neben ihr starrte León.

Da kam Michael gelaufen, sagte: »Was haben die zwei ...«, verstummte und starrte ebenfalls.

Nun kamen die Erwachsenen. Und auch sie standen und blickten sprachlos auf den zerteilten Fuchs.

Der Kopf war offensichtlich vom Rumpf *abgetrennt* worden.

Der Fuchs war ... *geköpft* worden.

Kathrin und León sahen sich an.

»Mein Gott«, sagte Brigitte gepresst. »Wer macht denn so was?«

»Ein Jäger bestimmt nicht.« Der Vater schüttelte den Kopf.

»Vielleicht ein Bauer? Wegen seiner Hühner?« Martin ließ sich vor dem Fuchs in die Hocke nieder. »Unglaublich. Den Kopf hat jemand mit einem einzigen Schnitt abgetrennt.«

Oder mit einem einzigen Schlag.

Kathrin sah auf den Kopf, dann auf den Rumpf, aus dem noch etwas Blut sickerte. Sie hatte so etwas noch nie in Wirklichkeit gesehen. Einen Halswirbel konnte man erkennen, das dort musste die Luftröhre sein, da waren Sehnen – und all das war glatt durchschlagen und so deutlich wie auf einem Computerbild.

»Jedenfalls«, sagte die Mutter, »kann Rollo das nicht gewesen sein.«

»Man sollte es beim zuständigen Polizeirevier melden«, sagte Martin.

Der Vater nickte. »Mach ich. Und den Fuchs gebe ich später beim Förster ab.«

»Ich würde mich nicht trauen, so was anzufassen.« Gabi hielt ihre Sonnenbrille in der Hand und blickte aus weit aufgerissenen Augen hinunter auf die Fuchsteile.

Reiter sagte nichts. Und man konnte ihm nicht ansehen, was er dachte oder vielleicht fühlte. Doch stellte Kathrin mit einer gewissen Befriedigung fest, dass ihm eine gegelte Strähne in die Stirn hing.

17. Die Warnung

León war auf der Stelle klar gewesen, dass Kathrin genau wie er das Traumbild vor Augen hatte – den Berg aus kopflosen Leichen. Und wie er dachte sie natürlich, dass möglicherweise die Kelten aus dem Hügel den Fuchs geköpft hatten.

»Aber ich frage mich, warum sie so was machen sollten.«

»Sie sind eben böse Wiedergänger«, sagte León. »Vielleicht wollte der Junge mit seiner Axt endlich mal wieder ordentlich zuhauen.«

Er und Kathrin saßen unter dem großen Baum, abseits von den anderen, die wieder am Küchentisch Platz genommen hatten und aufgeregt miteinander sprachen. Durch den Vorfall war noch einmal Leben in das Grillfest gekommen. Zumal die Gewitterwolken über dem Wäldchen hängen geblieben waren und nach wie vor die Sonne schien.

León hatte den toten Fuchs fotografiert, erst Kopf und Rumpf einzeln und aus der Nähe, dann die Teile zusammen, und da Rollo und Idefix noch neben ihren Fundsachen verharrten (vermutlich weil sie nicht gelobt worden waren), kamen sie mit aufs Bild. Woraufhin die beiden, als hätten sie nur darauf gewartet, mit ihrer Beute fotografiert zu werden, sich in den Obstgarten trollten.

»Es kann schon sein«, sagte Kathrin jetzt, »dass der Keltenjunge oder auch das Keltenmädchen den Fuchs einfach nur so geköpft hat.« Sie überlegte. »Es könnte aber auch sein, dass sie sich dabei ewas gedacht haben.« Sie sah León an. »Vielleicht wollten sie uns ein Zeichen geben?«

»Ein Zeichen? Aber wofür? – Und außerdem«, fiel León ein, »konnten sie nicht damit rechnen, dass wir ihr Zeichen auch bekommen würden.«

»Sie müssen mitgekriegt haben, dass die Hunde zu uns gehören.«

»Aber nicht, dass Rollo ständig Kram angeschleppt bringt.« León schüttelte den Kopf. »Nein, dieses Ding hat sich wohl eher irgendein abartiger Fuchshasser geleistet.«

»Aber dass es nicht doch ein Zeichen ist, das können wir nicht ausschließen, oder?«

»Stimmt.« León seufzte. »Also gut. Wieder mal gibt's wohl nur eins.« Er stand auf. »Wir müssen zum Hügel.«

Kathrin hatte sich schon erhoben. Sie blickte hinüber zur Tischrunde. »Hoffentlich stellt jetzt keiner dämliche Fragen.«

Das tat keiner, weil niemand merkte, wie sie verschwanden (wenn man von Brigitte absah, die ihnen einen schnellen Blick hinterherschickte, dann aber vorgab, ebenfalls nichts gemerkt zu haben).

Sie schwiegen, als sie sich auf den Weg zum Hügel machten. Die Landstraße lag einsam ohne jeden Autoverkehr, und wenn León es recht bedachte, dann waren über diese Straße, seit er hier war, nur Autos zum und vom Beckmann'schen Hof gefahren.

»Wohin führt diese Straße eigentlich?«, fragte er. »Ich meine, wenn man nicht zur Stadt, sondern in die andere Richtung fährt.«

»Erst am Kalten Berg vorbei und dann, nach ein paar Kilometern, ist Schluss.«

»Ist Schluss?«

»Na ja, dort, wo früher die Grenze zur DDR war.«

»Ihr seid also der letzte Hof, bevor die Straße endet?«

Kathrin nickte. »Und wenn auf den Feldern wenig zu tun ist, so wie jetzt vor der Erntezeit, kommt so gut wie keiner bei uns vorbei.«

»Ziemlich einsam, oder?«

Kathrin nickte wieder. »Ist nicht schlecht, sagt die Mutter. Kein Autolärm und so.« Sie schwieg. Nach einer Weile sagte sie: »Nachts ist es manchmal schon ein bisschen gruselig. Na ja«, fügte sie hinzu, »der Rollo passt ja auf.«

Wenn er nicht gerade im Wäldchen herumstöberte und durch einen geköpften Fuchs abgelenkt war. In Gruselgeschichten hieß so ein Hof wie der Beckmann'sche »Der Einödhof«. Und dort passierte dann nachts ziemlich zuverlässig Unheimliches und Gespenstisches. Aber jetzt war nicht Nacht, sondern heller Tag und die Sonne schien. Allerdings drohten linker Hand über dem Wäldchen noch immer die tiefdunklen Gewitterwolken.

Und bei Licht besehen, konnte man das, was sich seit gestern rund um den Beckmann'schen Hof abgespielt hatte, nicht gerade als normal bezeichnen. Obwohl er (und wohl auch Kathrin) sich fast schon damit abgefunden hatte, dass man sich mit Erscheinungen auseinander setzen musste, die es eigentlich nicht geben durfte. León hoffte, nein, betete geradezu, dass der Fuchs von irgendeinem Verrückten geköpft worden war. Wenn nicht, wurde es wirklich kompliziert. Denn dann hatten sie es mit Kelten zu tun, die nicht bloß aus einem Grab erscheinen konnten, sondern die außerdem noch zu anderen Dingen fähig waren. Zu Dingen, die … Besser nicht daran denken. Aber schleunigst von hier zu verschwinden – das wäre das Vernünftigste. Okay, Kathrin musste hier bleiben, auf dem Einödhof, also würde er natürlich auch bleiben, solange die Keltengeschichte dauerte. Aber wenn die nun gar kein Ende nahm? Und wenn doch – was für eins würde es sein? Junge, Junge, da war er vielleicht in was reingeraten … León versuchte, gar nichts mehr zu denken und einfach nur auf der Straße entlangzutrotten.

Doch da war schon die Stelle, wo das Wäldchen in das Gestrüpp an der Wiese überging. Man sah jetzt, dass sich die dunklen Wolken bis hinüber zum Kalten Berg türmten.

Und da lag der Hügel. Hell unter der Sonne des Spätnachmittags, mit der Pyramide auf der Kuppe, und vor der Pyramide …

León hielt an.

Auch Kathrin war stehen geblieben. Nach einer Weile hörte León sie flüstern: »Sie wartet auf uns.«

Es war noch ein gutes Stück bis zum Hügel und vermutlich hatte León sie deshalb nicht gleich gesehen, aber da stand sie. Das rote Haar leuchtete, goldfarben schimmerten der Halsring und der Gürtel. Und ihr Schwert, das sie senkrecht vor sich stehen hatte, die Hände über den Griff gelegt, glänzte metallisch. Es war ein fleckiges Glänzen. Woher das Fleckige rührte, konnte man aus der Ferne nicht ausmachen. Doch León spürte plötzlich sein Herz schlagen, bis in die Ohren hinein.

»Gehen ...« Er musste sich räuspern. »Gehen wir näher ran?«

Kathrin nickte. Und griff nach Leóns Hand. Sie gingen los.

Das Keltenmädchen blickte ihnen entgegen. Es stand auf dem Hügel, ohne sich zu rühren, stand auf das Schwert gestützt, und je näher sie kamen, desto deutlicher konnten sie erkennen, dass sich besonders auf der Mitte des Schwertes Flecken befanden, dass diese Flecken rostrot waren, und als León und Kathrin am Fuße des Hügels standen, war kein Zweifel mehr möglich.

»Es ist Blut«, flüsterte Kathrin. »Getrocknetes Blut.«

Fuchsblut. Dieses Mädchen hatte wirklich und wahrhaftig einem lebenden Tier mit einem einzigen Hieb den Kopf abgeschlagen.

Die Keltin blickte vom Hügel herab auf sie nieder. Noch immer stand sie vollkommen reglos. Auch in ihrem harten Gesicht regte sich nichts. Sie sah León an.

Fest sah sie ihn an, blickte ihm direkt in die Augen und in ihrem Blick war tödlicher Ernst.

Plötzlich bewegten sich ihre Augen, ein klein wenig nur, und nun fixierte sie Kathrin.

Und da schoss León etwas durch den Kopf. Ob er es wagen konnte? Wie würde sie reagieren? Würde sie sofort in der Pyramide verschwinden? Oder auf der Stelle – mit dem Schwert nach ihm werfen?

Aber er *musste* es wagen, sie *brauchten* einen Beweis.

Jetzt nur keine hastigen Bewegungen. Langsam fasste er nach der Kamera vor der Brust – die Keltin zuckte und sah ihn an. Sofort hielt er inne. Und wie jetzt weiter? León stand stockstill. Und da hatte er eine Eingebung.

Langsam schob er die rechte Schulter vor. Er schob sie so weit nach vorn, dass die linke Schulter deutlich nach hinten gedreht war, und da – es war nur eine ganz leichte Bewegung des Kopfes – nickte die Keltin.

Langsam hob León die Kamera, drückte auf ON und sah auf den Sucherschirm. Zu weit weg, die Keltin war kaum zu erkennen. Einen Moment zögerte León, doch dann – seine rechte Schulter war noch immer deutlich nach vorn gedreht – drückte er den Zoom-Knopf. Das Objektiv begann auszufahren, mit einem kaum hörbaren Sirren, aber sofort ging die Augen der Keltin wachsam hin und her. Doch blieb sie ruhig stehen. Vorsichtig, ohne den Kopf zu bewegen, kontrollierte León den Sucherschirm. Die Keltin war jetzt genau richtig auf dem Bild. Aber die Pyramide hinter ihr war sehr hell, sie strahlte geradezu vor den dunklen Gewitterwolken, hoffentlich kam die automatische Belichtung damit klar, aber egal – León drückte auf den Auslöseknopf. Dies war das erste Bild. Jetzt rasch die Belichtung auf manuell umschalten und …

Die Keltin hatte sich umgedreht. Nun machte sie zwei Schritte und verschwand. Das Keltenmädchen war in die Pyramide hineingegangen.

Zurück in die Grabkammer.

Kathrin war vor Schreck buchstäblich erstarrt, als sie aus den Augenwinkeln gesehen hatte, wie León nach der Kamera vor seiner Brust griff. War er wahnsinnig? Er selbst hatte ihr doch erzählt, wie flink, ja, artistisch der Keltenjunge seine Axt werfen konnte. Wenn nun das

Keltenmädchen die Kamera für eine geheimnisvolle Waffe hielt und das Schwert ... Aber da hatte León den Einfall gehabt, die rechte Schulter vorzuschieben. Das war einfach Klasse gewesen. Überhaupt konnte man sich jetzt voll auf ihn verlassen. Sie waren ein gutes Team.

Was für ein hartes Gesicht das Keltenmädchen hatte. Und wie bei der ersten Begegnung war es ein Gesicht ohne Freundlichkeit gewesen. Die Keltin meinte es ernst, ohne Frage. Tödlich ernst.

Fragte sich nur: *Was* meinte sie?

»Mein lieber Scholli.« León atmete tief aus. »Wenn's dir recht ist, möchte ich ein bisschen auf Abstand vom Hügel gehen.«

»Möchte ich auch. Aber nicht *zu* weit weg. Falls sie noch mal rauskommt.«

León schüttelte den Kopf. »Die kommt so bald nicht mehr. Ich glaube, sie hat uns gezeigt, was sie uns zeigen wollte.«

»Hast du eine Idee, was das sein könnte?«, fragte Kathrin gespannt.

León hob die Schultern. »Bloß eine vage. Das müssen wir gemeinsam sortieren. In meinem Kopf geht es ziemlich drunter und drüber.«

»Okay.« Kathrin drehte sich um. »Wir gehen bis dahin, wo der Schutzwall aus geweihten Steinen war.«

»Und wo war der ... Okay, okay, ist schon gut. Da, wo der Stein die Mähmaschine kaputtgemacht hat.«

Kathrin lächelte. »Na, *so* drunter und drüber geht's in deinem Kopf doch gar nicht, oder?«

Sie gingen auf der Wiese bis zur Grenze von gemäht und nicht gemäht und ließen sich mit Blick auf den Hügel nieder. Noch immer türmten sich Gewitterwolken, aber sie hatten sich verschoben, mehr zum Kalten Berg hin. Die Sicht auf den Kalten Berg selber war durch den Hügel versperrt. Aber wenn man um den Hügel herumginge ... Der Traum! Mit diesem Blick hatte der Traum begonnen.

Genau da sagte León: »Kathrin, der Blick von hier ...«

»... ist derselbe wie im Traum. Ist mir auch gerade aufgegangen.« Kathrin hatte die Knie angezogen und die Arme darum geschlungen. »Ich glaube, León, es ist klar, was uns die Königin der Remi sagen wollte.«

León nickte. »Schaut her, wollte sie sagen, ich und mein Volk müssen von hier wegziehen. Wir haben unsere Wohnstätte niedergebrannt. Und wir haben meine Tochter und den Sohn eines Edlen geopfert. Die sollen in die neue Heimat vorausziehen.«

»Damit sie«, fuhr Kathrin fort, »uns den Weg ebnen.«

»Das können sie aber nicht, wenn sie aus dem Grabhügel gezerrt werden.«

»Lasst sie in Frieden ...«

Sie sahen sich an.

»Und warum«, fragte Kathrin, obwohl sie die Antwort kannte, »warum hat die Königin uns den Berg aus Geköpften gezeigt?« Sie wollte sich vergewissern, dass León genauso darüber dachte wie sie.

»Weil sie uns zu verstehen geben wollte«, sagte León, »dass der Traum ernst gemeint war.«

»Ja«, sagte Kathrin. Und nach einer Weile: »Lasst uns in Frieden – das wollte uns auch das Keltenmädchen zu verstehen geben. Und es hat den Fuchs geköpft.«

León nickte. »Ich meine es ernst, heißt das.«

Blutig ernst, dachte Kathrin. Wer es fertig bringt, einem lebendigen Fuchs den Kopf abzuschlagen, der nimmt es auch mit anderen Lebewesen auf.

Mit Menschen zum Beispiel.

Wer uns nicht in Frieden lässt, der wird geköpft ...

Plötzlich ging Kathrin auf, was ihr bevorstand. Sie und León waren diejenigen, die dafür zu sorgen hatten, dass die Grabkammer nicht geöffnet wurde. Sie mussten versuchen, Reiter, Brigitte und Kathrins Eltern davon zu überzeugen, dass sie den Hügel in Ruhe zu lassen hatten ... Nein, falsch. Das durften sie nicht nur versuchen. Das mussten sie schaffen – unbedingt und unter allen Umständen. Denn sonst ...

Kathrin war zwölf und hatte große Ferien. Sie saß auf einer sommerlichen Wiese, neben einem Jungen, mit dem sie vor nicht allzu langer Zeit ihren ersten Kuss getauscht hatte, die Sonne schien, das Gras duftete ...

Und sie hatte entsetzliche Angst.

18. Kóndurix

Er war nur noch ein Kopf.

Nein – noch nicht einmal das war er.

Zu einem Kopf gehörten Augen, gehörten Nase, Mund und Ohren. All dies besaß er nicht mehr. Er konnte nicht sehen, nicht riechen, nicht schmecken und nicht hören. Er fühlte nichts.

Er bestand offenbar nur noch aus Hirn. Nur eine einzige Fähigkeit war ihm geblieben: Er konnte denken.

Und er konnte sich erinnern.

Doch nicht nur vergangene Geschehnisse vermochte sein Hirn heraufzubeschwören, nicht nur Bilder und Töne aus der Welt, in der er sich nicht mehr befand und auf die sich zu besinnen erfreulich war. Sondern auch Gerüche wie etwa den Duft der blühenden Esche, unter der er seine Zöglinge zu unterweisen pflegte. Oder den Geruch der gebratenen Keule eines jungen Ebers beim Festschmaus der Edlen. Ja, sein Hirn hatte sogar bewahrt, wie sich eine kühle Brise anfühlte, die nach vollbrachtem Opfertanz über die erhitzten Wangen strich. Dies waren köstliche Erinnerungen.

Zugleich waren es qualvolle Erinnerungen.

Weil sie möglicherweise Erinnerungen bleiben würden. Weil er vielleicht nie wieder einen wirklichen Duft riechen und eine wirkliche Brise spüren würde. Weil er, wenn es die Götter wollten, für immer ein Hirn bleiben würde. Ein bloßes Hirn, das sein Dasein außerhalb der Menschenwelt fristete.

Er befand sich in einer Zwischenwelt.

Woher er das wusste?

Hin und wieder tauchten Gedanken in seinem Hirn auf, die nicht die seinen waren. Es gab Mächte, vermutlich waren es Götter, jedenfalls ihm wohlgesinnte Mächte, von denen er zuweilen mit Wissen darüber versorgt wurde, was außerhalb seines Hirnes vor sich ging. Und eigentlich war er, diesen Göttern sei Dank, recht gut unterrichtet. Er wusste, wie es derzeit um Kiumara und Mágurix bestellt war, und man hatte ihn sogar darüber in Kenntnis gesetzt, dass es Segumara und Miletumagnum gestattet worden war, in das Geschehen einzugreifen – innerhalb gewisser Grenzen selbstredend. Aber was die Fürstin und ihr Widerpart bewirken durften, das war auf alle Fälle mehr, viel mehr, als man ihm, dem Druiden Kóndurix, zugestanden hatte. Er, als bloßes Hirn, konnte aus dieser Zwischenwelt nicht den geringsten Einfluss darauf nehmen, wie sich die Dinge entwickelten.

Aber wenn Kóndurix in sich ging, wenn sein Gehirn die Ereignisse und Vorgänge durchmusterte, die ihn in die derzeitige Lage gebracht hatten, so musste es sich eingestehen: Er selber hatte diese Lage herbeigeführt.

Er war es gewesen, der den Gedanken ins Spiel gebracht hatte, Sendboten in die neue Heimat vorauszuschicken. Diesen Vorschlag hatte er gemacht, um Segumara zu beruhigen und Miletumagnum zu überlisten. Doch hatte er ahnen können, dass die Götter ihn beim Wort nehmen würden? Dass sie wirklich und wahrhaftig die Ankunft des Stammes in der neuen Heimat davon abhängig machen würden, ob zuvor die geopferten Kinder eingetroffen waren? Das hatte er nicht.

Deshalb war er nach wie vor der Ansicht, dass er klug und richtig gehandelt hatte. Kóndurix hieß »Herr der Weisheit« und weise hatte er den Zwist bereinigt.

Den Zwist zwischen Segumara und Miletumagnum.

Entzündet hatte er sich am Salz.

Seit Menschengedenken förderten die Remi rund um den Hallberg Salzgestein aus der Erde. Das begehrte, kostbare Gut verhandelte der Stamm weit hinaus ins Land, bis hin zum großen Strom im Westen und weiter. Das Salz war der Quell des Wohlstandes der Remi.

Doch dann, binnen weniger Jahre, versiegte dieser Quell. Wo immer neue Gruben niedergebracht wurden – die Ausbeute war zum Verzweifeln kläglich. Der Wohlstand der Remi schwand rasch dahin, ja, es drohten Hunger und Elend. Denn ein Auskommen durch Ackerbau und Viehzucht war dem Stamme verwehrt. Zu klein war das nutzbare Land der Remi, zu groß die Zahl ihrer Köpfe.

Was war zu tun? Fürstin Segumara berief die Versammlung der Edlen ein.

»Hohe Frau! Miletumagnum versteht wahrlich nicht, warum es dieser Versammlung bedarf. Was zu tun ist, liegt doch derart klar auf der Hand, dass ein Krieger sich schämen muss, es auszusprechen.«

Miletumagnum war der Anführer der Krieger, was bedeutete: Er war das Haupt aller edlen Männer. Und diese Männer klopften nun mit den Schwertern auf die Schilde, um ihren Beifall zu bekunden.

Die edlen Frauen blieben still. Sie besaßen keine Stimme in der Versammlung.

Auch Kóndurix schwieg. Obschon *er* eine Stimme besaß. Und als Druide konnte er im Zweifelsfalle sogar die entscheidende Stimme in die Waagschale werfen. Aber noch war es nicht an der Zeit, das Wort zu ergreifen.

»Edler Miletumagnum«, erwiderte Segumara. »Ich, die Fürstin, wünsche, dass du ohne Scheu aussprichst, was deiner Meinung nach zu tun ist.«

»Hören heißt gehorchen«, gab sich Miletumagnum fügsam. Er blickte nach Entschuldigung heischend zu den Kriegern hin, bevor er fortfuhr: »Hohe Frau. Die Remi gehören zum großen Volke der kriegerischen Kelten. Wollen sie sich dieser Zugehörigkeit als würdig erweisen, so gibt es jetzt nur eines: Krieg!« Erneut klopften die Männer Beifall. Dann setzte Miletumagnum hinzu: »Schon lange, zu lange, haben die edlen Männer der Remi sich nicht mehr bewähren dürfen. Sie lechzen nach Kampf! Sie dürsten nach Eroberungen!« Dieses Mal war der Beifall ohrenbetäubend.

Als wieder Ruhe eingekehrt war, sagte Segumara: »Miletumagnum ist ein Bär auf seinem Weg. Unbeirrbar verfolgt er sein Ziel: Wir Remi sollen unseren Nachbarstamm überfallen, ihn versklaven und uns in den Besitz seiner Salzgruben bringen. Miletumagnum möge mir bestätigen, dass seine Fürstin ihn recht verstanden hat.«

In Miletumagnums Gesicht spiegelte sich kaum verhohlene Verachtung. »Der Klugheit Fürstin Segumaras ist nicht verborgen geblieben, worauf Miletumagnum abzielt.« Und er setzte hinzu: »Einen Übelstand mittels Krieg zu beheben, ist guter keltischer Brauch von alters her.«

Erneut wollte Beifall aufbranden, aber mit erhobener Hand stillte ihn Segumara. »Vernehmt, edle Männer und auch ihr edlen Frauen, was die Fürstin euch zu sagen hat.« Sie hielt inne und ließ den Blick über die Versammlung wandern. Dann fuhr sie fort: »Ein Brauch ist nicht schon deshalb gut, weil er von alters her geübt wird. Die Zeiten wandeln sich. Immer zahlreicher wird das Volk der Kelten, immer größer werden seine Stämme. Also geschieht es immer häufiger, dass dieser oder jener Stamm seine Nahrung nicht mehr zu erwirtschaften vermag, sei es durch Ackerbau und Viehzucht, sei es durch Handel. Immer öfter wird demnach ein Übelstand eintreten, der nach altem Brauch einen Krieg zu erfordern scheint.« Wieder hielt sie inne. Darauf rief sie mit erhobener Stimme: »Edle Männer und Frauen! Dieser Brauch ist ein Kadaver in einer lebendigen Herde. Er passt nicht mehr in die sich wandelnde Zeit. Wir müssen nach anderen Wegen suchen!«

Aus der Menge der Krieger stieg Gemurmel auf, aber nun war es Miletumagnum, der mit erhobener Hand für Ruhe sorgte. »Hohe Frau. Stille die Neugier der Krieger. Gibt es einen Weg, den Fürstin Segumara bereits ins Auge gefasst hat?«

Segumara zeigte ein spöttisches Lächeln. »Miletumagnum ist ein Fuchs auf der Pirsch. Dank seiner Schläue vermag er hinter Worte zu sehen und die Gedanken seiner Fürstin zu erraten.« Sie wurde ernst und blickte über die Versammlung. Dann sagte sie langsam, jedes Wort betonend: »Der Weg, den eure Fürstin ins Auge gefasst hat, führt in die Ferne. Der Stamm der Remi wird seine Heimat verlassen. Er wird sich eine neue suchen ...«

Unerhörte Worte.

Kóndurix erinnerte sich an das Entsetzen in der Versammlung. Die Heimat verlassen? Die von ungezählten Geschlechtern befestigte Wohnstätte auf dem Hallberg aufgeben? In eine ferne, ungewisse Fremde ziehen? Den Weg gehen, den Segumara wies? Unvorstellbar!

Kühne Worte.

Die Krieger hoben mit beiden Händen ihre Schwerter – mit der Spitze nach unten. Es fehlte nicht viel und sie hätten die Schwertspitzen gegen die Fürstin gerichtet. Und viele Frauen hatten die linke Schulter gegen sie gewandt.

Weise Worte.

Der Weg, den Segumara wies, war der einzig gangbare, Kóndurix hatte das sofort erkannt. Nur auf diese Weise würde das Volk der Kelten in Zukunft bestehen können. Und was den Stamm der Remi betraf – das aber konnte Kóndurix wirklich nur in seiner derzeitigen Abgeschiedenheit denken, von wo der Gedanke niemals zu seinen Stammesgenossen dringen würde –, was also den Stamm der Remi betraf, so war die Zahl der Krieger des Nachbarstammes beträchtlich größer als die der Remi. Der Ausgang eines Krieges wäre höchst zweifelhaft gewesen. Bei vernunftgemäßer Betrachtung sogar eindeutig: Nicht der Nachbarstamm, sondern die Remi wären versklavt worden. Natürlich nur das einfache Volk. Und die Frauen der Edlen. Die Krieger hätte man enthauptet – sofern sie es nicht vorgezogen hätten, sich selbst zu entleiben. Auch Kóndurix wäre gezwungen gewesen, sich zu töten. Wozu er, bei der Großen Mutter, wenig Lust verspürte. Zwar würde er wieder geboren werden, aber sehr wahrscheinlich nicht als Druide. Zwanzig Jahre lang hatte er lernen und üben müssen, bevor er in den Druiden-Stand erhoben worden war. Das gab man nicht leichten Herzens auf.

Klugerweise hatte Segumara nach ihrer Ansprache die Versammlung der Edlen aufgehoben, ohne eine Entscheidung zu verlangen. Kóndurix war erleichtert gewesen. Wäre er seinem Verstand gefolgt, hätte er gegen die gesamte Kriegerschar stimmen müssen. Damit wäre seine Stellung im Stamm unhaltbar geworden. Segumara hatte angekündigt, die Versammlung nach einer angemessenen Frist erneut einzuberufen. Sie forderte die edlen Männer auf, bis dahin die Worte ihrer Fürstin im Kopfe zu bewegen und zu prüfen, ob man sich zu ihnen zu bekennen vermöchte.

Noch zur gleichen Stunde begab sich Kóndurix zu Segumara.

»Hohe Frau. Dir ist natürlich bewusst, dass du, mit den Augen eines Kriegers gesehen, ihn auch gleich hättest auffordern können, sich selber vor allem Volke der Feigheit zu bezichtigen.«

»Dessen war ich mir bewusst. Doch hoffte ich, dass sich bei dem einen oder anderen doch etwas bewegt.«

Kóndurix schüttelte den Kopf. »Nicht gegen die Kriegerschar. Und nicht gegen Miletumagnum.«

Segumara sah ihn prüfend an. »Du stehst an meiner Seite?«

»Mit meiner ganzen Treue.« Er fügte hinzu: »Und mit meinem Verstand.«

»Mit deinem Verstand?« Noch immer musterte ihn die Fürstin. »Hast du etwa einen Plan?«

»So ist es, Hohe Frau.« Kóndurix sammelte sich. Es würde nicht einfach werden, die Fürstin zu überzeugen. Aber es *musste* ihm gelingen. Nur so konnte der Stamm der Remi gerettet werden. »Was ich jetzt vorschlagen werde, Hohe Frau, wird dich in Schrecken versetzen. Doch bitte höre mich bis zum Ende an, bevor du urteilst.« Und nun entwickelte er ihr seinen Plan.

Schon am folgenden Tag berief Segumara die zweite Versammlung ein.

Kóndurix ging zwischen den Kriegern umher, die sich auf dem Platz der Beratung eingefunden hatten, lauschte darauf, was sie untereinander sprachen, und es war klar: Sie wollten nach wie vor den Krieg. Bei den edlen Frauen hingegen war auf fruchtbaren Boden gefallen, was Segumara gesagt hatte. Doch was half dies?

»Edle Männer der Remi!«, begann Segumara. »Krieger des Stammes! Nicht bekennen könnt ihr euch zu dem Weg, den ich euch gewiesen habe. Nicht dazu, in der Ferne eine neue Heimat zu suchen. Fest wie ein Fels steht eure Überzeugung, unsere Notlage nur durch einen Feldzug gegen den Nachbarstamm auflösen zu können. Ist es so?«

Allgemeines Kopfnicken und dumpfes Gemurmel waren die Antwort. Und Miletumagnum sagte mit breitem Lächeln: »Du hörst es, Hohe Frau.«

»Nun, so vernehmt, edle Krieger, wie fest eure Fürstin an *ihren* Weg glaubt.« Segumara hielt inne. »So fest«, fuhr sie mit erhobener Stimme fort, »dass ich bereit bin, mein Wertvollstes dafür zu opfern!« Darauf schwieg sie.

Sie schwieg so lange, bis in den Kopf jedes einzelnen Kriegers gedrungen war: »... mein Wertvollstes dafür zu opfern!« Und nun rief sie und ihre Worte hallten über den Platz der Beratung: »Ich bin bereit, dafür meine Tochter Kiumara als Opfer darzubringen.«

Stille.

Die Krieger lauschten den Worten Segumaras nach.

Doch da rief Miletumagnum und er tat es mit einer gewissen Hast: »Kiumara opfern? Wozu denn? Was soll dieses Opfer bewirken?«

Segumara sah nicht Miletumagnum an, als sie antwortete. Sie sprach zu den Kriegern. »Kiumara wird dem Stamm vorangehen. Sie reist uns auf Wegen, die den Menschen verborgen sind, in die Ferne voraus. Ob sie uns dort, in der anderen Welt, leibhaftig erwartet, vermag niemand zu sagen. Doch eines ist gewiss: Sie wird uns den Weg in die neue Heimat ebnen. Kóndurix, der vertraut ist mit weißer Magie und der mit den Göttern Zwiesprache hält, Kóndurix, unser Druide, steht dafür ein.«

Kóndurix breitete die Arme aus und neigte zur Bestätigung lächelnd den Kopf. Doch war ihm elend zu Mute: Er hatte seiner Fürstin nicht die ganze Wahrheit gesagt. Jenen Druiden-Zauber, vermittels dessen ein Mensch in eine andere Welt geschickt werden konnte, den gab es tatsächlich. Einer seiner Lehrer, ein erfahrener und weiser Druide, hatte ihn darin unterrichtet. Doch dass ein so ausgesandter Mensch anderen Menschen oder gar einem ganzen Stamm den Weg in die andere Welt ebnen konnte – das war eine Erfindung von Kóndurix. Oh, sie war nicht gänzlich aus der Luft gegriffen. Es gab Überlieferungen diesbezüglich. Aber die waren so vage, dass sein Lehrer, der erfahrene und weise Druide, gesagt hatte: »Unter uns: Ich glaube nicht daran. Du solltest nicht darauf bauen.« Wenn man die Sache beim Namen nannte, dann hatte er Segumara nicht nur nicht die ganze Wahrheit gesagt, sondern sie belogen. Deshalb war ihm nun elend zu Mute. Und da half auch nicht, dass er wusste: Diese Lüge war notwendig gewesen. Notwendig für das Überleben des Stammes der Remi.

Die Versammlung der Edlen stand still und stumm.

Und in die Stille hinein rief Segumara: »Miletumagnum! Ich frage dich: Bist du bereit, ein Gleiches zu tun? Bist du bereit, für *deinen* Weg ein Opfer zu bringen?« Fest sah Segumara ihn an. »Bist du bereit, mit deinem Ziehsohn einzustehen für diesen Krieg, den du willst? Wirst du Mágurix opfern? So wie ich meine Tochter Kiumara opfere?«

Jetzt galt es. Nun würde sich erweisen, ob das, was Kóndurix' Verstand ausgeklügelt hatte, wirklich eintraf.

Miletumagnum stand mit geballten Fäusten und stierte hinüber zu Segumara. Fast konnte man sehen, wie es in seinem Kopf arbeitete. Zu sagen: »Ich denke nicht daran, meinen Ziehsohn zu opfern« – das kam nicht infrage. Es wäre Zurückweichen und Schwäche gewesen. Gut also: »Ich opfere Mágurix.« Aber wofür? Doch nicht für einen Krieg, den man ohnehin gewinnen würde. Wofür also?

Miletumagnum war gefangen. Er war gefangen wie ein Eber, den man in die Enge getrieben hatte. Es gab nur noch einen Ausweg: die Flucht nach vorn. Zumindest hatte Kóndurix dies der Fürstin vorhergesagt. Sicher war er sich jedoch keineswegs.

Und da reckte sich Miletumagnum. Er hatte sich entschlossen – wozu auch immer. »Hohe Frau! Edle Krieger! Miletumagnum ist bekanntlich ein Bär auf seinem Weg. Hat er einmal Witterung genommen, so verfolgt er unbeirrbar seine Beute, bis er sie geschlagen hat. Doch ist der Bär auch beweglich. Trifft er unvermutet auf eine andere Witterung, auf eine, die lohnendere Beute verspricht, so wechselt er den Weg und folgt der neuen Fährte.« Durch die Reihen der Krieger ging ein Raunen.

Kóndurix atmete auf. Miletumagnum wechselte auf Segumaras Seite. Die Frage war jetzt weniger, wie er seinen Wechsel begründen würde. Sondern vielmehr: Welchen Preis würde er dafür verlangen?

Miletumagnum hob die Hände und es wurde still. »Krieger der Remi! Es ist wahr. Beim Nachbarstamm wartet reiche Beute auf uns: Gruben mit Salzgestein, Äcker und Vieh, Sklaven und auch Ruhm und Ehre.« Er machte eine Pause. Dann rief er: »Doch was sind Salzgruben gegen Gold- und Silbergruben? Was sind schmale Dinkeläcker gegen weite Felder mit Weinstöcken, was einige Rinder gegen Herden edler Pferde, was versklavte Bauern gegen volkreiche Städte, die wir erobern werden? Und unvergleichlich wird unser Ruhm sein. Derart gewaltig wird er erschallen, dass es vom Himmelsgewölbe widerhallt.« Erneut stieg aus der Schar der Krieger ein Raunen. Es klang verhalten und abwartend.

»Krieger!«, rief Miletumagnum. »Ihr fragt euch, wo und vor allem: wie der Stamm der Remi solche Beute und solchen Ruhm zu finden vermag? Die Antwort ist: Miletumagnum wird einen Sendboten ausschicken, der uns in die Ferne vorauseilt. Und dieser wird uns den Weg weisen in die Gefilde reichster Beute und höchsten Ruhmes und uns den Weg ebnen.« Miletumagnum hielt inne. Dann rief er: »Jener Sendbote, ihr Krieger, ist ein junger Eber auf seinem Weg. Er ist ein furchtloser Eber, mit feinstem Gespür für ruhmreiche Kämpfe und köstlichste Beute. Er ist – mein Ziehsohn Mágurix!«

Das konnte nun eigentlich niemanden mehr überraschen. Trotzdem führten sich die Krieger auf, als habe Miletumagnum seine Rede mit einem vollkommen unerwarteten Höhepunkt geschlossen. Sie schlugen die Schwerter gegen die Schilde, schrien: »Heil, Miletumagnum! Heil, Mágurix!«, und wollten sich gar nicht mehr beruhigen.

Miletumagnum blickte triumphierend zu Segumara hinüber. Er hatte ihr das Heft aus der Hand genommen und ihren Weg auf den seinen umgeleitet. Was von Segumara als Aufbruch in eine neue Heimat gedacht war, hatte Miletumagnum in einen Auszug zu einem gigantischen Raubzug umgedeutet.

Blieb die Frage, was Miletumagnum dafür verlangen würde, dass er auf seinen Krieg gegen den Nachbarstamm verzichtet hatte. Welchen Preis würde er fordern?

Der Preis war ungeheuerlich.

Miletumagnum stellte zwei Forderungen. Die erste erschien annehmbar. Er verlangte, dass die Heimstätte der Remi auf dem Hallberg niederzubrennen sei. Dem konnte Segumara ohne weiteres zustimmen. Das würde dem Volk helfen, den Blick frei in die Zukunft zu richten. Miletumagnum begründete diese Forderung mit den Worten: »Es gilt, das Volk hart zu machen.« Was er damit tatsächlich meinte, wurde deutlich, als er seine zweite Forderung stellte:

Bevor die Heimstätte niedergebrannt werde, und vor allem: bevor dem Volk bekannt werde, dass diese Maßnahme geplant sei, solle jeder einzelne Mann, ob Familienoberhaupt oder nicht, befragt werden. Und wonach? Danach, ob er sich dem Auszug anzuschließen gedenke oder ob er es vorziehe zu bleiben. Nachdem alle befragt worden seien, werde verkündet, was mit denjenigen geschehe, die bleiben wollten.

»Und was geschieht mit ihnen?«

»Sie werden – geköpft.«

»Alle köpfen?!« Segumara konnte ihren Abscheu nicht verbergen.

»Sie alle sind zu köpfen.« Das Volk müsse hart gemacht werden für die Kämpfe, die es in der Ferne erwarteten. Ein Blutgericht sei da ein guter Beginn.

Segumara beriet sich mit Kóndurix. »Du kannst nicht anders, als darauf einzugehen, Hohe Frau. Sonst sind wir auf den Anfang des Zwistes zurückgeworfen. Und das Schlimmste: Miletumagnum wird dann sofort den Nachbarstamm überfallen. Und zwar ohne dich um Erlaubnis zu fragen.«

Schweren Herzens entschloss sich Segumara, auf Miletumagnums Forderung einzugehen. Kóndurix versuchte sie zu trösten: »Es werden ja nicht viele sein, die bleiben wollen.«

Es waren nicht viele. Es waren sehr viele …

So stand am Anfang dessen, was von Segumara als friedlicher und hoffnungsvoller Aufbruch in eine neue Heimat geplant war, eine Blutorgie von Miletumagnum und seinen Kriegern.

War dies der Grund dafür, dass der gesamte Stamm der Remi in die Zwischenwelt versetzt worden war? Kóndurix, in der Abgeschiedenheit seines Hirns, glaubte dies nicht. Es handelte sich wohl eher um eine Laune der Götter. Vielleicht auch – wer konnte das wissen? – war es die Folge eines Streites zwischen der Großen Mutter und Teutates? Die sich nicht darüber einigen konnten, wer den Stamm unter seine Fittiche nähme?

Jedenfalls hoffte Kóndurix, bald aus seiner Lage erlöst zu werden. Gleichgültig, von wem und wie. Nun ja. Gänzlich gleichgültig war ihm das natürlich nicht. Wer draußen am Hügel die Oberhand gewann, das machte schon einen Unterschied, auch für ihn. Nein, falsch. *Gerade* für ihn. Besiegte Kiumara den Feind auf ihre Art, wäre Segumaras Stellung im Stamm gefestigt. Siegte Mágurix, wäre es die von Miletumagnum. Und dann sähe es für Kóndurix düster aus.

Wie auch immer: Es war mehr als wünschenswert, dass Kiumara und Mágurix so rasch wie möglich am Ziel ihrer Reise einträfen ... Kiumara *und* Mágurix ...? Durch Kóndurix' Hirn schoss ein Gedanke. War es denn überhaupt notwendig, dass *beide* in der neuen Heimat anlangten? Genügte es nicht, wenn lediglich *einer* der zwei Sendboten das Ziel erreichte ...?

Natürlich genügte das. Die Bestimmung des Sendboten war, den Weg in die neue Heimat zu ebnen. Diese Aufgabe erfüllte ein Einzelner ebenso gut wie zwei. Aber ...

Wenn nun Mágurix dieser *eine* wäre? Was würde dann geschehen …? Auf der Stelle würde sich Miletumagnum zum Fürsten der Remi aufschwingen …

Hätte Kóndurix einen Körper besessen, so wäre ihm jetzt das Blut gefroren.

19. Das Bild

Es war nicht zu gebrauchen.

León hatte ja geahnt, dass die Automatik der Kamera mit den Licht-Kontrasten am Hügel nicht zurechtkäme. Aber dass die Aufnahme dermaßen in die Hose gehen würde, hatte er nicht erwartet: Die Keltin stand dunkel, fast schwarz vor der Pyramide, die ihrerseits hell strahlte, und nur wer es wusste, konnte in dem schwachen Streifen vor der Keltin ein Schwert erkennen.

»Shit!«, sagte León. »Das glaubt uns kein Schwein, dass das eine Keltin ist.«

»Hm.« Kathrin musterte den Bildschirm. Und dann sagte sie: »Das kriegen wir hin.«

»Was kriegen wir hin?«

»Das Bild. Sieh's dir mal genau an. Man kann Linien und Schattierungen erkennen. Es ist alles da. Wir müssen es bloß herauskitzeln.«

»Du meinst – mit diesem Photoshop?«

»Genau«, nickte Kathrin. Und sie startete das Programm.

Sie saßen vor Leóns Notebook in seinem Zimmer. Brigitte würde sie nicht überraschen – sie brachte Martin zu seinem Hotel. Und dass sie von dort bald wieder zurückkäme, stufte León als eher unwahrscheinlich ein. Außerdem stand seit heute Mittag zu vermuten, dass sie nicht mehr ohne anzuklopfen bei ihm hereinplatzen würde.

Auf dem Rückweg vom Hügel hatten sie beraten, wie sie den Erwachsenen am geschicktesten beibringen konnte, dass sie die beiden Kelten in Ruhe lassen mussten. León sah da nicht so schwarz, wie das Kathrin offenbar tat. Sie konnten einen geköpften Fuchs vorweisen und das Foto der Keltin (dass es wahrscheinlich unbrauchbar war, wusste León zu diesem Zeitpunkt noch nicht). Aber schwer würde es auf alle Fälle werden, da gab sich auch León keinen Illusionen hin. Brigitte wollte auf Teufel komm raus ihre Grabung, Reiter würde für seinen archäologischen Mitmach-Park vermutlich über Leichen gehen und ...

»Meine Eltern sind scharf aufs große Geld«, sagte Kathrin. »Die können wir erst mal vergessen.«

»Sowieso«, nickte León. »Wenn die nämlich unser Bild sehen, sagen sie: ›Das kann jeder sein; da hat sich jemand verkleidet.‹«

»Und warum ... Stimmt!«, rief Kathrin. »Sie haben die Keltin ja nie vorher gesehen. So wie Brigitte und Reiter.« Plötzlich starrte sie in die Luft. »León«, sagte sie langsam. »Das ist überhaupt *der* springende Punkt.« Sie sah ihn an. »War dir das klar?«

»Ist mir eben auch erst klar geworden«, gestand León. »Brigitte und Reiter haben die Keltin in der Grabkammer liegen sehen. Und wir zeigen ihnen ein Bild, auf dem genau diese Keltin vor der Pyramide steht.«

»Klasse«, sagte Kathrin zufrieden. »Da *müssen* sie uns einfach glauben, dass die beiden Kelten als Wiedergänger erscheinen.«

»Und dann glauben sie uns auch den Rest.« León fügte hinzu: »Aber Reiter ist mit seiner Gabi bestimmt schon abgerauscht.«

»Ich habe sowieso nur an Brigitte gedacht. Der zeigen wir das Bild.«

»Kathrin, äh, wenn ich das richtig sehe, dann brauchen wir Brigitte gar nicht zu sagen, dass wir in ihren Bildern rumgeschnüffelt haben. Oder?«

»Das siehst du richtig.« Kathrin lächelte. »Wir zeigen unser Bild, sie zählt eins und eins zusammen, sagt ›Mein Gott!‹ oder so was, und dann setzt sie alle Hebel in Bewegung, um das Grabungsprojekt zu stoppen. Unter Garantie, du wirst sehen.« Richtig fröhlich, fast aufgedreht war sie gewesen, und León hatte mit einem Mal begriffen, dass ihr die Keltensache mindestens so zusetzte wie ihm. Wahrscheinlich um einiges mehr.

Doch nun hatten sie es mit einem Bild der Keltin zu tun, das wohl tatsächlich nicht zu gebrauchen war. Denn Kathrin bastelte jetzt schon ziemlich lange mit diesem Photoshop herum. Weil León den Eindruck hatte, dass es sie nervös machte, wenn er zusah, hatte er sich ans Fenster verzogen. Aber wie es aussah, half das nichts.

Da lehnte sich Kathrin zurück und besah mit zufriedener Miene, was auf dem Bildschirm war. »Fertig«, sagte sie. »Willst du's sehen?«

»Was soll die Frage? Natürlich *nicht*. Interessiert mich nicht die Bohne.« Es gelang ihm, Kathrin einen Moment lang zu verblüffen. Dann grinste sie. »León liebt es, laufend Lustiges zu labern.«

Auch nicht schlecht. Er ging zu ihr hinüber.

Das Bild war perfekt.

Da stand die Keltin, so wie er sie oben auf dem Hügel gesehen hatte. Sogar die rostroten Flecken auf dem Schwert konnte man erkennen.

Das Grabungsprojekt war so gut wie gestorben.

Brigitte kam mit einem Taxi zurück, und zwar am folgenden Tag.

Damit hatte León gerechnet. Nicht aber damit, dass sie erst gegen Mittag erscheinen würde. Und zwar mit einem Gesicht, als hätte sie mindestens *fünf* intakte Tonkrüge aus der Hallstatt-Zeit ausgegraben.

León saß mit Kathrin zusammen im Hof unter dem großen Baum und Brigitte schwebte auf sie zu. »Hallo, ihr Hübschen«, flötete sie. Und dann, als begegneten sie sich gerade am Frühstückstisch: »Habt ihr zwei gut geschlafen?« Woraufhin sie zur Haustür schwebte und entschwand.

»Mist«, sagte Kathrin. »Der können wir doch jetzt nicht mit dem Keltenfoto kommen.«

Da war was dran. »Wir müssen halt warten, bis sie wieder normal ist.«

Es war León ein Rätsel, wie Brigitte das machte. Sie turtelte (um es zurückhaltend auszudrücken) mit einem Polizeioberkommissar herum, der glaubte, Raubgräbern auf der Spur zu sein. Und Brigitte wusste nicht nur, dass es diese Raubgräber nicht gab. Sondern hatte selber den Hügel angebohrt. Wie schaffte sie es, Martin nicht bloß in die Augen zu sehen, sondern – na ja, lassen wir das. Aber ein Rätsel war es schon …

Okay, wie auch immer. Er sah Kathrin an. »Wie wär's? Wir könnten jetzt ein paar Runden Tischtennis spielen. Oder?«

»Hm«, machte sie. »Wenn du mich fragst: lieber oder.«

Sie waren wieder nach unten gegangen und spielten nun Tischtennis.

León unterliefen überraschend viele Fehler, obwohl er, wie Kathrin sah, das Zeug zum guten Spieler hatte. Aber ihm fehlte vermutlich die Übung. Sie selber war durch die Matches mit Michael im Training. Was ihr aber im Moment nicht viel half, denn so richtig war sie nicht bei der Sache.

Oben in ihrem Zimmer hatte León es zuerst mal aufregend gefunden, dass man von dort den Hügel sehen konnte: »Wenn du also zufällig am Fenster gewesen wärst, dann hättest du zusehen können, wie der Keltenjunge seine Axt in die Luft geworfen hat. Und vorher, wie ich Brigitte ... Na, lassen wir's.« Er blickte zum Hügel. »Aber man bräuchte ein Fernglas, ein gutes.«

»Stimmt. Zufällig hab ich eins und sogar ein gutes.« Kathrin öffnete die Tür ihres Schrankes. »Willst du's sehen?«

»Was soll die Frage? Natürlich *nicht.*«

Sie hatten sich dann am Schrank den ersten Kuss gegeben, das heißt, eigentlich den zweiten, aber es war der erste in Kathrins Zimmer. Und darauf hatten sie geschmust, einfach nur so, und es war wohlig schön gewesen.

»León?« Brigitte stand in der Haustür. Jetzt hatte sie wieder eine weiße Bluse an, sicher nicht die von vorgestern, aber es war eine mit aufgesetzten Taschen und darin steckten Notizblock, Kugelschreiber und Speicherstift. »León!«, rief sie herüber. »Hat sich Reiter gemeldet, während ich nicht da war?«

»Nein, hat er nicht!«, rief León. Woraufhin Brigitte nickte und wieder im Haus verschwinden wollte.

»Brigitte!«, rief da León. »Wir müssen dir was zeigen.«

Kurz darauf saß Kathrin vor Leóns Notebook (später wurde ihr klar, dass dies ein Fehler war; sie hätte León das Bild zeigen lassen sollen) und hinter ihr standen er und Brigitte. Kathrin startete Photoshop (auch das war ein Fehler; hätte sie einfach die Bildanzeige benutzt, wäre Brigitte nicht gleich misstrauisch geworden), dann wollte sie das Bild der Keltin öffnen. Doch da hielt sie inne. Es war ihr danach, den Zeitpunkt, an dem die Keltin erschien, noch ein wenig hinauszuzögern und den Schritt, den sie gleich tun würde, vorweg zu genießen.

In wenigen Sekunden würde der Kelten-Spuk, dieser verdammte Albtraum vorüber sein. Er hatte noch nicht einmal drei Tage gedauert, aber während der ganzen Zeit hatte ihr die Keltin vor Augen gestanden, entweder tatsächlich oder als Bild im Kopf, bedrohlich und Angst machend. Und dies immerzu, gleichgültig, was sie, Kathrin, tat oder dachte. Damit wäre es nun vorbei. Eigentlich müsste, wenn die Keltin auf dem Bildschirm erschien, eine Fanfare oder so was erklingen.

»Kathrin?«, fragte hinter ihr León. »Ist was?«

Sie schüttelte den Kopf und öffnete das Bild.

Da stand sie, die Keltin. Mit ihren roten Haaren, dem schimmernden Schmuck und dem Schwert. Und mit dem harten Gesicht ohne Freundlichkeit. Ihr Blick war wachsam und misstrauisch.

Stille.

Hinter ihr herrschte Schweigen.

Von Brigitte kam kein Laut.

Kathrin drehte sich auf dem Stuhl um und sah zu Brigitte hoch. Die starrte aus großen Augen auf den Bildschirm hinunter.

Doch dann zogen sich ihre Augenbrauen zusammen und auf der Stirn erschien eine steile Falte. Plötzlich griff sie zur Blusentasche mit dem Speicherstift, nein, dahin hatte sie greifen *wollen*, jedoch die Bewegung im Ansatz gestoppt. Aber Kathrin wusste, was sie gesehen hatte.

»Was soll das?!« Brigittes Stimme klang metallisch hart.

Kathrin schwieg.

»Na ja, das ist ...« León verstummte.

»Falls dies ein Scherz sein soll, dann ist es ein rettungslos misslungener.« Brigittes Stimme klang jetzt einfach nur böse, sehr böse. »León. Ich erwarte, dass du mir erklärst, was du dir dabei gedacht hast. – Unter vier Augen!«, fügte sie hinzu, als León den Mund öffnete.

Jetzt sah sie Kathrin an. »Ich gehe wohl nicht fehl in der Annahme, dass die Bildmanipulation auf dein Konto geht.«

Kathrin nickte schwach.

»Dann lass dir sagen, mein Fräulein, dass du noch einiges zu lernen hast. Die Platzierung des Schwertes ist dir ganz ordentlich gelungen. Aber die Augen sind einfach gestümpert.« Sie ging zur Tür. Dort blieb sie stehen und wandte sich um. »León. Ich will gar nicht wissen, was dich wieder mal geritten hat. Aber lass dir gesagt sein, dass ich bitter enttäuscht bin von deinem Verhalten. Auf einen solchen Vertrauensbruch war ich wahrhaftig nicht gefasst.« Damit verließ sie das Zimmer. Kathrin hatte erwartet, dass sie die Tür hinter sich zuschlagen würde, aber das tat sie nicht. Brigitte war wieder mal vollkommen Herr der Lage.

León stand bleich im Gesicht und starrte zur Tür. Dann schüttelte er den Kopf, als wolle er sich aus einer Betäubung lösen. »Sie weiß, dass wir in ihren Bildern geschnüffelt haben«, sagte er tonlos. »Aber woher?«

Woher sie das wusste, war natürlich klar. Doch Kathrin konnte León jetzt nicht antworten. Ihre Kehle war wie zugeschnürt. Sie hatte inzwischen vollständig erfasst, was dieser Fehlschlag bedeutete: Die Keltin blieb. Die Angst blieb. Und es blieb die Aufgabe, die jetzt so gut wie unlösbar geworden war – auch das sah Kathrin klar –, die Aufgabe, das Öffnen des Hügels zu verhindern. Doch das mussten sie schaffen. Weil sonst ... Mist! Verdammter Mist! Sie war zwölf, na gut, sie wurde bald dreizehn, aber man konnte doch auch von einer Dreizehnjährigen nicht verlangen, dass sie ein ganzes Grabungsprojekt stoppte. Okay, es verlangte ja keiner von ihr. Es musste eben sein. *Musste.* Weil sonst ... Kathrin atmete tief durch. Immer das Gleiche zu denken, half ihr auch nicht weiter.

»Kathrin, verdammt. Woher weiß Brigitte, dass wir in ihren Bildern geschnüffelt haben?!«

Zwar spielte das im Prinzip überhaupt keine Rolle mehr, aber für ihn wohl schon. »León. Sie hat anders gedacht, als wir erwartet haben. Du musst dir vorstellen: Ich starte Photoshop, ein Programm, mit dem man Bilder auf alle möglichen Weisen verändern kann. Und zeige ihr ein Bild von der Pyramide. Davor steht die Keltin aus dem Grab. Die Keltin, von der Brigitte Bilder gemacht hat. Was denkt Brigitte also, woher die Keltin stammt?«

»Na, aus dem … Ach, du heiliger Shit! Sie hat gedacht, die Keltin stammte aus einem *ihrer* Bilder?«

»Genau«, nickte Kathrin. »Brigitte nimmt an, ich hätte aus einem der Bilder die Keltin rauskopiert, dann ein Foto genommen, auf dem bloß die Pyramide drauf war, und da die Keltin eingefügt.«

»Ja, aber, im Grab liegt das Schwert doch neben der Keltin und ihre Augen sind zu … Ach so! Deshalb hat Brigitte das über die Augen und das Schwert gesagt.«

»So ist es. Sie denkt, ich hätte das Schwert verschoben und der Keltin offene Augen gemalt. Wenn man weiß, wie's geht, ist das mit Photoshop alles kein Problem.« Sie seufzte. »Unser Problem ist jetzt, dass wir wieder dort sind, wo …«

»Kathrin.« Leóns Gesicht war aufs Neue kreidebleich geworden. »Sie weiß nun, dass ich weiß, dass sie den Hügel angebohrt hat.«

»Was sie vor dir geheim halten wollte. Und das war ja wohl der Vertrauensbruch, mit dem alles anfing, oder? Ich meine jedenfalls, dass du keinen Grund hast, in Sack und Asche zu gehen.«

»Stimmt.« León straffte sich. »Zuerst hat Brigitte *mich* belogen, so sieht's mal aus. Warum sie immer noch denkt, sie kann auf dem hohen Ross sitzen, weiß der Geier.« Er schüttelte den Kopf. »Und jetzt?«, fragte er dann. »Was machen wir jetzt?«

»Du meinst, was wir noch machen können, um die Grabung zu stoppen?«

Er nickte.

»León. Ich habe keine Ahnung. Nicht die blasseste.«

Sie sahen sich an.

Und wussten, dass alles, was hinter ihnen lag, ein Klacks war.

Verglichen mit dem, was vor ihnen lag.

Als Martin sich von Brigitte verabschiedet hatte, war das Büfett im Frühstücksraum längst abgeräumt. Er griff sich eine Zeitung von der Ablage, ging ins angrenzende Restaurant und nahm an einem der kleinen Tische in Fensternähe Platz. Später, wenn die Küche öffnete, würde er eine Kleinigkeit zu Mittag essen und sich dann vielleicht auf den Weg machen. Wohin? Das wusste er noch nicht. Es hing davon ab, was ihm sein Kumpel von der OK sagen würde. Die Abteilung Organisierte Kriminalität konnte bei Fahndungen mit ganz anderen Mitteln arbeiten als das Dezernat Raubgrabungen. Martin hatte vorhin seinen Kumpel angerufen und ihn um einen Gefallen gebeten. Die Dienstvorschrift untersagte das natürlich, aber es blieb ja unter Kumpels.

Martin merkte plötzlich, dass er es vermied, an die vergangene Nacht zu denken. Obwohl dazu eigentlich kein Grund bestand, ganz im Gegenteil. Er brauchte ein Weilchen, während er blicklos aus dem Fenster sah, bis er darauf kam, was der Grund war: Etwas an Brigittes Verhalten hatte ihn gestört. Sah er ihr gerade und direkt ins Gesicht, dann blickte sie nach kurzer Zeit beiseite. Fast war er versucht zu denken: Sie konnte ihm nicht in die Augen sehen. Aber warum? Darauf gab es jetzt natürlich keine Antwort. Doch irgendwann hätte er schon gerne gewusst, warum …

»Ja?« Sein Handy hatte sich gemeldet.

»Samstag früh, vier Uhr fünfzig, richtig?« Der Kumpel von der OK.

»Richtig.«

»Du hast Glück. Am frühen Morgen sind im Umkreis deiner Gegend Handy-Einwahlen gescannt worden.«

»Super.«

»Aber ich hab im Moment noch keinen Zugriff auf die Daten. Wird ein bisschen dauern, bis ich dir die Nummer durchgeben kann, okay?«

»Ist okay. Und danke.«

Jetzt konnte er hier sitzen bleiben und auf den Anruf seines Kumpels warten. Aber das ging ebenso gut woanders. Außerdem musste er am Hügel nach dem Rechten sehen. Zwar war er überzeugt, dass sich die Raubgräber nicht noch einmal an das Grab heranwagen würden, aber sicher war sicher.

Martin erhob sich. Er würde völlig unerwartet bei Beckmanns auftauchen. Mal sehen, was für ein Gesicht Brigitte machte.

Er fühlte sich machtlos.

Das war eine verdrießliche Erfahrung, die ihm, Miletumagnum, Groß in der Zerstörung, neu war und die er nur schwer ertrug. Nach wie vor hatte sich ihm nicht erschlossen, warum man ihn noch in dieser Welt beließ. Waffen zu benutzen, war ihm nicht gestattet, und auf welche andere Weise er etwas bewirken konnte, wusste er nicht. Auch war ihm kein Wissen darüber zugekommen, ob sich Segumara noch in dieser Welt befand. Und er hatte nicht herausgefunden, ob die Frau eine Möglichkeit entdeckt hatte, die Menschen hier zu beeinflussen.

Diese Welt schien nicht sonderlich volkreich zu sein. In seiner, Miletumagnums, Welt hatte mehr Leben geherrscht auf Feldern und Wegen, zu schweigen von der Wohnstätte des Hallbergs. Auf dem gestampften und überaus sorgfältig geglätteten Weg, der entlang der Wiese verlief, waren nur einige Male magische Wagen vorübergerollt. In ihnen hatten Menschen gesessen, die der Hügel nicht zu kümmern schien, und Miletumagnum hatte ihnen keine gesteigerte Beachtung geschenkt; sie gehörten offenkundig nicht zu den Feinden, die zu bekämpfen waren.

Gerade kam wieder ein solcher Wagen herangefahren. Wie bei allen diesen Gefährten gleißte sein poliertes Gehäuse derart, dass es, wäre Miletumagnum mit seinem Körper zugegen gewesen, die Augen geschmerzt hätte. Es war der glänzend blaue Wagen, der schon zweimal hier vorbeigerollt war. Schnell wie die Rosse des Taranis kam er heran – und lenkte sich auf den Weg zum Hügel!

Am Ende des Weges hielt er an, eine seitliche Klappe öffnete sich, und dem Gehäuse entstieg ein junger Mann. Sein Gesicht war rein geschabt, doch musste in dieser Welt ein fehlender Bart nicht heißen, dass der junge Mann kein Krieger war. Allerdings trug er keine Waffen, keine sichtbaren zumindest. Ob es sich um einen der Feinde handelte, der auf einer Erkundungspirsch war? Wenn Miletumagnum doch in das Hirn dieses Mannes einzudringen vermöchte! Nun, ein Versuch konnte nicht schaden …

Und da befand er sich auch schon drinnen! So glatt wie mit Eberfett geschmälzt war das gegangen. Warum nur hatte das Hirn des Knaben sich so gesperrt ...? Die Frau! Hatte *sie* es versperrt? Das sähe ihr gleich. Segumara, das ist: »Groß im Siegen«. Ha! Wenn überhaupt, dann nur beim heimtückischen Kampf ohne Waffen. Das Hirn dieses jungen Mannes war nun jedenfalls seines. Miletumagnum tat sich in ihm um.

Aufschlussreich wäre es gewesen, die Gedanken zu verstehen, die das Hirn durchquerten, an- und abschwellend, wie das Gesumme eines Bienenschwarmes. Nur kamen sie leider in der fremden Sprache des jungen Mannes daher. Doch gab es Bilder, überraschend viele sogar. Aber auch die waren schwer zu lesen, weil teils verwischt und teils verblasst. Andere Bilder zeigten Unbegreifliches, etwa den jungen Mann, wie er in ein daumendickes Kästchen sprach.

Lediglich eine Sorte von Bildern war sowohl klar als auch unmissverständlich. Es handelte sich um diejenigen, die mit einer Frau zu tun hatten, und zwar mit immer derselben. Dieser Frau war der junge Mann ganz eindeutig heftig zugetan.

Und nun? Neuigkeiten, die ihm hätten nützen können, hatte Miletumagnum nicht erfahren. Doch vielleicht gelang es ihm ja, dem jungen Mann zu Leibe zu rücken? Etwa indem er, Miletumagnum, Bilder in dieses Hirn pflanzte? Er versuchte es mit dem Bild von Mágurix, der seine scharf geschliffene Axt schwang ...

Es erschien nicht. Nirgendwo im Hirn war es zu entdecken. Offenbar ließen sich die Bilder des jungen Mannes nicht verdrängen ... Beim Teutates! Das war die

Lösung! Im Hirn durften sich keine anderen Bilder befinden – es musste leer sein. Und wann war es das? Wenn der junge Mann schlief.

Miletumagnum würde ihm mit einem Traum zu Leibe rücken.

Noch hatte er keine bestimmte Vorstellung davon, wie dieser Traum beschaffen sein könnte. Doch formte sich schon eines klar heraus: Die Frau, deren Bild im Hirn des jungen Mannes eine so unmissverständliche Rolle spielte, bot sich als Werkzeug an.

Miletumagnum würde sie als Köder benutzen.

20. Gescheitert

Der Vater war auch heute nicht zur Arbeit gefahren. Wenn sein Chef bei der Brauerei rauskriegte, dass er gar nicht krank war, dann flog er, das war mal sicher. Trotzdem machte sich Kathrin deshalb keine Sorgen. Solange die Mutter sein Krankfeiern billigte, ging die Sache in Ordnung.

Die Mutter machte mit der Küchenmaschine Erdbeersaft, den sie dann zu Gelee verkochen würde (Kathrins liebster Brotaufstrich beim Frühstück; wenngleich sie meinte, dass die Mutter sich diese Arbeit nicht auch noch aufhalsen sollte), während der Vater vom Küchentisch aus telefonierte. Seit Punkt neun Uhr saß er hier, vor sich einen großen Notizblock, rief da und dort an und holte Informationen und Ratschläge ein. Zwischendurch beriet er sich mit der Mutter. Kathrin fand es beruhigend, wie zielstrebig und gewissenhaft die beiden den Landverkauf an Reiter vorbereiteten. Andererseits: Wenn es ihr und León gelang, die Grabung zu verhindern, und es *musste* ihnen gelingen, dann wurde aus dem Verkauf natürlich nichts. Insofern hatte sie richtig gelegen, als sie sich an das Motto hielt: »Bloß nicht zu früh freuen.« Die Eltern jedenfalls schienen nicht davon auszugehen, dass sich die Sache noch zerschlagen könnte. Was Kathrin auch daraus schloss, dass sie es heute mit den Arbeiten auf dem Hof nicht so arg genau nahmen. Die Liss und die Bless waren noch immer im Stall (normalerweise hätte Kathrin sie schon längst wieder auf die Weide bringen müssen), und dass die Wiese erst halb gemäht war, schien die Eltern auch nicht zu stören. Vor einer halben Stunde war ein Anruf vom Eisen-Meyer gekommen: Die Scheibe für den Mäher sei da. Doch der Vater machte keine Anstalten, sie abzuholen.

Wegen der Keltengeschichte hätte Kathrin jetzt richtig Ferien machen können. Aber eben wegen der Keltengeschichte konnte sie das nicht. Sie und León hatten versucht, sich mit Tischtennis abzulenken, es aber bald aufgegeben und sich wieder unter die Linde gesetzt.

Zwei-, dreimal war Brigitte in der Haustür erschienen und hatte zu León herübergesehen. Offenkundig wartete sie darauf, dass León zu ihr kam und erklärte, »was ihn wieder mal geritten hatte«. Aber der stellte sich dickfellig. Das fand Kathrin gut.

Nicht gut fand sie dagegen, wie León vorhin ihren Vorschlag abgeschmettert hatte.

Es war (zum mindestens fünften Mal) darum gegangen, ob es nicht *doch* eine Möglichkeit gäbe, die Grabung zu stoppen. Und zum mindestens fünften Mal war ihnen dazu nichts Neues eingefallen. Regelmäßig lief es darauf hinaus, dass es ihnen gelingen musste, die Erwachsenen zu überzeugen. Bei Brigitte brauchten sie das gar nicht erst zu versuchen; darüber waren sie sich einig. Und Reiter? Wenn sie dem das Bild der Keltin zeigten?

»Da lacht der bloß«, meinte León.

»Okay. Aber mal angenommen, er hört uns doch zu. Vielleicht wird er nachdenklich. Wer weiß?«

»Also gut«, sagte León. »Das mal angenommen. Und dann? Dann redet er mit Brigitte darüber. Und die klärt ihn auf, wie das Bild mit der Keltin vor der Pyramide entstanden ist. Alles klar?«

Alles klar, in der Tat. Unter anderem auch deshalb hatte es absolut keinen Sinn, es bei den Eltern zu versuchen. Aber es gab ja noch jemanden …

»Und was ist mit Martin?«

»Was soll mit dem schon sein? Der glaubt uns genauso wenig wie die anderen.«

»Aber etwas ist bei ihm anders als bei den anderen.«

»Und das wäre?« Fast grob hatte León das gesagt. Aber dabei dachte sich Kathrin noch nichts.

»Martin ist der Einzige«, sagte sie, »der kein Interesse daran hat, dass der Hügel aufgegraben wird.«

»Na und? Was macht denn das für einen Unterschied?«

Erstaunt sah Kathrin ihn an. Er konnte nicht im Ernst meinen, dass dies kein Unterschied war. Doch trotzig gab er ihren Blick zurück und tat so, als verstünde er nicht. Warum blockte er ab?

»Ich bin dagegen.« Entschieden schüttelte er den Kopf. »Ich bin dagegen, dass wir Martin in die Sache reinziehen. Okay?«

»Okay«, hatte Kathrin zugestimmt – mit Vorbehalt. Denn wenn ihnen nichts anderes einfiel, würden sie versuchen *müssen*, Martin reinzuziehen. Und falls sich León dann noch immer bockig zeigte, musste sie es alleine tun. Aber was war bloß mit ihm?

Eine Weile saßen sie stumm beieinander, bis von jenseits des Stalles Motorengeräusch in den Hof drang. War das Reiter?

Nein, bestimmt nicht. Brigitte, die von ihrem Zimmer

die Hofzufahrt sehen konnte, kam aus der Haustür gestürzt, mit einer Miene, die ... Und da rollte auch schon der blaue Opel auf den Hof. Martin stieg aus und Brigitte eilte auf ihn zu. Sie war drauf und dran, sich ihm an den Hals zu werfen, ließ es dann aber. Vermutlich weil ihr eingefallen war, dass León zusah.

Und der – Kathrin sah es verblüfft – saß selbstvergessen da und blickte lächelnd zu den beiden hinüber. Richtig gelöst wirkte er, gar nicht mehr trotzig ... Und da begriff Kathrin. León wünschte sich einen neuen Vater. Und der könnte Martin sein. Vielleicht. Bestimmt aber wurde daraus nichts, wenn Martin erfuhr, dass es Brigitte gewesen war, die den Hügel angebohrt hatte. Und das *würde* er erfahren, wenn sie ihn in die Keltensache reinzogen ...

Kathrin seufzte innerlich. Reichte es denn nicht, dass sie von zwei Kelten heimgesucht wurde, die eigentlich seit 2500 Jahren tot waren? Musste dann auch noch der Knabe, mit dem sie zum ersten Mal das Küssen probierte, ein Vaterproblem haben?

Martin und Brigitte standen sich gegenüber, hatten einander an den Händen gefasst und lächelten sich an. Richtig zu Herzen gehend war das. Nur leider eben ... Das Geräusch ... Was war das für ein Geräusch?

León hob den Kopf. »Der Hubschrauber.«

Er war über dem Wäldchen erschienen und flog nun auf den Hof zu, mit mäßiger Geschwindigkeit und noch nicht einmal besonders niedrig. Dennoch kamen Rollo und Idefix wie von Sinnen bellend aus dem Wäldchen geschossen und tobten durch den Obstgarten, als verfolgten sie den Hubschrauber. Wie sich zeigte, waren sie aber lediglich daran interessiert, möglichst rasch in Rollos Hütte zu verschwinden.

Lärmend überflog der Hubschrauber den Hof, und zwar so hoch, dass León nicht sicher war, ob es sich bei dem Mann, der neben dem Piloten saß, um Reiter handelte.

Doch Brigitte schien zu wissen, dass er es war. Finster blickte sie zum Hubschrauber hinauf. Dann sagte sie etwas zu Martin und der nickte. Darauf ging sie zur Haustür und verschwand. Martin wollte sich in seinen Wagen setzen, hielt dann jedoch inne.

Der Hubschrauber hatte plötzlich angehalten. Er stand in der Luft, etwa dort, wo die Hofzufahrt in die Straße mündete, und begann nun zu sinken – der Pilot wollte auf der Straße landen! Rasch verschwand der Hubschrauber hinter der Scheune, dann erstarben die Rotor- und Turbinengeräusche.

León und Kathrin gingen zu Martin hinüber.

»Darf der denn dort landen?«, fragte Kathrin.

Martin nickte. »Sofern er eine Genehmigung hat.«

Inzwischen waren die anderen Beckmanns aus dem Haus gekommen. Michael sauste mit einem atemlos hervorgestoßenen »Voll krasse Landung!« vorbei und verschwand durch die Einfahrt. »Schaun wir mal«, sagte Herr Beckmann und folgte mit seiner Frau. Da gingen auch León und Kathrin zusammen mit Martin nach draußen.

Die Rotorblätter hörten gerade auf, sich zu drehen. Der Pilot schien in der Kanzel bleiben zu wollen, doch

Reiter stand schon, kompakt und mit gegeltem Haar, in einiger Entfernung vom Hubschrauber. Er wartete ab, bis sie alle heran waren, und sagte dann: »Tag allerseits. Wo ist die Gnädigste?«

»Holt ihre Ausrüstung für den Survey-Flug«, sagte Martin. »Sie meinte, Sie hätten ihr ruhig vorher per Handy Bescheid geben können. Wenn Sie mich fragen: Sie war etwas ungehalten, gelinde gesagt.«

Reiter grinste. »Handys, junger Mann, müssen bekanntlich während eines Fluges, und besonders während eines Hubschrauberfluges, ausgeschaltet bleiben. – Und nun zu uns«, wandte er sich übergangslos an Herrn Beckmann. »Verkaufen Sie zu einem fairen Preis oder nicht?«

»Oder nicht«, sagte Herr Beckmann.

»Ihr letztes Wort?« Reiter fixierte ihn aus zusammengekniffenen Augen.

Herr Beckmann wechselte einen Blick mit seiner Frau. Darauf sagte er: »Unser letztes Wort zu *diesem* Angebot. Wenn wir wissen, was im Hügel drin ist, verhandeln wir mit Ihnen.«

»Vorausgesetzt, ich will dann überhaupt noch kaufen.«

Herr Beckmann hob die Schultern. »Wenn nicht, haben wir eben Pech gehabt.«

Noch immer fixierte Reiter ihn. Plötzlich grinste er. »Okay, dann also in die nächste Runde. Von jetzt an mit harten Bandagen.«

»Mit knallharten Bandagen.« Auch Herr Beckmann grinste. Aber wenn León sich nicht täuschte, zitterten seine Lippen ein wenig.

»Ah, da kommt sie ja, unsere Lady.« Reiter hob die Arme und rief: »Ich grüße Sie, Gnädigste.«

Brigitte hatte, natürlich, ihre Kamera umhängen und dazu ein Fernglas. Außerdem trug sie am Riemen über der Schulter eine Aktentasche, in der sich, wie León wusste, Messtischblätter und topografische Karten befanden, dazu ein umfangreiches Schreibzeug mit verschiedenfarbigen Stiften sowie mehrere Klemmbretter und Notizbücher mit harten Einbänden.

»Herr Reiter!«, begann sie. »Es wäre schön, wenn Sie mich das nächste Mal etwas früher ...«

»Ihr junger, nun, sagen wir: Assistent in der Sache hat mich wegen meines unerwarteten Erscheinens schon in den Senkel gestellt.« Reiter zeigte sein Grinsen. »Ich bitte um Verzeihung.« Das Grinsen verstärkte sich. »Demütigst.«

Zuckersüß lächelnd sagte Brigitte: »Ach, Herr Reiter. Wenn doch mehr Menschen über Ihre Umgangsformen verfügten.« Und noch immer lächelnd: »Wäre es sehr unverschämt, wenn ich Sie fragte, ob Sie das Glasfaserkabel mittlerweile besorgt haben?«

»Keineswegs. Es ist im Hubschrauber.«

Moment mal ... Glasfaserkabel? Hieß das etwa ...?

León sah zu Kathrin hin, die etwas entfernt von ihm an der Seite Martins stand. Und die blickte zu ihm her. Dann nickte sie, wobei sie den Kopf nach vorn schob. »Na los!«, hieß das. »Frag schon.«

»Äh, Brigitte ...«

»Ja?« Kühl sah sie ihn an, mit dem Du-weißt-wir-müssen-noch-reden-Blick.

»Das Glasfaserkabel, äh, was soll damit gemacht werden?«

»Nun, wir werden die Grabkammer inspizieren. Durch das Loch, das die Raubgräber gebohrt haben.«

Und das sagte sie, ohne mit der Wimper zu zucken, *ihm* ins Gesicht. Ihm, von dem sie doch wusste, dass er wusste, dass sie es war, die zusammen mit Reiter den Hügel angebohrt hatte. Aber natürlich musste sie dieses Schauspiel wegen Martin und den Beckmanns aufführen. León sah wieder zu Kathrin hin. Und wieder kam ein Kopfnicken, das ein Schubsen war.

Da sagte er fest zu Brigitte: »Das geht nicht! Ihr dürft unter keinen Umständen die Kelten ... also, was in der Grabkammer ist, aufstören.«

In Brigittes Gesicht spiegelten sich – und das war nun garantiert nicht geschauspielert – Erstaunen und pures Nichtverstehen. »Den Grabinhalt *aufstören*?«

»Na ja, eben mit einem Kabel reinsehen oder so was.« Wie zum Geier sollte er das jetzt erklären? Und da, plötzlich, überkam es ihn und er stieß wild hervor: »Weil sonst was Furchtbares passiert!«

Brigitte war etwas zurückgewichen. Jetzt schickte sie einen Blick in die Erwachsenen-Runde: Mein Sohn ist ein bisschen seltsam, sorry, aber das kriege ich wieder hin. Und zu ihm sagte sie: »León. Darüber reden wir noch. Wir müssen uns sowieso unterhalten, okay?«

León sah zu Kathrin. Die hob die Schultern und drehte die Hände nach außen. »Okay«, sagte er da.

»Na, super.« Reiter schien genervt. »Dann können wir ja zur Tagesordnung übergehen. Folgender Ablauf: Wir fliegen zum Hügel und inspizieren die Grabkammer. Dann folgt der Survey-Flug.« Er wandte sich an Herrn Beckmann. »Sie sind eingeladen. Damit Sie sehen, was

Sie zu verhökern haben. Oder auch nicht.« Zu Martin sagte er: »Na? Mal 'ne Runde mitfliegen? Sie sind auch eingeladen, junger Mann.«

Martin schüttelte den Kopf. »Nein, vielen Dank. Ich bin nämlich schon mal mit einem Hubschrauber geflogen, wissen Sie? Und ich ziehe es vor ...« Er hatte den bittenden Blick Brigittes bemerkt. »Also schön, warum nicht? Wer könnte einer derart liebenswürdigen Einladung widerstehen?«

Reiter hob die Hand und machte eine kreisende Bewegung. Der Pilot startete die Turbine.

»Dann also los.« Reiter ging zum Hubschrauber.

Brigitte, Martin und Herr Beckmann folgten.

Wie weit das Sonnenrad am Himmelsgewölbe gen Westen vorgerückt ist, weiß Kiumara nicht. Sie schätzt, dass es etwa dort angelangt ist, wo es gestrigen Tages stand, als Kiumara ihren Außengang unternahm. Dies würde bedeuten: Die Feinde haben sich nun schon eine Tages- und Nachtlänge vom Hügel fern gehalten. Allmählich beginnt Kiumara zu glauben, dass der Knabe und das Mädchen wirklich ihr Warnzeichen verstanden haben.

Zumal der Knabe ja inzwischen auch erkannt hat, was das Zeichen der vorgeschobenen rechten Seite bedeutet. Der kleine Kasten mit dem spiegelnden Rund, den der Knabe sich vor das Gesicht hielt, scheint eine Art magisches Auge gewesen zu sein. Ob er damit Kiumaras blutbeflecktes Schwert den Feinden sichtbar gemacht hat? Kiumara wird immer zuversichtlicher, dass es dem Knaben und dem Mädchen gelungen ist, die Warnung vor den *gefährlichen* Wiedergängern an die Feinde weiterzugeben.

»Mágurix ist erfüllt von Erwartung.« Er hat erstaunlich lange geschwiegen. Nun aber kann er offenkundig seine Zunge nicht mehr bezähmen. »Sein Herz bebt vor Freude in Erwartung der Feinde.«

Nun, ungebärdiger Eber, dein Herz wird noch länger beben – und zwar vergeblich.

»Mágurix brennt darauf, die Feinde zu töten. Alle vier.« Eine Weile ist Stille. Dann sagt er: »Er wird ihnen die Köpfe abschlagen und sie zu seinem Ruhme oben auf das steinerne Mal setzen. So kann jedermann sehen, dass der Hügel die Wohnstätte eines Helden ist.«

Und jedermann sieht, dass der Hügel *keine* Wohnstätte von Wiedergängern ist ... Zwar wird Mágurix den Plan zur Vermehrung seines Ruhmes nicht mehr verwirklichen können. Doch muss sie vorbeugen für den unwahrscheinlichen Fall, dass *ihr* Plan jetzt noch misslingt.

»Wahrlich die Wohnstätte eines Helden«, sagt sie im Tone der Bewunderung. »Von weit her werden die Menschen herbeiströmen, um dem Helden ihre Verehrung zu bezeugen.«

Und zufrieden antwortet Mágurix: »Kiumara spricht überaus wahr.«

»Doch eines bekümmert mich«, gibt sich Kiumara besorgt. »Köpfe sind begehrte Siegeszeichen. Gewiss werden frevlerische Diebe erscheinen, die deine Köpfe rauben wollen. Wer wird ihnen wehren?« Sie macht eine Pause. »Zumal der Held ja schläft, weil er sich wieder auf die Reise begeben hat.«

Stille. Von Mágurix kein Wort.

»Ja, ich befürchte sogar«, fährt Kiumara nach einer Weile fort, »dass die frevlerischen Diebe es nach einiger Zeit gelüsten wird, im Inneren des Hügels nach weiteren Siegeszeichen des Helden zu suchen. Und nach Schätzen, die dort ...«

»Genug! Mágurix hat verstanden.«

Wieder ist Stille. Kiumara hütet sich, sie zu brechen. Nach einer Zeit fährt Mágurix fort: »Um keine Diebe anzulocken, wird Mágurix darauf verzichten, die Köpfe der Feinde auf dem steinernen Mal auszustellen.« Erneut herrscht längeres Schweigen. Dann: »Mágurix wird noch etwas anderes tun. Etwas, woran Kiumara nicht gedacht hat.«

Nun ist sie aber gespannt.

»Es darf unsere Ruhestätte nicht die allerkleinste Neugier erregen. Deshalb wird Mágurix die Feinde fernab vom Hügel erschlagen.«

»Ein guter Gedanke.« Das ist er tatsächlich. Und Kiumara gibt ehrlich zu: »Darauf bin ich wahrhaftig nicht gekommen.« Zu fragen bliebe natürlich, wie er das bewerkstelligen will – sofern sich diese Frage denn stellt. Wenn alles nach Kiumaras Plan läuft – und das wird es –, tauchen die Feinde am Hügel gar nicht mehr auf ... Was ist das für ein Geräusch?

»Mágurix vernimmt das Brausen des Himmelswagens ...«

Selbstredend handelte es sich nicht nur um ein Glasfaserkabel.

Wie Martin erwartet hatte, gehörte eine Menge von Gerätschaften dazu. Schließlich musste das Kabel eingespannt und geführt werden, ein Gestell war erforderlich mit einer Optik, die das Bild aufbereitete, das durch das Kabel nach oben geleitet wurde, und nicht zuletzt brauchte es eine Stromquelle für das Licht, das die Kammer ausleuchten sollte. Martin fragte sich, wie in aller Welt Reiter das alles in so kurzer Zeit organisiert hatte. Aber mit genügend Geld war das vermutlich kein Problem.

Auch Brigitte schien beeindruckt, obschon sie es nicht zeigen wollte. Sie lächelte spöttisch. »Alle Achtung, wie Sie das alles so schnell herbeigezaubert haben.«

Reiter ging darauf nicht ein. Er wandte sich an alle. »Aufgepasst, Herrschaften. Die Batterie hat leider eine sehr geringe Kapazität. Deshalb werden wir das Bild auf dem Schirm nur kurz betrachten können. Aber unsere Professorin kann ja ein Foto machen. Und das sehen wir uns dann in Ruhe an.« Er zeigte auf die diversen Gegenstände, die sie alle vom Hubschrauber auf den Hügel geschleppt hatten. »Während ich mit der Gnädigsten die Geräte aufbaue, sollte einer das Loch öffnen.«

Martin wusste, was jetzt kommen würde. Er wechselte einen Blick mit Brigitte und die sah ihn wieder mal bittend an. Offenbar lag ihr ziemlich daran, ihren Geldgeber bei Laune zu halten.

»Junger Mann, Sie sind der Loch-Experte.« Reiter grinste ihn an. »Würden Sie das übernehmen?« Er zeigte auf eine Werkzeugtasche und grinste verstärkt. »Bitte.«

Martin machte sich an die Arbeit.

Das Kratzen und Scharren ist nach kurzer Zeit verstummt, und wie am gestrigen Tag dringt schwaches Licht in die Kammer. Auch sind nun die vier Stimmen deutlich zu vernehmen.

Es gibt keinen Zweifel: Die Feinde sind erneut zum Hügel gekommen.

Kiumara muss begreifen: Ihr Plan ist fehlgeschlagen.

Der Plan, den Segumara angestoßen hat, der von Kiumara erdacht und entwickelt worden ist, der Plan, den sie zäh und listig verfolgt hat, der ihnen hier in der Kammer sichere Ruhe verschaffen sollte, der Plan, der den Stamm der Remi ohne Zweifel gerettet hätte – er ist nicht aufgegangen.

Kiumara ist so weh zu Mute, als würde ihr Herz aufgegessen.

Große Mutter, denkt sie, ich habe es nicht vollbringen können.

Und nun?

Tief atmet Kiumara ein und aus. Doch es dauert eine Zeit lang, bis sie denken kann: Ich bin ein Mädchen vom Stamme der Remi. Und ich bin die Tochter der Fürstin Segumara. Ich werde mir das Herz *nicht* aufessen lassen.

Ihr Plan ist gescheitert. Also gilt ab jetzt wieder der alte Plan: Die Feinde müssen getötet werden. Alle ohne Ausnahme.

Zunächst allerdings gilt es, den Heißsporn Mágurix am unbedachten Dreinschlagen zu hindern.

»Mágurix ist bereit«, hört sie ihn da wispern. »Er geht nach draußen.«

»Und was hast du dort vor?«

»Es kann sein, dass alle vier Feinde vom Himmelswagen gebracht worden sind. Es kann aber auch sein, dass einige auf ihren Füßen gekommen sind. Ihnen wird Mágurix folgen und sie fernab vom Hügel erschlagen.«

Das klingt vernünftig – unerwartet vernünftig für diesen Heißsporn. Sie sollte wirklich nicht den Fehler machen, ihn zu unterschätzen. Sondern ihn mit Klugheit lenken.

Und da hört sie das schleifende Geräusch. Es kommt von der Kammerdecke, von dort, wo das schwache Licht austritt. Kiumara erkennt das Geräusch auf der Stelle.

»Mágurix hört etwas«, wispert er. »Gleich werden die Feinde wieder mit Licht angreifen.«

Alle Achtung. Er ist wirklich nicht dumm.

»Und dieses Mal wird Mágurix das Licht vernichten.«

Aber auch nicht allzu klug. »Mágurix«, flüstert sie – und hält inne. Warum eigentlich denkt sie, dass es richtig sei, sich bei den Lichtangriffen nicht zu rühren …? Schon beim ersten Mal hatte sie das gedacht … Große Mutter, das war es!

»Mágurix!«, zischt sie. »Die Feinde schicken das Licht herunter, weil sie uns dann sehen können. Sie beobachten uns! Bleib still liegen, wenn …«

Und da flammt es auf. Das Licht ist so hell wie beim ersten Mal und Kiumara hält die Lider fest geschlossen. Aber auch nicht zu fest. Die Feinde sollen nicht merken, dass sie weiß, wozu das Licht dient … Mágurix! Hoffentlich denkt er daran. Hoffentlich hält er aus, ohne zu blinzeln …

Doch da – das Licht hat noch gar keine Zeit gefunden, sich unter die Lider zu brennen – erlischt es. Wieder hört Kiumara das schleifende Geräusch. Und kurz darauf beginnt erneut das Kratzen und Scharren – die Öffnung wird geschlossen.

»Mágurix?«, flüstert sie.

Keine Antwort.

Sie erhebt sich und tastet sich zu seiner Liege …

Mágurix ist gegangen.

Mit seiner Axt.

21. Der Anschlag

»Unglaublich!«, rief Brigitte. »Das ist *unglaublich*!«, wiederholte sie mehrfach, während sie ihre Kamera herumzeigte, auf deren Sucherschirm die beiden Figuren zu sehen waren.

Brigitte war komplett aus dem Häuschen. Hatte sie vorhin lediglich wie gebannt auf den Bildschirm der Kabeloptik gestarrt und »Mein Gott!« gemurmelt, so schien ihr erst jetzt, nachdem alle Gerätschaften abgebaut und wieder im Hubschrauber verstaut waren, richtig bewusst zu werden, welche Kostbarkeiten der Hügel barg.

Sie standen alle vier an der Stelle, wo die Bohrung in die Kammer führte. Martin hatte das Loch wieder sauber verschlossen, und eigentlich gab es hier nichts mehr zu sehen. Doch Brigitte hatte darauf bestanden, dass sich alle noch einmal am Loch versammelten, um den »Genius loci« zu spüren.

»Genius ...?«, fragte Beckmann.

»Das geistige Klima, das an einem bestimmten Ort herrscht«, hatte Brigitte erklärt, offenbar ohne jedes Gefühl dafür, dass es ein bisschen peinlich war, hier mit solchen Ausdrücken um sich zu schmeißen. »Unglaublich!«, rief sie jetzt wieder. »Das ist eine Sensation, ach, was sage ich: Es ist eine welterschütternde Entdeckung, auf die wir in situ gestoßen sind.«

»In situ?«, fragte Martin, damit Beckmann es nicht fragen musste. Und auch, um Brigitte auf ihren überdrehten Ton aufmerksam zu machen.

Doch die merkte nichts. »Fundstücke in der ursprünglichen Lage«, erklärte sie eifrig. Und rief begeistert: »Solche Figuren sind nie zuvor in einem Keltengrab entdeckt worden! Und wie lebensecht sie sind!« Verzückt blickte sie auf den Sucherschirm der Kamera.

»Ich versteh das nicht ganz«, sagte Beckmann. »Warum haben die Kelten *Figuren* begraben? Ich meine, normalerweise sind Gräber doch für tote Menschen da, oder?«

»Eine hervorragende Frage, Herr Beckmann.« Brigitte strahlte. »Hier an diesem Hügel sind damals zwei Kinder geopfert worden. Sie sollten als Sendboten ihres Stammes in dessen neue Heimat vorausreisen. Damit sie auch wirklich ankämen, hat man offenbar die vergänglichen Leichen der Kinder durch dauerhafte Figuren ersetzt. Aber das alles werde ich noch genauer untersuchen. In diesem Grab wartet so umfangreiches und kostbares Material, dass es für ein ganzes Forscherleben reicht.« Brigitte verstummte, gleichsam überwältigt von dieser Aussicht.

So gut wie Brigitte kannte sich Martin in der Keltenforschung natürlich bei weitem nicht aus. Aber er wusste genug, um das, was unten in der Grabkammer lag, einschätzen zu können: Die beiden Figuren *waren* eine Sensation, ohne Zweifel. Aber eine »welterschütternde Entdeckung«? Das erschien Martin denn doch etwas übertrieben. Überhaupt kam ihm Brigittes Begeisterung zu überschwänglich vor, irgendwie ... unecht. Das war es. Als wäre sie gespielt. Wollte Brigitte ihren Geldgeber Reiter für den Fund entflammen?

Wenn, dann zeigte ihr Bemühen wenig Wirkung.

Gleichmütig sagte Reiter jetzt zu Beckmann: »Damit wir zwei uns recht verstehen: Alles, was Frau Professor Lange-Krüger hier so feurig feiert, betrifft den *wissenschaftlichen* Wert des Fundes, okay? Was das Zeug da unten in Euro und Cent wert ist, steht auf einem ganz anderen Blatt.«

»Das sehe ich ein bisschen anders«, sagte Herr Beckmann. »Und auch Sie wissen natürlich, dass eine wissenschaftliche Sensation den Preis hochtreibt.«

Stirnrunzelnd sah Reiter ihn an. »Passen Sie bloß auf, dass Sie sich nicht verrechnen.« Er wandte sich an Brigitte: »Können wir jetzt endlich starten, Gnädigste? Hubschrauberstunden sind nämlich nicht gerade billig.«

»Augenblick mal.« Herr Beckmann hob eine Hand. »Auf fünf Minuten kommt's ja wohl nicht an. Ich hätte zum Beispiel gerne noch gewusst«, sagte er zu Brigitte, »was für ein Halsring das ist, den das Mädchen umhat.«

»Ich erkläre es Ihnen«, lächelte Brigitte. »Was Sie hier sehen, ist ein so genannter ...«

Nachdem der Hubschrauber zum Hügel abgeflogen war, hatte Kathrin gewartet, bis die Mutter und Michael gegangen waren, und dann festgestellt: »Das ist scheiße gelaufen.«

León hob die Hände: »Was sollte ich machen?«

Kathrin nickte. »Da war nichts zu machen.« Und das würde so bleiben, bis es ihnen gelungen war, die Erwachsenen von der Gefahr zu überzeugen. »Gehn wir zum Hügel?«, fragte sie.

León schüttelte den Kopf. »Wenn wir ankommen,

sind die vier bestimmt schon zum Survey-Flug gestartet.« Er dachte nach. »Glaubst du, dass die Kelten ihnen etwas tun werden?«

»Nein, das glaube ich nicht.« Davon war Kathrin ziemlich überzeugt. »Die Keltin ist nicht dumm. Es war ja erst gestern, dass sie uns mit dem Fuchs ein Zeichen gegeben hat. Und ein bisschen Zeit wird sie uns schon lassen. – Außerdem«, fügte sie hinzu, »passiert den Kelten ja noch nichts. Das Glasfaserkabel ist harmlos.«

»Na, hoffentlich sehen die das genauso.« León zeigte mit dem Kopf in Richtung Hof. »Gehen wir hoch zu dir?«

»Natürlich *nicht*. Wir setzen uns jetzt gemütlich und entspannt unter die Linde.«

Sie waren gerade noch rechtzeitig in Kathrins Zimmer gekommen, um sich die Landung des Hubschraubers auf der Wiese anzusehen. Dann hatten sie, wechselweise das Fernglas benutzend, beobachtet, was auf dem Hügel geschah. Und je länger das Treiben dort dauerte, ohne dass die Kelten erschienen, desto ruhiger wurden sie. Als schließlich Martin das Loch wieder mit Erde auffüllte, wussten sie, dass keine Gefahr mehr bestand. León setzte das Fernglas ab. »Falls die Kelten wirklich etwas vorhatten, sind sie wahrscheinlich vom Hubschrauber abgeschreckt worden.«

Mit Sicherheit. Jemand, der vor 2500 Jahren gelebt hatte, musste ja schon die Panik kriegen, wenn er nur den Krach hörte. Kathrin griff sich das Fernglas. Der Hubschrauberpilot war vorhin im Gestrüpp am Rand der Wiese verschwunden – er musste wohl pinkeln. Oder auch anderes, denn er war noch nicht wieder aufgetaucht. Und die vier hatten sich auf dem Hügel versammelt. Brigitte hielt irgendwelche feurigen Reden, klar, die musste so tun, als hätte sie die Kelten zum ersten Mal gesehen. Die anderen hörten gespannt zu, das heißt, Reiter schien eher gelangweilt zu sein. Aber auch der hatte die Kelten ja schon im Grab liegen sehen. Wie erklärte sich die Expertin Brigitte eigentlich, dass der Keltenjunge und das Keltenmädchen aussahen, als wären sie erst gestern begraben worden? Das kann sie doch ... Halt ... Dort seitlich ... An der Pyramide hatte sich etwas bewegt ...

»León«, flüsterte Kathrin. »Der Keltenjunge ...«

»Was ...? Ich seh ihn. Mein Gott.«

Der Kelte stand an derjenigen Seite der Pyramide, die von den vieren abgekehrt war. Seine Axt hielt er mit beiden Händen vor dem Körper und durch das Fernglas sah Kathrin die scharfe Schneide blinken. Der Vater stand mit dem Rücken zur Pyramide; die vier ahnten nichts ...

»Wir müssen was tun«, flüsterte sie. Sie sagte laut: »Wir müssen was tun.« Und durch das Fernglas starrend: »Warnen ... Wir müssen sie warnen! León! Schnell!« Sie drehte sich um und sah, dass León sein Handy bereits am Ohr hatte und blicklos lauschte.

»Ihre Mailbox!«, stieß er hervor. »Ausgeschaltet! O Gott!« Er ließ den Arm sinken. »Brigitte hat ihr Handy ausgeschaltet.«

Und die anderen waren natürlich ebenfalls aus. Kathrin riss das Fernglas an die Augen. Der Kelte ... Verschwunden ... Er war weg ... Nein! Dort war er. Gebückt lief er den Hügel hinunter, die Axt hatte er unter den Gürtel gesteckt.

»Wo will er denn hin?« León, hinter ihr.

Immer noch gebückt, hetzte der Kelte jetzt über die Wiese und er war unglaublich schnell. Aber wohin ...? »Zum Hubschrauber. Er rennt zum Hubschrauber!«

»Tatsächlich. Aber wieso? Und die auf dem Hügel merken noch immer nichts, oder?«

Kathrin schwenkte das Glas zur Gruppe am Bohrloch. Brigitte redete und die anderen hörten zu. Sie konnten nichts merken, weil die Pyramide ihnen die Sicht versperrte ... Und der Kelte? Der war jetzt am Hubschrauber. Er sah hoch zu den Rotorblättern, darauf zur Kanzel mit der offen stehenden Tür. Und dann, mit einem Sprung, stand er in der Tür. Wieder blickte er hoch zum Rotor. Plötzlich ein zweiter Sprung und er hing festgekrallt an der Kante eines Bleches, das auf dem Kanzeldach montiert war. Mit einem einzigen Ruck zog er sich wie ein Freeclimber nach oben.

»Sieht aus, als wäre er auf das Dach geklettert«, sagte León.

»Ja. Aber ich weiß nicht, was er da will.«

Der Kelte hockte geduckt auf dem Kanzeldach und zog nun seine Axt aus dem Gürtel. Er setzte die Schneide an eines der Rotorblätter und begann, sie auf und ab zu ziehen. »Anscheinend versucht er, in ein Rotorblatt zu schneiden ...«

»Er versucht – was? Lass mich mal sehen.«

Kathrin reichte León das Fernglas. Der stellte es mit fliegenden Fingern ein und blickte hindurch. »Was hat er bloß vor ...?« Plötzlich ließ León das Glas sinken. »Woraus sind Rotorblätter gemacht?«

»Woraus? Aus Kunststoff, glaube ich, irgend so ein

Spezialzeugs, so was Hartes, aber nicht so hart wie Stahl … Ach, du Scheiße!«

Sie starrten sich an. Und:

»Los!«, schrie Kathrin. »Wir müssen hin!«

Brigitte hatte wie der bekannte Wasserfall geredet.

Nachdem sie Beckmann erklärt hatte, dass es sich bei dem Halsschmuck der weiblichen Keltenfigur um einen so genannten Torques handele, einen dicken, offenen Ring aus massivem Gold, der meistens, so wie hier, in sich verdreht war und von Frauen wie Männern getragen wurde, hatte sie zu erzählen begonnen, wie der Plattengürtel, ebenfalls aus Gold, aufgebaut war und wie er hergestellt wurde.

Martin hörte mit Interesse zu (Brigitte erklärte hervorragend), fragte sich dann aber doch, ob ein solch ausführlicher Vortrag jetzt wirklich sein musste. Doch begriff er plötzlich, was Brigitte damit beabsichtigte. Sie wollte Herrn Beckmann eine Vorstellung davon geben, wie ungeheuer wertvoll der Grabinhalt nicht nur in wissenschaftlicher Hinsicht war. Sondern auch in Euro und Cent ausgedrückt. Sie wollte Herrn Beckmann gegen Reiter stärken.

Reiter hörte sich das erstaunlich lange an, bis er eingriff. »So, Schluss jetzt, Gnädigste«, sagte er. »Unser Herr Beckmann weiß nun, wie wertvoll der Kram ist.« Und zu Herrn Beckmann selbst: »Nur sollten Sie auch eines wissen: Wäre das hier eine normale Grabung, dann kriegten Sie für das Stückchen Wiese ein lausige Entschädigung vom Staat und das wär's dann gewesen.

Nur weil ich rund um die Fundstelle meinen Sciencetainment-Park aufbauen will, haben Sie die Chance, nicht bloß diese Wiese, sondern Ihr ganzes Land für einen anständigen Preis loszuwerden. Dies zu Ihrer Kenntnis und damit Sie auf der Erde bleiben. Apropos«, wandte er sich an die Runde. »Ich schlage vor, dass wir jetzt unseren Piloten nicht länger warten lassen.«

Die Gruppe ging los, Martin neben Brigitte, und da, als sie an der Pyramide vorüberkamen, überfiel Martin plötzlich das Gefühl, beobachtet zu werden. Das Gefühl war seltsam deutlich, fast schmerzhaft zu spüren, und Martin hielt an. Er blickte sich um. Niemand außer ihnen.

»Was ist?«, fragte Brigitte.

»Ach, nichts«, sagte Martin und ging weiter. Das fehlte noch, das er im Beisein Reiters über seltsame Gefühle sprach. Aber merkwürdig war schon, wie deutlich er es spürte.

Als sie zum Hubschrauber kamen, wartete der Pilot keineswegs auf sie; er war verschwunden. Stirnrunzelnd sah Reiter sich um, als der Mann, sich die Hosen abklopfend, aus dem Gestrüpp am Wiesenrand trat und dann im Laufschritt herbeieilte. »Sorry«, sagte er. »Ging leider nicht anders.«

Reiter grinste. »Seien Sie froh, dass wir eine Dame unter uns haben. Sonst kriegten Sie jetzt was von mir zu hören.« Und zu Brigitte sagte er: »Sie sitzen am besten neben dem Piloten, Gnädigste. Da haben Sie den besten Blick.«

Was hieß, dass Martin nicht wie vorhin neben ihr sitzen konnte.

Es würde ein langweiliger Flug werden.

»Wir müssen hin!«, hatte Kathrin gerufen.

Und León war durch den Kopf gegangen (später war es ihm etwas peinlich, wie einfältig er da gedacht hatte): Ziemlich weit zu rennen, aber okay, das haben wir ja schon mal gemacht.

Kathrin stürmte die Treppe nach unten, schoss durch den Hausflur und – hinein in die Küche. Was, zum Geier, wollte sie jetzt *dort*?

Sie riss am Küchenschrank eine Tür auf. »Mist!«, schrie sie. »Wo ist der Schlüssel?«

»Der Ersatzschlüssel?« Frau Beckmann saß am Küchentisch und schnipselte irgendetwas. »Hängt der nicht am Haken?«

»Nein!«, schrie Kathrin. »Hier ist er nicht! Wo ist der Schlüssel für den Golf?«

Und da begriff León: Sie wollte mit dem Golf zum Hügel fahren. Keinen Augenblick zweifelte er daran, dass sie das konnte. Doch musste sie den Feldweg benutzen, weil sie ja nur auf dem fahren durfte.

Frau Beckmann hob die Schultern. »Keine Ahnung. Wahrscheinlich hat ihn der Vater benutzt und nicht wieder zurückgetan. Aber hör mal. Du solltest nicht auf dem Hof üben, wenn der Vater nicht ...«

Da war Kathrin schon nach draußen gestürmt; León sauste hinterher. Vor der Haustür hielt sie plötzlich an und packte ihn am Arm. »Wo hat Brigitte ihren Ersatzschlüssel?«

»Den vom Volvo? Ich weiß nicht.« Er hatte wahrhaftig nicht den leisesten Schimmer und auch das war ihm später peinlich.

Ohne ein weiteres Wort rannte Kathrin zu Martins

blauem Opel, probierte an der Tür, die abgeschlossen war, spähte durch die Scheibe und rief dann: »Komm! Zum Deutz!« Sie rannte zum Vordach am Stall, wo der Traktor, der Deutz, seit heute Morgen wieder stand, und klatschte mit der flachen Hand auf eines der Hinterradschutzbleche. Da waren Bügel aufmontiert und León setzte sich zwischen sie. Kathrin startete den Motor und fuhr den Deutz rückwärts in den Hof. Das sah einfach aus, war es aber bestimmt nicht, weil die Mähmaschine noch am Traktor hing.

Und dann brauste Kathrin los. León hatte gedacht, Traktoren könnten nur langsam fahren (so schien es zumindest, wenn Brigitte und er mit dem Volvo hinter einem festhingen), aber dieser Deutz raste geradezu. Oder kam es ihm nur so vor, weil er im Freien saß? Und weil der Motor lärmte wie der einer Diesellok? Jedenfalls drosch Kathrin den Deutz mit der angehängten Mähmaschine derart über die schmale Hofzufahrt, dass León sich fest an die Haltegriffe klammerte.

Kathrin saß nach vorn gebeugt, als könnte sie so noch mehr herausholen, da kam die Einmündung auf die Straße, doch Kathrin dachte nicht daran, langsamer zu fahren. Okay, sie würde die Straße ja geradeaus zum Feldweg überqueren. Aber da schrie sie: »Festhalten!«, und bog so scharf in die Straße ein, dass die Mähmaschine zur Seite schleuderte.

Und weiter ging es auf der Landstraße, die sich in einem kilometerlangen Bogen am Wäldchen entlangzog. Der Motor brummte laut, aber so laut nun auch wieder nicht. Und León merkte, dass der Deutz eben doch nur ein Traktor war – ein Fahrzeug, das so direkt nicht fürs Rasen gedacht war. Und das, bei Licht besehen, verdammt langsam vorankam …

Möglicherweise *zu* langsam, um noch rechtzeitig beim Hügel anzukommen …

Und da, hinter dem Wäldchen, von dort, wo die Wiese lag, stieg der Hubschrauber hoch.

Brigitte hatte ihre Aktentasche auf den Knien liegen, darauf ein Klemmbrett mit der zurechtgefalteten topografischen Karte und zeigte nun dem Piloten mit dem ausgestreckten Arm die Richtung.

Vor dem Start hatte sie zu Reiter gesagt: »Ich möchte gerne den Kalten Berg mit einbeziehen. Den hat sich noch nie jemand unter archäologischen Gesichtspunkten besehen. Und ich halte es für nicht unwahrscheinlich, dass sich aus der Luft der Verlauf der ehemaligen Ringmauer erkennen lässt. Wäre das nicht großartig?« Und sie hatte, für Martins Geschmack in einem etwas *zu* bittenden Ton, hinzugefügt: »Habe ich Ihr Okay?«

»Haben Sie, Gnädigste. Ich brenne auf weitere welterschütternde Entdeckungen. – Also los«, sagte er zum Piloten. »Die Dame zeigt Ihnen, wo's langgeht.«

Der Pilot hatte genickt und die Turbine gestartet.

Martin hatte schon einige Hubschrauberflüge mitgemacht (einer seiner ehemaligen Schulkameraden betrieb einen Lufttransportservice), doch erstaunte ihn immer wieder, wie wenig spektakulär ein Hubschrauberstart sich von innen in der Kanzel ausnahm. Verglichen mit diesem sanften Abheben ohne Anlauf, hatte ein Flugzeugstart direkt etwas Bedrohliches. Und immer aufs Neue war erstaunlich, wie geradezu spielerisch es wirkte, wenn ein Hubschrauberpilot seine Maschine steuerte. Dabei war das eine hohe Kunst, zu der es viel Erfahrung brauchte, und die Zahl der Fehler, die man dabei machen konnte, war um ein Mehrfaches höher als beim Fliegen eines Flugzeuges. Weil Martin das wusste, fand er einen Hubschrauberflug jedes Mal wieder spannend.

Da der Pilot nicht gleich reagierte, stieß Brigitte ungeduldig den Arm mehrfach in Richtung Kalter Berg. Nun nickte der Mann und Brigitte lehnte sich zurück.

Der Hubschrauber legte sich nach vorn, wurde schneller, und da, plötzlich, richtete sich Brigitte auf, drehte ruckartig den Kopf nach rechts und sah nach unten – sie musste unter sich auf dem Hügel etwas entdeckt haben, das sie alarmiert hatte. Doch gleich darauf lehnte sie sich wieder zurück und blickte nach vorn. Also hatte sie nur geglaubt, etwas zu sehen …

Doch das wiederum glaubte Martin nicht. Zu heftig war ihre Bewegung gewesen. Sie *hatte* etwas Alarmierendes gesehen. Er hätte etwas dafür gegeben zu wissen, was es war. Doch von seinem Platz, auf der Rückbank zwischen Reiter und Herrn Beckmann, hatte er keine Sicht nach unten.

Dafür konnte er von hier Brigitte, an der Kopfstütze ihres Sitzes vorbei, ungehindert betrachten. Und die sah nun zum Piloten hin. »Sie steuern zu weit links!«, rief sie und zeigte erneut mit der Hand.

Doch wieder reagierte der Pilot nicht gleich.

»Haben Sie nicht gehört? Sie steuern ...«

Abrupt hatte der Pilot den Kopf nach hinten zu Reiter gedreht. »Da sind Vibrationen«, rief er. »Vibrationen am Steuerhorn!«

»Und? Was heißt das?«

»Weiß ich noch nicht.« Der Pilot blickte wieder nach vorn und musterte die Instrumentenanzeige. Plötzlich rief er: »Werden stärker ... Die Vibrationen werden stärker!«

Und da spürte Martin sie. Zuerst war es nur ein leichtes Zittern in den Füßen. Das aber rasch heftiger wurde, und bald darauf bebten die Sitze. Es dauert nicht lange, da vibrierte der ganze Hubschrauber und die Vibrationen steigerten sich zum Rütteln.

»Ich kehre um!«, rief der Pilot. »Zur Weide an der Straße ...«

Zur Weide an der Straße ...? Martin begriff. Der Mann wollte zu einer freien Fläche ohne Hindernisse. Der Pilot rechnete mit einer Notlandung ...

In diesem Augenblick drehte sich Brigitte zu Martin um und sah ihn an. Sie hatte verstanden, was vor sich ging. Fest sah sie ihm in die Augen und da beugte er sich vor und nahm ihre Hand. Brigitte nickte und blickte wieder nach vorn. Aber ihre Finger und seine Finger waren jetzt ineinander verschränkt.

Der Pilot flog nun einen engen Bogen. Das Rütteln hatte sich nicht weiter verstärkt, aber Martin wusste, dass es nicht lange dauern konnte, bis irgendwo in der Maschine etwas auseinander flog.

»Was ist denn los?!«, rief neben ihm Herr Beckmann. Er saß mit weit aufgerissenen Augen und war sich wohl als Einziger in der Kanzel nicht recht darüber im Klaren, was gerade passierte.

»Keine Panik«, sagte Martin. »Das schafft unser Pilot schon.«

Reiter wirkte ruhig, nur seine Augen waren zu seltsam engen Schlitzen zusammengezogen. »Was kann das sein?«, rief er nach vorn.

»Turbine ... Heckrotor ... Weiß nicht«, hörte Martin den Piloten. Er sah, dass der Mann das Steuerhorn mit aller Kraft festhalten musste, damit es ihm nicht aus den Händen sprang.

Plötzlich hörte Martin ihn rufen: »Versuche Autorotation!«

Und da wurde es Martin kalt.

Er hatte es nie selber erlebt, aber er wusste, wie gefährlich eine Landung per Autorotation werden konnte. Der Pilot würde die Turbine abschalten und mit den flach gestellten Rotorblättern, die sich lediglich im Luftstrom drehten, nach unten segeln ... Und da verstummte die Turbine auch schon. Doch umso lauter hörte man jetzt das Sausen der Rotorblätter.

Und das Rütteln hörte nicht auf ...

Es war schwächer geworden, doch auf eine bösartige Weise, die Schlimmes ankündigte, vibrierte die Maschine wie zuvor. Und da die Turbine mit dem Heckrotor abgeschaltet war, hieß das: Mit dem Hauptrotor stimmte etwas nicht.

Landungen per Autorotation wurden zwar geübt, aber viel zu selten. Wenn dann noch der Hauptrotor rüttelte, brauchte es einen wirklich guten Mann, um den Hubschrauber zu landen.

Aber auch ein wirklich guter Mann war hilflos, falls das geschah, was jetzt jeden Augenblick geschehen konnte:

Ein Rotorblatt brach und flog davon ...

Sie kamen zu spät und konnten nichts mehr machen.

Trotzdem hielt Kathrin das Gaspedal durchgedrückt und drosch den Deutz auf der Landstraße Richtung Hügel. Auch León kam nicht auf die Idee, dass sie jetzt hier auf der Straße anhalten, womöglich umkehren und sagen könnten: »Aus, das war's.«

Von Beginn an, als der Hubschrauber über dem Wäldchen erschienen war, hatte León ihn im Blick behalten. Während Kathrin nur ab und zu nach oben blickte, beobachtete León, wie er sich in Richtung Kalter Berg drehte und dann losflog. Brigitte wollte wohl nach Resten der Keltensiedlung suchen.

Wie es aussah, war mit dem Hubschrauber alles in Ordnung. Offenbar hatte der Keltenjunge es nicht geschafft, das Rotorblatt zu lädieren. So scharf war die Schneide seiner Axt also doch nicht. Woher wusste ein Kelte von vor 2500 Jahren eigentlich, wie man einen Hubschrauber zum Absturz bringen konnte? Oder hatte er das gar nicht gewusst und als böser Wiedergänger bloß irgendetwas kaputtmachen wollen? Warum aber hatte er dann die Erwachsenen auf dem Hügel verschont?

Und genau als León sich dies fragte, flog der Hubschrauber eine Kurve. Die Kurve kam León arg eng vor – der Hubschrauber hing gefährlich schräg in der Luft.

Und es hatte gar keinen Zweck, sich einzureden, dass Brigitte sich plötzlich anders besonnen habe und zuerst das Gelände am Hügel absuchen wolle. Es war eben *doch* nicht alles in Ordnung und der Hubschrauber kam zurück.

León stieß Kathrin an und zeigte nach oben. Sie blickte hoch zum Hubschrauber, sah dann León an und nickte zum Zeichen, dass sie verstanden hatte. Darauf blickte sie wieder nach vorn und ihre Hände umkrampften das Lenkrad.

Mit dem Hubschrauber passierte jetzt etwas, das León nicht begriff: Er ging in einen Sinkflug über. Aber nicht senkrecht nach unten, wie ein Hubschrauber das gewöhnlich machte. Sondern schräg nach vorn und, wie es León erschien, rasend schnell. Es war ein regelrechter Sturzflug und das *konnte* gar nicht gut ausgehen – der Hubschrauber würde unten aufschlagen.

Dort kam das Ende des Wäldchens, dann das Gestrüpp, die Wiese mit dem Hügel, und da schoss, schräg von oben, der Hubschrauber heran, Kathrin stoppte mit einem Ruck, der Hubschrauber stürzte über die Straße hinweg auf die Weide, doch da, kurz vor dem Aufprall, bremste er ab, ein Brausen erfüllte die Luft, ganz scharf hatte der Hubschrauber abgebremst, er ging vorn etwas hoch – und setzte auf.

Da stand er. Da stand der Hubschrauber auf der Weide, heil und ganz, die Rotorblätter drehten sich und León starrte und traute seinen Augen nicht.

Und während León noch starrte, gab es plötzlich ein knirschendes Geräusch. Etwas flog davon, der Hubschrauber schwankte, wurde hin und her geschüttelt, doch kam er rasch wieder zur Ruhe, der Rotor wurde langsamer und hielt an.

»Komm!« Kathrin sprang auf die Straße und rannte los, León hinterher. Im Laufen sah er, dass sich am Hubschrauber rechts und links die Türen öffneten. Aus der einen sprang der Pilot auf die Erde. Und aus der anderen kletterte Brigitte.

León hetzte über die Weide. Er dachte jetzt nichts. Alles, was ihm in den vergangenen Tagen an Zwiespältigem und Quälendem durch den Kopf gegangen war, wenn er an Brigitte dachte, das war weg, und es gab nur noch eines: Ich muss zu ihr hin.

Und da war er bei ihr und umarmte sie. Minuten später würde er sich klar machen, dass er das schon ziemlich lange nicht mehr getan hatte, aber jetzt umarmte er sie einfach. Und es war wie früher, als er noch jünger gewesen war, sehr viel jünger.

Brigitte strich ihm über das Haar. »Mein Junge«, sagte sie. Und auch das war wie früher. »Ist ja nichts passiert. Alles ist gut.« Noch immer war es wie früher.

Aber dann sagte Brigitte, und er spürte, wie sie den Kopf hob: »Wieso seid ihr beide eigentlich hier? Und mit dem Traktor?«

León löste sich von ihr. Shit. Was sollte er darauf nun wieder antworten? Wo war Kathrin?

Die umarmte gerade ihren Vater. Also musste ihm schon selber was einfallen. Ob er einfach mit dem Keltenjungen rüberkam? Brigitte erzählen, dass der am Rotor herumgesäbelt hatte? Aber dann würde von ihr kommen: »Falls das ein Scherz sein soll, dann ist es ein gründlich misslungener«, oder so was in der Art. Was, zum Geier, würde Kathrin jetzt ... Aber da hatte er es schon. »Wir wollten zusehen, wie ihr abfliegt.«

»Und da fahrt ihr mit dem Traktor? Auf der Straße? Das darf Kathrin doch gar nicht.«

»Na ja, wir hatten Angst, zu spät zu kommen.«

»Nun«, sagte Brigitte, »das ist euch ja gründlich gelungen.«

22. Entdeckung drei

Martin wunderte sich, wie ruhig er war.

Wäre das Rotorblatt nur Sekunden früher weggeflogen, läge jetzt auf der Weide ein Trümmerhaufen. Aber da stand der Hubschrauber, nach einer noch nicht einmal unmäßig harten Landung, und an sich hätte Martin erwartet, dass er danach jubelnd über die Weide tanzte. Doch er hatte sich ins Gras gesetzt, in die Sonne geblinzelt und gedacht: Glück gehabt. Vermutlich wirkte nach einem solchen Erlebnis ein Selbstschutzmechanismus, der einen davor bewahrte, sich zu genau vorzustellen, was hätte passieren *können*. Sonst würde man nämlich, zum Beispiel, nie wieder in einen Hubschrauber steigen.

Auch die anderen zeigten nicht gerade überschwängliche Gefühle. Der Pilot sowieso nicht; er war sozusagen von Berufs wegen verpflichtet, cool zu bleiben. Tatsache war, dass sie mit ihm einen *wirklich* guten Mann erwischt hatten. Er hatte die Rotorblätter genau im richtigen Moment steil gestellt und die Nase der Kanzel hochgenommen, so dass der Anflug gebremst worden war. Geschah das zu früh, fiel die Maschine zu Boden, und ein Zuspät gab es ohnehin nicht. Alle hatten dem Mann gratuliert, was ihn offenkundig trotz berufsbedingter Coolness gefreut hatte. Jetzt wanderte er über die Weide und suchte das davongeflogene Rotorblatt.

Natürlich würde das Amt für Fluguntersuchung (das bei *jedem* Flugunfall ermittelte) versuchen herauszufinden, warum das Blatt gebrochen war. Das konnte am

Flughafen geschehen, wo der Hubschrauber stationiert war. Der Pilot hatte schon mit seiner Firma telefoniert und die wollte die Maschine so rasch wie möglich abholen lassen.

Martin hatte es übernommen, den Kollegen von der Schutzpolizei Bescheid zu geben. Die mussten die Sache aufnehmen, und auf die warteten sie jetzt.

Reiter hielt ausnahmsweise einmal den Mund, Herr Beckmann redete mit seiner Tochter, und Brigitte sammelte gerade ihre Unterlagen ein, die sich bei der Landung auf dem Kanzelboden verstreut hatten. Man merkte ihr nichts an. Dabei musste sie eine entsetzliche Angst ausgestanden haben; das jedenfalls schloss Martin daraus, wie fest sie seine Hand umklammert hatte.

León stand nicht weit von ihr und betrachtete intensiv den Reststummel des gebrochenen Rotorblattes. Mit ihm hätte Martin sich gern einmal länger unterhalten. Aber aus irgendwelchen Gründen hatte der Junge bisher keine Anstalten gemacht, sich ihm zu nähern. Und es wäre ziemlich töricht gewesen, hätte Martin versucht, sich bei León anzubiedern.

Wie sich wohl die Beziehung zu Brigitte, wenn überhaupt, entwickeln würde? Martin wagte keine Voraussage. Nur eines war gewiss: Einfach würde es keinesfalls.

Jetzt aber saß er im Gras, blinzelte in die Sonne und – da fiel ihm sein Kumpel von der OK ein. Er zog sein Handy hervor und schaltete es ein. Die Mailbox meldete sich: »Es gibt neue Nachrichten. – Hi, ich bin's. Ich habe jetzt die Daten deines Anrufers. Der Name ist Harry Molder. Wohnt in ...« Während Martin lauschte, drückte er die Memotaste, um die Angaben aufzuzeichnen. Dann schaltete er das Handy auf Bereitschaft.

Hm. Der Ort lag gar nicht so weit entfernt von hier. Wenn die Kollegen von der Schutzpolizei nicht allzu sehr trödelten und er rechtzeitig wegkam, konnte er die Sache vielleicht noch heute abschließen.

»Mágurix ist sehr zornig«, wiederholte er. »Mágurix ist sogar über die Maßen zornig darüber, wie alles endete.« Und zur Bekräftigung knirschte er mit den Zähnen.

Geduldig schwieg Kiumara. Mágurix hatte erzählt, aber noch immer wartete sie auf das Ende seines Berichtes über einen offenbar zur Gänze missglückten Außengang. Innerlich seufzte sie. Es hatte sie einige Mühe gekostet, ein Bild davon zu bekommen, was am Hügel geschehen war. Mágurix' Bericht hatte wieder einmal Haken geschlagen wie ein fliehender Hase.

»Will Kiumara hören, was Mágurix so zornig macht?«

Nun also. »Das will Kiumara.«

»So höre. Als der Himmelswagen zurückkehrte und sich wieder auf der Erde niederließ, da wartete Mágurix darauf, dass die Feinde fortgehen würden. Er beabsichtigte, ihnen dann zu folgen und sie fernab vom Hügel zu erschlagen, so wie er es ersonnen hatte.« Mágurix schwieg.

Wäre ihm das gelungen, hätte er es schon lange erzählt. »Und warum ist, was Mágurix so klug ersonnen hatte, nicht Wirklichkeit geworden?«

»Die Feinde verharrten am Platz. Warum sie das taten, verstand Mágurix nicht. Bis nach geraumer Zeit ein magischer Wagen erschien, auf den sie anscheinend gewartet hatten.« Er machte eine Pause. Dann sagte er: »Dieser magische Wagen sandte Blitze aus. Aber es waren keine Blitze von der Art, wie Taranis sie durch den Himmel schleudert. Diese Blitze waren blaue Blitze. Sie waren so stechend blau, wie es gewisslich kein Mensch in unserer Welt jemals erblickt hat.« Wieder machte er eine Pause. Darauf fragte er: »Was hätte Kiumara an der Stelle von Mágurix getan?«

»Ich hätte mich zurückgezogen. Denn wozu sollen blaue Blitze gut sein? Also waren sie böse Magie. Und dagegen gibt es keine Waffe.«

»Kiumara spricht überaus wahr. Mágurix zog sich also vor böser Magie zurück. Er hat demnach keine Niederlage erlitten. Doch vermochte er nicht zu vollbringen, was er ersonnen hatte. Deshalb ist Mágurix über die Maßen zornig.«

Das verstand Kiumara, sehr gut sogar. Sein Außengang war ein Fehlschlag geworden, obschon er sich klug verhalten und vor allem: kluge Überlegungen angestellt hatte.

Solch kluge in der Tat, dass Kiumara zunächst gar nicht hatte glauben mögen, sie stammten von ihm. Aber von wem sonst? Nicht von Miletumagnum jedenfalls. Denn so wie Segumara ihre Tochter nur ein einziges Mal hatte aufsuchen dürfen, so hatte man ganz gewiss auch Miletumagnum nur ein einziges Treffen mit seinem Ziehsohn gestattet. Also war Mágurix, seit die Feinde sie beide geweckt hatten, klüger geworden. Einen fruchtbaren Verstand, der Gedanken gebären konnte, hatte er wohl schon vorher besessen. Doch bei Miletumagnum galt eine solche Fähigkeit nichts. Der hatte seinen Ziehsohn nie gelehrt, wie man Gedanken nährt, sie auf den rechten Weg geleitet und mit anderen Gedanken vereint. Das hatte Mágurix nun offenbar aus eigener Kraft gelernt. Und zwar rasch und gründlich.

Noch immer staunte Kiumara über seine scharfsinnigen Überlegungen, wie dem Himmelswagen beizukommen sei: »Mágurix hatte beobachtet, dass sich die fünf großen Schwerter auf seinem Dach nur drehen, wenn er hochsteigt oder unter dem Himmel fliegt. Dann gleichen diese Drehschwerter den schwirrenden Flügeln einer Libelle. Und wann vermag eine Libelle nicht mehr zu fliegen?«

»Wenn man die Flügel ausreißt oder knickt«, hatte Kiumara geantwortet – halb ärgerlich (was fiel ihm ein, sie wie einen Zögling zu befragen?), halb über seinen Scharfsinn staunend.

»Doch Mágurix hegte die Absicht, den Himmelswagen aus dem Himmel herabstürzen zu lassen.« Er machte eine Pause. Dann fuhr er unvermittelt fort: »Zuweilen bricht ein Schwert gänzlich unerwartet. Doch besieht man sich die Stelle, an der es zerbrach, so findet man die Ursache. Weiß Kiumara, wovon Mágurix spricht?«

»Man findet dort meistens eine Scharte oder eine Kerbe, die schon vorher da war«, sagte Kiumara. Aber diese Fragerei ging entschieden zu weit. Noch einmal würde sie nicht antworten.

»Wieder spricht Kiumara wahr. Also hat Mágurix eines der Drehschwerter mit einer Kerbe versehen. Er hoffte, dass es bräche, während der Himmelswagen flog.«

Und dann wären sie aller Sorgen ledig gewesen. Ein Sturz aus dem Himmelsgewölbe von Bergeshöhe herab hätte die Feinde zerschmettert. Leider aber war das Drehschwert erst zerbrochen, nachdem der Himmelswagen sich wieder auf die Erde gesetzt hatte. Kiumara hielt es für möglich, dass die Feinde durch zauberische Macht gerettet worden waren. Oder die Große Widderhornschlange, die launische Glücksgöttin, war mit ihnen gewesen.

Gleichviel, nun war zu überlegen, wie sie weiter vorgehen sollten …

»Mágurix hat einen Entschluss gefasst«, ließ er sich vernehmen.

»Aha? Kann ich ihn hören?«

»Mágurix ist es müde, Gedanken auf verschlungene Wege zu schicken. All dieses Sinnen und Klügeln führt nicht zum Sieg.«

»Du bist enttäuscht, Mágurix, das verstehe ich. Aber du solltest …«

»Was Mágurix soll, bestimmt nur er allein!« Und nach einer Pause: »Von jetzt an wird Mágurix die Feinde erschlagen, wie sie kommen. Es kümmert ihn keinen Deut mehr, ob fernab vom Hügel oder nahebei, ob alle Feinde zusammen oder einzeln.«

»All das, was du ersonnen hast, ist dir mit einem Mal gleichgültig? Ist dir wenigstens noch bewusst, dass die Zahl unserer Außengänge bemessen ist?«

»Mágurix fragt sich, welches Maß das ist. Kiumara scheint zu glauben, es sei die Fünf, die Zahl des Menschen. Könnte das Maß aber nicht auch fünf mal fünf sein?«

»Kóndurix meinte …«

»Was Kóndurix meinte, ist ohne Belang für Mágurix.« Er schwieg. Nach einer Weile sagte er, und er sprach langsam und betont: »Der Druide Kóndurix ist ein Knecht von Segumara. Und Segumara ist seine Magd.«

Stille.

Die ungeheuerlichen Worte schienen in der Kammer nachzuhallen.

Ruhig bleiben, ganz ruhig, befahl sich Kiumara. Er versuchte, sie zu reizen, ohne Frage. Doch was versprach er sich davon? Glaubte er, sie würde die Beherrschung verlieren und ihn züchtigen? Damit er dann zurückschlagen durfte?

Doch Mágurix konnte nicht wollen, dass sie sich bekämpften. Er wusste genau wie sie: Am Ziel ihrer Reise mussten sie beide zusammen ankommen. Sonst war der Stamm der Remi verloren. Sie waren auf Gedeih und Verderb zusammengespannt. Aber worin bestand seine Absicht, wenn er sie herausforderte? Vermutlich steckte gar keine dahinter. Er war eben doch nur ein unfertiger Knabe, ein junger, ungebärdiger Eber, der wilde Sprünge liebte. Doch musste sie ihn in seine Schranken weisen.

»Mágurix«, sagte sie ruhig. »Ich trage dir nicht nach, was du eben von dir gegeben hast. Denn du weißt nicht, was du sprichst. Ohne Verstand hast du nachgeplappert, was dein Ziehvater dir vorgesagt hat.« Und auf Verdacht setzte sie hinzu: »Oder willst du leugnen, dass diese Worte von Miletumagnum stammen?«

»Mágurix plappert nicht und leugnet nicht!« Dann merkte er, was er gesagt hatte, und knirschte wütend: »In jedem Falle steht sein Entschluss fest. Und Kiumara soll wissen, dass er diesen Entschluss auch für sie gefasst hat.«

Ach, das steckte dahinter! Er hatte vorgehabt, die Zügel an sich zu reißen. Nun, damit war ja zu rechnen gewesen, seit Miletumagnum ihn besucht hatte. Jetzt schien ihm die Zeit dafür gekommen zu sein. Nur hatte der junge Eber es nicht sonderlich geschickt angestellt. Doch Kiumara war nun gewarnt. Sanft sagte sie: »Der Zorn legt Mágurix Worte auf die Zunge, die er unmöglich ernst gemeint haben kann. Kiumara tilgt sie aus ihrem Gedächtnis.« Und versöhnlich fügte sie hinzu: »Du bist wegen deines Fehlschlages erzürnt und enttäuscht. Das verstehe ich.«

»Das glaubt Mágurix gerne, dass Kiumara dies versteht«, gab er in einem Ton zurück, der von Gehässigkeit troff. »Hat sie doch selber einen Fehlschlag hinnehmen müssen.«

Also hatte er mitbekommen, was sie geplant hatte. Und was ihr misslungen war.

»Aber wie gründlich ihr Fehlschlag war, weiß sie noch gar nicht.«

Aha? Kiumara war gespannt, aber auch ein wenig beunruhigt.

»Mágurix hat noch nicht alles erzählt, was draußen geschah. Verschwiegen hat er Kiumara bisher, dass der Knabe und das Mädchen ebenfalls am Hügel anwesend waren.«

Wirklich? Doch würde Mágurix niemals lügen. Das hieße, Dreck aus dem Mund zu entlassen, und das ging gegen die Kriegerehre. Aber was hatten die zwei bei den Feinden zu suchen?

»Sie erschienen mit dem magischen Wagen des Mädchens, als der Himmelswagen zurückkehrte und sich wieder auf die Erde setzte. Will Kiumara wissen, was dann geschah?«

Kiumara sparte sich die Antwort; sie würde es auch so gleich zu hören bekommen.

»Der Knabe eilte zu der Frau. Und sie nahmen sich in die Arme.«

Der Knabe war also …

»Und das Mädchen eilte zu dem Mann mit der sanften Stimme. Und auch diese beiden nahmen sich in die Arme.«

Das Mädchen war also die Tochter dieses Mannes. Und der Knabe …

Eine Zeit lang weigerte sich Kiumara. Doch dann musste sie sich eingestehen:

Das Mädchen und der Knabe hatten von Beginn an zu den Feinden gehört.

Martin wartete jetzt schon seit über einer viertel Stunde im Vorzimmer von Herrn Brendel, dem Chef der Firma Brendel & John, Brunnenbau.

Vor einer Weile hatte ihm die Sekretärin erneut versichert, Herr Brendel würde ihn sofort empfangen. Aber dieses »sofort« dauerte nun auch schon wenigstens fünf Minuten. Martin war versucht, wie einer der Kommissare im Fernsehen einfach zu Herrn Brendel ins Zimmer zu marschieren (wobei er die Sekretärin, die sich ihm in den Weg stellen würde, sanft, aber nachdrücklich beiseite schöbe), doch dann würde Herr Brendel eine

Beschwerde loslassen und Martin hätte einen hässlichen Vermerk in seiner Personalakte.

Es war bereits nach zehn Uhr, und Martin bekam das Gefühl, dass der Vormittag ihm zwischen den Fingern zerrann. Der Tag hatte schon ungut begonnen. Er war spät aufgewacht (offensichtlich hatte er den Wecker überhört), und zwar mit ziemlichen Kopfschmerzen. Dabei bekam er sonst nie welche (die ersten und die letzten Kopfschmerzen hatte er sich während seiner Schulzeit zugezogen, bei einer wüsten Sangria-Party).

Aber es waren weniger die Schmerzen, die ihn quälten. Sondern der Traum. Genauer gesagt: die Erinnerung daran, *dass* er geträumt hatte. Denn was im Traum vorgekommen war, hatte er vergessen. Er wusste nur noch, dass es etwas Schauriges gewesen war. Nur was? Hatte es etwas mit gestern zu tun gehabt? Mit dem Beinah-Hubschrauberabsturz? Die Vermutung lag nahe. Doch hatte Martin das sichere Gefühl, das an Wissen grenzte, es habe sich um etwas anderes gehandelt. Nur eben: um was? Es wollte und wollte ihm nicht einfallen.

»Ja bitte?« Die Sekretärin hatte den Hörer am Ohr. »Ja, gut, ich sag's ihm.« Sie legte den Hörer auf. »Herr Brendel bittet noch um etwas Geduld«, sagte sie zu Martin herüber. »Er muss noch ein wichtiges Telefongespräch führen.«

Martin seufzte. Vielleicht sollte er doch zu den Methoden eines Fernseh-Kommissars greifen. Sein Auftritt gestern bei diesem Harry Molder war diesbezüglich schon recht gut gelungen.

Es war gegen halb fünf gewesen, als er an der Tür des Molder'schen Reihenhäuschens geklingelt hatte, und eigentlich war nicht damit zu rechnen, dass der Mann um diese Zeit zu Hause war. Falls wider Erwarten doch, könnte Martin gleich anschließend zu Harry Molders Firma fahren und hätte den Fall schon heute ...

»Sie wünschen?«

»Herr Molder? – Guten Tag. Wegner ist mein Name. Polizeioberkommissar.« Martin zeigte seinen Ausweis. »Dezernat Raubgrabungen.«

»Raubgrabungen?« Martin sah förmlich, wie sich der Mann versteifte. »Hab ich nichts mit zu tun.«

»Herr Molder. Ich will Ihnen nur ein, zwei Fragen stellen. Wenn Sie mir die beantworten, ist die Sache für Sie erledigt. Andernfalls werde ich Sie zu meiner Dienststelle zitieren müssen, was die Angelegenheit für Sie aufwändig und unangenehm macht.« Zur Dienststelle zitieren – das war Fernsehkrimi-Quatsch, das durfte Martin gar nicht. Für den Fall, dass Harry Molder darauf nicht hereinfiel, schob Martin nach: »Kann ich ins Haus kommen?« Scheinbar besorgt blickte er sich um. »Wegen der Nachbarn, wissen Sie?«

»Na gut, kommen Sie rein.« Harry Molder führte ihn ins Wohnzimmer. »Normalerweise bin ich um diese Zeit noch gar nicht zu Hause«, sagte er. »Und außerdem hab ich zu tun.«

Das Fernsehgerät war angeschaltet und es lief die Direktübertragung von der Tour de France. »Einzelzeitfahren nach L'Alpe d'Huez«, sagte Martin. »Wie liegt unser Mann?«

»War noch nicht dran. Aber doll wird's nicht werden. Er ist halt kein Bergspezialist. Wäre trotzdem nett, wenn ich's gucken könnte.«

Martin nickte. »Ich mach's ganz kurz, Herr Molder. Wir wissen, dass Sie es waren, der am Samstag früh bei uns angerufen hat. Und eigentlich habe ich nur eine einzige Frage an Sie. Wenn Sie …«

»Woher wollen Sie wissen, dass ich das war? – Ach, lassen Sie's«, winkte Harry Molder ab. »Ich will's gar nicht hören. Erstens sagen Sie mir doch nicht die Wahrheit. Und zweitens macht ihr Brüder sowieso, was ihr wollt.«

Das Erste stimmte, das Zweite nicht. Oder nur ein bisschen. War doch immer wieder interessant, was der so genannte Bürger von einem hielt.

»Also? Was wollen Sie wissen?«

»Nur den Namen der Firma, bei der Sie beschäftigt sind.«

Harry Molder dachte nach.

»Herr Molder. Ich kriege das natürlich auch ohne Ihre Mithilfe raus. Nur dauert das ein bisschen länger, was ich vermeiden möchte. Und Sie sollten es auch vermeiden. Denn dann werden Sie in die Ermittlungen einbezogen und Sie haben einen Haufen Ärger.«

»Den kriege ich so oder so. Wenn mein Chef erfährt, dass ich bei Ihnen angerufen habe …«

»Das erfährt der nicht. Ich verspreche es Ihnen. Wenn Sie mir meine Frage beantworten, sind Sie aus der Geschichte raus. Endgültig.«

»Darauf kann ich mich verlassen?« Harry Molder sah ihn an und Martin nickte. »Okay«, sagte da Harry Molder. »Unter uns Radsport-Brüdern …«

Leider war dann bei Brendel & John doch schon alles dicht gewesen. Martin war zu seinem Hotel gefahren, hatte sich die Zusammenfassung der sechzehnten Etappe angesehen (unser Mann hatte überraschend stark abgeschnitten) und war nach dem Abendessen früh schlafen gegangen. Und mit Kopfschmerzen aufgewacht. Sowie mit dem Wissen, dass er etwas Schauriges geträumt hatte. Wenn ihm doch nur einfiele, was es gewesen …

»Herr Wegner?«

Herr Brendel war überraschend jung, zumindest wirkte er so, obschon sein kurz geschnittenes Haar mit ziemlich viel Grau durchsetzt war.

»Entschuldigen Sie, dass ich Sie warten ließ.« Auf Herrn Brendels Schreibtisch lag Martins Karte, die er bei der Sekretärin abgegeben hatte. »Aber es war wirklich wichtig. Meine Bank, wissen Sie?« Plötzlich brach es aus Herrn Brendel heraus. »Dieser Mensch, der meine Kreditsache bearbeitet – jeden zweiten Tag ruft er an und piesackt mich. Ob ich denn auch fleißig dabei wäre, die Auflagen der Bank zu erfüllen? Dabei habe ich schon zwanzig Leute rausgeworfen. Zwanzig von vorher vierzig! Können Sie sich das vorstellen? Nein, vermutlich nicht. Jeden Einzelnen kennt man und muss ihm den Laufpass geben, obwohl er fleißig ist und gut arbeitet. Bloß, weil einem die Bank im Genick sitzt. Ich muss Spezialisten ziehen lassen, die ich nie wieder kriegen werde … Na, lassen wir das«, sagte er, mit einem Mal ruhig. »Wie kann ich Ihnen helfen?«

Betroffen hatte Martin zugehört. Man las über die Arbeitslosigkeit in der Zeitung, wobei es meistens nur um die Arbeitslosen ging. Dass jemand wie Herr Brendel diese Leute nicht aus Jux und Dollerei auf die Straße setzte, jedenfalls nicht in der Regel, wurde dabei übersehen. Na ja, bei allem Ärger, den Herr Brendel auszustehen hatte, saß er doch auf der angenehmeren Seite des Lebens. Und mit Sicherheit hatte er vorgesorgt für den Fall, dass seine Firma Pleite ging. Und wenn der Mann dachte, er könne die miese Lage seines Ladens dadurch verbessern, dass er Aufträge von Raubgräbern annahm, dann würde Martin ihn jetzt eines anderen belehren.

»Herr Brendel. Es geht um den Auftrag, den Ihre Firma in der Nacht vom vergangenen Freitag auf Samstag ausgeführt hat. Sie wissen, wovon ich spreche?«

»Natürlich«, nickte Herr Brendel – überraschenderweise. Martin hatte mit zäherem Widerstand gerechnet. »Was ist damit?«

»Ich würde mir gerne die Unterlagen ansehen. Mich interessiert, wer der Auftraggeber war.«

»Hm.« Herr Brendel wiegte den Kopf. »Ich musste dem Mann garantieren, dass die Abwicklung des Auftrages strikt geheim bleibt.« Na klar, was denn sonst? »Kann ich damit rechnen?«

»Von mir erfährt außerdienstlich keiner was. Wie es allerdings aussieht, wenn es zu einem Verfahren kommt, kann ich nicht absehen.«

»Ein Verfahren? Ein gerichtliches Verfahren?«

»Ja.« Jetzt fing der Mann doch noch an, Zicken zu machen, und stellte sich dumm. »Raubgräberei ist nun mal leider strafbar, wissen Sie?«

»Dieser Mann soll ein Raubgräber sein …?« Herr Brendel wirkte ehrlich erstaunt. Er griff zum Telefon. »Frau Klinger, würden Sie mir bitte den Auftrag Reiter bringen? Danke.«

Reiter …? »Der Name des Auftraggebers ist Reiter?«

»Ja. Reiter Experience Touristik. Der Mann selber heißt Danny Reiter.«

Danny Reiter …

Danny Reiter hatte den Hügel angebohrt.

Das hatten gar keine Raubgräber gemacht! Der Mann und die Frau, von denen Harry Molder berichtet hatte, waren überhaupt keine Raubgräber gewesen …

Es waren Danny Reiter und – Brigitte.

Und da fiel Martin der Traum ein.

23. Ein Geständnis

Es war fast elf Uhr, als Kathrin aufwachte.

Ungläubig starrte sie auf den Wecker, sah auf ihre Armbanduhr, aber es blieb dabei: Sie hatte bis zehn Uhr sechsundfünfzig geschlafen. Kathrin sprang aus dem Bett, beschloss nach kurzem Zögern, das Duschen ausfallen zu lassen, und begann sich hastig anzuziehen.

Sie war mit dem Frühmelken dran gewesen, hatte das auch pünktlich erledigt und war dann, da sich im Haus niemand rührte, wieder ins Bett gegangen, um noch eine Runde zu schlafen. Den Wecker hatte sie nicht neu gestellt. Hatte sie denn ahnen können, dass sie nach reichlich acht Stunden noch einmal länger als vier Stunden fest schlafen würde? Warum eigentlich hatte die Mutter nicht an die Tür geklopft?

Sie lief die Treppe hinunter und in die Küche. Niemand war da, bis auf Michael, der am Tisch vor einem Bildband saß. »Sieh mal. Das hat mir León geliehen.« Es war Leóns Keltenbuch, und Michael hatte die Doppelseite »Waffen der Kelten« aufgeschlagen.

»Mann, schau dir das an«, sagte er begeistert. »Voll krasses Beil.«

»Streitaxt heißt das«, sagte Kathrin. Und fügte heftig hinzu: »Das ist bestimmt voll krass, wenn du damit was auf den Kopf kriegst.«

Erstaunt sah Michael sie an. »Das war doch alles bloß früher.«

»Hast Recht.« Sie sollte sich zusammennehmen. Sonst bekam sie wieder so einen Beinahe-Anfall wie gestern.

Erst war sie einfach nur froh gewesen, dass dem Vater nichts passiert war. Dann aber kam ihr zu Bewusstsein, dass der Kelte um ein Haar fünf Menschen hatte abstürzen lassen. Und dass alle fünf umgekommen wären. Wogegen sie, Kathrin und León, nichts hätten machen können. Sie beide mussten jetzt endlich den Erwachsenen begreiflich machen, in welcher Gefahr sie schwebten ... Und da war sie drauf und dran gewesen loszuschreien: »Haut ab von hier! Lasst die Finger vom Hügel! Die Kelten bringen euch sonst um!« Ganz knapp hatte sie sich noch bremsen können. Denn das hätte nun wirklich nichts gebracht. Aber sie mussten und mussten eine Lösung finden.

»Wo ist León?«, fragte sie. »Wo sind eigentlich alle?«

»Der León ist mit dem Idefix losgegangen.« Michael fügte vorwurfsvoll hinzu: »Den Rollo hat er extra nicht mitgenommen.«

»Er wird schon wissen warum.«

»Aber er hat dein Fernglas. Darf der das?«

»Das hab ich ihm gestern geliehen, du Petzer. Wo ist die Mutter? Und der Vater?«

»In die Stadt gefahren. Sie wollen den Vertrag unterschreiben, den mit dem Dings ...«

»Reiter.«

»Ja, mit dem. Beim Notar. Ich hab in meinem Lexikon nachgesehen, aber es steht nicht drin. Was ist ein Notar?«

Gute Frage. So genau wusste Kathrin das auch nicht. »Ich glaube, so eine Art Rechtsanwalt. Wenn man bei dem einen Vertrag unterschreibt, dann ist das ein besonders fester. Oder so.«

»Aha«, gab sich Michael zufrieden und widmete sich wieder Leóns Keltenbuch.

Die Eltern hatten gestern Abend noch längere Zeit mit Reiter geredet, und zwar in der Wohnstube. Da hatten sie wohl den Vertrag ausgehandelt. Nur dass der nicht mehr gelten würde, wenn die Grabung gestoppt wurde. Vorausgesetzt, es gelang ihr und León ... Nicht wieder von vorn!

Immerhin war es tröstlich, dass sich alle Erwachsenen im Moment irgendwo weit weg vom Hügel aufhielten. Die beiden Kelten mussten offenkundig in der Nähe ihres Grabes bleiben, wie Kathrin und León gestern Abend beim Reden aufgegangen war.

Kathrin öffnete das Fenster. Rollo schlief friedlich vor seiner Hütte. Der Golf war weg und auch der Volvo: Brigitte wollte heute Morgen das Glasfaserkabel und die zugehörigen Geräte zu Reiters Firma bringen. Zum Glück. So konnten die Kelten nicht noch einmal durch das Licht gereizt werden. Die Sachen waren aus dem Hubschrauber in den Volvo umgeladen worden, nachdem die Polizei den Unfall aufgenommen hatte. Der Hubschrauber war noch am späten Nachmittag mit einem Tieflader weggebracht worden.

Damit Brigitte den Volvo holen konnte, hatte Kathrin sie mit dem Deutz zurück zum Hof gefahren. Brigitte hatte während der Fahrt kein Wort gesprochen, sondern nur ziemlich starr vor sich hingeblickt. Das war aber wohl normal, wenn man beinahe abgestürzt war.

Und jetzt? »Wollen wir ein paar Runden spielen?«

»Aber immer.« Michael holte Netz, Bälle und Schläger aus der Kiste neben dem Küchenschrank und sie gingen nach draußen.

Sie waren gerade am Tisch unter Linde vorbeigegangen, als man aus dem offenen Küchenfenster das Telefon klingeln hörte.

»Ich geh ran.« Michael stürzte davon. Schon nach kurzem war er zurück. »Der Martin war das«, berichtete er. »Er hat gefragt, wo die Brigitte ist.«

»Und?«

»Ich hab's ihm gesagt.« Michael hieb seinen Schläger durch die Luft. »Heute gewinne ich jedes Spiel. Wetten?«

»Abwarten«, sagte Kathrin.

Der Traum war nicht schaurig.

Er war grauenhaft.

Martin konnte es noch immer nicht fassen, dass er so etwas geträumt hatte. Kein Wunder, dass sich sein Gedächtnis sträubte, die Erinnerung daran preiszugeben. Jetzt aber hatte er den Traum in furchtbar klaren Bildern vor Augen.

Er stand am Hügel, so hatte er geträumt, unten am Ende des Feldweges. Und oben auf der Kuppe war Brigitte. Sie stand mit dem Rücken zur Pyramide und hielt die Arme flehend nach ihm ausgestreckt. Auch der Blick, mit dem sie ihm in die Augen sah, sagte: »Rette mich!«

Martin blickte zu ihr hinauf. Er wusste nicht, wovor er sie retten sollte, aber er wusste, dass es etwas Schreckliches war. Er wollte zu ihr, mit aller Kraft versuchte er es, aber er vermochte sich nicht zu rühren. Keinen Millimeter konnte er sich vom Fleck bewegen.

»Rette mich!«, flehte Brigitte.

Und da kam hinter ihr aus der Pyramide das Keltenmädchen heraus. Auch im Traum wusste Martin, dass es die Figur aus dem Grab war. Doch nun war sie lebendig, schrecklich lebendig, denn die Keltin hob ihr Schwert, holte zur Seite aus ...

Und nun folgte dieses grauenhafte Bild, so grauenhaft, dass es auch im schrecklichsten Albtraum nicht vorkommen dürfte.

Wie kam er dazu, so etwas zu träumen?

Hatte er, ohne es sich einzugestehen, geahnt, dass Brigitte ihn belog? Schon bevor ihm das bei Brendel & John klar geworden war? Es hatte ja einige Seltsamkeiten gegeben, die er sich jetzt erklären konnte. Wollte sein Unbewusstes Brigitte für ihre Lüge bestrafen? Dazu passte aber nicht, dass er sie hatte retten wollen. Überhaupt: Er sollte von solchen Deutungen die Finger lassen; schließlich war er Polizist und nicht Psychiater.

Aber ein starkes Stück war es schon, das Brigitte sich da geleistet hatte. Er strampelte sich ab, um Raubgräber dingfest zu machen, und sie wusste nicht nur, dass es gar keine gab, sondern hatte sogar den Hügel selber angebohrt. Gut, das durfte nicht herauskommen, sonst kriegte sie in der Archäologen-Szene kein Bein mehr auf den Boden. Sie musste es geheim halten.

Aber auch vor ihm? Sie waren sich doch sehr nahe gekommen.

Und wie sollte es jetzt weitergehen mit ihnen? Er konnte doch vor ihr nicht so tun, als wüsste er nicht, dass sie die ganze Zeit über gewusst hatte, dass er nichts wusste?

Und nun auch noch der Traum. Wenn er sie das nächste Mal traf – unmöglich konnte er sie ansehen mit diesem Bild vor Augen …

Während Martin von Brendel & John zum Hotel zurückfuhr, überlegte er, was er tun konnte, um dieses grässliche Traumbild loszuwerden. Er sollte sich ablenken, ins Kino gehen oder so was. Nur gab es um diese Zeit noch keine Vorstellungen. Außerdem würde das nichts nützen, da sollte er sich nichts vormachen. Der Traum stand ihm so klar und deutlich wie ein Film vor Augen. Als wäre er von außen gekommen … Unsinn! … »Rette mich!«, hatte Brigitte ihn angefleht. Und dieses Bild war so wirklich gewesen, so echt … Schluss damit! Er musste diesem Spuk ein Ende machen.

Okay. Er würde jetzt einfach zu ihr fahren und sehen, wie es mit ihnen weiterging. Jawohl. Wenn er sich an der nächsten Kreuzung links hielt, brauchte er nicht die Stadt zu durchqueren. Er riskierte allerdings, auf der Bundesstraße in ziemlich dichten Verkehr zu geraten. Augenblick … Wollte Brigitte nicht das Glasfaserkabel und den anderen Krempel zu Reiter bringen? Aber vielleicht war sie ja schon zurück. Martin zog sein Handy aus der Tasche. Jetzt hätte er korrekterweise rechts ran fahren und anhalten müssen. Das tat er nicht, und später war er froh, dass er's nicht getan hatte. Er drückte Brigittes Nummer, die er natürlich gespeichert hatte. »Hier ist die Mailbox …« Sie hatte ihr Handy abgeschaltet. Warum tat sie das, wenn sie unterwegs war?

Einer plötzlichen Eingebung folgend, drückte er die

Nummer von Beckmanns (die er festgestellt hatte, nachdem ihm Brigitte im Baumarkt begegnet war).

»Hier ist Michael Beckmann.«

»Hi, Michael. Ich bin's, Martin. Ist Brigitte da?«

»Nein. Die ist weggefahren.«

»Richtig, sie bringt ja die Sachen zu Reiter.«

»Ja. Aber vorher will sie zum Hügel.«

»Nein!«

»Doch. Hat sie gesagt.«

»Und warum …? Danke, Michael. Tschüss.«

Sie war auf dem Hügel.

»Rette mich!«

Das war ja kompletter Irrsinn. Aber wenn es doch …?

Martin gab Gas.

Falls er glatt durchkam, war er in zehn Minuten dort. Nicht allerdings, wenn er durch dichten Verkehr musste. Moment mal … Das war schließlich ein Dienstwagen der Polizei. Er hatte zwar noch nie nachgesehen, aber es musste doch in diesem Wagen ein solches Ding geben …

Mágurix rührte sich nicht.

Oben auf dem Hügel war die Frau – Kiumara hatte das Brummen ihres magischen Wagens zweifelsfrei erkannt. Selbstverständlich war das auch Mágurix mit seinen eberfeinen Ohren nicht verborgen geblieben. Und nun? Wollte er die Feinde nicht erschlagen, so wie sie kamen?

Aber er rührte sich nicht.

Denn Mágurix war in einer Zwicklage.

Die er hätte voraussehen können (wenn seine Fähigkeit, Gedanken zu hegen, eben nicht doch ziemlich beschränkt wäre), nämlich: Ein Krieger durfte keine Frau erschlagen. Oh, das durfte er natürlich schon; bei so mancher Gelegenheit durfte er das. Nur nicht bei einer: im Kampf. Weil es einem Krieger nicht erlaubt war, gegen Frauen zu kämpfen.

Kiumara gönnte ihm diese Zwicklage.

Aber sie würde dazu, bei der Großen Mutter, nicht das kleinste Wort verlauten lassen. Mágurix musste es selber bekennen. Und das *würde* er. Die Frage war nur, wann.

»Gewiss fragt sich Kiumara«, sagte er, »warum Mágurix nicht nach draußen geht.«

Nun also. Und wie weiter?

Er fuhr fort: »Doch kennt sie selbstverständlich den Grund.«

Wiederum nun also. Und wie jetzt weiter?

»Da Mágurix gegen die Frau nicht kämpfen darf, gibt es nur eine Lösung.«

Aha?

»Kiumara wird sie töten.«

Genau darauf hatte Kiumara gewartet. Und nun? An sich brächte Kiumara das ohne weiteres fertig. Ein Feind war ein Feind, gleich ob Mann oder Frau.

Doch fester denn je war Kiumara davon überzeugt: Wenn die Feinde denn schon getötet werden mussten, dann alle zusammen. Und die Chancen dafür standen gut. So oft schon waren alle Feinde gemeinsam am Hügel erschienen. Und das würden sie wieder tun, beim Teutates. Falls dann das Mädchen und der Knabe mit ihnen waren, so war es das Schicksal der beiden. Vermutlich hatten sie ja sogar versucht, ihre Älteren vom

Hügel fern zu halten. Aber sie gehörten zu den Feinden. Und ein Feind war ein Feind.

»Habe ich richtig gehört?«, fragte sie jetzt. »*Ich* soll die Frau töten?«

»Das waren Mágurix' Worte.«

»So merke gut auf, Mágurix: Ich werde nichts dergleichen tun. Ich warte, bis alle Feinde beisammen sind.«

»Und nun sollte Kiumara gut aufmerken. Denn Mágurix befiehlt es ihr: Kiumara wird die Frau töten!«

Auch darauf hatte sie gewartet: auf einen neuen Versuch von ihm, die Zügel an sich zu reißen. Nur hätte sie nicht gedacht, dass er es so töricht anstellen würde. Schweigen war jetzt die beste Antwort.

Auch Mágurix schwieg.

Vermutlich war ihm klar geworden, dass er sich in eine neue Zwicklage geritten hatte. Entweder versuchte er seinen Befehl durchzusetzen oder er ging nach draußen. Blieb er einfach stumm liegen, verlor er sein Gesicht. Gespannt wartete Kiumara.

Nach einer Zeit fragte sie: »Mágurix?«

Keine Antwort.

Sie hätte es sich sparen können. Dennoch tastete sie sich zu Mágurix' Liege: Er war nach draußen gegangen. Kiumara lächelte verächtlich.

Und da hörte sie das Brummen eines magischen Wagens.

Martin war gut durchgekommen.

Allerdings hatte er dazu schneller fahren müssen, als er verantworten konnte. Auf den letzten Kilometern über die einsame Landstraße hatte er aus dem Wagen herausgeholt, was nur ging.

Jetzt kam das lange, gerade Stück und da war der Hügel. Martin hielt das Gaspedal durchgedrückt, dort ging der Feldweg von der Straße ab, er trat mit voller Wucht auf die Bremse, das Pedal ratterte, und das Antiblockiersystem bremste den Wagen sauber herunter. Martin bog in den Feldweg ein.

Und da, am Fuße des Hügels, stand der Volvo. Während Martin nun den Opel über den Feldweg jagte, suchte sein Blick die Kuppe ab …

Keine Brigitte.

Er kam knapp hinter dem Volvo zum Stehen, sprang aus dem Wagen, den Motor hatte er laufen lassen, und sprintete los. »Brigitte!«, schrie er im Laufen, »Brigitte!«

Nichts. War sie am Bohrloch auf der anderen Seite der Pyramide? Martin hetzte auf die Kuppe, an der Pyramide vorbei, da war das zugeschüttete Loch, daneben Reiters Geräte, der Spaten lag dort … Aber sie war nicht da!

»Brigitte!«

Wild blickte er um sich … Und da, unten in der Senke, kauerte sie!

Er rannte hinunter, sie erhob sich, und dann hielt er sie umfasst. Sie klammerte sich an ihn, am ganzen Leibe zitternd.

»Ruhig«, sagte er und strich ihr über den Rücken. »Ruhig«, wiederholte er und ihr Zittern ließ nach.

»Dass du da bist«, flüsterte sie und lockerte die Umklammerung etwas. Aber sie ließ ihn nicht los.

Er fragte nicht, was passiert war. Dies war nicht der richtige Zeitpunkt dafür.

»Wie kommt es, dass du hier bist?«, murmelte sie, den Kopf an seiner Schulter. Er merkte, wie sie ruhiger wurde. »Woher wusstest du, wo ich war?« Sie hob den Kopf.

»Von Michael. Und warum ich gekommen bin?« Sollte er das erzählen? Nein. Das sollte er nicht. Das *musste* er. Mit irgendwelchen Heimlichkeiten wollte *er* gar nicht erst anfangen. Vom Schluss des Traumes allerdings würde er nicht berichten. »Ich habe geträumt, dass dich das Keltenmädchen bedroht. Die Figur aus dem Grab, die aber lebendig geworden war.«

»*Das* hast du geträumt?!« Sie starrte ihn an, und er nickte. Brigitte zögerte. Dann sagte sie: »Ich muss dir etwas erzählen, Martin.« Und zur Pyramide blickend: »Vorhin … Nein«, sagte sie mit einem Mal. »Ich will anders anfangen.« Sie ließ ihn los. »Es war so: Gestern, als wir mit dem Hubschrauber starteten, habe ich plötzlich an der Steinpyramide etwas gesehen. Richtiger: Ich habe jemanden gesehen.« Sie hielt inne. Und sagte dann rasch hintereinander weg, als wolle sie alles erzählt haben, bevor sie es sich anders überlegte: »Dieser Jemand war der Keltenjunge aus dem Grab, also, ich meine, es war die Figur des Keltenjungen, aber ganz offenkundig lebendig. Ich sah, wie er gerade seine Streitaxt schulterte, und er blickte hinter unserem Hubschrauber her.« Sie hielt inne und holte tief Atem. »So. Und jetzt kannst du sagen: Das glaube ich nicht.«

Martin schüttelte den Kopf. »Das sage ich nicht. Weil nämlich auch mein Traum buchstäblich unglaublich war.«

»Danke.« Sie sah ihn an. »Weißt du, es ist nicht ganz einfach, wenn man etwas gesehen hat, das es nicht geben kann. Ich habe versucht, die Sache beiseite zu schieben, aber das ging natürlich nicht. Es war eine ziemlich scheußliche Nacht.« Sie schwieg. Dann fuhr sie fort: »Heute Morgen *brauchte* ich einfach Gewissheit. Ich wollte mich davon überzeugen, dass die Figur noch im Grab ist.«

Martin blickte hoch zum Bohrloch. Die Steine darauf lagen noch genauso wie gestern; das war ihm vorhin aufgefallen. Brigitte hatte das Loch öffnen wollen. Stattdessen war sie in die Senke geflüchtet. »Was ist passiert?«

»Ich stand mit dem Rücken zur Steinpyramide und hatte gerade den Spaten angesetzt, als ich plötzlich das Gefühl hatte, jemand stünde hinter mir. Ich drehte mich um – niemand, natürlich nicht. Aber während ich noch so stand und auf die Steinpyramide sah, fühlte ich plötzlich: Dahinter versteckte sich der Keltenjunge. Das fühlte ich nicht nur – ich wusste es. Und ich wusste auch: Er wollte mich töten.« Mit geweiteten Augen blickte Brigitte zur Kuppe hinauf und es schauderte sie. Da legte Martin den Arm um sie und sie wurde wieder ruhig. »In panischer Angst bin ich davongerannt, hierher zur Senke, und dann warst du plötzlich da.« Nun legte auch sie ihren Arm um ihn.

Sie schwiegen.

Nach einiger Zeit sagte sie: »Du denkst nicht, dass ich mir das alles eingebildet habe? Du glaubst mir das alles?«

»Ja. Erstens hatte ich ein ähnliches Erlebnis wie du. Als wir gestern an der Pyramide vorbei zum Hubschrauber gingen, fühlte ich mich auch beobachtet. Und zweitens: Warum sollte ich dir nicht glauben?«

Wieder schwiegen sie.

»Martin«, kam plötzlich von ihr. »Ich werde dir jetzt etwas sagen.« Sie ließ ihn los, drehte sich aus seinem Arm und stand ihm nun gegenüber. »Das Bohrloch da oben«, sagte sie und zeigte mit dem Kopf, »das stammt nicht von Raubgräbern.« Sie machte eine Pause. »Dieses Loch stammt von mir.«

»Und von Reiter.« Er nickte. »Ich weiß.«

»Du weißt es?!« Sie starrte ihn an. Plötzlich zog sie die Augenbrauen zusammen. »Hat es dir ... Hat es dir jemand gesagt?«

»Nein.« Er schüttelte den Kopf. »Hab ich selber rausgekriegt.«

»Du hast es selber rausgekriegt ...?«

»Habe ich.« Er lächelte. »Nun schau nicht so erstaunt. Wir Polizisten stellen nämlich manchmal Ermittlungen an, weißt du? Und hin und wieder kriegen wir sogar was raus.«

»Ach, Martin.« Auch sie lächelte. Aber ein wenig bestürzt sah er, dass ihr zugleich Tränen in den Augen standen. »Und du nimmst es mir nicht übel, dass ich dich belogen habe?«

»Nein.« Er zog sie an sich. »Obwohl ich schon der Meinung bin, dass du's mir ruhig ein bisschen früher hättest sagen können.«

»Seit wann weißt du's?«

»Seit heute Morgen.« Er gab ihr einen Kuss. »Und ich bin froh, sehr froh, dass ich es jetzt von dir gehört habe.«

»Es war schwierig für mich. Nicht dass ich, nun, sagen wir: meine Verfehlung klein reden will. Aber du solltest wissen …«

»Nicht jetzt.« Er hatte einen Finger auf ihre Lippen gelegt. »Darüber reden wir ein anderes Mal.« Er blickte zum Bohrloch. »Packen wir den Krempel ein? Oder –«, er sah sie an, »willst du vielleicht …?«

»Doch noch reinsehen? Nein, danke, jetzt bestimmt nicht.«

Sie gingen hinauf zur Kuppe.

Unten am Fuße des Hügels, hinter dem Volvo, stand der Opel mit laufendem Motor.

»Oh«, sagte sie. »Du bist mit Blaulicht gekommen?« Und sie lächelte.

24. Hilfe

Es war schön, mit Idefix durch den Wald zu stromern. León konnte kaum glauben, dass es höchstens eine Woche her war, seit er das zum letzten Mal gemacht hatte. Zu seiner Erleichterung benahm sich Idefix wie früher. Er rannte voraus, aber nie zu weit, und kam in kurzen Abständen immer wieder zurück, um sich zu vergewissern, dass León noch da war. Offenbar hatte er keine schlechten Gewohnheiten von Rollo übernommen, zum Glück auch nicht das Apportieren von Müll.

Es *könnte* schön sein, mit Idefix durch dieses Wäldchen zu stromern. Wenn man nicht Angst haben müsste, auf einen geköpften Fuchs zu stoßen oder auf wer weiß was für Scheußlichkeiten, wenn man nicht alle nasenlang sich hätte umdrehen müssen, um sicher zu sein, dass man nicht von Kelten verfolgt wurde, und wenn man erst gar nicht in dieses Wäldchen gegangen wäre, sondern in eine ganz andere Richtung.

Das aber hatte León überhaupt nicht in Erwägung gezogen. Es wäre ihm wie eine Flucht erschienen. Die beiden Kelten klebten nun mal an ihm und Kathrin, und Ruhe bekamen sie erst, wenn die Sache zu ihrem Ende gekommen war. Zu welchem auch immer.

León hatte nicht auf den Weg geachtet und absichtlich hatte er die Wiese mit dem Hügel bestimmt nicht angesteuert. Aber es erstaunte ihn nicht im Geringsten, als er genau dort landete.

Er trat durch das Gestrüpp hinaus auf die Wiese und

stellte fest, dass er das Wäldchen offenbar in einem weiten Bogen durchquert hatte. Denn der Hügel zeigte sich in einem neuen Blickwinkel: Es war die Seite mit der Kuhle, die er drüben in der Entfernung sah.

Und an der Pyramide standen zwei ...

León kniff die Augen zusammen, doch dann fiel ihm ein, dass er ja Kathrins Fernglas umhängen hatte.

Es waren Martin und Brigitte. Und die beiden umarmten sich!

Mein Gott. Mussten sie dazu ausgerechnet auf den Hügel gehen? León suchte die Umgebung der Pyramide ab. Von den Kelten keine Spur. Doch sie konnten jederzeit erscheinen und dann ... Was war denn das?!

Am Bohrloch lagen Reiters Geräte! Brigitte und Martin wollten die beiden Kelten im Grab aufstören ...

León rannte los. Es war ein gutes Stück bis zum Hügel, aber er konnte es schaffen, dort zu sein, bevor sie das Kabel einführten.

Zuerst musste er durch das ungemähte, lange Gras rennen, die Halme schlugen gegen seine Beine, aber in León hämmerte es: »Ich *muss* es schaffen.« Dann gelangte er auf den gemähten Teil der Wiese, und es sah so aus, als käme er noch rechtzeitig. Doch im Laufen registrierte er, dass Brigitte und Martin jetzt begonnen hatten, mit den Geräten zu hantieren, und da schrie er: »Halt! Nein! Halt!« Er sah, wie die beiden innehielten und in seine Richtung blickten. Aber noch hatte er eine ziemliche Strecke vor sich, zum Schreien reichte der Atem nicht mehr, doch schienen Brigitte und Martin auf ihn zu warten, aber wenn die beiden Kelten jetzt in diesem Augenblick erschienen, was konnte er dann tun, was konnte er überhaupt gegen sie ausrichten, gegen die Axt, gegen das Schwert, er musste Brigitte und Martin unbedingt davon abhalten, die Kelten aufzustören ...

León hetzte, an der Kuhle vorbei, den Hügel hoch, keuchte: »Um Gottes willen, nicht!«, und dann fiel er einfach um und rang nach Luft.

Es dauerte eine Weile, bis er wieder klar denken und klar sehen konnte. Brigitte und Martin hatten sich neben ihm in der Hocke niedergelassen. Sie blickten ihn an, besorgt, was okay war, aber León stellte auch fest: Beide schienen kein bisschen darüber erstaunt zu sein, wie er über die Wiese zum Hügel gerannt war und dabei geschrien hatte. Seit gestern, als er wild hervorgestoßen hatte: »Weil sonst etwas Furchtbares passiert!«, war offenbar für sie ausgemacht, dass mit ihm etwas nicht stimmte.

»León«, sagte Brigitte sanft, »was ist mit dir? Was wolltest du uns sagen?«

Und Martin fragte: »Du wolltest uns warnen, oder? Aber wovor? Was ist es?«

Sie betrachteten ihn als Psycho-Fall, das war klar.

Er sah jetzt, dass das Loch geschlossen war. Noch oder wieder? Brigitte war seinem Blick gefolgt und sagte: »Ich wollte die Kammer noch einmal inspizieren, habe es mir dann aber anders überlegt.«

Gut. Sehr gut. León stand auf. »Sorry«, sagte er. »Ich hab ein bisschen gesponnen.«

Brigitte und Martin wechselten einen Blick. Wussten wir's doch, hieß das.

Wo war Idefix? Dort unten am Rand des Hügels. Klar, er traute sich nicht herauf nach seinem Erlebnis mit dem Keltenjungen. »Ich muss mich um Idefix kümmern.« León ging nach unten, und dort merkte er, dass Martin ihm gefolgt war.

»Hör mal, León.« Martin schien ein bisschen verlegen zu sein. »Nicht dass du denkst, ich wolle mich irgendwie bei dir ... Also, können wir mal reden?«

León sah ihn an. Martin war um einiges größer als er; er musste direkt zu ihm hochsehen. Mit Martin reden? Liebend gern. Nur würde das schwierig werden, solange Martin von Brigitte belogen wurde. León musste dann so tun, als wüsste er das nicht, während Brigitte wusste, dass er es wusste ... Ach, Shit.

Aber vielleicht sollte man doch mal mit Martin über die Keltensache reden. Kathrin hatte ja Recht: Er war der Einzige, dem es egal sein konnte, wenn die Grabung gestoppt wurde. Und möglicherweise gab es einen Weg, Martin ins Vertrauen zu ziehen, ohne dass er erfuhr, wer den Hügel in Wahrheit angebohrt hatte. Aber darüber musste León erst mal nachdenken. Er sagte: »Klar können wir reden.« Und wollte hinzufügen: »Aber nicht gleich.«

Doch in diesem Augenblick hörte man Motorengeräusch von der anderen Seite des Hügels. Es mussten mehrere Wagen sein, und Martin fragte entgeistert: »Was ist denn *das*?« Jetzt erscholl lautes Hupen, und Martin sagte: »Kommst du mit?«

León nickte und hob Idefix auf. Getragen-werden war für ihn das Zweitschönste nach Am-Bauch-gekrault-werden, und so würde er den Hügel schon abkönnen. Gemeinsam liefen sie zur Kuppe.

Unten auf dem Feldweg, der vom Hügel zur Straße führte, waren hintereinander aufgereiht: Brigittes Volvo, Martins Opel, dann Reiters Porsche sowie ein blendend weißer Lkw mit großer Fahrerkabine und Kastenaufbau, worauf in fetzigen Buchstaben stand: »Catering-Service«, und am Ende der Beckmann'sche Golf.

»Mein Gott«, sagte Martin und da konnte ihm León nur zustimmen.

Reiter kam den Hügel herauf (seine blonde Gabi, mit Sonnenbrille, war im Porsche sitzen geblieben), hinter ihm das Ehepaar Beckmann. Brigitte ging ihnen entgegen. »Herr Reiter! Würden Sie mir bitte verraten, was das bedeuten soll?«

»Was das bedeuten soll? Dass ich und Beckmanns unterschrieben haben, das bedeutet es.« Mit einer weiten Armbewegung zeigte er in die Runde. »Äcker, Weide, Wiese – ab heute alles in meinem Besitz. Und insbesondere gehört mir der Hügel mit dem Grab.« Reiter machte eine übertriebene Verbeugung. »Und damit Ihnen, Gnädigste.«

»Ich könnte also wirklich und wahrhaftig sofort mit der Grabung beginnen?« Als Reiter nickte, wandte sich Brigitte um und blickte versonnen zur Pyramide hoch. »Fantastisch. Ich kann es noch gar nicht glauben.« Sie drehte sich wieder zu Reiter. »Und der Lastwagen dort? Was hat es mit dem auf sich?«

»Das, was draufsteht: Catering-Service.« Reiter grinste.

»Tolle Sache«, meldete sich Herr Beckmann zu Wort. »Alles aus einer Hand. Essen, Trinken, Tische, Stühle und ein Cocktailzelt.«

»Wir feiern, Gnädigste. Im kleinen Kreis und stilvoll. Champagner vom Besten, edelstes Büfett. Zu Ehren der edlen Kinder in der Grabkammer.« Reiter grinste wieder. »Schade, dass es bloß Figuren sind.«

Man hatte das Gehirn von Kóndurix, das in der Zwischenwelt schwebte, wissen lassen, dass Segumara und Miletumagnum aus der anderen Welt zurückgerufen worden waren. Und dass man sowohl der Fürstin als auch ihrem Widerpart nicht wieder gestatten würde, in das Geschehen einzugreifen.

Warum nicht? Hatten sie die ihnen gezogenen Grenzen überschritten? Was hatten sie überhaupt bewirkt?

Kóndurix wusste es nicht.

Denn man ließ ihm keine Nachrichten mehr darüber zukommen, wie es um Kiumara und Mágurix bestellt war. Warum enthielt man ihm dieses Wissen vor?

Und wenn er schon dabei war zu fragen: Warum gestand man ihm nicht zu, was Segumara und Miletumagnum gewährt worden war? Wieso erlaubte man ihm nicht, aus der Zwischenwelt heraus Einfluss auf das Geschehen zu nehmen?

Willst du darauf die Antwort, Kóndurix?

Wessen Gedanke war das? Wer sprach da?

Spare dir *diese* Fragen. Auf sie wird dir nicht geantwortet.

Dann also: Warum war er zur Untätigkeit verdammt?

Weil du gefrevelt hast, Kóndurix.

Inwiefern, falls ihm diese Frage erlaubt war?

Als du in den Zwist zwischen Segumara und Miletumagnum eingegriffen hast, mischtest du dich in einen Streit zwischen Teutates und der Großen Mutter.

Dessen war er sich nicht bewusst gewesen. Und hatte es auch nicht sein können.

Weißt du nicht, dass ein Sterblicher ohne Wissen und Wollen zum Frevler werden kann?

Er wusste es. Nur hätte er nicht gedacht, dass es ihm einmal geschehen könnte.

Es ist dir aber geschehen.

Offenbar. Und nun? Wie waren, wenn es gestattet war zu fragen, seine Aussichten? War er verurteilt, bis ans Ende aller Zeiten als bloßes Hirn untätig in der Zwischenwelt zu verharren?

Preise die Gnade der Götter, Kóndurix: Dazu bist du nicht verurteilt. Jedoch –

Jedoch?

Strafe muss sein und deine Strafe ist: Du hast eine Wahl.

Das war seine Strafe? Er hatte die Wahl – zwischen was?

Du hast die Wahl zwischen tätig werden dürfen und untätig bleiben müssen.

Wahrhaftig? Nun gut. Das war der Honig. Was war die Bitterwurz?

Es sind Beigaben. Ob Bitterwurz oder nicht, magst du entscheiden.

Was für Beigaben?

Zum einen steht dir zur Wahl: Du musst untätig in der Zwischenwelt verharren. Wirst aber dereinst als Druide zusammen mit deinem Stamm in der neuen Heimat weiterleben.

Und zum anderen?

Zum anderen: Dir wird gestattet, ein einziges Mal in die andere Welt zu Kiumara und Mágurix zu reisen, und dort darf dein Hirn eine einzige Tat vollbringen.

Und dann?

Dann wirst du verlöschen. Dich wird es fürderhin

weder in der Zwischenwelt geben noch in der neuen Heimat noch in irgendeiner anderen Welt. Du bist erloschen.

Kóndurix versuchte, nicht zu denken, was angesichts dieser ungleich gewichteten Wahlmöglichkeiten nahe lag zu denken, nämlich: In ihrer Weisheit beliebten die Götter sich zuweilen auch töricht zu geben.

Kóndurix. Man weiß, was du denkst.

Er dachte nun gar nichts mehr.

Wähle also und wähle gut. Untätig bleiben und leben oder tätig werden und verlöschen.

Kóndurix hatte seine Wahl bereits getroffen.

Obwohl es demnächst wahrscheinlich zu regnen anfing, saß Kathrin mit León und Martin noch am Tisch unter der Linde, und sie und León sahen zu, wie Martin auf seinem Handy eine Nummer drückte. Er rief einen ehemaligen Schulfreund an, der einen Lufttransport-Service betrieb.

»Ja, hallo, hier ist Martin. Kann ich Walter mal sprechen? – Im Hangar, aha. Okay, dann ruf ich ihn dort – gut, ich warte, kein Problem.« Martin legte die Hand auf sein Handy und sagte: »Seine Assistentin. Er ist im Hangar nicht erreichbar, aber sie holt ihn. Kann ein bisschen dauern.« Er hielt sich das Handy wieder ans Ohr.

Kathrin betrachtete ihn, wie er dort saß, und zum ersten Mal seit dem Fehlschlag mit dem Bild der Keltin schöpfte sie wieder Hoffnung.

Es war vor einer knappen halben Stunde gewesen – sie hatte gerade das wer weiß wievielte Match gegen

Michael verloren –, als Martin plötzlich mit seinem Opel auf den Hof gefahren kam. Neben ihm saß León und auf der Rückbank, wie sich zeigte, Idefix, der sofort zu Rollo hinüberschoss.

León war zu Kathrin gekommen, hatte sie beiseite gezogen, und während Martin mit Michael weiterspielte (ziemlich lausig, wie Kathrin nebenher mitbekam), erzählte er ihr, dass Reiter eine Fete auf dem Hügel vorbereitete.

»Auf der Kuppe?«, fragte Kathrin entsetzt. »Oben an der Pyramide?«

»Ob da oben oder auf der Wiese ist doch egal. Jedenfalls in Reichweite der Kelten.«

Kathrin nickte. Dann sagte sie: »León, es geht nicht anders. Wir müssen Martin um Hilfe bitten.«

Und León antwortete: »Ja, das müssen wir.« Er fügte hinzu: »Deswegen bin ich ja mit ihm hergekommen.« Unglücklich sah er Kathrin an: »Aber mir fällt ums Verrecken nicht ein, wie wir es anstellen, dass er's nicht erfährt. Also, wer den Hügel in Wahrheit angebohrt hat.«

»León, das ist doch jetzt Hühnerkacke! Vier Menschen, nein –«, sie zählte rasch nach, wer alles bei dieser Fete dabei sein würde, »– also, neun Leute geraten in höchste Gefahr, und du …«

»Ja, ja, schon gut. Also dann los. Jetzt können wir nur hoffen, dass er uns wenigstens ein bisschen was glaubt.«

Sie hatten dann Martin an den Tisch gebeten (Michael war zum Glück von selbst in der Küche verschwunden) und León hatte gesagt: »Es geht um Folgendes. Kathrin und ich … Kann ich du sagen?«, hatte er sich plötzlich unterbrochen.

»Ich bitte dich sogar darum.« Martin lächelte. »Und dich natürlich auch, Kathrin.«

León sammelte sich. »Was wir dir jetzt erzählen werden, wird dir völlig verrückt vorkommen. Aber hör's dir einfach mal an, okay?« Martin nickte und León begann. Er musste jedoch gleich an Kathrin abgeben, weil die Sache ja damit anfing, dass sie die Keltin gesehen hatte. Dann berichtete León, wie ihm der Keltenjunge mit der Axt erschienen war, darauf erzählten beide im Wechsel von ihrer Flucht vor den Kelten. Es folgte Kathrins Erlebnis auf der Weide, als Martin die Kühe verrückt gemacht und die Keltin vertrieben hatte. »Ich war ganz schön sauer auf dich, weißt du?« Martin hob die Hände, sagte aber nichts. Er hatte konzentriert zugehört und wollte wohl den Fluss der Erzählung nicht stören. Nun berichteten Kathrin und León, wie sie Martin nachts auf dem Hügel beobachtet hatten, und dass es der Keltenjunge gewesen war, der ihn niedergeschlagen hatte. Da schien Martin doch unterbrechen zu wollen, schüttelte dann aber den Kopf. »Weiter«, sagte er.

León erzählte jetzt von dem Traum, den die Keltenfrau ihm und Kathrin gezeigt hatte und der so klar und deutlich wie ein Kinofilm gewesen war. Hier öffnete Martin den Mund, sagte dann aber wieder nichts. Also berichtete Kathrin, dass sie beide, nachdem die Hunde den geköpften Fuchs angebracht hatten, zum Hügel gegangen waren und wie sich ihnen die Keltin mit dem blutigen Schwert gezeigt hatte. Und dass es León gelungen war, sie zu fotografieren. Was ihnen aber nichts genützt habe, da Brigitte es für ein manipuliertes Bild hielt.

Zuletzt erzählten beide im Wechsel, dass sie den Keltenjungen dabei beobachtet hatten, wie er sich am Rotorblatt des Hubschraubers zu schaffen machte. Weil er den Hubschrauber zum Absturz bringen wollte. »Wir wollten euch noch warnen«, sagte Kathrin. »Aber wir sind zu spät gekommen.«

»Zum Glück ist es ja gut ausgegangen«, sagte León und fügte abschließend hinzu: »So. Das war unsere verrückte Geschichte.«

Danach herrschte erst einmal Schweigen.

Martin blickte vor sich hin. Plötzlich hob er den Kopf. »Ihr habt Recht. Eure Geschichte *ist* verrückt. Sie ist vollkommen unwahrscheinlich und absolut unglaubwürdig. Keine Chance, dass die euch irgendein Mensch abnimmt. Ein Polizist schon gar nicht.«

Kathrin und León starrten ihn an.

»Mit einer Ausnahme«, fuhr Martin fort. »Und die bin ich.«

Kathrin und León entfuhren fast gleichzeitig Seufzer der Erleichterung.

»Super«, sagte Kathrin. »Dann hilfst du uns also? Okay.« Sie stand auf. »Jetzt nichts wie raus zum Hügel. Wir müssen Reiter stoppen.«

»Moment, Moment.« Martin hob eine Hand. »Nicht so schnell. Ich nehme euch die Geschichte zwar fürs Erste ab. Aber mit Vorbehalt.«

Langsam ließ Kathrin sich wieder auf die Bank nieder.

»Beantwortet mir mal *eine* Frage: Warum überhaupt wollen die Kelten uns umbringen?«

Kathrin und León sahen sich an.

»Shit«, sagte León. »Darüber haben wir wirklich nichts gesagt.«

Vermutlich deshalb, weil das für sie beide sonnenklar war. Und weil es, wie Kathrin jetzt aufging, verdammt lange dauern würde, alle Zusammenhänge auseinander zu klamüsern. Sie sagte: »Das ist eine längere Geschichte, Martin. Aber du kannst uns glauben: Die beiden Kelten sind vor etwa 2500 Jahren geopfert worden, weil sie ihrem Stamm in die neue Heimat vorausreisen sollten. Und das haben sie noch immer vor. Deshalb wollen sie in ihrem Grab nicht gestört werden.«

»*In die neue Heimat vorausreisen* …?« Martin wiegte den Kopf. »Offen gestanden: Ihr macht es mir schon ein bisschen schwer, meine Vorbehalte zu vergessen. – Also gut«, sagte er. »Mal angenommen, es ist so, wie ihr sagt. Dann habe ich noch eine Frage: Woher weiß ein Kelte, der vor 2500 Jahren gelebt hat, wie man einen Hubschrauber zum Absturz bringen kann?«

Wieder sahen Kathrin und León sich an.

Dann sagte León: »Das ist eine sehr gute Frage.«

»Die wir leider nicht beantworten können«, sagte Kathrin.

Und da hatte Martin seinen ehemaligen Schulfreund angerufen, der einen Lufttransport-Service betrieb.

Jetzt wartete er mit dem Handy am Ohr darauf, dass der sich melden würde.

»Walter? – Ja, Martin hier. Walter, hör zu. Gestern hatte eine Maschine deines Konkurrenten einen Unfall, und ich … – Richtig. Weißt du zufällig, ob die Jungs von der Fluguntersuchung schon da waren? – Okay, nicht zufällig, du musst die Konkurrenz beobachten, klar. Weißt du denn *nicht* zufällig, was das Ergebnis der Untersuchung ist? – Aha? – Das ist interessant. – Nein, im Moment lieber nicht. Ich melde mich, wenn mir danach ist. Danke erst mal und tschüss.« Martin steckte das Handy weg. »Man hat am Rotorblatt eine Kerbe gefunden. Genau da, wo es gebrochen ist.«

»Na also«, sagte Kathrin. »Glaubst du uns jetzt? Die Kerbe hat der Kelte gemacht.«

»Sie könnte natürlich auch eine andere Ursache haben.« Martin schwieg. Plötzlich sagte er: »Okay. Ich glaube euch.«

»Warum mit einem Mal?«, fragte Kathrin.

Martin lächelte. »Du willst es immer genau wissen, wie? – Weil«, sagte er dann, »ich etwas erlebt habe, das zu eurer Erzählung passt.«

»Und das wäre?«

»Die Keltin ist mir im Traum erschienen. Und der war so gespenstisch klar, wie es eure Träume gewesen sein müssen.«

Hm. Nicht sehr überzeugend.

»Und weil auch Brigitte etwas erlebt hat, das mit eurer Geschichte zusammengeht.«

»Brigitte?!«

Martin nickte. »Sie hat gestern vom Hubschrauber aus den Keltenjungen gesehen.«

Brigitte hatte ...?

Es dauerte eine Weile, bis Kathrin richtig klar geworden war, was Martin da gesagt hatte. Doch dann seufzte sie tief auf.

Brigitte hatte den Keltenjungen gesehen! Nun wurde alles gut.

»Deshalb«, fuhr Martin fort, »war sie heute Morgen auf dem Hügel. – Ich war wegen des Traumes gekommen«, wandte er sich an León. »Aber das ist eine andere Geschichte. Brigitte jedenfalls wollte nachprüfen, ob der Kelte noch da war. Und dazu natürlich das Bohrloch benützen.« Martin machte eine kleine Pause. »Das Bohrloch, das sie ja selber gemacht hat, wie du weißt.«

León nickte. Doch plötzlich starrte er Martin an. »Du – *weißt es*?«

»Ja. Brigitte hat es mir gesagt.«

Jetzt war es an León, tief aufzuseufzen.

»Um dir das zu sagen, León, wollte ich mit dir reden.«

León und Martin sahen sich an.

»Okay.« Kathrin erhob sich. »Ich schlage vor, dass wir nun schleunigst raus zum Hügel fahren. Die haben da bestimmt schon angefangen, die Fete vorzubereiten.«

Auch León und Martin standen auf.

»Reiter wird nicht gerade begeistert sein.« León sah zum Himmel: »Aber da zieht sich ganz hübsch was zusammen. Vielleicht vergeht ihm ja bei Regen die Lust aufs Feiern.«

»Falls die Sache so steht, wie ihr glaubt, dass sie steht, dann *müssen* wir ihn dazu bringen, sein Fest abzublasen. Egal wie.« Martin zog den Autoschlüssel aus der Tasche. »Und wenn ich ihm die Pistole auf die Brust setze.«

25. Reiters Hügel

Sie fuhren zu viert zum Hügel.

Zwar war León der Ansicht gewesen, für Michael sei es dort zu gefährlich, und hatte vorgeschlagen: »Wir fahren einfach los. Der ist so in das Keltenbuch vertieft, das merkt der gar nicht.« Aber das hatte Kathrin ziemlich empört zurückgewiesen. Sie sollte ihren kleinen Bruder mutterseelenallein zurücklassen? Und wenn die Kelten bis hierher zum Hof gelangen konnten? Rollo war da kein Schutz und Idefix schon gar nicht. Und auch noch heimlich abhauen? Manchmal verstand Kathrin León wirklich nicht.

Michael durfte vorne sitzen und freute sich auf die Fete. »Bestimmt darf ich wieder das Fleisch auf dem Grill umdrehen.«

»Einen Grill gibt es da nicht«, sagte Martin. »Da wird ein vornehmes Büfett aufgebaut.«

»Was ist ein vornehmes Büfett?«

»Na ja, da gibt's so Sachen wie Hummer und Kaviar.«

»Hummer? Was ist das? Und was ist Kaviar?«

»Sehr, sehr teure Delikatessen«, sagte Martin.

»Was sind ...«

»Das siehst du dann schon«, griff Kathrin ein. »Jetzt sei mal ruhig.«

Sie hatte sonst nichts gegen Michaels Fragerei. Aber jetzt nervte die, obwohl es ja Martin war, der antworten musste. Kathrin merkte mit einem Mal, wie angespannt sie war. Ein vornehmes Büfett zu kippen, war eben keine

Kleinigkeit, zu schweigen davon, eine Grabung zu stoppen. Reiter würde sich mit Händen und Füßen sträuben. Aber zusammen mit Brigitte würden sie ihn schon überzeugen. Möglicherweise konnte die sogar eine Erklärung für das rätselhafte Erscheinen der Kelten liefern.

»Da ist die Mutter«, sagte Michael plötzlich. »Und der Vater.«

Sie kamen ihnen im Golf entgegen und im Vorbeifahren winkten sie freudestrahlend.

»Warum fahren sie zurück?«, fragte León. Und gab sich selber die Antwort: »Wollen wohl irgendwas holen.«

Kathrin schwieg. Was die Eltern zu Hause wollten, war klar. Sie glaubten, sich wegen des vornehmen Büfetts umziehen zu müssen. Dass der Landverkauf rückgängig gemacht werden würde, tat Kathrin für den Vater und die Mutter verdammt Leid. Sie hatten sich zu früh gefreut. Schlimmer noch: Sie würden wissen, welche Summe ihnen entgangen war. Nachweinen war noch schlimmer als zu früh freuen. Kathrin hatte sich vorgenommen, niemals danach zu fragen, was Reiter gezahlt hätte.

Am Hügel war der weiße Lkw, von dem León erzählt hatte, ein Stück rückwärts auf die Wiese gesetzt worden (wobei er natürlich tiefe Reifenspuren gegraben hatte, aber dafür würde Reiter später zahlen müssen), und mitten auf der Wiese hatte man ein Zelt aufgebaut. Es war nicht einfach ein Partyzelt mit lediglich einem dünnen Dach und vier Streben, sondern eines aus festen Planen mit Seitenwänden und Fenstern aus durchsichtigem Kunststoff, und es stand schneeweiß im Grün der Wiese.

Die Leute vom Catering-Service (zwei Frauen und zwei Männer, alle in schneeweißen Overalls) waren gerade dabei, Stühle und Tische ins Zelt zu tragen. Am Eingang stapelten sich große Blech-Kästen, mutmaßlich mit Hummer und Kaviar sowie anderen sehr, sehr teuren Delikatessen gefüllt. Am Fuße des Hügels stand ein höchst zufrieden blickender Reiter. Sein silbergrauer Porsche war wie der Lkw halb auf der Wiese geparkt (mehr Reifenspuren, für die er würde zahlen müssen) und darin saß Gabi. Sie hatte heute ein rosa Kostüm an und blätterte in einer Zeitschrift, wahrscheinlich »Woman« oder so was.

Die ganze Szenerie am Hügel hätte ein Bild sein können wie aus, na ja, eben aus »Woman«. War sie aber nicht, weil der Himmel sich ziemlich düster bezogen hatte (was für Gabi kein Grund war, die Sonnenbrille abzusetzen).

Und weil im Hügel die Kelten lauerten.

Wo war Brigitte? Martin fragte Reiter.

»Frau Professor«, sagte der, »hat sich unverzüglich an die Arbeit begeben und will nicht gestört werden. Aber bei Ihnen macht sie bestimmt eine Ausnahme.« Er grinste und zeigte zum Hügel. »Sie inspiziert die Grabkammer.«

»Was?!«

Bevor sie losrannten, schickte Kathrin noch rasch Michael fort (»Du bleibst am Zelt, okay?«), dann waren sie oben auf der Kuppe, und da, am Bohrloch, stand Brigitte mit einem Spaten. Sie liefen zu ihr.

»Da-das kannst du nicht machen!« León stotterte fast vor Aufregung. »Du störst die Kelten auf!«

Brigitte betrachtete ihn stirnrunzelnd. »León. Gestern hast du das gesagt, heute schon wieder. Irgendwann wirst du mir erklären müssen, was du mit deinem ständigen ›aufstören‹ meinst.«

»Ja, aber … Du weißt doch jetzt, dass die Kelten leben. Also, nicht immer. Sondern nur, wenn sie als Wiedergänger erscheinen.«

»Wiedergänger …? Was redest du denn da?«

»León meint dein Erlebnis von gestern«, sagte jetzt Martin. »Ich habe den beiden davon erzählt.«

»Das hättest du wohl besser unterlassen. Du siehst, was für fantastische Vorstellungen du damit auslöst.«

»Nun hör mal zu, Brigitte.« Martin schien zwischen Verblüffung und Ärger zu schwanken. »Hast du mir erzählt, dass der Kelte auf dem Hügel war, oder hast du mir das nicht erzählt?«

»Ich *habe* es erzählt. Aber das heißt noch lange nicht, dass dort wirklich jemand war. Du als Polizist müsstest doch wissen, wie so genannte Augenzeugen sich irren können.« Brigitte zuckte mit den Achseln. »Ich habe mich getäuscht. Mir eingebildet, ich sähe etwas.«

»Und was war heute? Als du zitternd in der Senke gehockt hast? Weil du vor dem Kelten geflüchtet bist? War das auch eingebildet?«

»In der Tat war es das. Und wie du dich erinnern wirst, habe ich heute mit keinem Wort behauptet, ich hätte ihn gesehen. Im Übrigen ist es nicht sonderlich nett von dir, das vor meinem Sohn zu erwähnen.«

»Stimmt. Entschuldige bitte.«

Aus. Das war's. Eigentlich hatte Kathrin schon nach dem ersten Satz Brigittes gewusst: Sie waren wieder zu dritt. Mit Brigitte durften sie nicht mehr rechnen; die war voll auf ihrem Grabungstrip. Und selbst wenn zehn Kelten auf dem Hügel herumliefen – irgendeine Erklärung, warum das nicht sein konnte, würde sie unter Garantie finden.

»Ich weiß wirklich nicht«, sagte Brigitte, »was gestern mit mir los war. Vielleicht eine versteckte Angst, dass mein Grabungsprojekt im letzten Moment noch platzen könnte. Nicht zu vergessen, lag mir auf der Seele, dass ich dir nicht die Wahrheit gesagt hatte.« Sie lächelte Martin an, und der lächelte zurück. »Und dass ich nach dem gestrigen Beinahe-Absturz heute Morgen noch etwas durcheinander war, ist, denke ich, nicht völlig unverständlich.« Sie wandte sich an León (Kathrin, die neben ihm stand, schien Luft für sie zu sein). »León. Du und ich, wir sind vernünftige Menschen. Deshalb wissen wir beide, dass ich den Kelten nicht auf dem Hügel gesehen haben *kann*. Weil es *unmöglich* ist. Okay?«

León nickte – was sollte er auch anderes machen?

Aber ein bisschen schlapp war das schon, wie er da vor seiner Mutter stand. Kathrin musterte die Geräte, die am Bohrloch lagen. Da war das zusammengerollte Glasfaserkabel – ob man das zerreißen konnte? Vermutlich nicht. Eines der anderen Geräte kaputtmachen? Aber welches? Brigitte und auch Martin würden ihr natürlich sofort in den Arm fallen. Überhaupt wäre damit nichts gewonnen außer ein bisschen Zeit. Die Kelten würden trotzdem erscheinen.

Brigitte war jetzt in Fahrt gekommen. »Und behellige mich bitte nicht wieder mit deinem ›aufstören‹. Dieser Begriff kann nur auf Lebendes angewendet werden. Das solltest du wissen. Die Kelten im Grab sind Nachbildungen der geopferten Kinder. Sehr lebensechte, aber eben nur Figuren.«

So erklärte sie sich das also. Vermutlich gab es nichts, wofür sie keine Erklärung hatte.

Brigitte stieß den Spaten in die Erde. »So. Nun habe ich wirklich zu arbeiten. Und zwar ungestört. – Nimm's mir nicht übel«, sagte sie zu Martin, »aber ich möchte mir das noch einmal alleine ansehen, okay? Es wird ein großer Moment, jetzt, da ich weiß, dass ich das wirklich alles ausgraben kann.«

»Natürlich«, nickte Martin. »Das verstehe ich. Kommt.«

Sie gingen über die Kuppe hinunter zum Fuß des Hügels, am grienenden Reiter vorbei und weiter auf dem Feldweg, bis sie außer Hörweite waren.

»Und jetzt?«, fragte Martin.

»Jetzt macht Brigitte die beiden Kelten mit dem Licht wild«, sagte Kathrin, »und irgendwann kommen sie raus.«

»Wahrscheinlich, wenn wir alle beisammen sind«, vermutete León. »Ich hab mir überlegt«, sagte er zu Kathrin, »ob ich das Glasfaserkabel kaputtmachen soll oder eines von den Geräten.«

Kathrin gab ihm einen Kuss, und es war ihr egal, dass Martin zusah. »Ich auch«, sagte sie dann. »Aber im Endeffekt hätte es ja nichts gebracht.«

»Na ja, ein bisschen Zeit hätten wir schon gewonnen.« Er wandte sich an Martin. »Wir müssen alle von hier verschwunden sein, wenn die Kelten erscheinen.«

»Meint ihr wirklich?« Martin blickte zur Pyramide

auf dem Hügel. »Ich kann mir das überhaupt nicht vorstellen, wie eure Kelten da herauskommen.«

»Wir schon«, sagte Kathrin. »Weil wir's nämlich gesehen haben. Aber das haben wir dir doch alles erzählt.«

»Also, Martin, wie machen wir es?« León wurde richtig energisch. »Am besten, wir gehen zu Reiter, erklären die Lage und sagen ihm, dass er seine Fete abblasen muss.«

»Super«, nickte Martin. »Das wird er natürlich auf der Stelle tun.«

»Das wird er natürlich nicht«, sagte Kathrin. »Deshalb brauchen wir dich ja.«

»Und was wollt ihr, das ich mache?«

»Das, was du selber gesagt hast: Du setzt ihm die Pistole auf die Brust.«

»Das war nur im übertragenen Sinne gemeint. Ich hab ja gar keine Pistole bei mir.«

»Das weiß ich«, sagte León ungeduldig. »Dann nimm das, was du dabeihast, und wenn es Pfefferspray ist. Reiter *muss* diese Fete ...«

»Also hört mal. Ihr verlangt ein bisschen viel von mir.«

»Aber hast du denn nicht verstanden?«, rief León. »Die Kelten werden alle, die sie kriegen, köpfen!«

»Ja, ich weiß, dass ihr das befürchtet. Nur sagt sich das so einfach: köpfen. In einem Albtraum gibt es das. Aber doch nicht in der Wirklichkeit.«

León und Kathrin sahen sich an.

»Martin«, sagte Kathrin langsam. »Du hast uns versichert, dass du uns glaubst. Willst du jetzt sagen, dass du uns die Keltengeschichte nicht mehr abnimmst?«

»Ich glaube sie euch, aber mit Vorbehalt – *das* habe ich gesagt, und ich ...« Martin hielt inne. Und dann sagte er: »Offen gestanden: ja. Ich meine, ihr seid euren Fantasien aufgesessen.«

Ruhig, befahl sich Kathrin. Ruhig. Womit konnte sie ihn überzeugen? »Martin«, fing sie wieder an. »Wer, meinst du, hat dich in der Nacht oben auf dem Hügel niedergeschlagen? Raubgräber können es ja nicht gewesen ...«

»Lass mal«, unterbrach sie León. »Das mache ich.« Er wandte sich an Martin. »Du lässt uns also im Stich?«

»Was heißt, im Stich lassen? Ich versuche euch klar zu machen, dass ihr ...«

»Du machst nicht mit. Also lässt du uns im Stich. Ist das so?«

Martin schwieg. Dann sagte er: »Wenn du das unbedingt so ausdrücken willst – ja, ich lasse euch im Stich.«

León nickte. »Im Stich lassen, ja, das könnt ihr. Euch an die Luft setzen lassen. Einfach abhauen.« Er sah Martin an. »Willst du wissen, was du für mich bist?« Wild starrte er Martin ins Gesicht. »Ein Feigling bist du!« Und er drehte er sich um und rannte davon.

Er rannte über den gemähten Teil der Wiese, würde bald den ungemähten erreichen, und wenn Kathrin ihm nicht rasch folgte, war er im Gestrüpp verschwunden und sie fand ihn nicht mehr.

»Toll, Herr Oberkommissar«, sagte sie. »Das war ein super Einstand als Leóns neuer Vater.« Und sie rannte hinter León her.

An der ersten größeren freien Stelle im Gestrüpp warf sich León einfach hin.

Er war wütend (dies war das, was er spürte, bewusst spürte, und was er wollte), er war enttäuscht (das fühlte er, versuchte aber, es klein zu halten), und er war traurig (das erkannte er erst später, sehr viel später). Das alles versammelte sich in seinen Tränen. Tränen der Wut, der Enttäuschung und der Trauer.

Shit! Shit! Shit!

»León?«

Er richtete sich auf. Hastig wischte er sich übers Gesicht.

»Darf ich?« Kathrin zeigte auf den Boden neben ihm.

Er nickte und sie ließ sich bei ihm nieder. Nicht zu nah, aber auch nicht zu weit weg. Er wusste nicht, ob er es gut finden sollte, dass Kathrin dort saß. Einerseits wollte er alleine sein und seine Wut pflegen, auch ein wenig die Enttäuschung, andererseits war er mit einem Mal froh, jetzt nicht allein zu sein. Doch kam dieses Gefühl ein bisschen zu früh. Noch war Wut angesagt.

»So ein Scheißkerl! Lässt der uns einfach im Stich!«

Dazu sagte Kathrin nichts.

»Warum kneift der Feigling auf einmal?«

Nun sagte Kathrin, und es klang, als müsste sie im Reden sich selber erst klar machen, was sie sagen wollte: »Ich weiß nicht, ob er ein Feigling ist. Ich denke, nicht. Es war wohl alles zu viel für ihn. Wir beide leben seit Tagen mit den Kelten. Andauernd rechnen wir mit ihnen, sie sind in unseren Köpfen. Hast du mal länger als zehn Minuten nicht an sie gedacht?«

León schüttelte den Kopf.

»Siehst du? Und das alles ist bei Martin anders. Er hat einen Traum gehabt, der schaurig war, jedenfalls vermute ich das, er hat ein paar merkwürdige Sachen mit Brigitte erlebt – aber das war's dann auch schon. Und jetzt kommen wir und sagen: ›Die Kelten wollen alle köpfen.‹ Für uns ist das mittlerweile sonnenklar. Aber für ihn ist es, als würden wir sagen: ›Pass auf, demnächst landet auf der Wiese ein Raumschiff mit mordgierigen Aliens.‹«

»Gut, das sehe ich ein. Aber dann hätte er uns, verdammt noch mal, nicht vormachen dürfen, dass er uns glaubt.«

»Ich denke nicht, dass er uns was vorgemacht hat.« Kathrin schwieg. Dann sagte sie: »Ich an deiner Stelle würde darüber mit ihm reden. – Natürlich nicht jetzt«, setzte sie hinzu. »Jetzt ist die Frage: Was machen wir?«

Allmählich bekam er das ziemlich über. Ständig mussten sie sich fragen: Wie geht es weiter? Was nun? Was machen wir jetzt? Es war so furchtbar anstrengend. Aber jammern half ja nichts. »Haben wir eine Wahl?«, fragte er.

Kathrin schüttelte den Kopf. »Nein.«

»Okay. Wir gehen also auf Reiters Fete. Setzen uns dazu und warten ab, was passiert.«

»Vielleicht können wir irgendwas tun, wenn die Kelten kommen«, überlegte Kathrin. »Sie kennen uns. Wir geben das Friedenszeichen und sie lassen uns und die anderen in Ruhe. Weil sie uns noch eine Chance geben wollen ... Das ist es!« Kathrin richtete sich auf. »León. Wenn die Erwachsenen das Keltenmädchen und den Keltenjungen gesehen haben, dann *können* sie gar nicht anders, als zu verstehen, was los ist. Das ist sogar *die* Chance.«

Vorausgesetzt, die Kelten ließen ihnen diese Chance. Wahrscheinlicher jedoch war, dass der Keltenjunge sofort mit seiner Axt warf ... Das aber war wiederum eine ganz unwahrscheinliche Vorstellung. »Nur sagt sich das so einfach: köpfen.« Martin hatte ja Recht. So was gab es nur in bösen Träumen. In der Wirklichkeit *durfte* es das nicht geben. León schüttelte den Kopf.

»Was ist?«, fragte Kathrin.

»Ich komme mir vor wie in einem bösen Traum.«

»Ich wünschte, ich *wäre* in einem bösen Traum«, sagte Kathrin.

26. Axt und Schwert

Es stand ihnen ein neuer Lichtangriff bevor.

Das Kratzen und Scharren an der Öffnung hatte schon vor geraumer Zeit begonnen, aber der Angriff ließ auf sich warten. Denn dieses Mal wurde die Öffnung langsam freigelegt, vorsichtig und behutsam, wie es Kiumara schien. Sie hatte Mágurix ermahnt, sich wieder während des Angriffs still zu verhalten, doch ihr zu antworten, schien unter seiner Würde zu sein.

Spöttisch lächelte sie durch die Dunkelheit in seine Richtung. Die Zwicklage, in die er sich selber gebracht hatte, nämlich nach draußen gehen zu müssen und die Frau zu töten, hatte er nur mithilfe der Großen Widderhornschlange aufzulösen vermocht. Wieder war ein magischer Wagen erschienen, der blaue Zauberblitze aussandte, so dass Mágurix sich ohne Beschädigung seiner Jungkriegerehre hatte zurückziehen können.

Beunruhigend fand Kiumara, dass die Blitze vom Wagen des Feindes mit der jungen Stimme ausgeschickt worden waren. Dieser Wagen hatte sich entfernt, war nun aber wieder zurückgekehrt. Wurde die Frau durch die böse Magie der blauen Blitze beschützt? Nun, das würde sich weisen, wenn Kiumara nach draußen ging.

Denn sie hatte sich entschlossen.

Es war an der Zeit, die Feinde anzugreifen.

Die Lage stellte sich günstig dar. Aus den Geräuschen der magischen Wagen zu schließen, befanden sich auf oder am Hügel die Frau, der dicke Krieger mit der durchdringenden Stimme und der Feind mit der jungen Stimme. Zweifelhaft war, ob sich der Feind mit der sanften Stimme eingefunden hatte. Doch diese Unsicherheit würde sie in Kauf nehmen. Genau wie diejenige, die sich aus der Anwesenheit eines magischen Wagens ergab, den sie noch nie zuvor gehört hatte. Ein lautes und tiefes Brummen war zu ihr gedrungen, das ein wenig dem des magischen Wagens glich, mit dem das Mädchen fuhr. Ein weiterer Wagen, den sie ebenfalls noch nie zuvor gehört hatte, war wieder davongerollt.

Kiumara war sich gewiss, dass sie ein zutreffendes Bild der Lage besaß. Sie fühlte sich bereit. Lediglich den Lichtangriff wollte sie noch abwarten.

Und da kam er …

Wieder so hell wie Sulis, die Göttin der Sonne; doch damit war Kiumara nicht mehr zu erschrecken. Sie lag locker und ruhig, die Lider nicht zusammengekniffen, sondern glatt über den Augen … Was war das für ein Rascheln gewesen? Vorsichtig blinzelnd, um nicht zu sehr geblendet zu werden, öffnete sie die Augen. Und da war Mágurix. Er stand in der Mitte der Kammer, hatte seine Axt mit beiden Händen gefasst und blickte nach oben. Und dort, aus der Kammerdecke, sah etwas hervor. Es war ein Wurm mit einem blendend hellen Auge am Kopf.

Der Wurm beäugte Mágurix und der holte jetzt aus. Er wollte zuschlagen, aber da erscholl »Maigod!« – der Kampfschrei der Frau! Und zugleich, gedankenschnell wie ein Blitz, verschwand der Wurm. Es war wieder dunkel in der Kammer.

Gleich darauf hörte Kiumara, dass die Öffnung geschlossen wurde. Das geschah mit hastigem Scharren und Kratzen, das nun gar nicht mehr behutsam klang.

Dann herrschte Stille.

Nach einer Weile sagte Kiumara: »Das war nicht sonderlich klug von dir. Jetzt sind die Feinde gewarnt.«

Stille.

Nun gut. Sollte er doch, in der Großen Mutter Namen, machen, wonach ihm sein krauser Sinn stand. Sie jedenfalls würde jetzt alle ihre Kräfte versammeln für den Angriff auf die Feinde.

»Mágurix hat sich entschlossen«, kam da plötzlich aus der Dunkelheit. »Er hat sich entschlossen anzugreifen.«

Aha?

»Und er befiehlt Kiumara, sich ihm anzuschließen. Sie wird die Frau töten.«

Er lernte es nicht. Er wollte einfach nicht begreifen, dass sie von ihm keine Befehle entgegennahm. Grundgütige Mutter. Wenn sie doch nur nicht darauf angewiesen wäre, mit diesem im Verstande beschränkten Großmaul die Reise zu beenden.

»Mágurix wird warten«, sagte er nun. »Er wird warten, bis Kiumara seinen Befehl befolgt. Doch Mágurix setzt ihr eine Frist.«

»Eine Frist?«, konnte Kiumara nun doch nicht widerstehen zu fragen. »Welche Frist geruht der tapfere Krieger mir einzuräumen?«

»Das behält Mágurix für sich. Aber Kiumara täte gut daran, vor Ablauf dieser Frist seinen Befehl befolgt zu haben.«

Ihr Großen Götter. Sein Verstand war nicht beschränkt. Sondern verdreht wie der Darm einer kranken Ziege.

Doch war dieser Zwischenfall höchst ärgerlich. Jetzt musste sie mit ihrem Angriff auf die Feinde warten. Keinesfalls durfte sie vor Mágurix nach draußen gehen. Das sähe aus, als gehorche sie ihm. Und schon der Anschein, er gewönne die Oberhand über sie, war strikt zu vermeiden. Denn dann sähe sich Miletumagnum gegenüber Segumara gestärkt. Und würde womöglich nach der Ankunft des Stammes in der neuen Heimat versuchen, sich zum Fürsten der Remi aufzuschwingen.

In Betracht allerdings sollte sie ziehen, dass Mágurix sie vielleicht mit Gewalt zum Gehorsam zwingen wollte.

Dann würde sie ihn züchtigen müssen. Woraufhin er gar nicht anders könnte, als sich zur Wehr zu setzen, und es würde hier in der Dunkelheit einen Kampf geben. Der nur damit enden durfte, dass einer von beiden auf der Walstatt blieb. Und wenn Kiumara dachte »einer«, dann meinte sie das (sicher war sie sich allerdings keineswegs; Mágurix' Kunstfertigkeit mit der Axt stand außer Zweifel).

Doch ein Kampf zwischen ihnen konnte auch er nicht wollen, so verdreht war selbst sein Verstand nicht. Er wusste wie sie, dass sie beide zusammen ans Ziel ihrer Reise gelangen mussten.

Also würde er letztlich nach draußen gehen. Aber damit sie, Kiumara, nicht auf den Gedanken käme, er zögere, sich in den Kampf gegen die Feinde zu stürzen, durfte er nicht allzu lange warten …

Irgendwann fing es an zu regnen.

»Gehen wir rein?«, fragte Kathrin.

León nickte. Es war sowieso Zeit. Alle anderen waren schon im Zelt verschwunden. Lediglich Brigitte hatten sie nicht hineingehen sehen; sie musste das Zelt schon aufgesucht haben (vielleicht um sich an einem der Tische Notizen zu machen), bevor León und Kathrin sich am Rande des Gestrüpps niedergelassen hatten.

Sie waren zunächst noch an der freien Stelle sitzen geblieben, wo León zuvor seiner Wut und Enttäuschung freien Lauf gelassen hatte, doch hatte Kathrin nach einer Weile gesagt: »Kein guter Platz hier. Wir kriegen überhaupt nicht mit, was draußen passiert.« Daraufhin waren sie zu einem Platz gewechselt, von dem aus sie die Wiese mit dem Zelt und den Hügel im Blick hatten, ohne selber gesehen zu werden. Dies, weil es León jetzt nicht ertragen hätte, von irgendeinem Erwachsenen dumm angequatscht zu werden.

Das Zelt war, wie León fand, arg groß für eine Fete von eins, zwei ... neun Leuten. Überhaupt war der ganze Aufwand völlig überzogen. So trugen die Catering-Leute zu viert eine ziemlich schwere Box hinters Zelt, und erst als die Box zu brummen anfing, begriff León, dass es sich um einen Stromgenerator handelte. Der natürlich nicht brummte, sondern nur summte, denn er war geräuschgekapselt. Warum, zum Geier, betrieb Reiter diesen Aufwand?

Er stand nach wie vor am Hügel, von wo er alles überblicken konnte. Die blonde Gabi saß noch immer im Porsche und hatte die Stöpsel eines Walkmans im Ohr.

Martin sah man mal hier, mal dort, und er wirkte

einigermaßen unglücklich. Aber da konnte León ihm weiß Gott nicht helfen.

Zwischendurch erschienen Beckmanns. Herr Beckmann trug jetzt einen schlecht sitzenden, zu schweren Sakko, dazu eine Krawatte, was León übertrieben fand. Frau Beckmann hatte den dunklen Anzug mit den langen Hosen an, den sie auch getragen hatte, als sie mit ihrem Mann zum Notar gestartet war. León, der sie bis dahin nur in ihrer ewigen Kittelschürze gesehen hatte, fand, dass sie in dem Anzug richtig gut aussah ...

Aber all das war vergiftet. Alles, was León sah und hörte, war getränkt mit dem Gift des Wissens, dass die Kelten drüben im Hügel lauerten und jederzeit erscheinen konnten. Eine solche Fete, auch von Reiter veranstaltet, wäre bestimmt ganz lustig gewesen. Sie hätten gut gegessen und getrunken, hätten geredet und gelacht, und vielleicht gäbe es coole Musik ... Aber die Kelten verdarben das alles. Konnten sie denn nicht einfach Ruhe geben? Vielleicht war es wirklich das Beste, wenn sie einfach ausgegraben wurden. Dann hätte der Spuk ein Ende.

»Was hast du?«, fragte Kathrin. »Du schaust so böse.«

»Es ist die Angst«, sagte León. »Die Angst vergiftet alles.«

Kathrin sagte nichts. Sie atmete nur einmal tief ein und wieder aus.

Die Catering-Leute hatten ihre Arbeit beendet; drei von ihnen gingen zum Lkw und kletterten in die Fahrerkabine. Einer der Männer verschwand mit Reiter im Zelt. Nach einiger Zeit erschien er wieder, bestieg ebenfalls den Lkw, und der fuhr von der Wiese auf den Feldweg und dann über die Landstraße davon.

»Will denn Reiter das alles selber machen?«, fragte Kathrin. »Das Büfett versorgen und so?«

»Das läuft von allein. Die Catering-Leute bauen dann bloß alles wieder ab.« So einfach und easy wäre das, wenn nicht ... Aber es half ja nichts.

»Gehen wir rein?«, fragte Kathrin, nachdem alle anderen im Zelt verschwunden waren und es zu regnen begonnen hatte.

León nickte. Und er dachte: Vielleicht passiert ja gar nichts und es geht alles gut. Das dachte er mehrfach und er dachte es ganz fest.

Aber er kam gegen das Gift nicht an.

Das Büfett war an der Zeltwand gegenüber dem Eingang aufgebaut, ein langer Tisch mit reichlich Platten, Töpfen und zugedeckten Warmhaltepfannen. Was für Delikatessen Reiter da im Einzelnen hatte auffahren lassen, konnte Kathrin nicht erkennen, aber es war ihr auch egal. An der rechten Seitenwand, über Eck an das Büfett anschließend, stand ein zweiter langer Tisch mit derart vielen verschiedenen Flaschen und Krügen darauf, dass Kathrin noch nicht einmal versuchte zu vermuten, was das alles war. Jedenfalls standen die meisten Flaschen und auch viele Krüge in gläsernen Eimern, die mit Eisbröckchen gefüllt waren.

Es gab zwei runde Tische mit bequemen Korbstühlen. Der kleinere Tisch stand nahe am Eingang. Und an dem saß, mit einer Limo vor sich, als Einziger Michael. Offenbar war dies der Kindertisch. Denn alle Erwachsenen saßen, ebenfalls mit Getränken versorgt, am größeren Tisch.

Der war in der Mitte des Zeltes aufgestellt – fast in der Mitte. Denn um vor dem Büfett und dem Getränketisch genügend Platz zu lassen, hatte man den Erwachsenentisch zur linken Seitenwand hin platziert.

Mit dem Rücken zur Zeltwand und mit Blick auf den Getränketisch hatte Reiter Platz genommen. Und wie er dort saß mit dem nach hinten gegelten Haar, kam er Kathrin abstoßender vor denn je. Zugleich aber hatte er was. Sie wusste nicht, woran es lag, aber sie war sicher: Käme jetzt ein Fremder ins Zelt – er wüsste sofort, wer hier der Boss war.

Neben Reiter, im Uhrzeigersinn gesehen, saß Gabi und natürlich hatte sie die Sonnenbrille auf. Mit ihrem rosa Kostüm beherrschte sie farblich das Bild, aber eben nur farblich. Darauf kam der Vater in seinem zu großen Sakko und dann die Mutter. Der dunkle Anzug, den sie sich zur Hochzeit von Onkel Hans, ihrem jüngeren Bruder, gekauft hatte, stand ihr gut, zu gut, wie Kathrin fand. Sie sah geradezu sexy darin aus. Und das war Kathrin irgendwie peinlich. Neben der Mutter saß Martin, angezogen wie immer, *sehr* gut aussehend, still vor sich hin blickend und unter Garantie kein Feigling. Und dann, rechts neben Reiter, kam ein leerer Stuhl …

Wo war eigentlich Brigitte?

Selbstverständlich hatte Kathrin, als sie ins Zelt gekommen war, sofort gesehen, dass Brigitte fehlte. Sie hatte sich diese Frage aber sozusagen aufgehoben, bis sie an den leeren Stuhl gelangt war. Also: Wo war eigentlich Brigitte?

»Wo ist eigentlich unsere Gnädigste?«, fragte Reiter, wobei er Martin ansah. »Wissen Sie das?« Und ohne zu ihnen herzusehen, aber es war klar, dass sie gemeint waren, sagte er zu Kathrin und León: »Holt euch was zu trinken und setzt euch.« Nach etwas zu trinken war ihnen nicht zu Mute und sie nahmen am Kindertisch Platz. Zwischen Michael und León gab es einen überzähligen Korbstuhl, der dem Eingang zunächst stand.

»Frau Professor Lange-Krüger«, sagte jetzt Martin mit Betonung, »habe ich in den Wald gehen sehen.«

»In den Wald ...?«

»Ja. Nachdem sie das Grab inspiziert und die Geräte versorgt hatte.« Und mehr zu sich selber als zu Reiter sagte Martin: »Sie wirkte ... durcheinander, irgendwie aufgewühlt.« Und er fügte hinzu: »Nun ja. Es war eben wirklich ein großer Moment für sie.«

Dass sich Brigitte nach einem großen Moment in den Wald verzog, sah ihr eigentlich nicht ähnlich.

Reiter jedenfalls nickte, zufrieden, wie es León vorkam.

Es war still im Zelt. Lediglich das Summen des Generators war von draußen zu hören, und der Regen, der aufs Zeltdach rauschte und gegen die Kunststofffenster klatschte. Brigitte war hoffentlich nicht ohne ihren Kleperumhang losgegangen.

Reiter deutete jetzt mit einer Kopfbewegung, woraufhin sich Gabi erhob und zum Gestell mit der Musikanlage stöckelte. Das befand sich am Eingang, so dass Gabi eine Strecke zu gehen hatte, und León wurde bewusst, dass Reiter das Zelt sogar aufwändig mit einem Fußboden hatte auslegen lassen. Gabi drückte eine

Taste und stöckelte zurück. Was jetzt dezent aus versteckten Boxen erklang, war die Ouvertüre der Zauberflöte, Leóns erster Oper, in die Brigitte ihn mitgenommen hatte.

Der Regen hielt unvermindert an und es war draußen richtig düster geworden. Doch unter dem Zeltdach brannten zwei helle Birnen.

Nach einer Weile sagte Martin: »Ich glaube, ich werde mal nachsehen, wo …«

Und da kam Brigitte durch den Zelteingang.

Ihr Klepperumhang troff vor Nässe. Sie schlug die Kapuze zurück, zog den Umhang aus und hing ihn über die Lehne des freien Stuhles neben León. Das alles tat sie mit langsamen Bewegungen und ihr Gesicht wirkte merkwürdig starr, nein: entschlossen. León sah dies daran, dass ihre Augen verengt waren.

»Schön, dass Sie da sind, Gnädigste.« Reiter hatte sich erhoben und deutete auf den freien Stuhl neben sich. »Wollen Sie sich bitte zu uns setzen?«

Doch Brigitte schüttelte den Kopf. »Danke«, sagte sie, »ich nehme hier Platz.« Und sie setzte sich auf den freien Stuhl mit dem Umhang über der Lehne.

Wenn Reiter davon überrascht war, sah man ihm dies nicht an. Und nun *lächelte* er. Es war ein richtiges Lächeln und nicht sein gewöhnliches Grinsen. »Verehrte Gnädigste«, sagte er lächelnd. »Ich weiß, ich gehe Ihnen mit dieser Anrede auf die Nerven. Aber ich werde mich bessern. In Zukunft sage ich nur noch: gnädige Verehrteste.« Er hielt inne und blickte lächelnd zu Brigitte herüber – er erwartete für sein Scherzchen von ihr ein Lächeln zurück.

Und mit einem Mal begriff León mit von der Angst geschärftem Blick, was hinter der aufwändigen Fete steckte. Reiter hatte sie für niemand anderen arrangiert als für Brigitte. Damit wollte er sie gewinnen. Er hatte den Hügel und das umliegende Land erworben, womit sein Projekt »Sciencetainment-Park« einen großen Schritt vorangekommen war. Jetzt hing alles davon ab, dass eine Person, die bei den Archäologen einen guten Ruf genoss, möglichst rasch und publikumswirksam die beiden Kelten ausgrub. Diese Person war Brigitte. Doch wusste Reiter sehr gut, dass sie das Projekt ein bisschen igitt fand (jeder Wissenschaftler fände es igitt, wenn die Ergebnisse seiner Arbeit in einem Vergnügungspark verjuxt würden), also musste er sie gewinnen. Zu Anfang mit einer protzigen Fete. Wobei ihm natürlich bewusst war, dass Brigitte die Fete protzig finden würde. Dass sie aber auch einen gewissen Kitzel empfände, sich von diesem eigentlich unmöglichen Reiter einwickeln zu lassen.

Reiter blickte lächelnd zu Brigitte herüber und wartete darauf, dass von ihr ein Lächeln zurückkäme.

Es kam nicht.

Brigitte behielt ihre starr-entschlossene Miene bei und verzog nicht einmal andeutungsweise die Mundwinkel.

»Nun gut.« Reiter straffte sich. »Sehr geehrte Frau Beckmann, werter Herr Beckmann, liebe Anwesende.« Er ließ den Blick über die Runde wandern. Aber es war klar, dass ihn außer Brigitte niemand interessierte. »Dies ist ein großer Tag. Heute ist das Projekt Sciencetainment-Park wirklich und wahrhaftig gestartet. Reiter Experience Touristik hat etwas Einmaliges auf den Weg gebracht: die Vermittlung wissenschaftlicher Erkenntnisse der Archäologie auf unterhaltsame und gleichermaßen einprägsame Weise an breite Schichten der Bevölkerung – ein zutiefst demokratischer Ansatz. Und es ist mir eine echt empfundene Freude, Sie, verehrte Frau Professor Lange-Krüger, dafür gewonnen zu haben. Ich stehe nicht an ...«

»Nein.«

Es war von Brigitte gekommen. Laut, hart und entschlossen.

»... zu behaupten ... Was sagten Sie?« Reiter starrte zu Brigitte herüber.

»Ich sagte: nein.« Brigitte saß sehr gerade.

»Wie, äh, soll ich das verstehen?«

»Sie haben mich nicht gewonnen.« Brigitte machte eine Pause, als nähme sie Anlauf. Und dann sagte sie: »Sie haben mich verloren. Ich steige aus.«

Stille.

Der Regen rauschte, der Generator summte und in der Zauberflöte hatte die Königin der Nacht ihren ersten Auftritt.

»Sie steigen aus ...?« Danny Reiter fuhr sich durch sein gegeltes Haar. »Aber ... warum denn?«

»Weil ich zu der Überzeugung gelangt bin –«, Brigitte erhob sich, »– dass dieses Grab im Hügel für Ihr Projekt ungeeignet ist.«

»Ungeeignet?« Danny Reiter zog ein Zigarren-Etui hervor. »Inwiefern denn?«

»Insofern, als es mit diesem Grab Bewandtnisse hat, die in aller Ruhe geklärt werden müssen.«

»Bewandtnisse? Herrgott, was für Bewandtnisse denn?« Reiter holte eine Zigarre aus dem Etui.

»Erscheinungen, die es eigentlich nicht geben dürfte. Unerklärliche Vorgänge, die ...« Brigitte brach ab. Dann sagte sie: »Ich bin gern bereit, Ihnen das genauer zu erläutern. Aber nicht hier und nicht jetzt. Jedenfalls steige ich aus. Für mich steht fest: Ihr Projekt kann und darf nicht fortgeführt werden.«

»Kann und darf nicht. So, so.« Reiter steckte die Zigarre an. Und aus den Qualmwolken heraus hörte man ihn sagen: »Ihnen ist natürlich bewusst: Wenn Sie aus dem Projekt ausstiegen, wären Sie auch aus der Grabung raus. Die würde dann jemand anderes übernehmen.«

»Das glaube ich kaum. Ich meine nämlich, dass auf nicht absehbare Zeit hier überhaupt keine Grabung stattfinden kann.«

»So, so«, sagte Reiter wieder. Und dann: »Ihre Entschluss steht fest?«

»Felsenfest.«

Reiter schwieg.

Dann schob er seinen Stuhl beiseite, ging zur Musikanlage und drückte eine Taste. Die Königin der Nacht verstummte. Reiter kehrte an seinen Platz zurück. Betont langsam legte er seine Zigarre im Aschenbecher ab, wo sie weiterqualmte.

Alle waren ihm mit den Blicken gefolgt, Gabi hatte sogar ihre Sonnenbrille abgesetzt. Beckmanns schauten betreten drein; sie sahen ihre Felle davonschwimmen. Martin blickte gespannt zwischen Reiter und Brigitte hin und her. Michael verstand nicht, was vor sich ging, aber er hatte aufgehört, an seiner Limo zu nuckeln. Und Kathrin? Die sah jetzt ihn, León, an und in ihren glänzenden Augen war zu lesen: Endlich! Endlich ist es vorüber.

Brigitte stand noch immer unbeweglich. Mit entschlossener, aber auch erwartungsvoller Miene. So als wäre sie gespannt, ob etwas einträte, womit sie rechnete.

»Trotz Ihres felsenfesten Entschlusses«, sagte Reiter jetzt, »möchte ich den Versuch machen, Sie umzustimmen.«

»Es wird ein vergeblicher Versuch sein.«

»Warten wir's ab. Ich möchte Sie nämlich daran erinnern, dass Sie nicht einfach aussteigen *können*. Gewisse Fakten, die nur Ihnen und mir bekannt sind, binden Sie auf höchst wirkungsvolle Weise an das Projekt.«

Brigitte nickte. Als hätte sie genau auf einen solchen Satz gewartet. »Herr Reiter«, sagte sie und ihre Stimme klang ruhig. »Mit ›gewisse Fakten‹ meinen Sie vermutlich die Tatsache, dass Sie und ich die Sondierungsbohrung in die Grabkammer niedergebracht haben.«

Reiter starrte sie an.

»Sie *könnten* möglicherweise daran gedacht haben«, fuhr Brigitte fort, »mich mit der Drohung zu erpressen, diese Tatsache öffentlich zu machen und so meinen wissenschaftlichen Ruf zu ruinieren.«

Reiter starrte noch immer. Die Zigarre im Aschenbecher war inzwischen ausgegangen.

»*Falls* Sie das vorhatten, Herr Reiter, lassen Sie sich sagen: Ich habe vor wenigen Minuten mit dem Rektor der Universität telefoniert und einen Gesprächstermin vereinbart.«

Langsam ließ sich Reiter auf seinen Stuhl nieder.

»Ich habe ihm dabei in groben Zügen geschildert, worum es sich handelt. Es gibt für mich kein Zurück.« Auch Brigitte setzte sich wieder. Sie schlug die Beine übereinander und auf ihrem Gesicht erschien ein Lächeln. Ein richtig entspanntes Lächeln war das und sie sagte: »Reiter, ich bin ausgestiegen.«

Danny Reiter fingerte wieder sein Zigarren-Etui heraus. Er öffnete es.

Und genau da geschah sehr rasch hintereinander dreierlei.

Erst hörte man ein durchdringendes »Ratsch!«.

Dann stürzte mit ohrenbetäubendem Klirren der Getränketisch um.

Und darauf stieß jemand einen kreischend lauten Schrei aus.

Kathrin saß mit dem Rücken zum Getränketisch.

Das Geräusch, das sie zuerst hörte, klang, als würde Stoff zerrissen, nein, als würde er reißend zerschnitten.

Dann brach der Getränketisch zusammen. Er brach einfach – so hörte es sich für sie an – unter der Last der Getränke mit gewaltigem Scheppern zusammen, und darauf begann jemand, wahrscheinlich Gabi, zu schreien.

Kathrin drehte den Kopf. Es war Gabi, natürlich, wer denn sonst, und die schrie mit weit aufgerissenem, rot geschminktem Mund (du lieber Himmel, was führte die sich auf!) und starrte entsetzt auf den zusammengebrochenen Getränketisch, aber dazu müsste ihr Blick tiefer gerichtet sein ... Kathrin drehte sich vollständig um und da stand er.

Er stand zwischen der Zeltwand und dem umgestürzten Getränketisch (der war gar nicht *zusammenge-*

brochen) und in der Zeltwand klaffte ein fast mannshoher Riss.

Der Keltenjunge war klitschnass. Aus seinen verfilzten Haaren rann Wasser und sein Kittel klebte nass am Körper. Er hielt seine Axt schräg in die Höhe. Und er hatte die linke Körperseite vorgeschoben ...

Gabi schrie.

»Still, verdammt!« Brigitte. Scharf und durchdringend hatte sie das gerufen. »Das ist ein Angriff. Aber wenn niemand schreit und keiner sich bewegt, haben wir eine Chance. Still jetzt!«

Und da schloss Gabi den Mund.

Der Kelte hatte bei Brigittes »Still, verdammt!« nur kurz zu ihr hingesehen und dann wieder geradeaus. Natürlich verstand er nicht, was Brigitte sagte. Aber selbst wenn – es wäre ihm wohl gleichgültig gewesen. Sie schien ihn nicht zu interessieren. Er hatte Danny Reiter ins Auge gefasst. Mit *ihm*, das wurde Kathrin plötzlich klar, wollte er anfangen.

Und *ihm* wollte er zuvor zeigen, was er konnte.

Später würde Kathrin sich fragen, warum sie in dieser Lage überhaupt hatte klar denken und sehen können. Eigentlich hätte sie blind vor Angst und Entsetzen sein müssen. Und in Panik davonrennen sollen. Aber sie rührte sich nicht und beobachtete, was geschah. Auch die andren gerieten nicht in Panik; alle saßen bewegungslos (Gabi hatte beide Fäuste gegen den Mund gepresst) und starrten wie gebannt auf den Kelten. Das konnte an Brigittes Anweisung liegen; aber wahrscheinlich wirkte der plötzlich erschienene Kelte, wirkte die ganze Situation derart gespenstisch, dass man schlicht nicht reagieren *konnte*. So erklärte sich das Kathrin später.

Jetzt saß sie bewegungslos und beobachtete, was der Keltenjunge zeigte. Er hatte damit begonnen, dass er seine Axt am Arm kreisen ließ. Als würde sie durch eine geheimnisvolle Kraft gehalten, kreiste sie wie ein Propeller um das Handgelenk.

Aber warum lächelte er nicht? León hatte erzählt, der Keltenjunge habe stolz gelächelt, als er seine Kunststücke zeigte. Doch jetzt blieb sein ältliches Gesicht ernst – *todernst*, begriff Kathrin plötzlich. Dies war kein Zeigen von Kunststücken. Sondern die Einleitung zu etwas Furchtbarem, das unabwendbar folgen würde.

Der Kelte machte nun eine schnelle Armbewegung und da hatte er die Axt am Griff-Ende in der Hand. Und ohne sichtbare Anstrengung, fast nur aus dem Handgelenk heraus warf er sie schräg nach oben. Sich drehend flog sie bis dicht unter den First des Zeltdaches, kam dann wie ein Bumerang schräg nach unten zu seiner Hand zurück und exakt am Griff-Ende fing der Kelte sie wieder auf. Und sprang im gleichen Augenblick.

Aus dem Stand, mit beiden Beinen abspringend, setzte er über den umgestürzten Getränketisch, kam sicher zwischen den umherliegenden Flaschen, Krügen, Eimern und Scherben zum Stehen und stand nun genau vor Gabi.

»Ruhig bleiben!«, kam halblaut von Brigitte. Dieses Mal sah der Kelte noch nicht einmal zu ihr hin. Gabi blieb mit gegen den Mund gepressten Fäusten sitzen. Auch sie hatte wohl verstanden, dass jeder Versuch, aus dem Zelt nach draußen zu flüchten, tödlich enden würde. Doch der Kelte beachtete Gabi nicht. Es war Reiter, den er nach wie vor ansah.

Und der blickte nun mit einer Kopfdrehung zu Brigitte hin.

»Nicht bewegen!«, stieß sie hervor. »Egal, was er macht. Jemanden zu töten, der sich nicht wehrt, geht möglicherweise gegen seine Ehre. Also um Gottes willen nicht bewegen.«

Reiter saß stockstill. Aber Kathrin sah, dass seine Hände sich um die Armlehnen des Korbstuhles krampften.

Plötzlich warf der Kelte erneut seine Axt in die Höhe. Sich drehend kam sie wieder herunter, aber versetzt, der Kelte beugte sich an Gabi vorbei nach vorn über den Tisch und fing die Axt auf – direkt vor Reiters Gesicht.

Reiter saß starr. Seine Stirn war dicht mit Schweißtröpfchen bedeckt.

Wieder wollte der Kelte werfen. Aber dann hielt er inne.

Ein lautes, reißend schneidendes Geräusch war aus Richtung Eingang gekommen.

Und da, vor einem mannshohen Riss in der Seitenwand, schräg gegenüber dem ersten Riss, stand sie.

Auch sie troff vor Nässe, und León ging durch den Kopf, dies könne ein Beweis dafür sein, dass die Kelten keine Geistererscheinungen waren, sondern wirklich und lebendig.

Was jetzt folgte, geschah rasch hintereinander. Sowohl das, was die Kelten taten, als auch das, was León später tun würde.

Die Keltin hatte den Griff ihres Schwertes mit beiden Händen umfasst, und sie hielt es so vor dem Körper, dass sie sofort zum Schlag ausholen konnte.

Sie fixierte Brigitte.

Die hatte der Keltin das Gesicht zugewandt, so dass León von seinem Platz aus ihre Miene nicht sehen konnte. Aber er sah, dass ihr Kopf leicht zitterte.

Jetzt blickte die Keltin hinüber zum Keltenjungen, nickte kurz und sah wieder auf Brigitte.

Der Kelte hatte nun ebenfalls den Griff seiner Axt mit beiden Händen gefasst. Er fixierte Reiter.

Und da, es kam ihm urplötzlich in den Sinn, und er handelte, ohne nachzudenken, stand León von seinem Stuhl auf. Er ging ruhig hinter Brigitte vorbei auf die Keltin zu und blieb zwei Schritte vor ihr stehen. Darauf drehte er die rechte Schulter nach vorn. Das tat er langsam und sehr deutlich.

Die Keltin sah ihn an. Ausdruckslos zuerst, doch dann glaubte León in ihrem harten Gesicht ein winziges Lächeln zu erkennen. Es war mitleidig und auch ein wenig verächtlich.

Plötzlich machte sie einen schnellen Schritt auf ihn zu, drehte dabei das Schwert und rammte ihm den Knauf gegen die Brust.

Etwas in León ging kaputt, zerbrach einfach, fast konnte er es knacken hören. Es tat nicht weh, noch nicht, aber ihm war, als wäre alle Luft aus ihm herausgestoßen worden, er riss den Mund auf und dann fiel er.

Er fiel nicht richtig um, es war mehr ein Zusammensacken, irgendjemand schrie, vielleicht er selber, vielleicht Brigitte, und schlimm war nicht so sehr, dass er jetzt auf dem Boden lag, sondern das eigentlich Schlimme war, dass er einfach nicht wieder hochkam. Er versuchte es mehrfach, aber es ging nicht.

Von unten, auf dem Boden liegend, sah er, dass die Keltin jetzt mit erhobenem Schwert vor Brigitte stand. Sie hatte zur Seite ausgeholt, was León wahrnahm, aber etwas in ihm weigerte sich zu begreifen, warum sie das tat. Sie sah nicht Brigitte an, sondern zum Keltenjungen hinüber.

Der stand mit erhobener Axt vor Reiter, hatte wie die Keltin seitlich ausgeholt und blickte zu ihr herüber.

Und dann nickte er.

Auch die Keltin nickte.

Und schlug zu ... Nein, sie schlug nicht zu, sie machte eine blitzschnelle Drehung und ihr Schwert flog davon ...

Als León hinsah, lag drüben der Keltenjunge auf dem Boden.

In seiner Brust steckte das Schwert der Keltin.

León erstarrte. Und da hob der Keltenjunge den Kopf. Er blickte die Keltin an. In seinem Blick lagen Hass und geballte Wut, aber auch Erstaunen.

Plötzlich fiel sein Kopf hintenüber – und er verschwand.

Er verschwand von einem Augenblick zum anderen, war einfach nicht mehr da, hatte sich in Luft aufgelöst ... Polternd fiel das Schwert der Keltin um und lag nun auf dem Fußboden neben der Axt des Keltenjungen.

Die Keltin hatte sich nicht von der Stelle gerührt. Sie blickte ernst, aber mit einem gelösten, fast weichen Gesichtsausdruck dorthin, wo der Kelte verschwunden war.

Jetzt hörte man sie tief ein- und wieder ausatmen. Darauf ging sie an León vorbei hinüber zu ihrem Schwert, hob es auf, hob auch die Axt auf, kam zurück und ging zum Riss in der Zeltwand, durch den sie gekommen war.

Dort blieb sie stehen und drehte sich um.

Alle im Zelt starrten sie an.

Da stand sie, mit ihrem Schwert in der rechten Hand und der Axt in der linken. Langsam hob sie das Schwert – sein oberer Teil glänzte vor Blut. Und so, das Schwert emporgereckt, blickte sie nacheinander in die Augen von Reiter, darauf in die von Martin, dann sah sie Kathrins Vater an und zuletzt Brigitte. Nun ließ sie das Schwert sinken.

Und sah, während ein Lächeln auf ihrem Gesicht erschien, herüber zu Kathrin. Das Lächeln hielt sich, als sie jetzt auf León blickte.

Sie sah ihn an, hob mit einem Mal ein wenig die Schultern, zog dazu die Augenbrauen hoch und das hieß: »Tut mir Leid, es ging nicht anders.« Darauf drehte sie sich um und verschwand durch den Riss in der Zeltwand hinaus in den Regen.

Stille.

Und da biss der Schmerz zu. Es war ein unbedingt irrsinniger Schmerz, León wollte schreien, brachte keinen Ton heraus, schnappte nach Luft, ihm wurde schwarz vor Augen und er war weg.

27. Lauter Besuche

Alles war weiß … Warum nur war alles weiß? Aber es stimmte ja gar nicht, da gab es einen dunklen Streifen … Dort eine Steckdose. Eine Steckdose …? León blinzelte. Es war eine Wand, auf die er blickte, eine Wand mit einer Steckdose auf halber Höhe … Eine Steckdose auf halber Höhe? León drehte den Kopf. Und da war Brigitte.

Sie saß auf einem Stuhl mit einem Buch auf den Knien. Lächelnd sah sie ihn an. »Na, da bist du ja wieder.«

Wieso? War er weg gewesen? León blickte umher. Er lag in einem Bett. In einem fremden, weiß gestrichenen Zimmer … Er war in einem Krankenhaus! Und jetzt kam es nach und nach: Die Keltin … Plötzlich dann die Aufregung, das Hin und Her, Blaulicht … Zwischendurch ein Gesicht, eine Frau mit Brille und grünem Mundschutz, die sich über ihn beugte und ihn forschend ansah … Und nun lag er hier.

»Was war denn?«, fragte er und wollte sich aufrichten. Aber da kam der Schmerz und Brigitte sprang auf. »Um Himmels willen, nicht bewegen! – Jedenfalls nicht gleich«, fügte sie hinzu.

Sie setzte sich neben ihn auf die Bettkante. »Die Keltin hat dir einen ziemlichen Stoß verpasst.« Weiß der Geier, das hatte sie. »Zwei Rippen sind gebrochen. Das heißt, ein bisschen mehr als gebrochen. Du musstest operiert werden.«

»Mit Narkose.«

»Genau. Die Oberärztin dachte, dass die Lunge was abgekriegt hätte, aber das war Gott sei Dank nicht der Fall. Es wird alles wieder okay, glaub mir. Die verstehen hier in der Uniklinik ihr Geschäft. Mach dir keine Sorgen.«

León schloss die Augen. Mach dir keine Sorgen ... Er riss die Augen auf. »Die beiden Kelten, nein, es ist ja bloß noch das Mädchen, das darf nie wieder jemand ...«

»... aufstören. Das verspreche ich dir. Ich werde dafür sorgen, dass der Hügel niemals mehr als Grabungsobjekt infrage kommt.« Sie strich ihm über das Haar. »Und jetzt, mein Junge, mach dir keine Gedanken mehr.«

Sie hatte »mein Junge« gesagt.

León schloss die Augen und dämmerte weg.

Sie lag und lauschte auf die Geräusche, die von außen in die Kammer drangen.

Es waren keine bedrohlichen. Hin und wieder ein magischer Wagen auf dem geglätteten Weg, der am Hügel vorüberführte, einmal das gleichmäßige und anhaltende Grummeln, das sie schon kannte und mit dem es offenbar nichts auf sich hatte, und dann auch das Brausen eines Himmelswagens, der aber hoch über dem Hügel das Himmelsgewölbe durchflog.

Nicht lange, nachdem sie in die Kammer zurückgekehrt war, hatte es draußen ein ziemliches Durcheinander von Geräuschen gegeben. Darunter ein schrilles, durchdringendes, das überaus gefährlich klang und ganz gewiss böse Magie war. Die Brummgeräusche danach konnte sie jeweils einem bestimmten magischen Wagen zuordnen. Ausgenommen das tiefe Brummen, das sie schon zweimal gehört hatte. Sie vermutete jedoch, dass es von einem großen Wagen herrührte, der das gewebte Haus gebracht hatte und es nun wieder abholte.

Dieses Haus war zum Staunen gewesen, auch die Gegenstände, die es in seinem Inneren barg. Kiumara bedauerte, dass sie sich nicht in Ruhe hatte umsehen können. Am stärksten beeindruckt hatten sie die beiden kleinen Sonnen unter dem Dach, eine offenkundig sehr wertvolle und nützliche Magie. Aber auch die zahlreichen Flaschen und Krüge von unglaublicher Gleichmäßigkeit (die Mágurix leider größtenteils zertrümmert hatte) fand sie erstaunlich, nicht zu vergessen die durchsichtigen Kübel. Keineswegs beeindruckend dagegen fand sie die Tische und Stühle. Sie waren viel zu hoch, es musste furchtbar unbequem sein, so zu sitzen. Schon gar während eines Festschmauses, den die Feinde, dem Geruch nach zu urteilen, offenbar abzuhalten gedachten.

Jedenfalls war die Welt dort draußen reich an nützlicher Magie und kostbaren Dingen. Und Kiumara verstand immer weniger, warum die Feinde derart schatzgierig waren, dass sie glaubten, das Gold aus der Kammer rauben zu müssen. Aber die Gier nach Gold gab es wohl in jeder Welt, die von Menschen bewohnt war.

Doch mit Angriffen auf die Kammer rechnete Kiumara nicht mehr. Sie war sogar fest davon überzeugt, dass sie letztlich doch noch ihren Plan hatte verwirklichen können: nicht nur die Feinde vom Hügel fern zu halten. Sondern sie auch in solch große Furcht zu versetzen, dass sie die Kammer schützen und bewahren würden. Sie hatten nun selber erlebt, dass der Hügel *gefährliche* Wiedergänger barg, und würden Sorge dafür tragen, dass diese niemals wieder geweckt wurden.

Dass Mágurix nicht mehr bei ihr war, spielte dabei keine Rolle. Und außerdem glaubte Kiumara nicht, dass die Feinde auch nur den Hauch einer Ahnung davon hatten, was mit ihm geschehen war.

Nachdem Mágurix die Kammer verlassen hatte, um den Kampf gegen die Feinde aufzunehmen, hatte Kiumara sich gehütet, ihm auf dem Fuße zu folgen. Denn keinesfalls durfte es so aussehen, als gehorche sie seinem Befehl. Sie ließ eine gewisse Zeit verstreichen und schickte sich gerade an, nun ebenfalls die Kammer zu verlassen, als sie die Stimme hörte.

Die Stimme erklang in ihrem Kopf und es war die von Kóndurix.

Sei gegrüßt, Kiumara.

Sie grüßte ihn ebenfalls, ehrfurchtsvoll, erlaubte sich jedoch, darauf hinzuweisen, dass die Zeit sie drängte.

Ich weiß. Doch sei unbesorgt. Unser Austausch vollzieht sich in Gedankenschnelle. Du wirst genau im richtigen Augenblick in das gewebte Haus eindringen können.

Ein gewebtes Haus?

Dort haben sich die Feinde versammelt. Du wirst es unschwer erkennen; man hat es auf der Wiese erbaut. Suche diejenige Seite des Hauses auf, die vom Hügel abgekehrt ist. Lausche auf die Stimme der Frau, damit du weißt, an welcher Stelle im Haus sie sich befindet. Dann dringe ein.

Ja, gut. Kiumara bedankte sich ehrfurchtsvoll. Aber war der Druide Kóndurix gekommen, um ihr das zu sagen?

Eben dies. Und zudem, dass du und Mágurix das Ziel eurer Reise nicht beide erreichen müsst.

Kiumara brauchte einen Augenblick, einen gedankenschnellen, um zu erfassen, was Kóndurix da eben gesagt hatte. Das hieß also, einer von ihnen genügte?

Eine, will ich doch hoffen. Ja, das heißt es.

Bei allem ehrfurchtsvollen Respekt: War Kóndurix sich dessen gewiss?

Vollkommen. Sonst hätte man mich nicht vor die Wahl gestellt.

Vor welche Wahl?

Vor die Wahl, in der Zwischenwelt zu bleiben und dereinst mit den Remi zu leben. Oder dich aufzusuchen und zu verlöschen. Auf ewig.

Nach seinem Besuch hier würde Kóndurix auf ewig erloschen sein?!

So ist es. Doch wisse: Ich werde im Streit zwischen der Großen Mutter und Teutates mein Gewicht in die Waagschale der Großen Mutter werfen können. Gegen den Krieg und für den Frieden! Dies wird mir ewigen Ruhm in der großen Welt der friedliebenden Götter sichern.

Hm. Und warum nicht mit den Remi leben?

Mit einem doch recht unbedeutenden Stamm? Zu dessen Fürst, falls ich nicht eingriffe, sich dereinst ein Schlagetot aufschwingen wird, der den Stamm ins Verderben führt?

Gut also. Kóndurix hatte ihr den Weg gewiesen; sie

wusste nun, was sie zu tun hatte. Aber es würde nicht einfach werden.

Du wirst es schaffen. Vielleicht fragst du dich übrigens, was danach mit Mágurix geschieht.

Nein, das fragte sie sich nicht. War es von Bedeutung?

Wie man es nimmt. Mágurix wird in die Zwischenwelt versetzt und erscheint in der neuen Heimat mit allen anderen. Das bedeutet: Er ist von den Göttern als Opfer nicht angenommen worden. Damit ist sein Ziehvater Miletumagnum erledigt. Ist das von Bedeutung?

Das war es allerdings. Jetzt jedoch bat Kiumara den Druiden Kóndurix um Entschuldigung. Sie musste sich sammeln. Dass sie Wurfübungen mit dem Schwert gemacht hatte, war schon etwas her.

Die Große Widderhornschlange sei mit dir.

Damit hatte Kóndurix sich verabschiedet. Der ewige Ruhm war mit ihm.

Kiumara hatte dann doch aufgeatmet, als Mágurix tatsächlich einfach verschwunden war.

Um ein Haar hätte der Knabe, der Sohn der Frau, noch alles verdorben. Stellte er sich ihr mit dem Friedenszeichen in den Weg! Wahrscheinlich wusste er nicht, dass es im Kampf keine Bedeutung hatte. Wohin käme man auch, wenn sich jeder Feind auf diese Weise einfach retten konnte? Um Mágurix nicht misstrauisch zu machen, hatte sie den Knaben hart angehen müssen. Sie hoffte, ihn nicht über Gebühr verletzt zu haben. Denn nicht zu leugnen war: Der Knabe hatte sich als mutig erwiesen. Als überaus mutig sogar.

Und wenn sie es recht bedachte, so hatte sie zu dem Knaben und dem Mädchen doch eine gewisse Zuneigung gefasst. Es hätte ihr Leid getan, die beiden töten zu müssen.

Aber das war ja nun alles vorüber. Nicht vollständig allerdings. Bevor Kiumara sich in den Schlaf versetzte, musste sie letzte Gewissheit haben, nicht wieder geweckt zu werden. Und die würde sie bekommen, wenn die Öffnung geschlossen wurde. Nicht nur lose zugeschüttet wie bislang. Sondern ordentlich und dauerhaft versiegelt.

Dann würde sie Kóndurix' Bronzefläschchen entsiegeln.

Und wieder auf die Reise gehen.

Als León das nächste Mal die Augen öffnete, saß Brigitte noch immer auf dem Stuhl. Sie las.

»Hi«, sagte er. »Da bin ich wieder.«

Brigitte ließ das Buch sinken und lächelte. »Du warst nicht weg. Du hast nur sehr tief geschlafen.«

»Wie lange?«

Brigitte sah auf ihre Uhr. »Fast sechs Stunden.«

»Und die ganze Zeit über hast du hier gesessen?«

Sie nickte. »Irgendjemand musste schließlich auf dich aufpassen.« Darauf schwieg sie. Nach einer Weile sagte sie: »León, du warst großartig. Wie du dich der Keltin entgegengestellt hast …«

»Na ja.« León war verlegen. Denn er hatte ja gar nicht ausdrücklich daran gedacht, sie zu beschützen. Ihm war einfach danach gewesen, etwas zu tun. Und vielleicht hatte er auf diese Weise Brigitte doch beschützen wollen. Aber das war jetzt alles zu kompliziert. Er sagte: »Die Keltin wollte dir ja gar nichts tun.«

»Das konntest du nicht wissen.« Brigitte erhob sich und gab ihm einen Kuss. »Ich danke dir, mein Junge.« Sie nahm auf der Bettkante Platz. »Mir ist, als hätte ich vor hundert Jahren mal gesagt, wir müssten reden. Worüber eigentlich?«

Darüber, was in ihn gefahren war, wer oder was ihn geritten hatte und noch ein paar solche Sachen mehr. León sagte: »Darüber, was du gegen Kathrin hast.«

»Ich habe nichts gegen Kathrin«, sagte Brigitte bestimmt. »Im Gegenteil. Wären wir in einem Roman, würde ich sagen: Sie hat das Herz auf dem rechten Fleck. Jetzt sage ich: Sie ist okay. Aber du musst dir vor Augen halten: Ich wusste ja nicht, was mit dir los war. Ich dachte, es wäre Kathrins Schuld, dass du dich so seltsam benommen hast.«

León nickte. Dann fragte er: »Kannst du dir erklären, warum die Kelten erschienen sind? Obwohl sie ja seit 2500 Jahren tot sind?«

Brigitte schüttelte den Kopf. »Ich habe nicht einmal den *Ansatz* einer Erklärung. Dazu ist die heutige Wissenschaft nicht in der Lage.« Sie hob die Schultern. »In hundert Jahren vielleicht? – Wie auch immer. Ich habe, während du geschlafen hast, mit dem Landesamt für Denkmalpflege telefoniert.«

»Für Denkmalpflege?«

»Ja. Das Amt ist auch für Bodendenkmäler zuständig, zum Beispiel für Keltengräber. Und ich habe erreicht, dass die Bohrung versiegelt wird. Und das Amt wird schnellstens verfügen, dass am Hügel keine Grabungen mehr vorgenommen werden dürfen.«

»Hast du denen dort von den Kelten erzählt?«

»Glaubst du, ich will für verrückt erklärt werden? Nein, ich habe ihnen gesagt, dass dieses Grab mit den heutigen wissenschaftlichen Methoden nicht untersucht werden kann. Und dass ich darüber ein Gutachten anfertigen werde. Weil ich eine angesehene Archäologin bin, glauben sie mir.«

»Eine, äh, *angesehene* Archäologin? Aber du hast doch den Hügel angebohrt.«

»Dafür werde ich eine Rüge vom Rektor bekommen. Aber weil bloß er und ich davon wissen, ist sie praktisch bedeutungslos.« Brigitte lächelte. »Schau nicht so erstaunt. Eine schlimme Sache wäre das nur für mich geworden, wenn ich tatsächlich mit der Grabung begonnen und darüber Forschungsberichte geschrieben hätte.«

Eigentlich unfassbar. Plötzlich löste sich die ganze Keltenkiste sozusagen in Wohlgefallen auf. Gab es nicht irgendeinen Haken? »Und was ist mit Reiter? Kann der nicht quer schießen? Ihm gehört schließlich der Hügel.«

»Nicht mehr lange. Er muss ihn verkaufen.«

»*Muss?*«

»Ja. An den Staat. Damit sichergestellt ist, dass dort keine Grabungen mehr stattfinden. Es gibt dafür ein Gesetz. Aber ich denke, dass er froh ist, wenn er den Hügel loswird. Ich glaube nicht, dass er noch einmal irgendwo sitzen will mit der Aussicht, in den nächsten Sekunden geköpft zu werden.« Brigitte schwieg. Dann sagte sie: »Ich übrigens auch nicht.«

Eine Zeit lang sagten sie nichts. Dann atmete Brigitte tief ein und aus. »Schluss jetzt mit dieser Geschichte«, sagte sie und erhob sich. »Zwar können wir sie nicht vergessen. Aber es ist nicht notwendig, absichtlich an sie zu denken.« Sie ging zum Fensterbrett, auf der ihre Aktentasche stand. »Hier. Das habe ich dir mitgebracht.« Und sie zog Leóns Notebook aus der Tasche.

Mein Gott. Das Strategiespiel. Der Ritter mit der Streitaxt. Herzog Pigsbury und Herzog Truffe. Das kam wie aus einer anderen Welt.

»Danke«, sagte er. »Aber ehrlich: Ich habe wirklich keinen Bock auf, na ja, Daddeln.« Er fragte: »Hast du vielleicht noch was anderes mitgebracht?«

»Habe ich.« Und Brigitte zog das Keltenbuch aus der Tasche.

Was brachte man als Geschenk mit, wenn man einen fast dreizehnjährigen Jungen im Krankenhaus besuchte?

Ein Buch natürlich. Aber was für eines? Eines von Stephen King? Besser nicht, zu gruselig. Eines von den Büchern über diesen Zauberlehrling? Die hatte León bestimmt schon alle. Etwas über Kelten? Um Gottes willen! Vielleicht lieber ein Computerspiel. Aber was für eines? Ein Ballerspiel? Dagegen hatte womöglich Brigitte etwas. Ein Strategiespiel? Dagegen hatte womöglich León etwas.

Martin seufzte. Er kannte León einfach nicht gut genug. Wie wäre es mit einem Blumenstrauß? Mein Gott, Martin. Nein, es musste etwas Persönliches sein. Etwas, das ihn mit León verband ... Und da hatte er es! Jawohl, das war es.

Als Martin jedoch vor Zimmer 19 stand, das ihm eine Schwester als dasjenige von León Krüger genannt hatte, war er sich überhaupt nicht mehr sicher, ob sein Geschenk das Richtige wäre.

Ach, zum Teufel. Vom Geschenk würde es nicht abhängen. Sondern davon, wie er auftrat. Einerseits nicht zu forsch, andererseits aber auch nicht zu schlapp; er musste halt mal schaun. Martin klopfte.

»Herein!« Brigitte. Sie war da. Na klar. Eine Mutter sollte bei ihrem kranken Sohn sein. Nur: Jetzt konnte er mit León natürlich nicht über das reden, worüber er eigentlich mit ihm hatte reden wollen.

Er trat ins Zimmer. Es war ein Einzelzimmer, okay, wenn man sich's leisten konnte, und es wäre sogar gut fürs Reden gewesen. Brigitte stand an Leóns Bett und strahlte. »Martin! Wie schön!« Sie kam auf ihn zu und umarmte ihn. Das war *sehr* schön, machte aber die Sache nicht einfacher. Denn jetzt stand León vor der eindeutig vollendeten Tatsache: Du hast wahrscheinlich einen neuen Vater, ob es dir passt oder nicht. Aber vielleicht hatten die beiden ja schon darüber geredet?

»Ich habe einen Termin bei der Oberärztin«, sagte Brigitte und ging zur Tür. »Bei einem Gespräch unter Männern würde ich nur stören.« Und sie verschwand.

Ein Gespräch unter Männern – wie peinlich! Martin sah zu León und der grinste.

»Wie geht's?«, fragte Martin.

»Ganz gut. In ein paar Tagen bin ich hier raus. – Allerdings«, fügte León hinzu, »kann die Heilung sechs Wochen dauern.«

»Tatsächlich? So lange?« Martin setzte sich auf den Stuhl am Bett. »Also erst mal: Glückwunsch. Das hast du riesig gemacht.«

»Meinst du? Ich weiß ja nicht. Wär die Keltin schlecht gelaunt gewesen, gäb's mich nicht mehr.«

Das sah er völlig richtig. Er hatte einfach nur gewaltigen Dusel gehabt. »Trotzdem«, sagte Martin. »Das war echt mutig von dir.« Kurz entschlossen zog er die Dose aus der Jackentasche. »Hier. Hab ich dir mitgebracht. Für den Fall, dass dich mal wieder eine Keltin angreift.« Und er reichte León die Sprühdose mit dem Pfefferspray. »Mit den besten Wünschen vom Feigling.«

León sah ihn an. Dann betrachtete er die Spraydose. »Meinst du wirklich, ich hätte die Keltin damit stoppen können?«

»Um Himmels willen, nein! Die hätte blind um sich geschlagen und du wärst als Erster dran gewesen. – Nein«, sagte Martin. »Pfefferspray ist bloß was gegen bissige Hunde und zahme Raubgräber. Eben was für Hasenfüße.«

León betrachtete noch immer die Spraydose. »Und du meinst wirklich, dass ich mit dem Feigling *dich* gemeint habe?« Er hob den Kopf.

Martin sah ihn an. »Nein«, sagte er.

Als der Vater den Golf vor dem Krankenhaus endlich eingeparkt hatte, riss Kathrin die Tür auf und rannte davon.

Hinter ihr riefen der Vater und die Mutter, aber sie hörte nicht. Sie wollte León sehen, bevor die Eltern und Michael in sein Krankenzimmer einbrachen.

Sie sauste durch Treppenaufgänge und Flure (der Vater hatte vor der Herfahrt bei der Verwaltung angerufen, und sich erkundigt, wo León lag) und stand schließlich vor Zimmer 19 der Chirurgischen Station II. Plötzlich fiel ihr ein, dass er möglicherweise mit hundert anderen Knaben zusammengepfercht war. Sie atmete tief durch und klopfte.

»Ja, bitte?« Leóns Stimme. Im Zimmer gab es nur ein einziges Bett. Und darin lag er, klar. Aber auf dem Stuhl daneben – saß Martin. »Hallo, Kathrin«, sagte der. Und nachdem er einen Blick mit León getauscht hatte: »Ich war eben am Gehen.« Er erhob sich. »Bis bald.«

Kathrin beugte sich gerade zu León nieder, als die Tür aufging. Entweder hatte niemand geklopft oder sie hatten es überhört, jedenfalls stand plötzlich die ganze Bande im Zimmer.

Die Mutter und der Vater versuchten so zu tun, als hätten sie nichts gesehen, aber Michael krähte: »Iiiih! Die haben sich geküsst!«

»Na und?«, sagte die Mutter. Sie war in ihrem Hosenanzug und sah wieder sehr gut aus. Sie trug den Blumenstrauß.

Der Vater hatte sich ans Fenster begeben. »Schöne Aussicht von hier.« Von hier blickte man auf das gegenüberliegende Klinikgebäude.

»Hier, León, für dich.« Die Mutter wickelte den Blumenstrauß aus dem Papier. Er war ziemlich bunt, ziemlich riesig und hatte einen ziemlich riesigen Schein gekostet. Kathrin war erstaunt gewesen, dass die sonst so sparsame Mutter eine solche Summe bloß für Blumen hatte springen lassen. Aber okay, der Strauß war ja für León.

Die Mutter blickte sich um. »Ist keine Vase da?«

»Ich hole eine«, sagte der Vater und ging nach draußen.

Michael war zum Bett gekommen. »Das war voll krass, wie dich die Keltenfrau umgeschmissen hat, ehrlich.«

»Ja«, sagte Kathrin. »Und jetzt hat er voll krasse Rippenbrüche. Und die tun ganz schön weh, weißt du?«

León lächelte und sagte zu Michael: »Aber die verheilen wieder.«

»Einer aus unserer Klasse ist mal überfahren worden, voll krass übers Bein. Und das ist nicht wieder verheilt. Der hinkt jetzt.«

»Michael!«, rief da die Mutter. »Schluss damit.« Sie wandte sich an León. »Ehe ich's vergesse: Idefix lässt grüßen. Und Rollo auch.«

León grinste. »Nett von Ihnen, Frau Beckmann. Aber das glaube ich Ihnen nicht. Dazu sind die beiden viel zu beschäftigt. Ich wette, die waren im Wäldchen, als Sie abgefahren sind.«

Die Mutter lächelte. »Stimmt.« Sie wurde ernst. »León. Wahrscheinlich kannst du's schon gar nicht mehr hören. Trotzdem: Wie du dich vor deine Mutter gestellt hast, also, das war ...« Sie hielt inne.

Es hatte geklopft. Sehr laut, sehr energisch.

Wieso klopfte der Vater, wenn er bloß mal kurz rausgegangen war? Und dann noch auf diese Weise?

»Herein!«, rief León.

Die Tür ging auf, und es erschien – Danny Reiter.

Kleiderschrankkompakt, mit gegeltem Haar kam er ins Zimmer marschiert. »Tag zusammen.«

Hinter ihm stöckelte Gabi herein. Sie trug einen Blumenstrauß, der noch größer war als der von der Mutter. Reiter zeigte darauf. »Für unseren Helden«, grinste er. Dann wies er mit dem Kopf zum Tisch an der Wand. »Dorthin, Mausespatz.« Und Gabi legte den Strauß auf den Tisch.

Reiter trat ans Bett und schüttelte León die Hand. »Tadellose Leistung. Meine Anerkennung.« Darauf ließ er Leóns Hand los. Abrupt wandte er sich an die Mutter. »Bei Ihnen zu Hause war alles ausgeflogen. Aber ich dachte mir schon, dass Sie hier sind.« Er kam um das Bett herum. »Frau Beckmann. Wir müssen etwas besprechen. Geschäftlich.«

»Warum nicht? Aber nicht jetzt. Wie Sie sehen, mache ich einen Krankenbesuch.«

»Den mache ich auch.« Reiter grinste. Dann sagte er: »Es eilt. Ich habe schon einen Termin für uns vereinbart.«

»Einen Termin?«, fragte die Mutter gedehnt. »Bei wem?«

»Beim Notar. Unser Vertrag wird annulliert.«

»Mhm.« Langsam ging die Mutter zum Tisch und legte ihren vergleichsweise gering gigantischen Blumenstrauß bedächtig neben den von Reiter. »Der Vertrag wird annulliert? Das glaube ich nicht.«

»Frau Beckmann. Machen Sie keine Sperenzchen. Wo ist eigentlich Ihr Mann? – Na, ist egal«, sagte er dann. »Sie haben ja sowieso die Hosen an. Also los. Draußen auf dem Gang gibt's eine Sitzgruppe.«

Die Mutter schüttelte den Kopf. »Das können wir ebenso gut hier klären.«

»Da gibt es nichts zu klären. Der Vertrag wird rückgängig gemacht und fertig. Weil die Geschäftsgrundlage nicht mehr vorhanden ist.«

»Welche Geschäftsgrundlage bitte?«

»Stellen Sie sich bloß nicht naiv! Sie wissen genau, dass ohne den Hügel mein Sciencetainment-Park gestorben ist.«

Die Mutter ging zum Fenster, drehte sich um und lehnte sich gegen die Fensterbank. Sie stellte ein Bein vor das andere und verschränkte die Arme vor der Brust. Sie sah hervorragend aus. »Das wissen wir tatsächlich genau. Und ich muss Ihnen sagen, Herr Reiter: Ein bisschen haben wir uns über Sie gewundert. Sie hätten darauf sehen sollen, dass im Vertrag steht: Rücktrittsrecht bei Wegfall der Geschäftsgrundlage.« Die Mutter lächelte. »Steht aber nicht im Vertrag, Herr Reiter.«

»Weil sich das von selbst versteht!« Reiter wurde jetzt laut. »Schon mal was von Sittenwidrigkeit gehört?!«

Die Mutter nickte. »Ein sittenwidriges Rechtsgeschäft ist nichtig, sagt unser Anwalt. Aber er sagt auch, dass bei unserem Vertrag davon überhaupt nicht die Rede sein kann. Also, ich kenne mich da ja nicht so aus. Ich bin bloß eine einfache Bauersfrau, und ...«

»Eine hinterlistige Schlange sind Sie!«, brüllte Reiter. »Na, Sie werden mich kennen lernen! Sie kriege ich dran!« Er stampfte aus dem Zimmer und warf die Tür hinter sich zu.

Stille.

»Das haben Sie gut gemacht.« Gabi. Sie hielt ihre Sonnenbrille in der Hand. »Klasse.«

»Mausespatz!«, brüllte Reiter draußen auf dem Flur.

Gabi drehte die Augen nach oben. »Lange mach ich

das nicht mehr mit, dann ist Feierabend.« Sie stöckelte zur Tür. »War nett mit euch. Echt.« Die blonde Gabi setzte die Sonnenbrille auf und zog die Tür hinter sich zu.

Gleich darauf öffnete sie sich wieder. Brigitte kam herein. »Oh, hallo alle.« Sie blickte hinter sich. »Auf dem Flur ist Reiter an mir vorbeigeschossen wie ein wütendes Rhinozeros. Was hat er?«

»Was er hat?« Die Mutter lächelte. »Ziemlich viel Land hat er. *Zu* viel, würde ich sagen.«

Sie kamen am frühen Abend wieder nach Hause, freudig begrüßt von Rollo und Idefix (der sein Herrchen nicht sonderlich zu vermissen schien), und nach einer Weile beschlich Kathrin eine Unruhe, die sich mehr und mehr verstärkte. Schließlich sagte sie: »Ich muss noch mal raus zum Hügel.«

»Zu den Kelten?!«, erregte sich der Vater. »Kommt nicht infrage!«

Aber die Mutter sagte: »Muss es sein?« Und als Kathrin nickte: »Gut, dann geh noch mal raus. Sei aber vorsichtig.«

Kathrin wollte losgehen, hielt aber draußen auf dem Hof inne. Die Keltin hatte ihr zugelächelt. Vielleicht würde es sie freuen, wenn sie wüsste, dass Kathrin zum Hügel gekommen war. Aber das würde sie nicht hören. Und da entschloss sich Kathrin, mit dem Deutz zu fahren.

Sie startete ihn, er sprang auch brav an, aber sobald sie die Kupplung kommen ließ, erstarb der Motor. Kathrin versuchte es mehrmals. Doch der Deutz hatte sich darauf besonnen, dass er ein Traktor war, der etwas gegen zwölfjährige Mädchen hatte, zumindest aber gegen Kathrin.

»Weißt du was, Deutz?«, sagte sie. »Du kannst mich mal.« Und sie machte sich zu Fuß auf den Weg zum Hügel.

Nach den gestrigen, wolkenbruchartigen Regengüssen hatte es sich aufgeklart, und als sie in der beginnenden Dämmerung auf der einsamen Landstraße entlangging, stieg der Mond über dem Wäldchen auf …

Der Abschied von León war nicht allzu dramatisch gewesen. Die Eltern waren ja dabei. Ganz zum Schluss hatte León gefragt: »Besuchst du mich morgen?«

»Natürlich *nicht*«, hatte Kathrin gesagt. »Und wann?«

Sie hatten den frühen Vormittag ausgemacht, dann aber den späten, weil Kathrin eingefallen war, dass sie ja mit dem Bus kommen musste.

Kathrin durchlief es wohlig, wenn sie daran dachte, dass sie León schon morgen wieder sehen würde. Und noch wohliger durchlief es sie bei dem Gedanken, dass es danach wieder ein Morgen geben würde. Und darauf wieder eines …

Sie hatten eine Menge zusammen erlebt. Nein. Sie hatten während einiger Tage so viel zusammen erlebt wie andere ihr ganzes Leben lang nicht. Das vermutete Kathrin wenigstens. Aber sie war sich ziemlich sicher, dass sie richtig vermutete. Und es war einfach an dem, dass sie und León zusammengehörten.

Dann stand Kathrin am Hügel.

Der Mond war inzwischen ganz aufgegangen und sie

blickte auf die massige Erhebung mit der gerundeten, ebenen Kuppe und der Pyramide darauf. Innen im Hügel war die Wohnung der bösen Königin. Das hatte Kathrin vor langer Zeit einmal geglaubt. Jetzt wusste sie: Es war das Grab einer Königstochter.

Kathrin blickte hinauf zur Pyramide.

Und sie wünschte sich, dass die Königstochter ihr noch einmal erschiene.

Inhalt

	Prolog:	*Der Hügel*	5
1.	Kapitel:	*Kathrin*	17
2.	Kapitel:	*Kiumara*	29
3.	Kapitel:	*León*	42
4.	Kapitel:	*Mágurix*	51
5.	Kapitel:	*Pläne*	63
6.	Kapitel:	*Der Himmelswagen*	76
7.	Kapitel:	*Der Fremde*	89
8.	Kapitel:	*Entdeckung eins*	106
9.	Kapitel:	*Entdeckung zwei*	119
10.	Kapitel:	*Wetterleuchten*	138
11.	Kapitel:	*Um Haaresbreite*	152
12.	Kapitel:	*Nach Mitternacht*	168
13.	Kapitel:	*Am Wendepunkt*	181
14.	Kapitel:	*Der Beweis*	196
15.	Kapitel:	*Wärme und Kälte*	208
16.	Kapitel:	*Ein Grillfest*	221
17.	Kapitel:	*Die Warnung*	232
18.	Kapitel:	*Kóndurix*	241
19.	Kapitel:	*Das Bild*	256
20.	Kapitel:	*Gescheitert*	270
21.	Kapitel:	*Der Anschlag*	285
22.	Kapitel:	*Entdeckung drei*	303
23.	Kapitel:	*Ein Geständnis*	318
24.	Kapitel:	*Hilfe*	332
25.	Kapitel:	*Reiters Hügel*	346
26.	Kapitel:	*Axt und Schwert*	357
27.	Kapitel:	*Lauter Besuche*	378